KISHON

Es war die Lerche

Lustspiele

BASTEI LÜBBE

BASTEI-LÜBBE-TASCHENBUCH
Band 12 877

Übersetzungen:
Es war die Lerche: Deutsche Bühnenfassung von Friedrich Torberg, deutsche Songtexte von Werner Wollenberger
Zieh den Stecker raus, das Wasser kocht: Deutsch von Helmut Castagne
Der Trauschein: Deutsch von Helmut Castagne
Schwarz auf weiß: Deutsch von Theodor Glasscheib
Der Schutzengel: Deutsch von Werner Wollenberger

Lizenzausgabe: Bastei Verlag Gustav H. Lübbe GmbH & Co.,
Bergisch Gladbach
Printed in Germany November 1998
Einbandgestaltung: Roland Winkler
Titelillustration: Rudolf Angerer
Satz: KCS GmbH, Buchholz/Hamburg
Druck und Bindung: Ebner Ulm
ISBN 3-404-12877-x

Der Preis dieses Bandes versteht sich einschließlich der gesetzlichen Mehrwertsteuer

Inhalt

Es war die Lerche

Ein heiteres Trauerspiel mit Musik in zwei Teilen

PERSONEN

ROMEO MONTAGUE, *Ballettlehrer* (49)
PATER LORENZO, *ein Franziskaner* (98)
vom gleichen Schauspieler dargestellt

JULIA MONTAGUE-CAPULET (43)
LUCRETIA, *ihre und Romeos Tochter* (14)
Ehemalige Amme von Julia (85)
von der gleichen Schauspielerin dargestellt

WILLIAM SHAKESPEARE, *verstorbener Dichter* (52)

ORT DER HANDLUNG: Verona im Jahre 1623

Die im Text vorkommenden Shakespeare-Zitate (oder Anspielungen) sind durch KAPITÄLCHEN gekennzeichnet und folgen der klassischen Übersetzung von A. W. Schlegel.

ERSTER TEIL

Wohnung des Ehepaares Montague in Verona. Genauer: ein schäbiges Schlafgemach, das zugleich als Küche und als Speisezimmer dient. Die Möbelstücke, die farbigen Wände und die abgeschabten Säulen, zwischen denen eine Wäscheleine gespannt ist, verweisen auf den Stil des elisabethanischen Zeitalters.
Das Mobiliar besteht aus einem Küchentisch, zwei Stühlen, einem kleinen Toilettentisch, einem eisernen Herd und einem Abwaschkübel, in dem sich schmutziges Koch- und Eßgeschirr hochtürmt. Das Ganze macht einen verwahrlosten Eindruck, der da und dort noch Reste einstigen Wohlstands erkennen läßt.
Der Haupteingang befindet sich im Hintergrund. Rechts und links zwei kleinere Türen, von denen eine ins Badezimmer, die andere in das Zimmer Lucretias führt. Außerdem sind in die beiden Seitenwände kaschierte Türöffnungen eingelassen, durch die der Geist William Shakespeares seine Auftritte und Abgänge vollzieht.
Beim Aufgehen des Vorhangs ist es Morgen. Der Raum liegt noch im Dunkel, nur ein Sonnenstrahl bricht durch die undichten Jalousien ein und erhellt ein plumpes Doppelbett mit den Konturen der in die Decken eingehüllten Montagues. Leise Hintergrundmusik mischt sich mit Romeos lautem Schnarchen. Draußen kräht ein Hahn.
Romeo hat sich im Bett aufgesetzt und gähnt gewaltig. Seine rundliche Gestalt steckt in einem gestreiften Schlafkostüm, seine Nachtmütze ist verrutscht, um seine Augen ist eine Socke geschlungen, die er jetzt zum Hals herunterzieht. Dann entfernt er die Wärmflasche von seinem Bauch, steigt aus dem Bett und tappt schlaftrunken zum Fenster, wobei er den krähenden Hahn auf italienisch verflucht. Er zieht die Jalousien hoch – die Bühne wird hell – und schleudert einen Pantoffel durch das offene Fenster hinaus. Der Hahn läßt ein erschrecktes Aufgackern hören und verstummt.
Romeo beginnt, in einem Haufen von Kleidern und Wäsche nach seinen Socken zu suchen.

ROMEO: Wo sind meine Socken … Santa Madonna … Mache porcheria che puzza … Julia, ich kann meine Socken nicht finden …

JULIA *bleibt unter der Decke und antwortet nicht.*

ROMEO *(stolpert über ein herumliegendes Schwert und schnallt es um)*: Gestern abend waren sie noch hier … Wo sind meine Socken, Julia? …

JULIA *(unter der Decke)*: Ich weiß nicht, Momo. Ich weiß nicht.

ROMEO: Verzeih, Liebling. Ich wollte dich nicht wecken. Schlaf weiter, mein Lamm … Also die eine hätten wir … oh! *(Er entdeckt das gesuchte Stück an seinem Hals und zieht unter heftigem Husten ins Badezimmer ab, wo er ohrenbetäubend niest)*

Julia fährt hoch. Sie trägt eine zerraufte blonde Perücke mit Lockenwicklern, setzt ihre Brille auf, steigt kauend aus dem Bett, entledigt sich ihres Schlafgewandes, unter dem ihre Alltagskleidung sichtbar wird, setzt sich an den Toilettentisch, vertauscht ihre Perücke mit einer andern, ebenfalls blonden, aber ohne Lockenwicklern und einwandfrei zurechtgemacht, dann beginnt sie ihre Gesichtstoilette und schaut dabei ins Publikum wie in einen Spiegel.

JULIA: Momo! Du verbrauchst schon wieder das ganze Wasser! *(Geht zum Herd)* Willst du frühstücken?

ROMEO: *(aus dem Badezimmer)*: Ja. Kaffee. Heiß.

JULIA: Gut. Kaffee. Heiß.

ROMEO *(kommt aus dem Badezimmer, voll bekleidet, trägt eine Perücke mit schulterlangem Haar. Er hält die Wärmflasche vor sich hin und führt mit ihr eine Art Ballett-Tänzchen auf)*: Un – deux – trois u n d un – deux – trois u n d Grundposition u n d ein Batement und un – deux …

JULIA: Hör auf, Momo, ich bitte dich. Muß ich denn gleich in aller Herrgottsfrühe Kopfschmerzen haben, Momo! Du sollst aufhören! Lucretia schläft doch noch! *(Sie hat unterdessen das arg beschädigte Frühstückservice auf dem Tisch plaziert)*

ROMEO: Hätte eben früher nach Hause kommen sollen. Nicht erst um vier Uhr am Morgen.

JULIA: Wann?

ROMEO: Um vier auf allen vieren. Getorkelt und gekrochen und voll vom süßen Wein. D e i n e Tochter.

JULIA: *(schält einen großen Bierrettich und wirft die Schale auf den Boden)*: Ist sie allein?

ROMEO *(wirft einen Blick in Lucretias Schlafzimmer)*: Das läßt sich leider nicht feststellen. Sie liegt u n t e r dem Bett. *(Kehrt an den Tisch zurück)* Gestern hat sie wieder eine Parole auf unsere Hausmauer geschmiert: »Lang lebe nichts!«

JULIA: Was soll das bedeuten?

ROMEO: Wahrscheinlich etwas gegen das Establishment.

JULIA: Hast du die Absicht, diese idiotische Wärmflasche den ganzen Tag im Arm zu halten?

ROMEO: Und wenn? *(Wirft die Wärmflasche weg)*

JULIA *(geht zum Herd und versucht die Ofenklappe zu schließen, die während des ganzen Stückes immer wieder aufgeht)*: Madre mia santissima! Diese verdammte Klappe! Wann wirst du sie endlich reparieren, Momo?

ROMEO: Morgen. *(Er ist hinter sie getreten und umarmt sie)*

JULIA *(wehrt ihn ab)*: Gib Ruh', Momo ... laß mich aus ... du weißt doch, ich kann das um diese Zeit nicht vertragen ... Momo! Was ist los mit dir? ...

ROMEO: Nichts weiter. Ich fühle mich wohl, das ist alles. Ich bin glücklich. Ich nenne eine wunderbare Familie mein eigen, eine liebende Gattin, ein wahres Juwel von einer Frau. Mein Wort, Julia, ich lieb' dich noch ganz genauso wie damals auf der Party, als mich dein Blick zum ersten Mal traf. Wie hab' ich damals gesagt? *(Er lümmelt sich in seinen Sessel, beißt in den Rettich und rezitiert kauend)*

O, SIE NUR LEHRT DEN KERZEN, HELL ZU GLÜHN!
WIE IN DEM OHR DES MOHREN EIN RUBIN
HÄNGT IHR DIE SCHÖNHEIT AN DEN HOLDEN
WANGEN.
ZU HOCH FÜR MICH, ZU HIMMLISCH DEM VERLANGEN!

JULIA *(auch sie wieder am Tisch, liest in einer vergilbten Zeitung, ohne aufzublicken)*: Ja, ja ... Ich weiß schon, Momo ... sehr schön ... Momo! Fang doch nicht schon wieder mit dem Unsinn an!

ROMEO *(immer noch kauend)*:
SPRICH MIR NOCH EINMAL, HOLDER ENGEL DU!
WÄR' ICH DER HANDSCHUH DOCH AUF DIESER HAND –
Hoppla! *(Er hat sich mit Kaffee angeschüttet und beginnt den Fleck zu reiben)*

JULIA: O Romeo! Warum denn, Romeo? Warum kannst du denn nicht aufpassen? Jetzt hast du wieder einen Fleck auf deinem Anzug!

ROMEO: Das merkt niemand. Und wenn, dann hält man's für ein Wappenzeichen. Renaissance, weißt du.

JULIA: Weil du immer so verfressen bist. Und ich kann den ganzen Tag deine Schmutzwäsche waschen. Ich ganz allein. Ich hab' keine Diener, ich hab' nicht einmal ein Mädchen. Zieh den Bauch ein.

ROMEO *(traurig)*: Das ist ja schon mein eingezogener Bauch ... Der Kaffee schmeckt abscheulich!

JULIA: Gib mir Geld für einen besseren.

ROMEO: S c h m e c k t abscheulich und r i e c h t abscheulich. *(Schnuppert)* Weißt du, an was mich dieser Geruch erinnert? An das Gift, das mir der Apotheker damals verkauft hat. Zuerst wollte er gar nicht, aber ...

JULIA: Um Himmels willen, Momo! Wie oft soll ich mir diese alte Geschichte noch anhören!

ROMEO: Apropos alte Geschichte, Signora Montague. Was für ein Tag ist heute?

JULIA *(zerstreut)*: Halb zehn vorbei.

ROMEO: Unser Hochzeitstag!

JULIA: Momo, ich hasse es, während des Frühstücks Konversation zu machen, das weißt du doch.

ROMEO: Ja, und ich weiß auch, daß heute unser Hochzeitstag ist. Wir haben vor genau dreißig Jahren geheiratet.

JULIA *(wie oben)*: Interessant ... *(Besinnt sich plötzlich)* Was sagst du da? Das ist doch nicht möglich!

ROMEO: Nicht? Frag den Pater Lorenzo, den alten Gauner. Der muß es wissen, er hat uns ja getraut. Frag ihn!

JULIA: Einen Augenblick, Momo. Am 16. Oktober 1594 haben wir Selbstmord begangen. Stimmt's?

ROMEO: Stimmt.
JULIA: Und heute ist der wievielte?
ROMEO *(rechnet nach)*: Gut, dann sind's also nur neunundzwanzig Jahre und acht Monate. A u c h eine ganz schöne Zeit. Oder nicht?
JULIA: Schön … wie man's nimmt. Und jetzt möchte ich endlich in Ruhe meine Zeitung lesen … *(Halb für sich)* Hochzeitstag! … Na, wenn schon …
ROMEO *(schwärmerisch)*: Erinnerst du dich, wie es damals auf dem Kirchhof zugegangen ist? Hättest du, Gott behüte, eine Minute später die Augen geöffnet, ich hätte geglaubt, daß du tot bist und hätte das Gift getrunken.
JULIA *(lesend)*: Trink deinen Kaffee …
ROMEO: Nur e i n e Minute später und – pffft! Romeo Montague geht letal ab. Du hörst mir nicht zu!
JULIA *(gleichgültig)*: Ja doch. Kirchhof. Gift. Letal … Momo! Willst du sagen, wenn ich eine Minute später aufgewacht wäre, dann hättest du … um Himmels willen …
ROMEO *(nickt bestätigend)*: Pffft!
JULIA: Pffft! Nicht auszudenken …
ROMEO: Ja, ja. Jung, neurotisch und exaltiert wie ich war, hätte um ein Haar an deinem offenen Grab Selbstmord begangen.
JULIA *(wieder zerstreut)*: Schrecklich, schrecklich …
ROMEO: Ich war eben verliebt in dich. Bis über beide Ohren verliebt. Bis hierher. *(Geste)* Du schaust nicht!
JULIA *(wiederholt ohne aufzublicken seine Geste)*: Bis hierher.
ROMEO *(erhebt sich, die Kaffeetasse in der Hand)*:

GELIEBTE DU! O DU MEIN HERZ, MEIN WEIB!
DER TOD, DER DEINES ODEMS BALSAM SOG,
HAT ÜBER DEINE SCHÖNHEIT NICHTS VERMOCHT.
DIES AUF DEIN WOHL, WO DU AUCH STRANDEN MAGST.
DIES MEINER LIEBE!
(Er nimmt einen Schluck Kaffee)
O WACKRER APOTHEKER!
DEIN TRANK WIRKT SCHNELL. UND SO IM KUSSE
STERB' ICH.
(Er versucht Julia zu küssen)

JULIA: Hör auf, Momo. Ich bitte dich.

ROMEO: Du hast mir nicht zugehört.

JULIA: Apotheker. Trank. Kuß. Pffft.

ROMEO: Du warst so unbeschreiblich schön … damals im offenen Sarg … Mit dem weißen Schleier und den weißen Lilien … wie eine Statue aus Alabaster …

JULIA *(lesend)*: Alabaster …

ROMEO: Plötzlich hast du dich bewegt! Hast dich zuerst gekratzt, hier *(kratzt sich am Knie)*, und dann hast du dich aufgerichtet. Ich dachte, mich trifft der Schlag. Ohnehin war ich ein wenig nervös, schon die ganze Zeit. Daran war dieser widerliche Kerl schuld, der sich auf den Friedhof eingeschlichen hatte. Dein Liebhaber Paris.

JULIA *(mit einemmal interessiert)*: Ah, Paris! Das war ein Mann! …

ROMEO *(indigniert)*: Lassen wir das. Ich habe ihn an deinem offenen Grab im offenen Duell getötet, und damit gut. *(Ergreift sein Schwert, macht Fechtbewegungen)*

WILLST DU MICH ZWINGEN, KNABE? SIEH DICH VOR!
PASSADO SCHLAG' ICH UND PUNTO REVERSO …

JULIA: Momo, Momo! Gib nicht so an. Du hast ihn von hinten erstochen.

ROMEO: Ich sagte ja: punto r e v e r s o. Oder verstehst du kein Italienisch? Der Kaffee ist kalt.

JULIA: Ich hab' ihn heiß auf den Tisch gestellt.

ROMEO: Er ist kalt!

JULIA: Er ist heiß!

ROMEO *(brüllt)*: Kalt, kalt, kalt!

JULIA *(steht auf, beginnt den Tisch abzuräumen)*: Also wenn ich e i n e Minute später aufgewacht wäre, hättest du …

ROMEO: Pffft!

JULIA: Schade. *(Sie schichtet das Eßgeschirr in den Abwaschkübel)*

ROMEO: Was ist schade?

JULIA: Ach nichts. Oder alles. *(Betrachtet den vor sich hinstarrenden Romeo)* Woran denkst du?

ROMEO: An die Worte meines seligen Vaters in jener Kirchhofsnacht: »Und wegen dieser dummen Gans hätte mein Sohn beinahe Selbstmord begangen!«

JULIA: Und m e i n Vater, Gott schenke ihm ewigen Frieden, hat damals von dir gesagt: »Jetzt haben wir den ersten Schwachsinnigen in unserer Familie.«

ROMEO: Er hat noch ein paar andere Dinge gesagt. Er hat jedem, der es hören wollte, erzählt, daß es seine süßeste Rache an den Montagues war, ihnen diese kleine Viper ins Haus zu schicken. Und mit der kleinen Viper hat er d i c h gemeint, mein Liebling.

JULIA *(nimmt Wäschestücke von der Leine)*: Nun, Papi hatte eben Humor.

ROMEO: Das war auch schon alles, was er hatte. Mitgift? Keine Spur. Nur Humor. Und für sein Töchterchen eine Amme, die als Kupplerin abgerichtet war.

JULIA: Verschon mich mit der alten Ziege, ja?

ROMEO: Ich hör' sie noch, wie sie mir zuflüstert:

ICH SAG' EUCH, HERR,
WER MEINES FRÄULEINS HABHAFT WERDEN KANN,
IST WOHL GEBETTET.

Wohl gebettet – daß ich nicht lache! *(Steht wütend auf)* Porca Madonna che fregatura! Ich, Romeo Montague, die Blüte Veronas, muß mir mein Brot mit Ballettstunden verdienen, während die Familie meiner Frau in Geld schwimmt!

JULIA: Weder meine Familie noch ich selbst haben je damit gerechnet, daß ich einen Schnorrer heiraten werde, der sich als Sprößling der reichen Montagues ausgibt. *(Sie schickt sich zum Fortgehen an)*

Dem folgenden Dialog ist anzumerken, daß er sich Tag für Tag in der gleichen Form wiederholt.

ROMEO: Wohin gehst du?

JULIA: Auf den Markt. Etwas zum Essen kaufen. Damit du dich vollstopfen kannst.

ROMEO: Bring Rettich mit.

JULIA: Wenn mir der Gemüsehändler noch Kredit gibt. Du könntest inzwischen das Geschirr waschen.

ROMEO: Warum immer ich?

JULIA: Weil wir kein Mädchen haben, darum. Alle Hausfrauen, die ich kenne, haben ein Mädchen, nur ich nicht.

ROMEO: Weil's keine bei dir aushält.
JULIA: Weil du kein Geld hast, sie zu bezahlen. Deshalb hausen wir hier wie in einem Stall. *(Sie tritt die Rettichschalen beiseite, die sie vorhin auf den Boden geworfen hat)* Was willst du zum Nachtmahl haben?
ROMEO: Egal. Irgend etwas.
JULIA: Danke für die Auskunft. Beabsichtigst du, das Haus zu verlassen?
ROMEO: Vielleicht.
JULIA: Wann kommst du zurück?
ROMEO: Ich komm' schon.
JULIA: Adieu. *(Küßt ihn zum Abschied auf die Stirn)*
ROMEO: Rettich!
JULIA: Geschirr! *(Ab)*

Romeo legt eine Schürze an und beginnt mit Bürste und Lappen, aber ohne Wasser, die Teller zu bearbeiten. Aus dem Hintergrund erklingt leise die Musik des »Sorrento«-Liedes.

Romeos Morgenlied

ROMEO:

Golden steigt die junge Sonne
aus dem nächtlichen Versteck.
Maccaroni und Spaghetti
kriegt man morgens kaum mehr weg …

Dieser Teller macht mich rasend,
himmelherrschaftnocheinmal!
Mortadella dell'amore,
hätten wir doch Personal!

Mir wird wind und weh,
wenn ich am Schüttstein steh'
und meinen Abwasch seh' …

Ach, so wie ein Frühlingsschnee
zerschmolz mein Männerstolz, oje,
ich arme Küchenfee!

Früher spielte ich die Laute
und nun spüle ich wie irr
Canelloni und Lasagne
von dem schäbigen Geschirr …

Eingedickte Marmelade
macht das Leben mir zur Qual.
Mortadella dell'amore,
hätten wir doch Personal!

Lucretia, verschlafen, zerrauftes Haar unterm Stirnband, auf dem Rücken eine Gitarre, kommt aus ihrem Zimmer hervorgetorkelt und schlägt die Richtung zum Badezimmer ein. Hippiegewand, glasiger Blick. Sie spricht mit heiserer, verrauchter Stimme.

ROMEO: Schon wach, mein Töchterchen? So früh? Wo warst du denn die ganze Nacht? Wieder mit einem deiner Gorillas?

LUCRETIA *(apathisch)*: Ich verachte dich.

ROMEO: Wie bitte?

LUCRETIA: Ich verachte dich.

ROMEO: Ach so. Und jetzt willst du wahrscheinlich deine Hausaufgaben machen. Darf ich dir dabei helfen, mein kleines Strichmädchen?

LUCRETIA: Alter Trottel. *(Sie verschwindet ins Badezimmer)*

ROMEO:

Mir wird wind und weh,
wenn ich am Schüttstein steh'
und meinen Abwasch seh' …
Ach, so wie ein Frühlingsschnee
zerschmolz mein Männerstolz, oje,
ich arme Küchenfee!
Einst zu Höherem erkoren,

endet Romeo so schlimm …
Ravioli und Risotto –
und dann erst noch ohne Vim!
So im Zwielicht vor dem Spülicht
riecht die Zukunft leer und schal.
Mortadella dell'amore,
himmelherrschaftnocheinmal …

Wenn er seinen Gesang beendet hat, erscheint im Haupteingang unter großem Getöse die Amme, alt und korpulent, schwerhörig und gehbehindert, aber ungebrochen lebhaft und geschwätzig, in der einen Hand einen riesigen Fächer, mit der anderen auf einen Stock gestützt. Vom Hals hängt ihr ein großes Kruzifix, das sie häufig küßt.

AMME: Ist Julia zu Hause?

ROMEO *(geht ihr entgegen, stützt sie)*: Nein. Setz dich.

AMME: Ist Julia zu Hause?

ROMEO *(lauter)*: Nein! Setz dich hin und ruh dich aus.

AMME *(läßt sich schnaufend und keuchend in einen Sessel plumpsen)*: Es ist eine Schande, jawohl, eine Schande ist das. Ihre alte Amme, die sie gestillt und genährt und ihr den Popo gepudert hat und immer für sie da war, die muß sich jetzt wie ein Dieb in ihr Haus einschleichen. Als ob es meine Schuld wäre, daß sie mit Ihnen verheiratet ist. Sagen Sie selbst, Herr Romeo: ist es meine Schuld? Hat eins von euch beiden mich gefragt, ob ihr heiraten sollt?

ROMEO: Schon gut, schon gut. Wie geht es meiner lieben Schwiegermama?

AMME: Signora Capulet?

ROMEO: Gott sei Dank habe ich nur die eine. Wie geht es ihr? Ist sie krank?

AMME: Ist sie was?

ROMEO: Krank!

AMME: Was?

ROMEO: Ob sie krank ist!

AMME: Ach, Herr Romeo, ich sage Ihnen, diese kleine Hexe, die Sie geheiratet haben, diese Julia – ist sie zu Hause?

ROMEO: Nein.

AMME: Ich sage Ihnen, die hat schon mit zehn Jahren angefangen, den Männern schöne Augen zu machen. Stundenlang ist sie auf dem Balkon gestanden – an den Balkon erinnern Sie sich ja noch, Herr Romeo – und hat ihnen Blicke zugeworfen. Nein, nicht Ihnen, den Männern. Eine Nymphomaniakin war sie, mit zehn Jahren war sie das schon, ich schäme mich, es zu sagen. Ich sage Ihnen, Herr Romeo, man konnte nicht genug aufpassen auf sie. Da war doch dieser junge Mönch, wir hatten ja den Klostergarten gerade gegenüber …

ROMEO *ringt verzweifelt die Hände, tritt hinter sie, ist drauf und dran, sein Schwert zu ziehen, läßt es bleiben.*

AMME: … und dieser junge Mönch hatte auf der Klostermauer eine Nische entdeckt, wo er jeden Vormittag nackt in der Sonne liegen konnte, nackt wie eine Splitterfaser, nur mit dem Gebetbuch in der Hand, und wenn er eingeschlafen ist, hat er vorher das Gebetbuch drübergelegt, Sie wissen schon, über was. Und wer kam da immer auf den Balkon geschlichen, um hinüberzuschauen? Unsere kleine Hexe. Sag' ich zu ihr: »Juli«, sag' ich, »was findest du denn an dem Mann dort drüben, daß du so eifrig hinschaust?« Sagt sie zu mir: »Leider nichts«, sagt sie, »ich such's die ganze Zeit, aber ich kann's nicht finden, weil er nie betet …« *(Gackert vor Vergnügen)* Sie verstehen, Herr Romeo, das hat er nämlich drübergelegt, das Gebetbuch … und unsere kleine Hexe wußte natürlich, daß auch ein Mönch … *(Kann vor Lachen nicht weiter)*

ROMEO *(brüllt)*: Ist meine Schwiegermutter krank oder nicht?

AMME: Wer?

ROMEO: Signora Capulet. Eine Frau über achtzig muß doch wenigstens ein b i ß c h e n krank sein!

AMME *(prustet aufs neue los)*: Sag' ich zu der jungen Hexe: »Juli«, sag' ich, »was findest du an dem Splitterfasermönch …«

ROMEO: Ich will wissen, ob die a l t e Hexe krank ist!

AMME: Ja.

ROMEO: Na endlich. Arme Schwiegermama. Etwas Ernstes?

AMME: Rheuma.

ROMEO: Ist das alles?

AMME: Warum interessieren Sie sich so dafür, Herr Romeo? Immer wenn ich herkomme, fragen Sie mich danach, und meine armen alten Beine können kaum noch den Weg schaffen, da, sehen Sie *(hebt den Rock)* diese Krampfadern …

ROMEO *(abwehrend)*: Ich glaub' dir aufs Wort, gute Amme … Und jetzt sag mir: Signora Capulet hat doch s e h r viel Geld, nicht wahr? Ganze Körbe voll mit Goldstücken, nicht wahr?

AMME: Ja, sie ist eine richtige Madame Midas ist sie. Überall Gold, wo man hinschaut.

ROMEO: Und meine Gemahlin in ihrer grenzenlosen Dummheit hat seit unserer Hochzeit kein Wort mit ihr gesprochen.

AMME: Na ja, sie ist sauer auf ihre Mutti, sie nimmt ihr übel, daß die Signora ihr nicht energisch genug davon abgeraten hat, Sie zu heiraten. Aber Geld hat sie, das muß ich schon sagen. Geld! Geld!

ROMEO: Ist es wenigstens ein schweres Rheuma?

AMME: Ja, Herr Romeo. Sehr schwer.

ROMEO: Das tut mir aber leid.

AMME: Sie kann sich gar nicht mehr von allein bewegen. Jeden Tag muß ich sie mit meinen armen alten Händen die Treppe hinauf- und hinuntertragen, treppauf – treppab, treppauf – treppab …

ROMEO: Wie schwer?

AMME: Treppauf und treppab …

ROMEO: Wie schwer?

AMME: Hundertfünfzig Pfund. Voriges Jahr war sie schon auf hundertvierzig, aber dann hat sie wieder zugenommen, weil ich sie so gut gefüttert hab'. Hühnersuppe. Ich mach' sehr gute Hühnersuppe mach' ich.

ROMEO: Hühnersuppe! Eine Dame von achtzig Jahren müßte doch auf ihre Linie achten, verdammt noch mal.

AMME: Ja, ja, das müßte sie. Aber sie gibt nicht acht. Sehr schwer. Rheuma hat sie. Und viel Geld. Sehr viel Geld. Wenn die Signora, Gott behüte, stirbt, Herr Romeo, dann sind Sie und Julia die einzigen Erben …

ROMEO: Sie wird auch dir etwas hinterlassen, sei unbesorgt.

AMME: Glauben Sie?

ROMEO: Bestimmt. *(Nachdenklich)* Treppauf und treppab …

AMME: Treppauf und treppab …

ROMEO: Sag, Amme, bist du noch nie auf der Treppe ausgeglitten?

AMME: Ja, manchmal.

ROMEO: Ich meine: wenn du die Signora … *(Geste)* treppauf und treppab …

AMME: Ja, ja. Das kann passieren.

ROMEO *(macht sich an sie heran, beginnt sie zu liebkosten)*: Ein kleiner Wechselschritt – eine winzige Pirouette – *(bekreuzigt sich)* – ein Rutsch – ein Plumps – ein Fall …

AMME: Und da sagt doch die kleine Hexe zu mir: »Amme«, sagt sie, »ich kann's nicht finden, weil ein splitterfasernacktes Gebetbuch drüberliegt«, das sagt mir diese nymphomanuelle Person … *(Kreischt plötzlich auf, da Romeo sie zu kitzeln beginnt)* Aber Herr Romeo! Was fällt Ihnen ein? Nein, wirklich … Momo! …

ROMEO: Amme, ich bin verrückt nach dir!

AMME: Um Himmels willen, Herr Romeo!

ROMEO: Du bist die richtige Frau, weißt du. Ein Vollweib. Voll und rund. Ich liebe dich!

AMME: Madre mia santissima! Und was wird Julia dazu sagen?

ROMEO: Julia? Nichts als Haut und Knochen. War nie mein Typ.

AMME: Aber Herr Romeo! Ihnen sind doch die Augen herausgequollen, wie Sie die kleine Nymphe zum erstenmal gesehen haben, damals bei uns im Haus. Da waren Sie ja ganz außer Rand und Band.

ROMEO: Ich?

AMME: Wer denn sonst? Und wie haben Sie das damals unterm Balkon gesagt? Warten Sie, es wird mir schon einfallen …
DOCH STILL, WAS SCHIMMERT DURCH DAS FENSTER DORT?
ES IST DER OST, UND JULIA IST DER WESTEN!

ROMEO *(korrigiert)*: Ist die Sonne.
GEH AUF, DU HOLDE SONNE, UND DER MOND
ERBLEICHT VON BLA-BLA-BLA …
Das sag' ich immer. Es ist meine Masche. Wirkt bei allen. Auch bei Julia hat's gewirkt. Aber nicht geholfen. Sie ist frigid.

AMME: Wirklich?

Romeo beugt sich zu ihrem Ohr. Sie tuscheln miteinander, machen zweideutige Gesten, lachen.

ROMEO: Nein, die war keine Jungfrau mehr.

AMME: Na ja, kein Wunder. Mit all den Männern.

ROMEO: Paris, was? War er der erste?

AMME *(schwärmerisch)*: Ach, der Herr Paris. Was für ein hübscher junger Herr. Nicht so wie Sie.

ROMEO: Ich mußte ihn leider töten. *(Bekreuzigt sich)* Und wen gab es sonst noch? Mercutio? Tybalt? Dieser widerwärtige Raufbold, er möge in Frieden verfaulen. *(Bekreuzigt sich)*

AMME: Ja, ja. Eine ganze Menge.

ROMEO: Aber Benvolio war nicht darunter? Benvolio nicht! Der hätte mir so etwas nie angetan. Sag, daß er's nicht getan hat.

AMME: Doch. Er hat.

ROMEO: Nein!

AMME: Doch, doch.

ROMEO: Aber er war nicht der erste! Sag mir, wer der erste war, Amme! Du weißt doch alles. Sag's mir.

AMME: Gut, Herr Romeo. Aber ganz unter uns. Ist Julia zu Hause! Nein? *(Zieht Romeo beiseite, vertraulich)* Also eines Tages, vor vielen, vielen Jahren, steht unsere kleine Hexe auf dem Balkon und schaut zur Klostermauer hinüber, zu einem splitterfasernackten jungen Mönch, der dort ein Sonnenbad nimmt. *(Romeo beginnt leise zu weinen)* Sag' ich zu ihr: »Juli«, sag' ich, »was findest du an dem Mann dort drüben?« Sagt sie – passen Sie gut auf, Herr Romeo – oder hab' ich Ihnen die Geschichte schon erzählt?

ROMEO *(resigniert)*: Noch nie.

JULIA *(von weit draußen. Stimme auf Tonband)*: Momo, bist du da? Momo! …

AMME *(erschrickt, springt auf, irrt ziellos hin und her)*: O Gott, o Gott, das ist Julia … wenn sie uns hier erwischt … sie ist doch so mißtrauisch … *(Will unters Bett kriechen)*

ROMEO *(gleichfalls in Panik):* Nicht hier! Durchs Fenster: Schnell, schnell … Sonst nimmt sie mich ins Verhör … *(Er schleift die Amme zum Fenster, hilft ihr auf den Sims und hinaus, die Amme verschwindet, Romeo ruft ihr nach)* Und vergiß nicht, wenn du einmal auf der Treppe ausgleitest und meine Schwiegermutter, Gott behüte, fallen läßt, es ist s e h r viel Geld im Haus, genug für dich und mich! Adieu, meine Süße … ich liebe dich … komm bald wieder, womöglich in Trauer … *(Beginnt mit dem Stock der Amme ein Tänzchen aufzuführen, singt)*

Romeos Intermezzo

ROMEO:

Ab und auf, hin und her,
Schwiegermütter wiegen schwer,
Ab und auf, hin und her,
liebste Amme bitte sehr
Einen kleinen Stolperer
auf der Treppe und nicht mehr,
ab und auf, hin und her,
und dann bin ich Millionär!
Und dann bin ich Millionär!

ROMEO *merkt plötzlich zu seinem Entsetzen, daß die Amme ihren Stock vergessen hat, und springt mit dem Ruf*: »Amme, wart auf mich!« *durchs Fenster.*

JULIA: Momo! Möchtest du mir nicht helfen? Muß ich alles allein schleppen? *(Sie kommt mit einem halbvollen Einkaufskorb durch die Türe. Im gleichen Augenblick wird Lucretias Gitarre aus dem Badezimmer hörbar. Julia ist empört)* Was? Du bist noch immer im Bad, Lucretia? Unglaublich! Vierzehn Jahre alt und hat nichts Besseres zu tun. Schämst du dich nicht? In deinem Alter war ich fast schon Witwe! Marsch hinaus! Daß du mir nur nicht unter die Augen kommst, du mißratenes Geschöpf! Mach deine Hausaufgaben oder sonst was. Gott hat mich hart gestraft mit diesem Kind. Aber von einem degenerierten Montague war ja nichts Besseres zu erwarten. *(Es klopft an der Türe)* O weh, das wird der Pater Lorenzo sein. Den hab' ich ganz vergessen. *(Eilt zur Türe, öffnet)* Treten Sie ein, Pater. Romeo ist nicht zu Hause.

PATER *(tritt ein, die Kutte schlottert um seine Gestalt, die Kapuze verhüllt fast zur Gänze sein Gesicht, er wirkt mit jeder Bewegung und jedem Wort völlig senil)*: Um so besser, um so besser. Ich will ihn gar nicht sehen. *(Er strauchelt, Julia bewahrt ihn vor dem Hinfallen)*

JULIA: Machen Sie sich's bequem, ehrwürdiger Vater.

PATER *(setzt sich)*: Ich fürchte mich vor ihm. Seit dem Tag, an dem ich euch heimlich getraut habe – auf euern eigenen Wunsch, ich bitte das nicht zu vergessen – seit damals verfolgt er mich mit seinem Haß. Wenn er mir auf der Straße begegnet, schmeißt er mit Kieselsteinen nach mir!

JULIA *(Schiebt ihm einen Fußschemel unter)*: Sie müssen den Zustand unserer Wohnung entschuldigen, Vater. Die Hausgehilfin ist auf Urlaub. Auf unbezahltem Urlaub.

PATER: Ich habe das Gefühl, daß er mich am liebsten umbringen möchte, der Kerl … der … wie heißt er gleich?

JULIA: Romeo. Er heißt Romeo.

PATER: Richtig. Ein lieber, netter Junge war er damals. Ist schon lange her. Ich seh' ihn noch vor mir, immer schwarz angezogen … immer in den Palastgemächern hin und her … mit einem Buch in der Hand … To be or not to be …

JULIA: Das ist ein anderer, ehrwürdiger Vater.

PATER: Ach? Der mit dem Totenkopf, das ist nicht er?

JULIA: Nein.

PATER: Wieso?

JULIA: Bitte nicht jetzt. Es würde zu lange dauern.

PATER: Ja, ja. Lange, lange. Da kann man sich nicht mehr so genau an alles erinnern … Wozu bin ich eigentlich hier?

JULIA *(kniet an seiner Seite nieder)*: Ich möchte beichten, ehrwürdiger Vater.

PATER: Gut, gut. Nur schön beichten. Komm näher, meine Tochter. *(Er zieht sie an sich, versucht sie im folgenden mit täppischen Händen zu liebkosen)* Die Beichte ist etwas sehr Feierliches, meine Tochter. Etwas Heiliges. Oder wie ich schon seinerzeit im

Original gesagt habe, zweiter Akt, dritte Szene *(plötzlich laut)* DER MORGEN LÄCHELT FROH DER NACHT INS ANGESICHT, UNS SÄUMET DAS GEWÖLK IM OST MIT STREIFEN LICHT.

JULIA: Was bedeutet das?

PATER: Wenn ich das noch wüßte. Vielleicht war es die Wettervorhersage für morgen ... Suchst du etwas da unten?

JULIA: Ich will beichten.

PATER: Warum sagst du das nicht gleich? Soll ich's vielleicht erraten? Also dann beichte, Ophelia.

JULIA: Julia.

PATER: Auch gut. Schieß los.

JULIA: Ehrwürdiger Vater, ich liebe meinen Mann nicht mehr.

PATER *(nach einer langen Pause)*: Und? Ist das schon die ganze Beichte?

JULIA: Ja, ehrwürdiger Vater.

PATER *(verärgert)*: Und deshalb hast du mich gerufen. Dazu brauchst du einen Beichtvater? Das ist doch etwas völlig Natürliches. Liebt ihren Mann nicht mehr! Welche Frau liebt ihren Mann noch? *(Erhebt sich mühsam)* Wenn sich da etwas ändert, meine Tochter, zum Beispiel, wenn du dich in einen andern Mann verliebst, dann laß es mich wissen. Diesmal besteht kein Anlaß. *(Er schlägt das Kreuz über sie)* Absolve te in nomine patris ... et filii ... et ... et ... jetzt hab' ich den Namen vergessen ...

JULIA *(drückt ihn in den Sessel zurück)*: Ehrwürdiger Vater, so einfach liegen die Dinge nicht. Daß ich ihn nicht liebe, ist zu wenig gesagt. Ich kann ihn nicht ausstehen!

PATER: Wen?

JULIA: Romeo.

PATER: Den im schwarzen Wams? Mit dem Totenschädel?

JULIA: Ja. *(Kniet wieder hin)* Wenn Sie wüßten, wie entsetzlich es ist, sich darüber klarzuwerden, daß man einen Vollkretin geheiratet hat. Können Sie sich das vorstellen?

PATER: Nein, meine Tochter. Ich bin nie in die Lage gekommen. Allerdings, ich hatte einmal einen Hund, eine große dänische Dogge, mit vielen schwarzen Flecken. Das war auch so ein unintelligentes Tier. Wenn man »Auf!« gesagt hat, hat sie sich niedergesetzt, und wenn man »Platz« gesagt hat, ist sie aufgesprungen. Und umgekehrt. Bis er dann eines Tages von einer Sänfte überlaufen wurde … *(Julia döst vor sich hin. Pater Lorenzo rüttelt sie)* Wovon sprachen wir?

JULIA: Von meinem dummen Gatten. Er langweilt mich zu Tode, ehrwürdiger Vater. Ich kann kaum noch die Augen offenhalten, wenn er zu reden beginnt. Würden Sie vielleicht Ihre Hand wegtun?

PATER: Gewiß, Meine Tochter.

JULIA: Und er war seit jeher so. Er war ja auch ein dummer Liebhaber.

PATER: Ja, ja, das hab' ich ihm schon damals in der Zelle gesagt:
UND MIT DEM MISSGESCHICK BIST DU VERMÄHLT.

JULIA: Sehr treffend. Aber unterbrechen Sie mich nicht.

PATER: Verzeihung.

JULIA *(stößt seine Hand weg, erhebt sich)*: Gleich beim erstenmal, als er in dieser lächerlichen Verkleidung in unser Haus hereingeplumpst kam – schon damals hat er lauter dummes Zeug von sich gegeben:
O HEIL'GENBILD, SO WILL ICH'S LIEBLICH KÜSSEN.
ZWEI PILGER, NEIGEN MEINE LIPPEN SICH,
DEN HERBEN DRUCK IM KUSSE ZU VERSÜSSEN.
Ich b i t t e Sie!

PATER: Er ist wirklich ein Trottel. Aber wenn ich nicht irre, hast du auch allerhand Unsinn geplappert:
NEIN, PILGER, LEGE NICHTS DER HAND ZU SCHULDEN.
DIE HAND DER HEIL'GEN DARF BERÜHRUNG DULDEN.
Oder so ähnlich. Stimmt's?

JULIA: Was hätte ich tun sollen, ehrwürdiger Vater. In diesem Ton wurde damals gesprochen, zumindest in meinen Kreisen. Außerdem war er damals noch verhältnismäßig schmuck, hatte sein natürliches Haar und wog vierzig Pfund weniger. Heute sieht er auch ohne Verkleidung lächerlich aus, setzt überall Fett an, stopft sich mit Rettich voll, schläft mit einer Socke überm Gesicht, und was das schlimmste ist: er liebt eine Wärmflasche.

PATER *(ungläubig)*: Er l i e b t sie?

JULIA: Jawohl, ehrwürdiger Vater. Es ist eine ausgesprochen sexuelle Angelegenheit, ein richtiges Liebesverhältnis.

PATER: Mit einer …

JULIA: Mit einer Wärmflasche. Er hat ihr sogar einen Namen gegeben. Lisa. Er nennt sie Lisa.

PATER *(ungläubig)*: Lisa?

JULIA: Ja. Und er schläft jede Nacht mit ihr.

PATER: Was diesen dänischen Prinzen immer einfällt.

JULIA: Er ist ein Montague, Vater. Romeo Montague.

PATER: Richtig, richtig. Aus Helsingör. *(Plötzlich schreiend)* Platz! *(Julia kniet neben ihm nieder)* Also, mein Kind, was ist los mit deinem Mann?

JULIA: Rund herausgesagt, ehrwürdiger Vater: er ist impotent.

PATER: AUCH DU, BRUTUS …

JULIA: Nein, das ist w i e d e r jemand anderer.

PATER: Wer?

JULIA: Dauert zu lange.

PATER: Schade. Das hätte mich sehr interessiert. Ändert aber nichts daran, daß du ein Sexproblem hast. Nun, das hat heutzutage jeder. Es ist eine allgemeine Energiekrise. Auch ich bin nicht mehr das, was ich mit achtzig war.

JULIA: Ehrwürdiger Vater, es geht nicht darum, daß ich jetzt I h r e Beichte anhören will. Sie sollen mir helfen. Mein Mann kümmert sich nicht um mich. Schon seit neunundzwanzig Jahren nicht. Und wenn ich's trotzdem einmal versuche, bekomme ich von ihm nichts anderes zu hören als: »Ich hab' keinen Kopf für solche Sachen.« Ehrwürdiger Vater, ich ertrage das nicht länger.

PATER: Was? Ach so. Daß dieser schwarze Prinz dich nicht mehr liebt.

JULIA: Er liebt nur sich selbst, Rettich und Lisa.

PATER: Die alte Dreiecksgeschichte.

JULIA: Ich brauche Ihren Rat, ehrwürdiger Vater.

PATER: Meinen Rat? *(Steht auf)*
GEH IN EIN KLOSTER, OPHELIA.

JULIA: Wozu ins Kloster?

PATER: Ah, da gibt's viele junge Mönche, und Mönche sind sehr verschwiegen. Die Trappisten reden nicht einmal dabei … *(Er stolpert, Julia fängt ihn auf)* Ich habe auch ein paar Bekannte, die ständig auf der Suche nach einer Frau sind. Warte, von wem hab' ich das erst unlängst gehört … Wer war das nur … richtig: der Ballettlehrer Montague!

JULIA: Er ist mein Mann.

PATER: Hm. Dann ist er nichts für dich.

JULIA: Und was soll ich tun, ehrwürdiger Vater? Haben Sie kein Rezept für mich?

PATER: Beten, meine Tochter, beten. *(Er setzt sich an den Tisch, taucht den Gänsekiel in ein altmodisches Tintenfaß, schreibt ein Rezept aus)* Ein Paternoster … dreimal täglich …

JULIA: Vor oder nach den Mahlzeiten?

PATER *(erhebt sich, legt seine Hände segnend auf Julias Kopf)*: Benedicto te in nomine patris et matris et filii et spiritus sancti et … et … Amen!

Währenddessen ist leise Choralmusik eingefallen – Julia singt – Pater Lorenzo steht im Hintergrund.

Julias Choral

JULIA:

Es gibt im Falle eines Falles
für praktisch alle und auch alles
da droben einen Schutzpatron:
Für Greise und für kranke Kinder,
für lahme Rinder und nicht minder
für Vater, Mutter, Tochter, Sohn!
Nur für frustrierte Ehefrauen,
die sich vor ihrem Gatten grauen,
da gibt es keinen Schutzpatron!
Santo Anonymo von den zerbrechenden Ehen,
höre mein Flehen,
stehe mir bei!
Du mußt doch verstehen, wenn Ehen nicht gehen,

werden die Ehen
zur Tierquälerei!
Ich kann meinen Mann nicht mehr hören noch sehen
und riechen schon gar nicht,
mache mich frei!
Santo Anonymo von den zerbrechenden Ehen,
höre mein Flehen!

Zu dir dringt der Schrei
einer Frau, die im Innersten bebt,
denn sie kann es, sie kann es, sie kann es
ertragen nicht länger,
die Witwe zu sein eines Mannes,
der noch lebt und noch lebt und noch lebt und noch lebt ...

PATER: Jesus Christ Superstar! ...

Die Szene verdunkelt sich langsam, die Musik wechselt zu Motiven aus der Shakespeare-Zeit. Dann wieder volle Beleuchtung. Es ist Abend. Der Tisch ist für eine frugale Mahlzeit hergerichtet.

JULIA *(versucht erfolglos, die Ofenklappe zu schließen)*: Corpo di bacco! Che furbo bastardo! *(Entnimmt dem Einkaufskorb einen großen Rettich, beginnt ihn zu schälen, wirft die Schalen wie üblich auf den Fußboden)*

ROMEO *(tritt ein, brummt einen unartikulierten Gruß, drückt einen verstohlenen Kuß auf seine Wärmflasche)*: Ich habe gegrüßt, oder?

JULIA: Möglich.

ROMEO: Ist das alles, was du mir zu sagen hast? *(Julia schält ungerührt weiter)* Ich komme von eines harten Tages Arbeit todmüde nach Hause, und meine Frau findet es nicht einmal der Mühe wert, mich anständig zu begrüßen. Ein minimales Interesse am Leben ihres Mannes wenigstens vorzutäuschen. Eine menschliche Regung zu zeigen. Mich zu fragen, was heute los war.

JULIA *(gelangweilt)*: Schön, was war heute los.

ROMEO *(greift nach der Zeitung)*: Heute? Nichts.

JULIA *(erregt)*: Und danach hab' ich dich eigens fragen müssen?

ROMEO: Mein Gott, man kann's ja versuchen.

JULIA: Momo, weißt du, was du bist?

ROMEO: Wahrscheinlich ein Dummkopf.

JULIA: Das wäre geschmeichelt. Du bist ein widerwärtiger, unausstehlicher Vollidiot. Ein Abfallprodukt der Menschheit.

ROMEO: Und du bist eine böse, tückische Schlange. Genau wie deine Mutter, die mich vergiften wollte.

JULIA: Leider ist es ihr nicht gelungen.

ROMEO: Leider? *(Schreiend)* Ah! Jetzt ist die Katze aus dem Sack!

JULIA *(schreit zurück)*: Und sie kann draußen bleiben! Sie kann überall herumspringen und meinetwegen dir an die Gurgel! ...

Der Ehekrach ist in vollem Gang und gerät bis hart an die Grenze der Handgreiflichkeit. Wilde, kaum verständliche Schimpfworte fliegen durch die Luft.

ROMEO: Ist d a s eine Art, mit dem Familienoberhaupt zu sprechen?! Benimm dich, Weib, oder ich zerschmettere diese unwirtliche Wohnung zu Kleinholz!

JULIA: Ich benehme mich, wie es mir paßt! Mir schreibt niemand etwas vor, und du am allerwenigsten! Von mir aus kannst du deine Lisa unter den Arm nehmen und verschwinden. Ich werde dir keine Träne nachweinen ... eine Frau mit hohem Blutdruck so zu behandeln ... Pfui, pfui, pfui ...

Durch die kaschierte Türe in der Wand erscheint Shakespeare, nicht etwa als Geist, sondern möglichst getreu dem historischen Porträt ähnelnd. Eine Weile beobachtet er düster schweigend den Streit. Als die beiden ihn endlich bemerken, verstummen sie ein wenig verlegen, aber in keiner Weise überrascht oder erschrocken.

ROMEO: Sie hat angefangen.

JULIA: Gar nicht wahr. Er.

ROMEO *(zu W. Sh.)*: Nehmen Sie Platz

W. SH.:

Nein, Montague! Spar deine Artigkeit
Für Julien! Und Julia tu desgleichen.
Nicht Platz zu nehmen steh' ich hier, vielmehr

Euch zwei an Sitt' und Anstand zu gemahnen.
Denn wahrlich, euer Treiben schafft mir Pein.
(Prompt nehmen die beiden ihren Streit wieder auf)

ROMEO: Immer, wenn jemand zu uns kommt, gehst du auf mich los. Ich hab's bis daher! *(Geste)*

JULIA: Halt den Mund, du ungezogener Lümmel! Du könntest endlich Manieren lernen!

W. SH. *(mit Donnerstimme)*:
Ich bitt' euch beide, endet diesen Streit!
Und laßt den gift'gen Seim des Zanks und Haders
Nicht in den Becher eurer Eintracht träufeln!

JULIA *(zu Romeo)*: Der hat uns noch gefehlt.

ROMEO: Daran bist nur du schuld.

JULIA: Mach dich nicht lächerlich.

W. SH.:
Seit abendlich sich heut' die Schatten senkten
Und mit der Dämm'rung sanft gewob'nem Tuch
Den Tag verhüllten, daß die Nacht sich breite –
Seit einer Stunde schon dringt mir ans Ohr
Der schrille Mißton eures wüsten Zeterns
Und zwingt im Grab mich um- und umzudrehen
Gleich einem … nun, gleich einem …

ROMEO: Kreisel.

W. SH.:
Gleich einem … nun, sei's drum.
Es würd' sich leiblich drehn. *(Donnernd)* Doch nicht im Grabe!
Vergönnt mir endlich meines Grabes Ruh!

JULIA: Der wird uns jetzt stundenlang auf die Nerven gehen. Zieh den Bauch ein.

ROMEO: Halt den Mund, oder ich vergesse mich!

W. SH.:
NUN FLIEH GEN HIMMEL, SCHONUNGSREICHE MILDE!
ENTFLAMMTE WUT, SEI MEINE FÜHRERIN!
Ich bin es leid, noch länger anzusehen,
Wie ihr das schönste meiner Liebesdramen
Zu lächerlichem Possenspiel verzerrt,

Zu einem Nichts, so leicht und ungewichtig
Als eine Feder, die ein Bauernrüpel
Hat einem Gänschen aus dem Ohr gerupft.

ROMEO: Gänse haben keine Ohren.

JULIA: Mr. Shakespeare, Ihr Besuch freut uns außerordentlich, aber gerade heute sind wir ein wenig in Eile.

ROMEO: Melden Sie sich doch morgen oder übermorgen wieder, wenn wir mehr Zeit haben.

W. SH.:
Zeit, sagst du? Zeit wofür? Die edlen Verse,
Die ich euch beiden in den Mund gelegt,
Mit frevlem Mut der ungeschliff'nen Sprache,
dem Holla-He des Alltags anzugleichen?

JULIA *(unterbricht)*: Jetzt zitieren sogar Sie aus einem andern Stück.

ROMEO *(stoppt Shakespeares Versuch zum Weiterreden)*: Lassen sie auch mich einmal zu Wort kommen, Maestro! Es steht Ihnen übel an, uns zu beschimpfen. Wir sind ja schließlich Ihre Schöpfung. Sie haben uns zu dem gemacht, was wir sind.

JULIA: Sie sind schuld an der ganzen Geschichte.

W. SH.:
Ich wäre schuld? Mylords, das schreit zum Himmel!
Das duld' ich nicht und das verarg' ich euch!
(Er reckt sich zu voller Größe, breitet die Arme aus)
Fanfaren, blast! Und rührt dazu die Trommel!
(Fanfaren, kurzer Trommelwirbel im Hintergrund)
Ihr beide, Romeo Montague, und du,
Julia Capulet, ihr beide sollt
Euch augenblicklich wieder rückverwandeln
In jene, die ich dermaleinst erschuf!
In eurer Jugend Silberschmelz und Blüte,
In das Gefild der Liebe kehrt zurück,
Ins holde Zauberreich der Poesie!

JULIA: Fertig?

W. SH.: Ja.

JULIA: Dann lassen Sie sich etwas sagen … *(Neuer Trommelwirbel)*

Ruhe dort hinten! *(Trommelwirbel aus)* Mr. Shakespeare, Sie sind hier nicht in Stratford. Wenn Sie an Ihrem Stück etwas ändern wollen, im Dialog oder in der Handlung, dann können wir uns in Ruhe darüber unterhalten. *(Schärfer)* Aber geschrien wird hier nicht. In diesem Haus hat nur e i n Mensch das Recht zu schreien, und das bin ich.

ROMEO *räuspert sich.*

JULIA: Und mein Mann, gelegentlich ... Ja, also bis zu dieser etwas provinziellen Schlußszene auf dem Kirchhof – da haben Sie übrigens ganz schön auf die Tube gedrückt, mit unserem Doppelselbstmord – also bis dorthin hatten wir unser Leben Ihnen zu verdanken, das gebe ich zu. Aber von da an haben wir unser eigenes Leben gelebt und sind niemandem Rechenschaft schuldig, auch Ihnen nicht. *(Zu Romeo)* Hab' ich recht?

ROMEO: Wie immer.

JULIA: Es ist hoch an der Zeit, Mr. Shakespeare, daß Sie das Leben sehen, wie es i s t , daß Sie von der Wirklichkeit lernen. Rührt die Trommel! *(Trommelwirbel im Hintergrund)* Es funktioniert! *(Händeschütteln mit Romeo)*

W. SH.:

Nicht Wirklichkeit ist MEINER SENDUNG AMT.
DES DICHTERS AUG, IN SCHÖNEM WAHNSINN ROLLEND,
BLITZT AUF ZUM HIMMEL, BLITZT ZUR ERD' HINAB.

JULIA: Immer diese Textanleihen aus anderen Stücken.

ROMEO: Was willst du, er hat das Copyright.

W. SH.:

Ihr wart für mich zwei gold'ne Märchenvögel
Und meine Phantasie hat euch erträumt
Als aller Liebe Inbegriff und Krönung,
Als Liebende, wie sie die Welt noch nie
Gekannt und niemals wieder kennen sollte.
So sah ich euch, und nicht als Ehepaar
Im Trott und Joch der täglichen Gewöhnung.

ROMEO: Und wer ist schuld daran?

JULIA: S i e haben uns ja in Ihrem Drama ehelich verbunden.

W. SH.: Doch nur für ein paar Tage, gnäd'ge Frau.

JULIA: Wir haben uns eben erlaubt, am Leben zu bleiben. Warum müssen Sie uns das übelnehmen?

W. SH.:

Nicht euer Leben, eure Lebensart
Nehm' ich euch übel, Romeo und Julia.

JULIA: S i e besitzen nicht einmal soviel Lebensart, zuerst die Dame zu nennen. Sonst hieße Ihr Stück »Julia und Romeo«. *(Zu Romeo)* Er geht ja auch sonst mit seinen Liebespaaren schändlich um. Gönnt ihnen nicht das kleinste bißchen Glück. Läßt Antonius und Cleopatra sterben …

ROMEO: Und was er erst mit Othello und Desdemona aufführt …

JULIA: Oder mit der armen Ophelia. Immer müssen sich die Frauen bei ihm verlieben, und dann – pffft!

ROMEO: Pffft!

W. SH.:

Solch bitt'res Ende, gnäd'ge Frau, ist Schicksal,
Ist der Tragödie ehernes Gesetz,
Ist unverrückbar wie der Gang der Sterne
Und wie die klassisch vorgeschrieb'ne Einheit
Von Zeit und Ort im wohlgefügten Drama.

ROMEO: Bei Ihnen? Klassische Einheit?

JULIA: Das sagt sich leicht. Aber wie Ihren Frauen dabei zumute ist, kümmert Sie nicht.

ROMEO: Haben Sie schon einmal zusammengezählt, wie viele Leichen es in Ihren Stücken gibt? Sie sind ein Massenmörder.

W. SH. *(verzweifelt)*:

Laßt ab, laßt ab, mich in den Staub zu treten!
Die Geißel eures Vorwurfs, laßt sie ruhn.
Der junge Geist des ältlichen Poeten,
Er schwört: ich wollte euch nur Gutes tun.
(Beginnt zu schluchzen)

ROMEO: Also bitte. Jetzt haben wir die Bescherung.

JULIA: I c h hab' ihn nicht eingeladen. *(Zu Shakespeare)* Schon recht, schon recht … Wer wird denn gleich … Sie dürfen das alles nicht so ernst nehmen …

ROMEO *(ebenso)*: Es ist ja nur Theater … und nicht das schlechteste, wirklich nicht … Vielleicht nicht ganz so gut wie Schlegel-Tieck sie übersetzt haben, aber manche Ihrer Stücke wird man auch in fünfzig oder sogar in hundert Jahren noch spielen.

W. SH. *(getröstet und geschmeichelt)*: Bestimmt?

ROMEO: Es wird nicht viel Besseres nachkommen.
(Setzt sich neben ihn) Wann sind Sie eigentlich gestorben?

W. SH.: Ich mög' in Frieden ruhn, vor siebzig Jahren. *(Bekreuzigt sich)*

ROMEO *(zu Julia)*: Dafür schaut er doch noch sehr gut aus?

JULIA: Ich hätte ihm höchstens fünf Jahre gegeben … Darf ich Ihnen etwas zu trinken bringen, Mr. Shakespeare?

W. SH.: Ein Becher Ginger Ale wär' mir willkommen.

ROMEO: Bring zwei.

JULIA *serviert.*

ROMEO: Cheerio, old man. Na, wie ist es denn dort unten im kühlen Grab?

W. SH.:
»Kühl« wird dem Zustand in der Erde Schoß,
Dem ich zum Würmerfraß anheimgegeben
Nicht just gerecht. 'S IST KALT, 'S IST BITTER KALT.

ROMEO: Cheers!
Sie trinken. Aus Lucretias Zimmer erklingt Gitarre.

JULIA *(mit zuckersüßem Lächeln)*: Unsere Tochter. Lucretia Maria Benvolia. Sie macht Fingerübungen. Das Kind ist ja s o musikalisch. *(Plötzlich schreiend)* Hör auf!

W. SH. *(verwirrt)*:
Mich dünkt, ich hab' für Julien eine Tochter
In meines Schauspiels Plan nicht vorgesehn …

JULIA: Wie recht Sie doch hatten, Mr. Shakespeare! Entschuldigen Sie mich, bitte. *(Sie stürzt in Lucretias Zimmer, von wo ihre keifende Stimme hörbar wird)* Wirst du nicht aufhören mit dem gräßlichen Geklimper! Ich hab' gerade genug mit diesem Idioten dort drinnen zu tun! *Shakespeare ist sichtlich beleidigt. Romeo bedeutet ihm durch eine Gebärde, daß er, Romeo, gemeint ist. Die beiden Männer ducken sich unter dem weiblichen Donnerwetter, rücken näher zusammen, beginnen an den Resten des Abendessens zu knabbern, werden vertraulich.*

ROMEO: Hören Sie? So geht das Tag für Tag. Es macht mich krank.

W. SH.:
Ich hör's, ob ich es gleich nicht hören will
Und gern mein Ohr dem schrillen Klang verschlösse.

ROMEO: Ach, William – Sie erlauben mir, ja? – William, könnten sie mich nicht aus dieser Hölle erlösen?

W. SH.:
Wie das, mein schwachgemuter Romeo?

ROMEO: Schreiben Sie uns um!

W. SH.:
Das heißt zuviel gefordert, guter Freund.
Denn was in Folio und Quart verbucht ist,
Läßt eine neue Fassung nicht mehr zu.
Genug an dem, was mich die Übersetzer –
OH MEIN PROPHETISCHES GEMÜT! – erdulden lassen.
Wenn ich jetzt noch durch eig'ne Änderungen
Dem schnöden Handwerk Griff und Spielraum böte,
Dann wehe mir! Nein, wie es steht, so steht's.

ROMEO: Und gibt es keinen anderen Weg, wie Sie mir helfen könnten?

W. SH.:
Ach Romeo! Konnt' ich doch nicht einmal,
Als es einst mich betraf, mir selber helfen!
War ich doch schon mit achtzehn jungen Lenzen
Verstrickt in einer Ehe Übelstand
Mit einem Weib von sechsundzwanzig Wintern,
Die mir nach allzu rasch vergang'nem Halbjahr
Ein Kind gebar, und Zwillinge hernach.
Das war ein Wimmern, Winseln, Weinen, Grunzen
Aus dreien Wiegen rings um mich herum,
Wenn ich versuchte, nach dem Kiel zu greifen
Und meine Verse aufs Papier zu bannen.
Sie half mir nicht. Sie greinte obendrein.
Und weißt du, was ich tat?

ROMEO: Keine Ahnung.

W. SH.:

Ich ließ sie sitzen.
Ich floh auf heimlich eilbeschwingten Sohlen
Nach London, und dort lebt' ich viele Jahre
Und scherte mich den Teufel um das Weib,
Indes der Teufel um das Weib sich scherte.

ROMEO: Pst! Sie kommt!

JULIA *(erscheint in Lucretias Kleidern wieder in der Türe)*: Sagen Sie, Mr. Shakespeare, müssen wir unbedingt mehrere Rollen spielen?

W. SH.:

Die Sparsamkeit gebietet's, gnäd'ge Frau.
Bedenkt, das elisabethanische
Zeitalter hatte für die Komödianten
Nur kargen Lohn und enggezog'ne Grenzen.

JULIA: Aber es ist so entsetzlich anstrengend.

W. SH.:

Aus diesem Grunde war auch Juliens Rolle
Von einem starken Jüngling übernommen,
Den ich mir aus dem nahen Schlachthaus holte.

JULIA: Gewiß, es ist eine Männerrolle. *(Zurück in Lucretias Zimmer)* Schluß, hab' ich gesagt! Aufhören! Aufstehen! …

ROMEO: Retten Sie mich, William! Sie haben mich in Ihr Stück hineingeschrieben, streichen Sie mich doch! Retten Sie mich!

W. SH.:

Hab' ich dich, Romeo, nicht schon gerettet
Als ich für dich und Julien das Grab
Im Kirchhof zu Verona aufgetan?
War das denn keine Rettung? Hab' ich nicht
Durch euren Tod unsterblich euch gemacht?
Da ihr in dreistem Dünkel wolltet leben,
Kann ich euch fürder keine Hilfe geben!

LUCRETIA *(schlurft aus ihrem Zimmer hervor, noch immer wie im Halbschlaf)*: Ja, leg dich nur hin mit deiner Migräne. Das kannst du. Ich hasse dich, wie ich noch nie im Leben eine Mutter gehaßt habe. *(Zu Romeo)* Nur dich hasse ich möglicherweise noch mehr. O Gott, gib mir die Kraft, zu hassen.

ROMEO: Hast du deine Hausaufgaben gemacht, du verwahrlostes Geschöpf?

LUCRETIA: Wozu Hausaufgaben, du lahmer Kumpel?

ROMEO: Was heißt das, wozu? Um etwas zu lernen!

LUCRETIA: Und wozu lernen?

ROMEO: Damit du es im Leben weiterbringst!

LUCRETIA: Leben. Du bist wohl weg vom Fenster! Was ist Leben? *(Schreiend)* Was ist Leben?

ROMEO *(ruft)*: Julia!

LUCRETIA: Sie wird nicht kommen. Sie k a n n nicht kommen.

W. SH. *(ist von Lucretias Anblick fasziniert und tritt an die Rampe, während Romeo und Lucretia im Hintergrund ihren Streit gestikulierend fortsetzen)*:
Wie wird mir? O dies engelsgleiche Wesen,
Des Schönheit mir vom Firmament erstrahlt
Und meines Herzens Puls so wild bewegt,
Daß mir der Atem die Gefolgschaft weigert –
Gleicht sie nicht Julien, wie ich sie einst
In ihrer Jugend gold'ner Maienblüte
Ersah und schuf? I s t sie nicht Julia?
Julia! Julia!

LUCRETIA *(unterbricht den Streit mit ihrem Vater, zeigt auf Shakespeare)*: Wer ist das?

ROMEO: Ein englischer Tourist. *(Ruft)* Julia! Warum kommst du mir nicht zu Hilfe? *(Ab in Lucretias Zimmer)*

LUCRETIA: Sie kommt nicht, sie kommt nicht! *(Geht nach vorn, umkreist Shakespeare mit prüfenden Blicken, läßt ihr Taschentuch fallen)*

W. SH. *(hebt es auf und reicht es ihr)*:
O Gunst und Gnade, die du mir gewährst!
Hier, nimm das Tuch zurück, du süßer Engel,
Und hüt' es besser als Desdemona.

LUCRETIA: Ich heiße Lucretia. Hey!

W. SH. *(verneigt sich einigermaßen befremdet)*:
Was: hey? Ei was. Ich heiße William Shakespeare.

LUCRETIA: Ach so.

W. SH.:
Doch denen, die mir Freund sind, heiß' ich Willie.

LUCRETIA: Yeah. *(Läßt abermals ihr Taschentuch fallen, Shakespeare hebt es wieder auf)* Ich finde es riesig, daß hier jemand aufkreuzt, der kein so abgeschlaffter Typ ist wie die anderen. Du wirkst sehr sexy, weißt du das?

W. SH.:
Wohl hab' ich es bisweilen schon gehört,
Doch nie zuvor so gern, mein gnäd'ges Fräulein.

LUCRETIA: Quatsch. Sag Luky zu mir.

W. SH.:
WENN DIE MUSIK DER LIEBE NAHRUNG IST,
DANN STRÖMT'S AUS DEINEM NAMEN WIE MUSIK.
O Luky, Luky. O des Wohlklangs Fülle!

LUCRETIA: Macht's dir Spaß, so geschraubt daherzureden? Was bist du von Beruf?

W. SH.:
Ich bin ein Dichter, gnäd'ges Fraulein Luky.
Ich schreibe Dramen und versteh' mich auch
Aufs Schreiben von Komödien und Sonetten,
Die von der Lust und Qual der Liebe singen.

LUCRETIA *(erfreut)*: Ach? Ist das vielleicht von dir? *(Singt)* »She loves me, yeah, yeah, yeah …«

W. SH.:
Dies, my fair lady, leider nicht. Es wird
Von einem mindern Federfuchser stammen,
Mit dessen Nam' und Art ich nicht vertraut bin.

LUCRETIA: Schade. Na, vielleicht lernst du's noch. *(Läßt das Taschentuch fallen, hebt es auf)* Willie – ich flippe aus. *(Shakespeare versteht nicht)* Ich will von zu Hause weglaufen.

W. SH.:
Oh, daß der Himmel deinen Lauf beflügle!

LUCRETIA: Ich möchte Schauspielerin werden. Das stell' ich mir noch heißer vor als einen Trip. Und ich habe Talent! Ich trage keinen BH. Ist noch nicht erfunden.

W. SH.:

Du machst mich taumeln, Märchenbild! Du blendest
Mein Aug' mit deiner Glieder Ebenmaß.
Es müßten selbst Veronas Festungsmauern
Vor solchem Anblick beben, wo nicht stürzen!

LUCRETIA: Sense. Wollen wir zusammen ein Faß aufmachen?

W. SH.:

Nie drang so süße Frage mir ans Ohr
Und gab mich preis dem Wirbelspiel der Sinne.

LUCRETIA: Was?

W. SH.:

Ich steh' zu deinem Dienst, ein Faß zu öffnen.

LUCRETIA: Du bist riesig! *(Sie umarmt ihn. Langer Kuß)*

ROMEO *(erscheint in der Türe, hält betroffen inne)*: Santa Maria! Questo maledetto Bordello! Shakespeare! William! …

LUCRETIA *(läßt von Shakespeare ab)*: Wo brennt's?

W. SH. *steht verlegen, schneuzt sich laut in Lucretias Taschentuch.*

Romeo: Ich möchte wissen, Sie dubioser Barde, ob es zu Ihrer dramaturgischen Einheit von Zeit und Ort gehört, meine Tochter zu verführen?

W. SH. *(an die Rampe, spricht ins Publikum)*:

Beiseite: wehe mir! Ich bin ertappt.
Wie zieh' ich meinen Hals aus dieser Schlinge?

ROMEO: Gleichfalls beiseite: jetzt werf' ich ihn hinaus.

LUCRETIA *(stellt sich in Yoga-Positur auf den Kopf)*: Daddy, wir haben uns verliebt.

ROMEO: Mit dir spreche ich später, du Nutte.

W. SH.:

Mich treffe deines väterlichen Zornes
Blitz und Gewitter. Mich allein, nicht sie.
Doch laß dir sagen, edler Montague,
Daß ich für deine liebenswürd'ge Tochter
Das lauterste Gefühl im Busen hege
Und keine Absicht, die nicht ehrbar ist.

ROMEO *(kopfschüttelnd)*: Ein Geist in Ihrem Alter, Mr. Shakespeare, und ein vierzehnjähriges Mädchen?

ROMEO:

Ward eines Weibes Reiz und Wohlgestalt,
Der Brüste Rund nach Jahren je gemessen?
Ich bin entflammt, als wär' ich selber vierzehn!

ROMEO *(faßt ihn am Arm und drängt ihn zur Türe)*: Ein paar Tage Abkühlung werden Ihnen guttun.

W. SH. *(flehentlich)*:

Momo!

ROMEO *(bugsiert ihn hinaus)*:

Adieu, Schwan vom Avon!

W. SH.:

Ich gehe, doch ich scheide nicht von hinnen.
In Wahrheit ist dies Ende ein Beginnen!

LUCRETIA: Ciao!

W. SH.: Ciao! *(Ab)*

ROMEO *(zu Lucretia)*: Du wirst mit ihm weder ein Faß noch sonst etwas aufmachen.

LUCRETIA: Warum nicht? Der Mann ist einsame Spitze.

ROMEO: Der Mann ist ein kompletter Versager. Und kein Verkehr für Romeo Montagues Tochter.

LUCRETIA: Reg dich nicht auf. Er schreibt sehr gute Theaterstücke. Das hat er mir selber gesagt.

ROMEO: Ja? Wirklich? Hast du schon einmal eine Kritik über ihn gelesen?

LUCRETIA: Ich will mit ihm auf einen Trip gehen.

ROMEO: Kommt nicht in Frage. Vergiß nicht, daß der Kerl deine Mutter und mich beinahe umgebracht hat.

LUCRETIA: Ich gehe mit ihm aus und ich werde mit ihm schlafen.

ROMEO *(setzt sich an den Tisch und beginnt zu essen)*: Erst mach deine Hausaufgaben.

LUCRETIA: Du und Mammi, ihr zwei werdet mich nie verstehen. Ihr denkt ja nur ans Geld und ans Essen und an eure ewigen Streitereien. Aber was das Leben wirklich lebenswert macht, davon habt ihr keine Ahnung! Romeo und Julia! Was wißt denn ihr zwei von Liebe!

ROMEO *(kauend)*: Wir kommen sehr gut miteinander aus, die Mama und ich.

LUCRETIA: Ihr könnt euch nicht riechen. Ihr habt überhaupt keine Beziehung zueinander. Ihr seid Lügner, Heuchler, Reaktionäre. Warum, zum Teufel, laßt ihr euch nicht endlich s c h e i d e n ? *(Ruft)* Willie!

W. SH. *(erscheint prompt, zieht Lucretia mit sich fort)*:
Lebt wohl, und grüßt Signora Montague.
Wir »flippen aus«. Ihr speist in Ruh!

ROMEO: Nein! Das gibt's nicht! *(Springt auf, verschluckt sich, stürzt zur Türe)* Luky, komm sofort zurück. Zurück, sag' ich, du … DU LOSE DIRNE, DU TALGGESICHT, DIE FINGER JUCKEN MIR, DU HEXE … Wo hab' ich das schon gehört? Ach ja, richtig, das hat der alte Capulet zu meiner Julia gesagt. Der hat gewußt, wie man ihresgleichen behandelt. *(Ruft zur Türe hinaus)* Nutte!

JULIA *(kommt aus Lucretias Zimmer, wendet sich in sehr ruhigem Ton an Romeo)*: Momo, was soll dieses Gebrüll. Glaubst du nicht, daß es bessere Erziehungsmethoden gibt als Schreien und Schimpfen?

ROMEO: Sie ist auf einen Trip gegangen. Mit Willie.

JULIA: Was? Und du hast sie gehen lassen?

ROMEO: Jetzt schieb's noch auf mich! Du weißt doch ganz genau, daß dein Freund und Schöpfer Shakespeare daran schuld ist. Auch du warst ja vierzehn Jahre alt, als er dich seinerzeit schrieb. Seither hat er's mit den Minderjährigen. Man kennt diese Sorte. Und deine Tochter fällt natürlich auf ihn herein. Sie ist wirklich ein durch und durch mißratenes Kind.

JULIA *(korrigiert sanft)*: Sie ist ein schwieriges Kind. Sie hat Kommunikationsschwierigkeiten.

ROMEO: Kommunika – was?

JULIA: Verhaltensprobleme. Gemeinschaftsblockaden. Zurechtfindungsunsicherheiten.

ROMEO *(verständnislos)*: Ich verstehe.

JULIA: So geht es heute fast allen Kindern.

BEIDE:
Ob im Süden, ob im Norden,
ob auf Bergen, ob am Meer:
überall und allerorten
haben's Eltern heute schwer.
Denn die Kinder, die sie kriegen,
wollen ohne Unterlaß
nur ihr eigenes Vergnügen
wollen nichts als ihren Spaß.
ROMEO:
Bin ich als Halbwüchsiger vielleicht tagelang
von zu Hause weggeblieben?
Habe ich nachts jungen Mädchen ins Fenster geschaut?
Habe ich etwa an jeder blutigen Straßenschlacht teilgenommen?
Habe ich wen umgebracht?
BEIDE:
Ja, und wie!
Werte Eltern, laßt die Klagen,
kramt in der Erinnerung:
Vor knapp zwei-, dreitausend Tagen
wart ihr nämlich selber jung.
Eurer Kinder Ungenügen
ist doch weder neu noch kraß.
Laßt den Kindern ihr Vergnügen,
laßt den Kindern ihren Spaß!
JULIA:
Aber andrerseits: gab es für mich, als ich jung
war, etwas Wichtigeres als die Schule und das
Lernen?
Habe ich vielleicht lieber nach kleinen Mönchen
Ausschau gehalten?
Ging ich mit jemandem ins Bett, den ich erst
am Tag zuvor kennengelernt hatte?

BEIDE:

Ja, und wie!
Werte Eltern laßt die Klagen
und den Blick zurück im Zorn.
Blickt mit hämischem Behagen
und voll Zuversicht nach vorn.
Auch die Kinder kriegen Kinder
und dann seid ihr wieder quitt,
denn dann machen sie nicht minder
mit den Kindern etwas
sinnlos
maßlos
grausam
gräßlich
unermeßlich und unsäglich unerträglich
herzzerreißend Schweres mit!

Nach Beendigung des Liedes verfallen die beiden wieder in ihr übliches Treiben: Romeo, am Eßtisch, stopft sich mit Rettich voll, Julia, am Toilettentisch, legt allerlei Gesichtscreme auf, wobei sie das Publikum – wie schon einmal zuvor – als fingierten Spiegel benützt.

ROMEO *(nimmt einen Schluck Wein)*: Willst du nicht etwas essen, Julia?

JULIA *überhört ihn, vertauscht ihre Tagesperücke gegen die nächtliche mit den Wicklern.*

ROMEO: Julia! Ob du nicht essen willst.

JULIA: Ich hab' keinen Hunger. Ich hab' Sorgen, Momo. Wenn unsere Luky sich wirklich mit diesem Kerl einläßt …

ROMEO: Im Augenblick können wir nichts tun als warten. Und vielleicht versuchen, unsere eigenen Probleme zu lösen.

JULIA *(die während der ganzen folgenden Szene kaum zuhört, antwortet zerstreut)*: Ja, ja, Probleme. Wer hätte die nicht.

ROMEO *(trinkt)*: Eines unserer Probleme, liebste Julia, besteht zum Beispiel darin, daß ich genug habe. Von allem.

JULIA: So ist das Leben.

ROMEO: Sogar Lucretia hat schon gemerkt, daß unsere Ehe zu einem trostlosen Leerlauf geworden ist. Trostlos und sinnlos. Ich war dir niemals untreu, Julia, ich habe in all den Jahren niemals eine andere Frau angerührt, nicht einmal in Gedanken. Nur dich! Vor allem in Gedanken. Warum sich das so entwickelt hat, weiß ich nicht. Aber es hat sich nun einmal so entwickelt. Wahrscheinlich soll man eine Vierzehnjährige nicht heiraten. Auch keine Fünfzehnjährige. Auch keine Zwanzigjährige. Am besten überhaupt keine. Weiß der Teufel. Dabei hat's in der ersten Nacht mit uns beiden hervorragend geklappt. Aber von da an – wie abgeschnitten.

JULIA *reibt ihre Gesichtscreme ein, antwortet nicht.*

ROMEO: Julia, wir müssen uns scheiden lassen. Auch wenn es noch so schwer sein wird für uns beide, es muß sein. Es ist der einzige Ausweg, der dir und mir noch offensteht. Der einzige, beste und sauberste Ausweg. Die Scheidung. *(Holt tief Atem)* So. Jetzt hab' ich's gesagt. Mein Schicksal liegt in deiner Hand. Julia, sprich das Urteil.

JULIA *(wendet sich langsam zu Romeo um, sieht ihn nachdenklich an)*: Momo, ich brauche ein Dienstmädchen.

ROMEO *glotzt fassungslos*

JULIA: Ich muß eine Hilfe im Haus haben. Ich kann ohne Mädchen nicht länger auskommen. Schließlich habe ich nur zwei Hände – und schau sie dir an! *(Legt Handcreme auf)*

ROMEO: Hast du mir eigentlich zugehört? Weißt du, was ich gesagt habe?

JULIA: Genau.

ROMEO: Und zwar was?

JULIA: »Hast du mir eigentlich zugehört? Weißt du, was ich gesagt habe?«

ROMEO: Richtig. Wort für Wort richtig. Und dann wirst du mir wohl auch zuhören, wenn ich deutlicher werde. Also paß auf. Ich bin nicht für die Ehe gemacht. Die Ehe ist etwas für Frauen. Frauen sollen heiraten – aber wir Männer: nein! Ich will meine Freiheit haben, ich will ein Geschlechtsleben haben, ein sehr intensives Geschlechtsleben, verstehst du? Keine formale Ehegemeinschaft, die bestenfalls auf intellektueller Affinität beruht, verstehst du?

JULIA: Natürlich. Ich bin ja nicht taub.

ROMEO: Also? Was habe ich gesagt?

JULIA: Intellektuelle Affinität. Formale Ehegemeinschaft. Willst du n i c h t haben. Intensives Geschlechtsleben. Willst du haben.

ROMEO: Richtig. Und was sagst d u dazu?

JULIA *(unterbricht ihre Schönheitspflege)*: Ich mache dir einen Kompromißvorschlag, Momo: dreimal in der Woche.

ROMEO *(in panischem Schreck)*: Was – dreimal in der Woche?

JULIA: Montag, Mittwoch und Freitag. Damit wäre mir schon geholfen. Und das sollten wir doch bewältigen können, Momo. Von acht bis zwei.

ROMEO *(entsetzt)*: Von acht bis zwei?

JULIA: Ja. Dann brauchen wir ihr nur ein halbes Gehalt zu zahlen und keine Krankenversicherung. Ich m u ß ein Mädchen haben, Momo, sonst brech' ich zusammen. Eine, die das Frühstück macht und die es mir ans Bett bringt. Sag ja, Momo, ich flehe dich an.

ROMEO *(explodiert)*: Wie könnte ich nein sagen, mein Lämmchen! Wie könnte ich gegen die Gesichtscreme aufkommen, die dir die Salbenhexe an der Ecke für zwanzig Kronen andreht. Ich hasse Gesichtscreme, weißt du. Ich hasse sämtliche Arten von Creme und ich hasse die Weiber, die unter der Creme liegen. Ich will mit ihnen schlafen und Schluß. Und wenn du noch mehr wissen willst: Ich habe alle deine Freundinnen aufs Kreuz gelegt, jede einzelne hab' ich gehabt, und deine Dienstmädchen obendrein. Darum sind sie nie geblieben, sie waren meinem erotischen Überdruck nicht gewachsen. Ich brauche meine Freiheit, und wer sich mir in den Weg stellt, tut es auf eigene Gefahr! *(Er ist hinter Julia getreten und legt seine Hände um ihren Nacken)* Vergib mir, Herr! Das ist das Ende, Julia! …

JULIA *(mit ihrer Kosmetik beschäftigt)*: Ja, gut … Nur etwas tiefer, und mehr nach links …

ROMEO *beginnt sie mechanisch zu massieren.*

JULIA: Und jetzt etwas höher … nach rechts … ja, dort … ah, das tut wohl. Du bist ein Schatz, Romeo …

ROMEO *(massiert weiter und flucht italienisch)*: Ich werde wahnsinnig. Gibt es denn keine Lösung?

JULIA: Doch, ich sagte es ja schon: halbtägig, dreimal in der Woche.

ROMEO *stöhnt auf, läßt sich aufs Bett fallen und schläft ein.*

JULIA *(ihr Gesicht bearbeitend)*: Einmal wöchentlich leichte Wäsche ... Und den Rest besprechen wir noch. Abgemacht, mein Liebling? Ich danke dir ... *(Wendet sich um, erblickt den schlafenden Romeo)* Momo! Momo! In diesem Haus hört einem niemand zu! ... *(Schüttelt den Kopf, beendet ihre Toilette)*

Leise Musik. Die Szene verdunkelt sich. Ein Lichtstrahl fällt auf den eintretenden Shakespeare, der langsam an die Rampe geht und zum Publikum spricht.

W. SH.:

Ihr saht den ersten Teil des heitern Spiels
Vom Lauf der Leidenschaft, vom Umschwung des Gefühls,
Von zwei Liebenden, die einst gen Himmel schwebten
Und, leider ihre Liebe überlebten.
Ihr saht, was jeder Frau und jedem Mann
Im Bund der Ehe widerfahren kann
Und wie sie ineinander sich verbeißen,
Selbst wenn sie Romeo und Julia heißen.
Ihr Höhenflug, den ich mit Fleiß besungen,
Glitt dennoch ab in trübe Niederungen.
Was dieses Spiel euch zeigt, was es euch lehrt,
Bedenkt es wohlgelaunt und unbeschwert
Bei munterem Gespräch, bei kleinem Schmause.
Wir sehn uns wieder. Nach der Pause.

Vorhang

ZWEITER TEIL

Die Szene wiederholt in allen Details genau den Beginn des 1. Teils, bis zu dem Augenblick, da Romeo seinen Pantoffel durchs Fenster wirft und den Hahn zum Schweigen bringt. Dann kehrt er ins Bett zurück, langt nach der Wärmflasche, schiebt sie wieder weg, seine Hand tastet zu Julia hinüber, er beginnt sie zu liebkosen, rollt sich an sie heran und über sie.

ROMEO: Wie wär's mit einer morgendlichen Umarmung, geliebtes Weib?

JULIA *(setzt sich im Bett auf – sie trägt das uns bekannte Nachthemd und die Perücke mit den Lockenwicklern)*: Schön wär's mit einer morgendlichen Umarmung, geliebter Mann.

ROMEO *(verdutzt)*: Was soll das heißen?

JULIA: Daß ich einverstanden bin.

ROMEO: Was ... Was willst du von mir?

JULIA: Ich? Du hast dich an mich herangemacht und hast mich gefragt: »Wie wär's mit einer morgendlichen Umarmung, geliebtes Weib?« Und ich habe gesagt: »Schön wär's mit einer morgendlichen Umarmung, geliebter Mann.«

ROMEO: Aber sonst sagst du doch immer: »Momo, laß mich in Frieden, ich kann das um diese Zeit nicht vertragen, hör auf, Momo, gib Ruh', Momo ...«

JULIA: Das war früher. Jetzt ist eine Wendung eingetreten. Eine Wendung zum Besseren. Seit gestern abend, seit du mir ein halbtägiges Mädchen dreimal wöchentlich mit einmal leichter Wäsche versprochen hast – seither bin ich ganz dein.

ROMEO: Ach so. Und was tun wir da?

JULIA: Ja, was denn wohl, ja, was denn nur. Wir beschwören unsere Jugend herauf. Wir bringen sie wieder zum Leben, wie damals in unserer Hochzeitsnacht, als ich mich dir ein erstes Mal hingab. *(Legt sich hin)* Bitte.

ROMEO: Wie war es noch? *(Zieht sich zurück)* Ich hab' keinen Kopf für solche Sachen.

JULIA *(kniet sich aufs Bett, deklamiert)*:

WILLST DU SCHON GEHEN? DER TAG IST JA NOCH FERN.
ES WAR DIE NACHTIGALL UND NICHT DIE LERCHE,
DIE EBEN JETZT DEIN BANGES OHR DURCHDRANG.

ROMEO: Wo sind meine Socken?

JULIA:

SIE SINGT DES NACHTS AUF DEM GRANATBAUM DORT.
GLAUB, LIEBSTER, MIR. ES WAR DIE NACHTIGALL.

ROMEO: Es war die Lerche.

JULIA:

ES WAR DIE NACHTIGALL UND NICHT DIE LERCHE!
(Setzt sich an den Toilettentisch)

ROMEO: Da sieht man's wieder. Jahrzehnte sind vergangen – und du kaprizierst dich noch immer auf deine Nachtigall. Wo ich dir doch schon damals gesagt habe: »ES WAR DIE LERCHE, DIE DEN MORGEN KÜNDET! UND NICHT DIE NACHTIGALL!« Habe ich dir das gesagt oder nicht? *(Ab ins Badezimmer)*

JULIA: Du hast es gesagt … *(wechselt die Perücke)* und ich habe deinen Irrtum sofort berichtigt: »NEIN, NICHT DIE LERCHE WAR'S, DIE DU GEHÖRT …« Klar?

ROMEO *(stürzt aus dem Badezimmer hervor)*: Klar ist nur eins: daß du schon damals eine rechthaberische Furie warst. Dabei bist du so unmusikalisch, daß du nicht einmal zwischen dem Schnattern einer Ente und Zirpen einer Heuschrecke unterscheiden kannst. Es war die Lerche!

JULIA: Es war die Nachtigall!

ROMEO: Lerche!

JULIA: Ein Blödsinn wird dadurch, daß man ihn wiederholt, nicht gescheiter. Aber du würdest ja um keinen Preis zugeben, daß du unrecht hast. Das ist typisch für dich. Es war die Lerche!

ROMEO: Es war die Nachtigall, die Nachtigall … Die Lerche? Was war es? …

JULIA *(ruft)*: William!

W. SH. *(erscheint durch die Tapetentüre)*:

Wär' ich nicht, der ich bin, ich fragte jetzt,

Was einst ein and’rer fragen wird: »Wer ruft mir?«
So frag’ ich denn: Was wünscht ihr, Montagues?

JULIA: Bitte erklären Sie diesem Schwachkopf, was für ein Vogel damals in der Morgendämmerung, gegen Ende des dritten Aktes, bei Ihnen gesungen hat, die Nachtigall oder die Lerche. Ich weiß genau, daß es …

ROMEO: Nicht soufflieren!

W. SH. *(zögernd)*:
Ihr denkt, so will mir scheinen, an den Morgen,
Darein die Nacht verdämmert war, in der
Ich euch zum ersten Mal zusammenführte …
Wofern Gedächtnis mich nicht trügt, so muß
In jener Nacht der Vogel, der euch sang …
Es muß, bedenk’ ich’s recht, schon früh am Tag
Gewesen sein, da sein Gesang erscholl …

JULIA: Sie scheinen sich nicht sehr genau zu erinnern, Maestro?

W. SH.:
Was Wunders, gnäd’ge Frau. Zuviel der Nächte,
Zuviel der Liebe, die aus meiner Feder
Ins Rampenlicht des holden Scheins getreten.
Wie sollt’ ich da noch wissen, welcher Vogel
An welchem Morgen welchem Paar trillert …
Doch hat, nun fällt’s mir ein! War es nicht dies:
HORCH, HORCH! DER LERCHE LIED AM HIMMELSDOM!

JULIA: Anderes Stück!

W. SH. *(setzt sich, murmelt)*:
I WISH IT WERE SLEEPING TIME, HAL, AND ALL WERE WELL.

JULIA: Mr. Shakespeare, ist das nicht viel Lärm um nichts? Man muß sich doch vorstellen, wie es in dieser Nacht zugegangen ist. Mein Herr Gemahl will nach Mantua fliehen – ich bin verzweifelt – ich halte ihn zum ersten und vielleicht letzten Mal in den Armen – das Schicksal rüttelt an der Türe – und wir, Romeo und Julia, das Liebespaar des Jahrhunderts, haben nichts Besseres zu tun, als eine halbe Stunde lang darüber zu streiten, ob es die Nachtigall oder die Lerche war. D a s nennen Sie Dramaturgie?

W. SH.:
Nicht Unbedachtsamkeit, dess' seid gewiß,
Noch Schwatzens eitle Lust hat mich getrieben.
Die Wechselrede bringt erhab'nen Sinn!
Die Vögel sind symbolische Parabeln
Der Menschheitssehnsucht, kraft der anima
Dem Animalischen sich strebend zu entwinden,
Um so, per anima ad astra, Läuterung
In erdentbund'ner Transzendenz zu finden.
(Ins Publikum)
So las ich's jedenfalls in einem Buch,
Das von gelehrter Hand geschrieben ward
Und mit der allegorischen Substanz
In meinen Dramen sich beschäftigte.
Weiß man, was man geschrieben hat?

ROMEO *(ins Publikum)*: Ich denke schon seit Jahren darüber nach, ob einer, der ins Publikum spricht, wirklich glaubt, daß ihn die auf der Bühne nicht hören. *(Tritt zurück)*

W. SH.:
Ich tu', als hätte ich ihn nicht gehört.
(Tritt zurück)

JULIA: Es war die Nachtigall!

ROMEO: Die Lerche!

W. SH. *(versöhnlich)*:
Entschlagt euch eures müßigen Disputs!
Lohnt es die Mühe denn, ihr guten Freunde,
Um einen Vogelmund sich zu ereifern
Und um ein lang verklung'nes Tirili?

JULIA: Tirili klingt nach Nachtigall.

ROMEO: Im Gegenteil!

JULIA: Darf ich fragen, was das Gegenteil von Nachtigall ist?

ROMEO: Natürlich Lerche. Es war die Lerche!

JULIA: Es war die Nachtigall!

W. SH.:
Ihr Lieben, haltet ein! Und laßt mich sehen,
Ob mich die Muse küßt zu neuer Fassung,

Die euren Streit beendet. Küß mich, Kate!
(Nach vergeblichem Warten, achselzuckend)
Sie küßt nicht. Ist Luky zu Hause?

ROMEO und JULIA *(gleichzeitig)*: Nein!

JULIA: Das könnte Ihnen so passen!

ROMEO: Wo bleibt der göttliche Funke, Sie heiserer Schwan?

W. SH. *(sammelt sich)*:
Nun denn, ich will's versuchen, Julia, etwa so:
Ob es die Lerche, ob's die Nachtigall,
Was tut's. Die Vögel zwitschern überall.
Ob es die Nachtigall, ob es die Lerche,
Ihr Zwitschern gilt gleichviel dem Fell der Zwerche.

JULIA: Was hat das Zwerchfell damit zu tun?

ROMEO: Er meint das Trommelfell.

W. SH.:
Ob Lerche, Amsel, Drossel oder Dommel,
Ihr Zwitschern gilt gleichviel dem Fell … der Trommel …
(Er beginnt zu lachen)

ROMEO: Und d e r will den Hamlet geschrieben haben?

JULIA: Man hört ja immer wieder, daß seine Stücke gar nicht von ihm sind.

W. SH.:
Verleumdung! Lüge! Niederträcht'ger Anwurf!
Ich kenn' ihn längst und sinn' vergebens,
Ob ich ihn schweigend soll erdulden, oder
OB'S EDLER IM GEMÜT, DIE PFEIL' UND SCHLEUDERN
DES WÜTENDEN GESCHICKS zurückzuschnellen!

JULIA: D a s nenne ich Text! *(Zu Romeo)* Fragt sich nur, ob es s e i n Text ist?

ROMEO: SEIN ODER NICHT SEIN, DAS IST HIER DIE FRAGE. *(Zu Shakespeare)* Wie erklären Sie die Tatsache, Mr. Shakespeare, daß Sie kein einziges Manuskript hinterlassen haben?

W. SH. *(stotternd)*:
Wie ich's erklär'? Was gibt's da zu erklären? …

ROMEO: Einiges. Manches. Vieles. Zum Beispiel: wer Ihre Stücke geschrieben hat?

Im folgenden dringen Romeo und Julia immer heftiger auf ihn ein, treiben ihn buchstäblich in die Enge.

JULIA: Ja, das möchten wir endlich erfahren. Wer?

ROMEO: Komm, Willie, spuck's aus. Wer war's? Francis Bacon?

JULIA: Christopher Marlowe?

ROMEO: Zum Teufel, ich will wissen, ob Shakespeares Werke von Shakespeare sind! Ja oder nein?

JULIA: Da haben wir's!

ROMEO: Dacht' ich's doch. Che furbo bastardo!

W. SH.:

Nun quill hervor, Geständnis! Von der Brust
Scheuch mir die Skorpione des Gewissens!
DENN BESSER SO UND SICH VERACHTET FINDEN,
ALS OHNE FUG GESCHMEICHELT SEIN! UNHEIL,
DU BIST AM ZUG. NIMM, WELCHEN LAUF DU WILLST.

ROMEO: Schon gut. Sie brauchen sich nicht mehr anzustrengen. Reden Sie, wie Ihnen der Schnabel gewachsen ist.

W. SH.:

Ach, Montague, er i s t mir so gewachsen.
Ob er's von jeher war, ob er erst später
Zu solchem Wuchs geriet – ich weiß es nicht.
Hab dennoch Dank für deinen edlen Ratschlag.
Ich bin der Jamben bis auf weitres müde.
In Prosa wird's mir leichter. Also –

ihr habt ja keine Ahnung, wie ich schon zu Lebzeiten unter dieser Rufmord-Kampagne gelitten habe, und seit meinem Tod erst recht. Sie läßt mich nicht ruhen. Ich muß mich ständig im Grab umdrehen wie ein – danke! – ich weiß schon. Und was das schlimmste ist: die Gelehrten haben recht. Shakespeares Werke sind nicht von Shakespeare, sondern von einem andern. Dieser andere hat auch an seiner Stelle das Globe-Theater geleitet, ist an seiner Stelle dort aufgetreten, hat überhaupt alles an seiner Stelle gemacht. Er war William Shakespeares Doppelgänger.

ROMEO: Wie hieß er?

W. SH.: William Shakespeare.

ROMEO *(fassungslos)*: Wie bitte?
JULIA: Was?
W. SH.:
Ihr habt richtig gehört. Auch er hieß William Shakespeare. Ein ärgerlicher Zufall, aber es kommt ja gelegentlich vor, daß zwei Leute denselben Namen tragen: William Shakespeare.
ROMEO: Und wer sind Sie?
W. SH.: William Shakespeare.
JULIA: Dann gibt es also drei. Der Doppelgänger ... Shakespeare ... und er ...
W. SH. *(verfällt wieder in seine pathetische Redeweise)*:
Ich bin's und bin es nicht. Wer dürfte sagen:
Dies s c h e i n t er nur zu sein und jenes i s t er.
IST, GNÄD'GE FRAU? NEIN, SCHEINT. MIR GILT KEIN IST.
Nennt mich Betrüger, Schwindler, Scharlatan,
Nennt mich den Barden und den Schwan vom Avon –
Ich, William Shakespeare, bleibe, der ich war,
Und war, ob ich's auch nie gewesen bin,
Doch der, als der ich bleibe: William Shakespeare.
Seht zu, wie ihr damit zu Rande kommt.
DER REST IST SCHWEIGEN. Shakespeare, sei mein Erbe!
Und so geschieht's zum zweitenmal: ich sterbe. *(Er stirbt)*
Romeo beugt sich über ihn, horcht sein Herz ab, nickt und applaudiert. Julia fällt in den Applaus ein. Shakespeare steht auf, verbeugt sich, schindet zwei weitere Verbeugungen heraus, und entschwindet durch die Tapetentüre.
JULIA: Alter Schmierist!
ROMEO: Finsterste Provinz. *(Da Julia sich zum Fortgehen anschickt)* Du bemühst dich auf den Markt?
JULIA: Ja. Damit du dich vollstopfen kannst.
ROMEO: Kauf Rettich.
JULIA: Sowieso. Wasch das Geschirr.
ROMEO: Warum immer ich?
JULIA: Weil wir kein Mädchen haben. Verschaff mir ein Mädchen.
ROMEO: Ist ja schon besprochen.
JULIA: Gehst du weg?

ROMEO: Vielleicht.
JULIA: Wann kommst du zurück?
ROMEO: Ich komm' schon.
JULIA: Was willst du zum Nachtmahl haben?
ROMEO: Egal. Irgend etwas.
JULIA: Rettich?
ROMEO: Ja. Rettich.
JULIA: Vielleicht auch Radieschen?
ROMEO *(in plötzlichem Ausbruch)*: Ja, auch Radieschen!
JULIA: Warum sagst du das nicht gleich? *(Ab)*
ROMEO: *(brüllt hinter ihr her)*: Rettich und Radieschen, Radieschen und Rettich, gehst du weg, wann kommst du zurück ... Ich komme überhaupt nicht zurück, ich ertrage das nicht, in diesem Haus ist kein Leben für mich, was hält mich hier ... *(Er erblickt die »Lisa« genannte Wärmflasche auf dem Bett, ändert Stimme und Gehaben)* Nur du, Lisa! Vergib mir! Du bist mein einziges Glück! *(Er preßt sie an sich)* Ich liebe dich, Lisa ...

Romeos Liebeslied an Lisa

ROMEO:

Mein Liebeslied, geliebte Lisa,
mein Liebeslied gilt dir allein.
Bis Parma, Padua und Pisa
will ich es singen, winseln, schrei'n!
Der ganzen Welt soll es erklingen
und soll durch Stiermark und Bein
zu Sonne, Mond und Sternen dringen,
denn ich bin dein und du bist mein!
Liebe Lisa, liebste Lisa,
nur wer deine Nähe kennt,
liebe Lisa, liebste Lisa,
weiß, wie heiß die Liebe brennt.
Immer will ich bei dir bleiben

ohne Ring und Sakrament,
liebe Lisa, liebste Lisa,
bis der kühle Tod uns trennt.

Ti voglio tanto bene, tesoro mio … Ich erinnere mich der Nacht, in der ich sie zum erstenmal mit Wasser füllte. Draußen goß es in Strömen, drinnen war es bitter kalt. Ich steckte sie in mein Bett und also gleich stieg eine wohlige Wärme in mir hoch. Ich war nicht mehr länger allein, ich hatte die Liebe meines Lebens gefunden: Lisa …

Liebe Lisa, liebste Lisa,
nichts und niemand kommt dir gleich.
Liebe Lisa, liebste Lisa,
du bist sanft und gummiweich!
Lockender als tausend Geigen,
zärtlich wie ein Engelschor,
liebe Lisa, liebste Lisa,
gurgelst du mir nachts ins Ohr …

Einmal ist sie fremdgegangen. Letztes Jahr, an einem eiskalten Wintertag begann sie zu rinnen. Ich wollte sie so richtig heiß haben und füllte sie mit siedendem Wasser, da bekam sie Magengeschwüre und brach zusammen. Ich brachte sie zur Reparatur und dabei ist es passiert. Am Abend – ich kann kaum weiter –, am Abend gab mir der Klempner eine andere Flasche – eine, die ich nie gesehen hatte. Nie. Er hatte die Flaschen verwechselt. Ich rannte wie ein Amokläufer durch die Stadt, bis ich sie gegen Mitternacht fand – im Bett eines reichen Geldverleihers, dio mio, che vergogna …

Ich bin tagelang nicht drüber weggekommen, nächtelang nicht. Ich hab's mit andern Flaschen probiert, nichts zu machen, es kam mir wie Bigamie vor, ich bin ein Ein-Flaschen-Mann …

Liebe Lisa, liebste Lisa,
du machst keine Nacht zur Fron,
liebe Lisa, liebste Lisa,

Niemals fragst du: schläfst du schon?
Alle Welt soll es erfahren,
daß noch nirgendwann und wo
zweie je so glücklich waren
wie Lisa und ihr Romeo!

Nach Beendigung des Liedes geht Romeo ab und läßt die Wärmflasche auf einem Sessel zurück.
Aus Lucretias Zimmer klingt lautes Gitarrenspiel.
Julia kommt durch den Haupteingang mit Einkaufskorb und Rettich wie schon einmal zuvor, stürzt in Lucretias Zimmer, und sofort geht der Krach wieder los, hinter der Szene.

JULIA: Schluß mit dem Geklimper! Mach deine Hausaufgaben!

LUCRETIA: Ich hasse dich! Ich geh' auf und davon! Mit Willie!

JULIA: Davon kann keine Rede sein! Das erlaube ich nicht! Auch Papa erlaubt es nicht! Du bleibst! Verstanden? ... *Man hört das Klatschen einer Ohrfeige. Julia wankt auf die Szene.*

JULIA: Ich habe eine Schlange an meinem Busen genährt, eine Schlange, die es wagt, ihre Hand gegen die eigene Mutter aufzuheben ... Das hat dir wahrscheinlich dein Willie beigebracht! Nutte! Dirne! Hure! *(Läßt sich erschöpft in den Sessel fallen, auf dem die Wärmflasche liegt, zerrt sie hervor, schüttelt sie wütend)* Und das gilt auch für dich! Verführst den Vater meines Kindes – raubst mir seine Liebe – was ist denn schon an dir dran – was hast du denn, was ich nicht habe – warte, ich wird' dich lehren ... *(Sie hat die Wärmflasche zu Boden geschleudert und springt auf ihr herum)* Da – da – da! *(Unbemerkt von ihr tritt Pater Lorenzo durch das Fenster ein)*

PATER *(im Rhythmus ihrer Sprünge)*: Hopp – hopp – hopp!

JULIA *(führt ihn zu einem Sessel, küßt seine Hand)*: Sie müssen verzeihen, ehrwürdiger Vater. Lisa hat mich aus der Fassung gebracht. *(Befördert die Wärmflasche mit einem Tritt unter das Bett)*

PATER: Warum bist du so aufgeregt? D u bist doch die richtige Ehefrau.

JULIA: Allerdings. Und daran liegt es ja. Ich will mich scheiden lassen!

PATER: Was für ein sündiger Gedanke, meine Tochter, meine … wie heißt du?

JULIA: Ophelia.

PATER: Richtig. Und warum bin ich hier?

JULIA: Um mir zu helfen, hoffentlich. Ich habe Ihnen doch erst unlängst die Hölle meines Ehelebens geschildert. Gewiß erinnern Sie sich nicht.

PATER: Ich erinnere mich.

JULIA: Wirklich?

PATER: Ja. Ich erinnere mich ganz deutlich, daß ich's vergessen habe.

JULIA: Immerhin ein Fortschritt. Und jedenfalls ist es seither noch schlimmer geworden. *(Deutet auf die Stelle zu Füßen Pater Lorenzos)* Platz?

PATER: Natürlich.

JULIA *(kniet)*: Ich wollte Sie etwas fragen, Vater. Sind Sie sicher, daß meine Ehe mit Romeo gültig ist?

PATER: Vollkommen sicher. Absolut gültig. Ich selbst habe euch ja verheiratet.

JULIA: Und wenn sich herausstellt, daß mein Mann keinen Gebrauch von ihr macht?

PATER: Auch eine solche Ehe ist gültig. Traurig, aber gültig. Wenn er ein Krimineller wäre, gäbe es vielleicht eine Möglichkeit … Sag, mein Kind: hat er nicht vor Jahren einmal so eine blonde Person erwürgt … in Venedig …

JULIA: Das war ein anderer, ehrwürdiger Vater.

PATER: Ach, der Würger von Venedig, das war er nicht?

JULIA: Nein.

PATER: Das würde zu lange dauern?

JULIA: Ja, zu lange. Wie wär's mit Verführung einer Minderjährigen?

PATER: Hm. Wer war die Minderjährige?

JULIA: Ich.

PATER: Und wer hat dich verführt?

JULIA: Er.

PATER: Wer?

JULIA: Romeo. Der mit dem schwarzen Wams und dem Totenkopf.
PATER: Vor der Hochzeit hat er dich verführt?
JULIA: In der Hochzeitsnacht. N u r in der Hochzeitsnacht.
PATER: Hilft nichts. Ehelicher Geschlechtsverkehr ist kein Scheidungsgrund. Deine Ehe ist gültig.
JULIA: Aber ich m u ß ihn loswerden, ich m u ß … *(Sucht nach der Tasche in Pater Lorenzos Kutte, greift hinein)* Pater Lorenzo, ist Ihnen aus dem Originalstück nicht vielleicht ein wenig Gift übriggeblieben?
PATER: Was fällt dir ein, du unartiges Kind!
JULIA *(beginnt ihn zu umschmeicheln, was er kichernd und mit wachsendem Vergnügen aufnimmt)*: Nur eine Kleinigkeit, ehrwürdiger Vater … nur ein paar Tropfen, Papa … Gerade genug, um ihn in einen etwas längeren Schlaf zu versetzen … genau wie damals, höchstens zwei Tage … Und wenn er aufwacht, bin ich über alle Berge … na, Pappili?

Julia, mit der einen Hand Pater Lorenzo liebkosend, hat mit der anderen aus seiner Tasche ein grünes Giftfläschchen hervorgeholt, jauchzt auf, schnalzt einen Kuß auf die Wange Lorenzos, der das mißversteht und sie umfangen will. In diesem Augenblick wird von draußen Romeos Stimme hörbar.

ROMEO *(Tonbandstimme)*: Julia! Bist du zu Hause?
JULIA: Um Himmels willen, mein Mann!
PATER: Das ist doch zu dumm! In jeder Vorstellung unterbricht er mich genau an dieser Stelle! *(Er rafft sich auf und läßt sich zum Fenster hinaus)*

FEUER, GLÜHE! KESSEL, SPRÜHE!
ZISCHE, GIFT, IN HEISSEM SCHWALLE,
DASS DER ZAUBER UNS GEFALLE
UND DEM ZWECKE SICH GEWÖHNE …
Macbeth, dritte Hexenszene! *(Sie entfernt sich)*

Shakespeare ist eingetreten, als Richard III. kostümiert.

W. SH.:

Nun wird der Winter meines Mißvergnügens
Glorreicher Sommer durch die Sonne Yorks.
’s ist an der Zeit, daß der Verlauf des Dramas

Sich so vollzieht, wie es von mir geplant war.
Die beiden, die in frevlem Übermut
Sich einer neuen Fassung hier erdreisten,
Sie sollen merken, wer ihr Schöpfer ist
Und wer bestimmt, wie sie zu enden haben.
Nicht die Figuren sind's, die das bestimmen!
Es ist der Dichter, der die Stücke schreibt,
Und dem das Ende überlassen bleibt.
(Zum eintretenden Romeo)
Ich bring' Dir wicht'ge Zeitung, Romeo!
Sie ward durch einen Boten mir zuteil,
Der außer Atem schier und keuchend ankam,
Wo ich, wenn dumpf die Geisterstunde schlägt,
Irdische Nachricht zu empfangen pflege.

ROMEO: Keine Details, bitte. Um was geht es?

W. SH.:
»Gehen« ist ein Wort, das sich vortrefflich fügt
Zu dem, was vorgeht. Doch die vordem ging –
Sie geht nicht mehr und kann auch nicht mehr stehn.
Sie liegt. Und das ist alles, was sie kann.
Sie kann sich nicht einmal mehr tragen lassen,
Und trägt man sie, so merkt sie es nicht mehr.

ROMEO *(Hoffnungsfroh)*: Willie, Sie sprechen doch nicht von …

W. SH.:
Ich spreche von Signora Capulet,
Des edlen Hauses hochbetagte Lady,
Die von der guten Amme Jahr um Jahr
Treppauf, treppab getragen wurde.
Treppauf, treppab, bis plötzlich heut'
Die Arme ihrer treuen Dienerin,
Nachgaben und die Last entgleiten ließen
Auf des Palazzos steinernem Gestuf.
Hart schlug sie hin, und hart schlug sie das Schicksal.

ROMEO *(strahlt)*: Soll das heißen, daß sie …

W. SH.
Der Himmel geb dir Kraft, es zu ertragen.

ROMEO: Schrecklich, schrecklich. Wer hätte das gedacht.
W. SH.:
  Ich weiß nicht, Montague, wer es gedacht hat.
  Wer es gewünscht hat, könnte ich mir denken.
ROMEO: Ein tragisches Ende …
W. SH. *(pathetisch)*:
  Es hilft dem Menschen weder Macht noch Geld,
  Wenn er auf eine Marmortreppe fällt.
ROMEO: Ein Fall!
W. SH.: Ein Knall!
ROMEO: Ein Plumps!
ROMEO: Welch tragische Fügung!
W. SH.:
  TU GELD IN DEINEN BEUTEL, Montague!
  In deiner großen Trauer tröste dich
  Die größ're Erbschaft, die dir nach Gesetz
  An deiner Ehegattin Seite zusteht.
ROMEO: Und ich war drauf und dran, mich von ihr scheiden zu lassen …
W. SH. *(intrigant)*:
  D e m Unheil hast du freilich vorgebeugt.
  Wenn aber nun – ich sage »wenn« und »aber«
  Und sage »Gott verhüt's« – wenn aber nun
  Ein zweites Unheil Julien beträfe –
  Ich sage nochmals: »wenn« –, dann könntest du
  Das Geld allein in deinen Beutel tun.
ROMEO: Kein Wort weiter! Weiter! …
W. SH.:
  Ich hör' dich, Romeo, mit Wohlgefallen.
  Denn wahrlich, keine Worte braucht es hier.
  Was nottut, ist die Tat. Nimm dieses Fläschchen!
  (Zieht ein mit roter Flüssigkeit gefülltes Fläschchen hervor)
ROMEO *(weicht zurück)*: Was ist das?
W. SH.:
  Es ist, was du bedarfst. Frag nicht, und handle!
  Du bist mit solchem Gift schon umgegangen.

ROMEO *(weicht zurück):* Und woher stammt es?

W. SH.:

Ich habe es Hamlets Vater aus dem Ohr geholt!
Ich trage stets ein Fläschchen Gift mit mir.
Für alle Fälle. Wenn eine Tragödie
Am Schluß ins Stocken zu geraten droht,
Kann ich zum rechten Ende ihr verhelfen.

ROMEO *(nimmt das Fläschchen zögernd entgegen)*: Ist eine Gebrauchsanweisung dabei?

W. SH.:

Der Apotheker – du entsinnst dich seiner –
Hat einst in Mantua dafür gesorgt.
(Liest vom Etikett)
TUT DIES IN WELCHE FLÜSSIGKEIT IHR WOLLT
UND TRINKT ES AUS … ES HILFT EUCH GLEICH VON DANNEN.

ROMEO: Mir?

W. SH.:

Dem, der es trinkt. *(Mit Betonung)* Der, d i e es trinkt. Verstehst du?

ROMEO: Ich habe Angst …

W. SH.:

BEGRABEN WILL ICH Julien, nicht dich.

Romeo: Sie ist immerhin die Mutter meines Kindes …

W. SH.:

Ich weiß, ich weiß. Allein: Wer ist der Vater?
Hat Romeo dies schon einmal bedacht?

ROMEO: Maestro, Sie sind ein Monstrum. Sie lassen sich wirklich keine Schurkerei entgehen …

Er verschwindet mit dem Gift in der langsam sich verdunkelnden Szene. Ein Scheinwerfer fällt auf Shakespeare, der nach einigen Sekunden an die Rampe tritt.

W. SH.:

Du hast so unrecht nicht, mein Romeo!
Von Schurkerei und grausigem Verrat,
Von Mord und unerhörten Missetaten
Sind meine Dramen bis zum Rande voll.

Shakespeares Song

W. SH.:

Die Welt ist eine Shakespearebühne,
die Shakespearebühne eine Welt.
Drauf wird das Spiel von Schuld und Sühne
auf Tod und Leben vorgestellt.
Das Spiel von jenen großen Tieren,
die auf der Jagd nach Geld und Macht
die Krone und den Kopf verlieren,
dieweil der Narr darüber lacht …

Und es folgt dem bunten Spiele
das geneigte Publikum
einmal lachend, einmal weinend,
einmal vor Entsetzen stumm.
Manchmal klopft es sich die Schenkel,
manchmal macht das Spiel ihm Pein,
und so soll es, und so soll es,
und so soll es ja auch sein!

Da kommen Könige und Diebe,
ein Säufer, ein verliebter Mohr
und nackter Haß und wahre Liebe
dicht neben Glück und Wahnsinn vor.
Zu Bergen türmen sich die Toten
und nach dem zärtlichsten Gedicht
reißt schon der Rüpel wieder Zoten
und grinst ins volle Rampenlicht.

Und so sieht denn im Theater
ein geneigtes Publikum,
daß das Leben kunterbunt ist
und das Schicksal blind und dumm.
Daß das Große nicht nur groß ist
und das Kleine nicht nur klein

und so soll es, und so soll es,
und so soll es ja auch sein!

Im Gaukelspiel der Komödianten
stellt schrecklich sich und wunderbar
der Mensch in seinen Varianten
und seinen Widersprüchen dar.
Aus höchster Lust wird tiefe Trauer,
aus Liebenden ein Ehepaar.
Was süß gewesen ist, wird sauer,
und läppisch, was erhaben war …

Ja, so sieht sich auf der Bühne
das geneigte Publikum
eigentlich genaugenommen
immer nach sich selber um.
Sich erkennend wie im Spiegel
sieht es dies und jenes ein,
ja so war es, ja so ist es
und so soll es ja auch sein!

Trommelwirbel im Hintergrund. Dumpfe Glockenschläge. Die Szene verfinstert sich.
Lichteffekte über Shakespeares Gestalt. Er hüllt sich in die liegengelassene Bettdecke.

W. SH. *(mit Grabesstimme)*:
Julia! Julia!

JULIA *(kommt hervor, mit Eimer und Putzlappen, eine Reinemachefrau in voller Tätigkeit)*: Was ist los?

W. SH. *(wie oben)*:
ICH BIN DEINES VATERS GEIST.

JULIA *(desinteressiert)*: Tatsächlich?

W. SH.:
VERDAMMT AUF EINE ZEITLANG, NACHTS ZU WANDERN
UND TAGS IN HEISSE FLAMMENGLUT GEBANNT.

JULIA: Recht geschieht Ihnen.

W. SH.:

Bist du des Mitleids fähig nicht, noch willens?

JULIA *(in ihrer Arbeit fortfahrend)*: Mitleid mit Ihnen? Sie sehen doch, in was für eine Lage Sie mich gebracht haben. Hätten Sie nur ein wenig Voraussicht besessen, dann wäre mir diese unglückselige Ehe erspart geblieben. Aber Ihnen ging's ja nur darum, »die beiden feindlichen Häuser« zusammenzuführen. Entspannungspolitik, was? Auf meine Kosten!

W. SH.:

Wofern die Schuld an mir liegt, will ich sie
Zu tilgen unternehmen. Hör mich, Julia:
Du mußt dich Romeos entledigen.

JULIA: Was Sie nicht sagen. Und warum, auf einmal?

W. SH.:

Es ist an dem, daß deine greise Mutter,
Signora Capulet, die edle Gräfin,
Sie kam zu Fall – zu Sturz – kurzum: zu Tode
Und haust nunmehr bei mir im Geisterreich.

JULIA *(gleichgültig)*: Gute Unterhaltung. *(Dabei schiebt sie Shakespeare, der ihr im Weg steht, zur Seite)*

W. SH.:

Versperrst du dich im Hintersinn der Botschaft
Und merkst nicht, was ich dir bedeuten will?

JULIA: Achtung! Hier ist es noch naß.

W. SH. *(eindringlich)*:

Die Gräfin ist nicht mehr. Doch ist ihr Reichtum,
Doch ist ihr Gold verblieben. D i r verblieben.
Vielmehr: es w ä r e dir verblieben, gäb' es
Den Romeo nicht, mit dem du's teilen mußt.
Soll dieser Laffe, der dich erst verführt
Und dann vergiftet hat, soll dieses Vieh
Nun meines hart erworb'nen Golds genießen?
MEIN KÖNIGREICH FÜR EIN PFERD?

JULIA *(hebt die Flasche mit vergiftetem Wein)*: Das ist sehr freundlich von Ihnen, aber ich bin auf Ihre geisterhaften Ratschläge nicht angewiesen. Ich habe meine eigene Lösung. Verschwinden

Sie, verdampfen Sie, verduften Sie, machen Sie, was Sie wollen, aber lassen Sie mich endlich in Frieden. *(Mit Betonung)* Mr. Shakespeare! *(Volles Licht auf die Bühne. Julia geht mit ihrem Zeug ins Badezimmer ab)* Ein großer Schauspieler waren Sie nie, bleiben Sie beim Schreiben!

W. SH. *(bleibt sichtlich betreten zurück, legt die Decke ab, ruft)*: Lucretia! Luky! Bist du nicht zu Hause? …

LUCRETIA *(aus ihrem Zimmer)*: Wart einen Augenblick! Ich zieh' mich nur an!

W. SH. *(an der Rampe)*:

VERBIETE DU DER SONNE, HELL ZU SCHEINEN,
Verbiete du der Frau, die dir verheißt,
Sie brauche nur noch einen Augenblick –
Verbiet' ihr, eine Stunde noch zu brauchen.
Sei's drum. Das liefert mir willkomm'nen Anlaß,
Der Leitung dieses löblichen Theaters
Aufs ehrerbietigste dafür zu danken,
Daß sie ein hochgeschätztes Publikum
Mit einem Shakespeare hat bekannt gemacht,
Der durchaus lebt, ein Geist aus Fleisch und Blut,
Der von der Klassik staubichtem Kothurn
Freudig herabsteigt und des Spiels Beschauern
Sich freudig beigesellt.

Er mischt sich unter das Publikum, schüttelt Zuschauerhände, verteilt Autogramme, etc.)

Wie geht's Euch, edler Lord?
Und Eurer Lady? Findet Ihr Gefallen
An unserer Bemühung? Seid bedankt!

Die Szene im Publikum hängt weitgehend von der herrschenden Stimmung und vom Improvisationstalent des Schauspielers ab. Hier ein Textvorschlag:

Guten Abend, mein Herr – wie war der Name? Freut mich. Dabljuh Shakespeare der meine. Ich wollte Sie schon immer kennenlernen – der Kontakt mit dem Publikum ist ja für uns Autoren sehr wichtig. Dabei ist dieses Stück, wie Sie wissen, gar nicht von mir. Ich bin nur der Ghostwriter … Wie gefällt es Ihnen, gnädige Frau? Sehr? Das wundert mich – nein, ich bin begeistert. Und Ihnen? Es gefällt Ihnen nicht? Schade. In solchen Fällen muß ich immer an meinen großen Kollegen Goethe denken, an das bekannte Wort aus seinem Götz von Berlichingen: »Wo viel Licht ist, ist auch viel Schatten …« Haben Sie irgendwelche Fragen? Oder Probleme? …

LUCRETIA *(tritt aus ihrem Zimmer, in Bluejeans, die Gitarre am Rücken, einen Brief in der Hand, hält nach Shakespeare Ausschau)*: Willie! Wo bist du?

W. SH.:
Hier kommt m e i n Problem. Sieht reizend aus, finden Sie nicht?

LUCRETIA *(ruft)*: Hey, Willie!

W. SH.:
Der Ruf der Leidenschaft! The show must go on! *(Kehrt auf die Bühne zurück)*
Man hat mich im Verlauf des Dialogs
Geziehn, daß ich mein Handwerk nicht beherrsche.
Nun, hier beweise ich das Gegenteil,
Indem ich dieses schlankgewachs'ne Mädchen
In Männerkleidung jetzt erscheinen lasse.
Ich hab' mit solchem Trug und list'ger Täuschung
Schon in Illyrien, im Ardennerwald
Manch' ein verworr'nes Gaukelspiel getrieben.
Ich treib's auch hier. *(Wieder zu Lucretia)*
Wohin des Wegs, mein Knabe?

LUCRETIA: Wohl wahnsinnig geblieben! Was heißt hier Knabe? Erkennst du deine Luky nicht?

W. SH.:
Warum bist du dann knäbisch angetan?

LUCRETIA: Das ist meine normale Kleidung. Komm, gehen wir.

W. SH.:
Des Dramas spannungsreich geschürzter Knoten
Hält mich noch hier zurück. Wir gehen alsbald.

LUCRETIA: Nein, jetzt gleich. Ich kann's nicht erwarten, Willie. Ich hab' auch schon meinen Abschiedsbrief geschrieben. *(Legt ihn auf den Tisch)* Wir gehen durch, wir flippen aus, wir fahren ab, wir werden die ganze Zeit high sein. Es wird riesig. *(Zieht ihn zum Fenster)* Und du wirst Stücke für mich schreiben, schönere als für Mammi, mit mir in der Hauptrolle, eins nach dem andern, okay?

W. SH.:
Ich will mein Bestes tun, Lucretia.
Doch gibt mir die Erfahrung zu bedenken,
Die ich mit deiner Mutter hatte …

LUCRETIA *(unterbricht)*: Quatsch! Wart erst einmal die Erfahrungen ab, die i c h dir beibringe! Komm, das Leben wartet! *(Verschwindet durch das Fenster, ruft von draußen)* Komm, Willie!

W. SH.:
Es ruft das Fleisch. Der Geist wehrt sich vergebens.
(Springt ihr nach)

ROMEO *(kommt nach einer kleinen Pause durch den Haupteingang geschlichen, blickt scheu um sich)*: Julia? Bist du zu Hause? Nein? Um so besser … *(Entleert das Fläschchen mit dem roten Gift in die kleinere der beiden Weinflaschen)* So, das wäre erledigt. Und was jetzt? Was tut man, wenn man die Gattin vergiften will? *(Schreit)* Luky! Wo steckst du? Immer nur faulenzen, was? Mach deine Hausaufgaben! Nein, keinen Widerspruch! *(Reißt die Türe zu ihrem Zimmer auf, steckt den Kopf hinein, wendet sich zurück)* Luky, Liebling …

JULIA *(ist unterdessen aus dem Badezimmer gekommen)*: Schrei nicht so herum. Ich hab' Kopfschmerzen.

ROMEO *(liest)*: »An meine widerlichen Eltern. Ich gehe mit Willie in die Welt hinaus und ins Leben hinein, weil ich wissen will, was Liebe ist. Ich verlasse euch für immer. Ich wünsche euch alles Schlechte. Eure euch hassende Tochter Lucretia.« *(Bricht zusammen)* Fort … mit diesem Lumpen … mit diesem Halunken …

JULIA: Wir hätten Shakespeare niemals in unser Haus lassen dürfen. Er macht aus allem eine Tragödie.

ROMEO: Vielleicht nicht aus allem, aber aus uns.

JULIA: Raubt uns unser einziges Kind.

ROMEO: Die Stütze unseres Alters.

JULIA: Womöglich gehen die beiden jetzt nach Amerika durch … Ist Amerika schon entdeckt?

ROMEO: Leider ja … Oh, ich unglücklicher Vater!

JULIA *(gießt aus der von ihr vergifteten Weinflasche einen Becher voll)*: Hier, mein armer Momo. Es wird dir guttun, Trink!

ROMEO *(aus der anderen Weinflasche servierend)*: Nur mit dir, Geliebte!

Sie stoßen im folgenden immer wieder an und trinken, wobei sie einander von Mal zu Mal schärfer beobachten und immer deutlichere Anzeichen von Trunkenheit erkennen lassen.

ROMEO: Auf Lukys Rückkehr! Allein, glücklich und schwanger.

JULIA: Das Haus wird leer sein ohne sie … Sollen wir nie wieder ihr Gitarrespiel hören?

ROMEO: Nie wieder.

JULIA: Wie schön. Cheerio!

W. SH. *erscheint im Hintergrund, wechselt mit Romeo ein Zeichen, geht ab.*

ROMEO: Sie hat mich verlassen. Sie hat mich gedemütigt. Ich verstoße sie. Sie ist meine Tochter nicht mehr. Sie ist meine Tochter nicht – i s t sie meine Tochter?

JULIA: Was soll das jetzt, Momo. Trink.

W. SH. *erscheint auf der anderen Seite, wechselt mit Julia ein Zeichen, geht ab.*

ROMEO: Auf deine Gesundheit, Julia. Weißt du, ich hab' mich schon oft gefragt, ob Lucretia meine Tochter ist. Sie hat so gar nichts von mir. Ich bin ein viel ruhigerer Typ … viel ausgeglichener, viel solider …

JULIA: Viel weiblicher …

ROMEO: Ja, auch das. Aber es würde mich trotzdem interessieren, ob sie wirklich … ob ich … kurz und gut: Wer ist ihr Vater? Jetzt kannst du's mir doch sagen. Komm, sag's.

JULIA: Wozu die alten Geschichten aufwärmen …

ROMEO: Wer war's?

JULIA: Ach, Momo. Hier sitzen wir, ein verzweifeltes Elternpaar, und wissen nicht, wohin Luky gegangen ist. Und du willst wissen, woher sie gekommen ist! *(Bricht in betrunkenes Lachen aus)*

ROMEO: Was ist daran so komisch? Hör auf zu lachen!

JULIA *lacht.*

ROMEO *(sammelt sich)*: Dir wird das Lachen vergehen, geliebtes Weib! Willst du die Wahrheit hören?

JULIA: Immer. Ununterbrochen.

ROMEO: Dann gib gut acht. Lucretia ist nicht deine Tochter!

JULIA *(jäh ernüchtert)*: Was? … Wieso? …

ROMEO *(halb für sich)*: Augenblick … das werden wir gleich haben! … Ich muß dir die peinliche Eröffnung machen, daß Lucretia m e i n e Tochter ist, aber nicht deine. Ich habe sie mit einer anderen Frau gezeugt und dir untergeschoben. Du brauchst sie ja nur anzuschauen. Sie ist das getreue Ebenbild der andern. Es tut mir leid.

JULIA *(die mit wachsendem Vergnügen zugehört hat)*: Es tut dir leid? Mir nicht, mir nicht! Dann hab' ich endlich einen Scheidungsgrund!

ROMEO: D u willst dich scheiden lassen?

JULIA: Seit neunundzwanzig Jahren, Momo. Jetzt ist es soweit. Nimm deinen Rettich, nimm deine Lisa und hau ab! Ich will die Scheidung …

ROMEO: Aber nicht jetzt, Liebling!

JULIA: Und warum nicht? *(Ins Publikum)* Eigentlich überflüssig, daß ich mich mit ihm noch abgebe. In ein paar Minuten ist er ja schon hinüber. *(Zurück zu Romeo)* Nun? Warum verweigerst du mir die Scheidung?

ROMEO: Weil deine selige Frau Mama eine große, große Erbschaft hinterlassen hat, von der mir, als deinem gesetzlich angetrauten Gatten, nach Veroneser Recht die Hälfte zusteht. Und jetzt überleg dir, ob du dagegen etwas vorbringen kannst. Ich gehe inzwischen an die Rampe. *(Er tut es, spricht ins Publikum)* Was immer sie jetzt noch sagt, in ein paar Minuten ist es gleichgültig. *(Zurück zu Julia)*

JULIA: Soviel Niedertracht hätte ich dir gar nicht zugetraut, Momo. Du bist ein Schuft!

ROMEO: Ja, aber ein reicher Schuft! Und dafür lieb' ich dich wieder … *(Nähert sich ihr)*

JULIA *(stößt ihn zurück)*: Weg! Weg von mir! Du bist ja betrunken!

ROMEO *(hinter ihr her)*: Du auch, mein Lamm. Und trotzdem lieb' ich dich. Wie war das damals unter dem Balkon … Wart', laß mich sehen … Was hab' ich da gesagt …

JULIA: Rühr mich nicht an! Geh weg! Ich hasse dich! …

ROMEO: Nein, nein, das war es nicht. Es klang ganz anders. *Julia hat sich an die entgegengesetzte Längsseite des Bettes zurückgezogen. Romeo, der ihr gefolgt ist, macht an der näher gelegenen Bettseite halt. Beide sind währenddessen in den Rhythmus ihres einstigen Liebesdialoges verfallen, zunächst noch ohne es zu merken. Aber mit dem Fortschreiten der Szene werden sie von diesem Rhythmus, von der Schönheit ihrer eigenen Worte, von der Erinnerung an ihre Liebe überwältigt. Schließlich liegt Romeo quer über dem Bett und hat seinen Kopf in Julias Schoß geborgen.*

ROMEO:
Ich sah zu dir empor und flüsterte:
DER LIEBE LEICHTE SCHWINGEN TRUGEN MICH.
KEIN STEINERN BOLLWERK KANN DER LIEBE WEHREN
UND LIEBE WAGT, WAS LIEBE IRGEND KANN.

JULIA:
Mir ist's, als hört' ich deine Stimme noch
Vom Garten her. Und hab' ich dich dann gefragt:
WER ZEIGTE DIR DEN WEG ZU DIESEM ORT?

ROMEO:
DIE LIEBE, DIE ZUERST MICH FORSCHEN HIESS,
GAB MIR DEN RAT. ICH GAB IHR MEINE AUGEN.

JULIA:
DU WEIßT, DIE NACHT VERSCHLEIERT MEIN GESICHT,
SONST FÄRBTE MÄDCHENRÖTE MEINE WANGEN …
O HOLDER ROMEO, WENN DU MICH LIEBST,
SAG'S OHNE FALSCH!

ROMEO:
ICH SCHWÖRE, FRÄULEIN, BEI DEM HEIL'GEN MOND,
DER SILBERN DIESER BÄUME WIPFEL SÄUMT …

JULIA:
O SCHWÖRE NICHT BEIM MOND, DEM WANDELBAREN,
DAMIT NICHT WANDELBAR DEIN LIEBEN SEI.

WENN DEINE LIEBE TUGENDSAM GESINNT,
VERMÄHLUNG WÜNSCHT, SO LASS MICH MORGEN WISSEN,
WANN DU UND WO DIE TRAUUNG WILLST VOLLZIEHN.
DANN LEG' ICH DIR MEIN GANZES GLÜCK ZU FÜSSEN
UND FOLG' DIR ALS GEBIETER, ROMEO.

ROMEO:

MEIN LEBEN IST'S, DAS MEINEN NAMEN RUFT.
WIE SILBERSÜSS TÖNT BEI DER NACHT DIE STIMME
DER LIEBENDEN, GLEICH LIEBLICHER MUSIK
DEM OHR DES LAUSCHERS.

JULIA:

ROMEO!

ROMEO:

MEIN FRÄULEIN!

JULIA: Momo, ich hab' dich vergiftet.

ROMEO: Ich dich auch.

JULIA: Wir müssen sterben.

ROMEO: Aber wir sterben wenigstens gemeinsam.

JULIA: Ich liebe dich wie am ersten Tag.

ROMEO: Ich liebe dich bis in den Tod.

JULIA: Das hätten wir billiger haben können.

ROMEO: Schon vor dreißig Jahren.

JULIA: So, wie es von Shakespeare geplant war.

ROMEO: Er hat gewußt, was er will … *(Greift sich ans Herz)* Das Gift …

JULIA *(ebenso)*: Es wirkt … Momo! …

Sie umarmen einander und sinken langsam zurück. Die Szene verdunkelt sich. Die Hinrichtungs-Arie aus »Toscana« setzt ein (italienisch gesungen). Zu ihren Klängen erscheint Shakespeare in einen Lichtkegel gehüllt. Er bleibt in der Mitte der Bühne stehen und wartet das Ende der Musik ab.

W. SH.:

Hier bleibt es Nacht. Es dämmert diesen beiden
Kein Morgen mehr. Wohlan, so will ich scheiden
Und meinen Geist in Stratford Ruhe finden lassen.
Nie wieder zeige ich mich in Veronas Gassen.

Mein Ziel ist nun erreicht. Der Liebenden Legende,
Sie kam zu ihrem vorbestimmten Ende.
Durch mich erfüllt sich abermals das Los
So Julien wie ihres Romeos.

(Ab)

Die Szene erhellt sich. Ein paar Sekunden vergehen.

ROMEO *(hebt vorsichtig den Kopf)*: Ist er fort?

JULIA *(setzt sich auf)*: Ja, Gott sei Dank. *(Verläßt das Bett)*

ROMEO *(ebenso, ahmt Shakespeares Tonfall nach)*: »Hier bleibt es Nacht ...« Er glaubt bis zum letzten Augenblick, daß sich alles nach i h m richten muß.

JULIA: Hoffentlich hat ihn unsere Sterbeszene überzeugt, und er übersiedelt jetzt wirklich nach Stratford. Dann sind wir ihn endlich los.

ROMEO *(gießt sich einen Becher ein)*: Willst du etwas trinken?

JULIA: Nein, danke. Was war das übrigens für ein scheußliches Zeug, das du mir in den Wein geschüttet hast?

ROMEO: Wie immer, wenn ein Theaterdirektor geizig ist: Himbeersirup.

JULIA: Himbeersirup? Das war so wenig Himbeersirup, wie es damals die Lerche war. Unverschämter Lümmel.

ROMEO: Selber unverschämt. Bringst mir einen halbverfaulten Rettich, den ich essen muß. Ich wäre beinahe daran erstickt.

JULIA: Wärst du doch!

ROMEO: Nach dir, Liebling!

Ein neuer Ehestreit ist im Gang. Romeo und Julia gehen wie Kampfhähne aufeinander los.

JULIA: Das ganze Unglück kommt daher, daß du so gefräßig bist. Zieh deinen Bauch ein.

ROMEO: Ich? Gefräßig? Bei deiner Küche?

JULIA: Ach rutsch mir den Buckel herunter!

ROMEO: Feine Sprache das. Eine Shakespearesche Frauengestalt – und gebraucht solche Ausdrücke!

JULIA: Du und dein Shakespeare, ihr könnt mir gestohlen bleiben. Und überhaupt, ich brauche ein Mädchen, hörst du? Sonst mache ich Schluß!

ROMEO: Na, so mach doch, mach doch – Schluß, Schluß, Schluß!

Heitere Musik hat eingesetzt, schwillt an, übertönt das Wortgefecht. Der Vorhang fällt, geht gleich darauf hoch, man sieht Romeo und Julia in zärtlicher Umarmung. Beim nächsten Mal streiten sie wieder, nach dem dritten Mal folgen die Verbeugungen, denen sich auch der Darsteller des Shakespeares beigesellt.

Zieh den Stecker raus, Das Wasser kocht

Eine satirische Farce in drei Akten

PERSONEN

Die Israeli:
RAPHAEL SCHLESINGER, *ein unbekannter Maler*
DAHLIA, *sein Modell*
KALMAN M. KASCHTAN, *ein bekannter Kunstkritiker*
JOSEPH PICKLER, *Kunsthändler und Mäzen*
DAN MERON, *Rundfunkreporter*

Die Franzosen:
MON CHÉRI, *ein Modell*
GOGO (GORTSCHENKO), *ein Bildhauer*
JACQUOT, *ein Maler*
SIMONE, *eine Tänzerin*
ALTER GALERIEDIENER
JUNGER GALERIEDIENER
DER GALERIEBESITZER
DER VERKEHRSMINISTER
EIN POLIZIST

Zwei Amerikaner:
HARRY S. GREEN, *ein Tourist*
MRS. HARRYS S. GREEN, *seine Frau*

Und ein Holländer:
REMBRANDT VAN RIJN

ERSTER AKT

Erste Szene

Das unordentliche Zimmer eines israelischen Junggesellen, das gleichzeitig sein Atelier ist. Überall liegen Bilder in den unterschiedlichsten Entwicklungsstadien herum, auch etliche Büsten, und fast alle stellen Dahlia dar, das ständige Modell des Künstlers Raphael Schlesinger. Einige Bilder sind Stilleben. Irgendwo an der Seite steht ein wackliges Tischchen. Daran ist ein Besen festgebunden. Er stützt eine Art Vorhang, der am andern Ende an einem Sessel befestigt ist. Hinter diesem Vorhang steht die »nackte« Dahlia Modell. Die Beleuchtung besteht aus einer Birne, die von der Decke herunterhängt. Im Vordergrund steht auf dem Fußboden ein eigenartig geformter elektrischer Kessel. Irgendwo ein kleines Grammophon. In der Mitte des Zimmers arbeitet Raphael an Dahlias Akt. Das Bild zeigt sie von hinten, bis zu den Hüften hinunter, in der gleichen Stellung, in der sie sich auf der Bühne befindet. Aber sie steht, wie oben erwähnt wurde, hinter dem schäbigen Vorhang, und daher können die Zuschauer sie bedauerlicherweise fast nicht sehen.
Kecke, fröhliche Musik bevor der Vorhang aufgeht.

RAPHAEL *ein netter, ein bißchen schüchterner Künstler mit einem stillen Humor trägt Farbe auf die Leinwand auf, die an einen Sessel gelehnt ist. Ab und zu wischt er gedankenlos seinen Pinsel oder die Hände an seinem Arbeitskittel ab, der lang, lang ist's her, einmal weiß gewesen sein muß.*

DAHLIA *(ein natürliches Mädchen, offenherzig und hübsch. Sie schreit plötzlich)*: Ach!

RAPHAEL *(schreit auch)*: Ach? Was ist denn?

DAHLIA *(deutet über den Vorhang in den Zuschauerraum)*: Sie glotzen schon wieder!

RAPHAEL: Ach was, kein Mensch glotzt.

DAHLIA: Doch! Sie sitzen da hinter den Fenstern und glotzen! Haben sie denn noch nie ein Mädchen ohne Kleider gesehen?

RAPHAEL: Anscheinend nicht.

DAHLIA: Arme Schlucker.

RAPHAEL: Still, still, sei doch nicht so nervös.

DAHLIA: Ich bin müde.

RAPHAEL: Hör mal zu, wenn's dir nicht paßt, dann hören wir eben auf …

DAHLIA: Schon gut, schon gut, sei doch nicht so empfindlich. Raphi, bist du böse?

RAPHAEL *(schmunzelnd)*: Furchtbar!

DAHLIA: Auf dein erstes Modell?

RAPHAEL: Du bist nicht das erste, du bist das fünfte.

DAHLIA: Wer waren denn die vor mir?

RAPHAEL: Zwei Bananen, eine Flasche Eierlikör und meine Mutter. *(Betrachtet seiner Hände Werk)* Schön! Was hast du für einen schönen Rücken. Zieh dich an, mach rasch!

DAHLIA: Warum denn?

RAPHAEL: Weil ich dich schnell mal küssen möchte.

DAHLIA: Du hast schon wieder deinen Kittel bekleckert!

RAPHAEL: Bloß mit hellen Farben.

DAHLIA *(ihre Kleider, die über dem Vorhang hängen, verschwinden Stück für Stück)*: Raphi, du mußt mal was anderes malen, nicht immer nur mich. Bilder, wie sie im Museum hängen.

RAPHAEL *zieht unter der Matratze eine Bibel hervor und blättert darin.*

DAHLIA: Warum bist du denn so still?

RAPHAEL: Ich lese in der Bibel.

DAHLIA *(besorgt)*: Wieso, ist was passiert?

RAPHAEL: Ich denke schon lange über eine große, historische Komposition nach, in Öl. Nicht unbedingt realistisch, aber fast. Etwas wirklich Großes. Hörst du mir zu?

DAHLIA: Doch, sehr schön. Geschichte ist immer gut.

RAPHAEL: Interessierst du dich für dieses Thema? Ich erklär's dir: Josua, wie er die Könige der Amoriter schlägt. Er steht auf dem Gipfel eines hohen Berges, umringt von einer Menge Soldaten … Helle, aber gedämpfte Farben … »Sonne, steh still über Gibeon, Raphael Schlesinger 1977« …

DAHLIA *(kommt fertig angezogen hinter dem Vorhang hervor)*: 87, wie ich dich kenne.

RAPHAEL: Das Thema muß noch in meiner Seele ausreifen. Große Kunstwerke werden nicht über Nacht geboren. Zum Beispiel Gauguin. *(Dahlia sieht ihn verwirrt an)* Gauguin! Gauguin hat ein ganzes Jahr an seinen »Frauen von Tahiti« gearbeitet.

DAHLIA: An allen?

RAPHAEL: Er war Maler! Ein berühmter Maler, und trotz seiner Berühmtheit besaß er keinen Penny.

DAHLIA: Dabei fällt mir ein, Herr Schlesinger, Sie schulden mir 260 Pfund, gestern mitgerechnet.

RAPHAEL: Stimmt. *(Durchwühlt seine Taschen)* Ich hab' keinen Penny.

DAHLIA: Wie Gauguin, wenigstens in dieser Hinsicht. *(Setzt sich aufs Bett)* Oh! *(Zieht unter sich ein halbfertiges Firmenschild hervor)* »Gurfinkel & Co., Baumaterialien«. Was ist denn das?

RAPHAEL *(schamrot)*: Das ist »Sonne, steh still über Gibeon«. Wenigstens vorläufig.

DAHLIA: Immerhin, schöne Buchstaben.

RAPHAEL: Was soll ich denn machen? Meine Bilder kauft ja doch keiner. *(Setzt sich auf den Sessel, an dem der Vorhang festgebunden ist. Da ein Bein abgebrochen ist, kippt Raphael damit um)* Bitte erzähl meiner Mutter nicht, daß ich so was male. Sie hat sich gerade damit abgefunden, daß ich ein Künstler bin. »Macht ja nichts«, sagt sie, »Maler kommen in den besten Familien vor.« Und was kommt bei mir vor? »Gurfinkel & Co«! Ich bin ein Versager.

DAHLIA: Das ist nicht wahr. Du bist ein Genie, Raphi. Du bist der begabteste Künstler, den ich kenne. Jedenfalls in dieser Gegend. Über solche Schilder schnippst du später mal mit den Fingern.

RAPHAEL: Im Augenblick leb' ich aber davon.

DAHLIA *(nimmt Geld aus ihrem Portemonnaie)*: Raphi, da sind zwanzig Pfund.

RAPHAEL: Kommt gar nicht in Frage!

DAHLIA: Ich gebe bei dir mein Porträt in Auftrag.

RAPHAEL: Dein Porträt? Ich habe schon zehn gemacht, wenn du nichts dagegen hast. Und zwei Büsten. Nein, Dahlia, vielen

Dank, aber das geht zu weit. *(Nimmt das Geld)* Als Leihgabe. Ich betrachte das sozusagen als Leihgabe.

DAHLIA *(küßt ihn. Raphael erwidert den Kuß reichlich ungeschickt)*: Ich mach' uns Tee. Setz mal das Wasser auf!

RAPHAEL *(nimmt den Kessel vom Fußboden, stellt ihn auf den Tisch, klettert dann auf den Tisch und steckt den Stecker in die Steckdose der Lampe, die von der Decke herabhängt)*: Ich verdiene eigentlich ganz gut mit solchen Schildern. Gestern hab' ich eins für unseren Lebensmittelhändler gemacht, so'n Erfolg. Neunzig Pfund hat er rausgerückt dafür.

DAHLIA: Und wo ist das Geld?

RAPHAEL: Weg.

DAHLIA: Wohin?

RAPHAEL: Nach Holland. *(Taucht unters Bett, kommt wieder zum Vorschein mit einem Druck von Rembrandts berühmtem Selbstporträt)* Ich hab' einen Antiquitätenhändler entdeckt, mit ziemlich zivilen Preisen. Da konnte ich nicht widerstehen. Rembrandts Porträt.

DAHLIA: Mensch, hat der eine große Nase.

RAPHAEL: Ich könnte ihn stundenlang betrachten. Welch ein dramatisches Widerspiel von Licht und Schatten! Dahlia, ich rede mit dir …

DAHLIA: Ja. Schatten.

RAPHAEL: Er liebt warme Farben, weich wie Samt, damit sich die leuchtenden davon abheben. Er ist der größte Maler des 17. Jahrhunderts. Vielleicht der größte überhaupt, der je gelebt hat.

DAHLIA: Warum ist er dann so traurig?

RAPHAEL: Die wußten noch, wie man zeichnet, mein Schatz. Wenn man ein Künstler sein wollte, mußte man zeichnen können. Und heute? *(Zieht eine Zeitung unter der Matratze heraus und gibt sie Dahlia)* Lies das, lies!

DAHLIA: »Orgie auf der Polizeistation …«

RAPHAEL: Nein, hier die Kritik.

DAHLIA: Von Kalman M. Kaschtan?

RAPHAEL: Kalman M. Kaschtan, der große Kunstkritiker.

DAHLIA: Das interessiert mich nicht.

RAPHAEL: Lies mal, tu mir den Gefallen und lies das.

DAHLIA *(liest, Raphael murmelt ihr den Text nach)*: Ein neues bildhauerisch-malerisches Talent aus Israel mit einer zutiefst gefühlsbedingten Massage …

RAPHAEL: Message!

DAHLIA: Message und einer kristallischen Clarté … einer hämmernden Synkope … kehrte in dieser Woche aus dem Ausland zurück mit Kreationen in Metall und Gouache … Ich versteh' kein Wort! Was bedeutet Synkope?

RAPHAEL: Virus.

DAHLIA: Virus?

RAPHAEL: Wenn die Ärzte deine Krankheit nicht erkennen können, sagen sie »Virus«. Was für die Ärzte der Virus ist, ist für die Maler die Synkope … Weißt du, wer dies Genie ist, mit der zutiefst gefühlsbedingten Message? Das ist Mischa, der Gipsmischer, Schande des Jahrgangs 72. In der Kunstschule haben ihm die Lehrer eine brillante Karriere prophezeit. »Mischa, Mischa«, sagten sie immer, »du bist der geborene Gipsmischer.« *(Dahlia lacht)* Damals haben wir auch gelacht. *(Mit wachsendem Zorn)* Aber in diesem Jahr, mein liebes Kind, erhielt »der Gipsmischer« eine Silbermedaille in Venedig. Zweiter Preis! Und wofür wohl? Für eine aufgemöbelte Kontrolltafel mit Schaltern und Drähten und dergleichen. Die hatte er auf einem Schuttplatz geklaut und mit Farbe beschmiert – Synkope!

DAHLIA: Schrei mich nicht an, ich kann doch nichts dafür. So schreiben die Kritiker nun mal.

RAPHAEL: Stimmt. Aber früher war das anders. Vor hundert Jahren erklärten sie die Genies des Impressionismus zu Scharlatanen, heutzutage machen sie den Scharlatan zum Genie.

DAHLIA: Bist du ein Impressionist?

RAPHAEL: Nein, ich bin wütend. Ich möchte so gern einmal ausgestellt werden, Dahlia, so wahnsinnig gern. Aber Herr Kalman M. Kaschtan, der vor der Elektrosynkope in Ohnmacht fällt, würde nicht einmal einen Blick auf meine Arbeiten verschwenden.

DAHLIA: Woher weißt du das?

RAPHAEL: Weil ich ihn gefragt habe. Er ist der wichtigste Kunstkritiker des Landes. Eine Zeile von ihm, und du bist gemacht. Ich habe ihm einen Brief geschrieben und ihn sehr höflich gebeten, doch einmal in mein Atelier zu kommen. Er hat es nie gemacht.

DAHLIA: Davon hast du mir gar nichts erzählt.

RAPHAEL: Ich habe mich geschämt, daß ich diesen Idioten gebeten hatte.

DAHLIA: Nur gut, daß du nicht zu ihm nach Hause gegangen bist.

RAPHAEL: Ja … ich bin gegangen! Eineinhalb Stunden hab' ich vor seiner Tür gewartet. »Eines Tages, bald, werde ich ein wenig Zeit für Sie erübrigen können, junger Mann«, sagte Kalman M. Kaschtan und notierte sich meine Adresse. »Bald!« *(Raphael tritt nach einem Stuhl und läßt ihn fliegen)* Au!

DAHLIA: Mensch, du hast heute eine Laune!

RAPHAEL: Na schön, ich will ihnen eine solche Synkope fabrizieren, die alle anderen Synkopen synkopiert!

DAHLIA: Raphi, was ist nur in dich gefahren?

RAPHAEL *(zieht unter seinem Bett, das offenbar eine Art Warenlager ist, eine große Leinwand hervor und zerrt sie auf die andere Seite des Zimmers, vor das wacklige Tischchen)*: Welch ein Glück, daß ich diese Leinwand für »Sonne, steh still über Gibeon« gekauft habe …

DAHLIA: Raphi, du bist ja verrückt.

RAPHAEL: Verrückt? Ich wollte, ich wär's. Das ist heute ein Garantieschein für Erfolg.

Mit schwungvoller Bewegung befördert er den Sessel mit dem abgebrochenen Bein auf den Tisch und davor die Leinwand, dann stellt er einen Fußschemel auf den Sessel.

DAHLIA: Was machst du denn da?

RAPHAEL: Wir wollen sie in Rieseltechnik bemalen, von oben.

DAHLIA: Raphi, du trittst auf die Leinwand.

RAPHAEL: Na und? Das wird der Hintergrund! *(Beginnt einen kurzen, aber feurigen spanischen Tanz auf der Leinwand, die auf dem Fußboden ausgebreitet liegt)* Spanische Schule! *(Klettert auf den Tisch)*

DAHLIA: Paß auf, der Stuhl! *(Sie schiebt rasch die Bibel unter das abgebrochene Stuhlbein)*

RAPHAEL *(setzt sich auf den Schemel)*: Moderne Kunst, mein Liebling, war schon immer eine Frage des Mutes. Inspiration!

DAHLIA: Was?

RAPHAEL: Musik!

DAHLIA *(öffnet das Grammophon)*: *»Hawa Nagila«.*

RAPHAEL *bricht in »Hawa Nagila« aus, nach dessen Takt er die Tuben ausdrückt. Dahlia wirft ihm die Tuben hinauf. Die Farben Rot, Grün und Gelb klatschen auf die Leinwand.*

DAHLIA *(fällt ein in Raphaels Song, mehr noch, sie faltet die Leinwand und tanzt darauf mit Raphael, der vom Tisch herunterspringt. Beide sind in ausgelassener Stimmung. Sie hängen die Leinwand an die Wand)*: Ich kann mir nicht helfen, ich finde es gar nicht mal so schlecht …

RAPHAEL: Sag' ich dir doch! Eine Synkope, wie sie leibt und lebt.

DAHLIA *(läßt sich aufs Bett fallen)*: Raphi, der rote Fleck da sieht aus wie Apollo 17!

RAPHAEL: Ich halte es eher für Gulasch. Damit haben wir den Gipfel des freien Ausdrucks erreicht.

DAHLIA: Und wie soll es heißen?

RAPHAEL: Opus!

DAHLIA: Opus 7!

RAPHAEL: »7«? Nein, nein, mindestens Opus 37! Nein, ist auch nicht gut …

DAHLIA: Soviel ich weiß, nehmen sie immer viel längere Namen.

RAPHAEL: Na schön: »Träume in der Dämmerung«.

DAHLIA: Träume?

RAPHAEL: Gut, »Schäume«. *(Steht auf)* Dann müssen wir es anders herum aufhängen.

DAHLIA: Ach, Raphi, wenn das deine Mutter wüßte …

RAPHAEL: Jetzt hab' ich's! Ich hab' den Titel! *(Deutet theatralisch auf die riesige Leinwand)* »Meine Mutter«!

DAHLIA: Ach, ist das schön!

RAPHAEL: Nein, das ist noch nicht universal genug. *(Es klopft an der Tür)* Augenblick bitte! … »Die Mutter«! Ja, das ist es. »Die Mutter«. *(Erneutes Klopfen)*

DAHLIA: Wer ist da?

KASCHTAN *(von draußen)*: Kalman M. Kaschtan.

Die beiden erstarren, ihnen hat es die Sprache verschlagen. Diesmal dringlicheres Klopfen. Plötzlich rennen sie durchs Zimmer und versuchen, etwas Ordnung zu schaffen.

RAPHAEL *(mit Falsettstimme)*: Ja, nur noch einen Augenblick! *(Erneutes Klopfen, Raphael will gerade öffnen, als)*

DAHLIA *(hinter ihm herruft)*: Raphi, du siehst unmöglich aus!

RAPHAEL: Oh! *(Reißt seinen dreckigen Kittel herunter und schleudert ihn in einen Koffer unterm Bett)* Ich komme schon!

DAHLIA *(deutet auf Raphaels bloßen Oberkörper)*: Raphi, du bist ja nackt!

RAPHAEL *(zieht seinen dreckigen Kittel wieder an. Ungeduldiges Pochen an der Tür. Raphael öffnet die Tür, zitternd vor Aufregung. Mit unnatürlicher Stimme)*: Darf ich bitten …

KASCHTAN *(in mittleren Jahren, mit intellektuellen Zügen. Jede seiner Bewegungen drückt Selbstbewußtsein und Würde aus. Tritt gemessenen Schrittes ein, den Regenschirm in der Hand)*: Guten Tag, Herr Schlesinger.

RAPHAEL *streckt die Hand aus, völlig verwirrt und sprachlos, nimmt ihm den Regenschirm ab, den er bis zum Ende der Szene nicht mehr losläßt.*

KASCHTAN: Ziemlich unbeständiges Wetter heute. Leider bin ich etwas pressiert, daher komme ich nur auf einen Sprung herauf. *(Entdeckt Dahlia)* Frau Schlesinger?

DAHLIA: Ja! Nein, noch nicht. Ich heiße Dahlia.

KASCHTAN: Bezaubernd.

DAHLIA: Ich bin sein Modell.

KASCHTAN *(überfliegt die Bilder im Zimmer)*: Das sehe ich. Ihr Freund versucht, Sie unsterblich zu machen. Aber in Wirklichkeit sind Sie viel hübscher.

DAHLIA: Danke schön. Darf ich Ihnen ein Glas Tee anbieten, Herr Kaschtan?

KASCHTAN: Gern. Mit Kognak, wenn möglich, mit viel Kognak.

DAHLIA: Ja! … Wir haben leider keinen Kognak im Haus.

RAPHAEL: Das nächste Mal ist bestimmt welcher da. *(Zu Dahlia)* Kognak!

DAHLIA *setzt den Teekessel auf den Fußschemel über dem Stuhl mit dem zerbrochenen Bein, der, wie wir uns erinnern, auf dem Tisch steht.*

KASCHTAN: Dies ist also Herrn Schlesingers Atelier.

RAPHAEL: Ja, er wohnt hier. *(Stößt verstohlen das Schild mit Gurfinkel & Co. unters Bett)* Das heißt, ich … soweit das möglich ist … wir räumen gerade um …

KASCHTAN *(wandelt von Bild zu Bild, von Skulptur zu Skulptur, bleibt vor dem Porträt Rembrandts stehen)*: Reproduktion!

RAPHAEL: Ja. Ist kein echter Rembrandt.

KASCHTAN: Eindeutig. *(Lächelt selbstgefällig, zeigt auf eine halbfertige Gipsbüste)* Der Raum zwischen den Formen ist wichtiger als die Form selbst, wie zum Beispiel bei den primitiven Plastiken.

RAPHAEL: Ja, natürlich. Ich werde sofort nachschauen.

KASCHTAN *(vor einem Gemälde)*: Gouache?

RAPHAEL: Gouache!

DAHLIA *tauscht fortwährend Blicke und Zeichen mit Raphael aus, der dem Kritiker auf den Fersen folgt. Hochspannung.*

KASCHTAN *(bleibt vor der groben Leinwand stehen)*: Dies soll wohl das Meisterstück sein, was?

RAPHAEL: Ja. Vorsicht, frisch gestrichen!

KASCHTAN: Total abstrakt.

RAPHAEL: Ja. Wenn schon, denn schon, hab' ich mir gedacht.

KASCHTAN *(ganz ruhig)*: Ekelhaft.

RAPHAEL: Bitte?

KASCHTAN: Ekelhaft, sage ich. Das ist weder gemalt noch abstrakt, sondern einfach eine Unverschämtheit.

RAPHAEL *(flau)*: Nein …

KASCHTAN *(mit wachsendem Zorn)*: Ihr jungen Dachse bildet euch ein, es genügt, ein Pfund Farbe auf die Leinwand zu schmieren, und schon sind Sie ein moderner Maler. Ich wäre bereit, diese Scheußlichkeit für einen schlechten Scherz hinzunehmen, Herr Schlesinger, wenn auch nur der leiseste Humor dahintersteckte. Aber das hier ist ein Abrakadabra! Ein Nichts! Wenn Sie sich schon die Unverfrorenheit herausnehmen, mich zur Besichtigung Ihres »Ateliers« einzuladen … hätten Sie mir wenigstens etwas Originelles … anbieten müssen …

Der Kritiker verstummt, weil er auf der anderen Seite des Zimmers den sonderbaren Turm aus Tisch-Stuhl-Schemel-Teekessel gewahr geworden ist. Richtig ausgeleuchtet, geht davon eine gewisse Harmonie, etwas Dekoratives aus: wie eine elektrische Schnur aufwärts, nach der Decke hinführt, von der Bibel unter dem abgebrochenen Bein, von Besen und Vorhang. Kaschtan schreitet auf den »Turm« zu und putzt seine Brillengläser.

KASCHTAN: Wann haben Sie das gemacht?

RAPHAEL: Wann habe ich was gemacht?

DAHLIA: Eben.

RAPHAEL: Was eben?

DAHLIA: Er hat es gerade vollendet, Herr Kaschtan. *(Flüstert Raphael zu)* Verstehst du denn nicht?

RAPHAEL: Nichts.

KASCHTAN: Großartig! Junger Mann, hier bemühen Sie sich offenbar um eine Art Plastik in der Manier der »Naiven« oder der Popart. Aber ich sage Ihnen, daß dies höchst konkret ein dreidimensionales Gemälde ist, und zwar, was mehr besagen will, ein Meisterwerk! *(Raphael ist sprachlos)* Das ist Ihre Stärke, Herr Schlesinger. Da sind Sie wirklich zu Hause. Lassen Sie die Finger von solchem experimentellen Geschmier. Wie war doch der Name?

RAPHAEL: Raphael Schlesinger.

KASCHTAN: Nein, das meine ich nicht. *(Deutet auf den Turm)*

DAHLIA: Tee, Herr Kaschtan?

KASCHTAN: Ja, meine Liebe, danke. Wie soll es heißen?

RAPHAEL *(zögernd)*: Opus?

KASCHTAN: Wie?

RAPHAEL: Meine Mutter.

KASCHTAN: Ich fragte, wie dies Werk heißen soll?

DAHLIA: Raphi, zieh den Stecker raus, das Wasser kocht!

KASCHTAN *(wiederholt nachdenklich)*: »Zieh den Stecker raus, das Wasser«. Sehr origineller Name.

RAPHAEL: Das … das ist doch … nicht …

KASCHTAN: Junger Mann, Sie glauben doch wohl nicht, mir begegnet der konstruktive Symbolismus zum ersten Mal? »Zieh den Stecker raus« – mache dich frei von der Körperhaftigkeit, von der vulgären erdgebundenen Körperhaftigkeit, von den Übeln der Zivilisation, von Elektrizität, den Nerven usw. Ist es nicht so? Fliehe, fliege, steige empor, himmelwärts, »Das Wasser kocht« – mit andern Worten, die neue Sintflut kommt über uns, und es gibt kein Entkommen, es sei denn in deinem Heim, deinem Hausrat, an deinem Herd. Stimmt's?

RAPHAEL: Ja.

DAHLIA: Danke schön.

KASCHTAN: Die Assoziation ist kristallklar, ich bin versucht zu sagen, sogar zu einleuchtend. Aber meine Damen und Herren, fassen Sie das bitte nicht als Kritik auf. Hier die Bibel auf dem Tisch zum Beispiel ist so unvermeidlich – und so schön! Die angsteinflößende Genesis einer neuen Welt springt uns in die Augen, mit wilden Akkorden einer primitiven Existenz, und das inmitten eines Zeitalters, in dem die Grenzen zwischen dem Lebenden und Unbelebten verschwimmen, all dies im Schatten des gotischen Bogens, der hier im Stil des Cinquecento in eine Spitze ausläuft, harmonisch verknüpft durch eine Art mystischer, urmännlicher Ironie, einmündend in einen allmächtigen Mahlstrom von Antik und Modern, Tragödie und Libido, sowie, verzeihen Sie, sogar in einen Grad von Monstrosität. Bravo!

RAPHAEL: Danke!

KASCHTAN: Seit neun langen Jahren, seit Brozu und Jan Kochian den Konstruktivismus entdeckten, bin ich, aufrichtig gesagt, einem solchen Geysir der totalen Revolte gegen antiquierte Konventionen nicht mehr begegnet! ... Und erst dieser provokative Kessel! *(Er berührt den Kessel, verbrennt sich die Hand, strahlt)* Kocht das Wasser immer darin, kocht immer Wasser darin?

DAHLIA: Immer.

KASCHTAN: Umwerfend! Verstehen Sie denn nicht? Dies ist eine gänzlich neue Dimension, sogar nach den Kanons der klassischen »Art Sacre«. Dies ist eine echte Revolution. Begreifen Sie wohl, meine Damen und Herren? Dies ist die erste h e i ß e Plastik! *(Packt Raphael bei den Schultern und schüttelt ihn)* Sie! ... Sie! ... Junge, Sie sind ... ein Künstler!

RAPHAEL *macht sich los, bringt ihm das Porträt der nackten Dahlia.*

KASCHTAN: Ach, hören Sie doch auf mit dem Unfug! Verschonen Sie mich mit Ihrem Pseudo-Pictorialismus. Das haben Sie doch nicht nötig, Herr Schlesinger. Überlassen Sie das den Kopisten. Hier liegt Ihre Zukunft, in »Zieh den Stecker raus, das Wasser kocht«. Das ist doch wunderbar! Ein plastisches Bild vom Leben selbst, gebildet aus Hausrat, aus Mobiliar! Mobiliar! Ja, das ist der richtige Ausdruck dafür: sich erhebendes, aufsteigendes Mobiliar, seinen Gott suchend – komisches Mobiliar!

Raphael und Dahlia bemühen sich verzweifelt, das Lachen zu verbeißen, das sie mit unwiderstehlicher Gewalt zu zerreißen droht.

DAHLIA: Tee ... Herr Kaschtan? ...

KASCHTAN: Dafür bin ich jetzt viel zu aufgeregt, meine Liebe. Das nächste Mal. Von jetzt an müssen wir öfter zusammenkommen. *(Als der Kritiker ihm die Hand schüttelt, erstickt Raphael vor unterdrücktem Lachen)* Herr Schlesinger, Ihr Name wird bald in aller Munde sein. Darauf können Sie sich verlassen. *(Küßt Dahlia die Hand)* Meine Liebe, es war mir ein Vergnügen, Sie kennengelernt zu haben. Au revoir. *(Noch ein letzter Blick auf den Turm, dann geht er)*

DAHLIA *(macht Raphael ein Zeichen, nicht zu lachen, solange Kaschtan noch in Hörweite sein könnte)*: Sei doch nicht so laut!

RAPHAEL *stopft sich ein Taschentuch in den Mund. Beide krümmen sich vor lautlosem Lachen.*

KASCHTAN *(kommt plötzlich zurück)*: Mein Regenschirm ... *(Nimmt ihn)*

RAPHAEL *kann kaum das Lachen mehr verbeißen.*

KASCHTAN: Irgendwas vergesse ich immer. *(An der Tür, wohlgelaunt)* Dabei fällt mir ein kleiner Scherz ein. Letzten Winter verbrachten wir vierzehn Tage an den warmen Quellen von Tiberias. Eines Tages sagte meine Frau: »Du liebe Zeit, ich hab' zu Hause vergessen, den Ölofen abzustellen.« Da antwortete ich mit gerissener Heiterkeit: »Macht nichts, Liebes, da kann gar nichts passieren. Ich hab' nämlich im Badezimmer den Wasserhahn laufen lassen!« *(Raphael und Dahlia werden plötzlich ernst)* Das war der Witz.

Raphael und Dahlia brüllen wieder vor Lachen, erleichtert wälzen sie sich buchstäblich auf dem Fußboden.

Ein zufriedenes Lächeln umspielt Kaschtans Lippen, während er geht.

Dunkel – heiteres musikalisches Intermezzo – Licht.

Zweite Szene

Raphaels Zimmer. Die große Leinwand ist von der Wand verschwunden, an ihrer Stelle hängt das Porträt Rembrandts. Der »Kesselturm« ist jetzt in die Mitte des Raumes gerückt, auf den Ehrenplatz. Dahlia im gleichen Aufzug. Raphael hat ein Hemd statt des Kittels an. Als er hell wird – das sollte so rasch wie möglich geschehen – macht ein junger Mann seine Runden um den »Turm«. Es ist Dan Meron, Reporter des Israelischen Rundfunks.

DAN MERON *(ein junger Mann mit groben Umgangsformen, er spricht mit einer ungeformten Stimme, ist nicht feindselig, nur gleichgültig. An der Seite hängt ihm ein transportables Bandgerät)*: Also das soll das Wunderwerk sein, über das alle die Zeitungen schreiben?

DAHLIA: Ja.

DAN MERON: Zieh raus … das Wasser …

DAHLIA: Stimmt.

DAN MERON: Die sind ja nicht normal. *(Zu Raphael)* Entschuldigung.

RAPHAEL: Schon gut.

DAN MERON: Meine Produzentin sagt, Sie sind eine von diesen Entdeckungen. O. K., sie will Freitag abend einen Bericht über Sie bringen. Das ist die beste Sendezeit, Hörerquote 70%, praktisch hört das ganze Land mit. Ich sag' zu ihr, Madame, ich nehme auf, was immer Sie wollen, hinterher können sie es senden, wann's Ihnen paßt. Bei meinem Gehalt? Wissen sie, wieviel ich im Monat kriege? Netto!

RAPHAEL: Keine Ahnung.

DAN MERON: Schätzen Sie mal, mit Überstunden, so wie ich aussehe?

DAHLIA: Nichts!

DAN MERON: Ach, mit Ihnen verplempere ich bloß meine Zeit. Was für ein mieses Zimmer, nicht mal Luft. Ist das der berühmte Kessel, universal oder wie sie ihn nennen? *Er berührt den Kessel auf der Turmspitze. Der Kessel ist selbstverständlich an den Strom angeschlossen, und so verbrennt sich Meron die Finger. Er schreit auf.*

DAHLIA *kann sich das Lachen nicht verkneifen.*

DAN MERON: Hahaha, wie im Kindergarten. Also los, ich muß heute noch 'n Interview mit dem Premierminister machen. Wissen Sie, wie man mit einem Mikrofon umgeht?

DAHLIA: Nein.

DAN MERON: Ihn hab' ich gefragt.

RAPHAEL: Nein, auch nicht.

DAN MERON *(stellt das Bandgerät auf einen Stuhl und macht es aufnahmebereit)*: Sehen Sie da? Da müssen Sie reinsprechen, aus einer Entfernung von 30 cm. Aber bloß, wenn ich's Ihnen sage. *(Schlägt Raphael auf die Hand, als er versucht, das Mikrofon zu berühren)* Los, wir machen acht Minuten Blablabla, und dann fummeln sie beim Sender damit herum und bringen es in Schuß. Fassen Sie bloß den Apparat nicht an, der hat dauernd 'ne Panne. Los, jetzt stimmen wir ab, reden Sie mal was.

RAPHAEL: Was denn?

DAN MERON: Irgendwas, ganz egal.

RAPHAEL: Gib mir deine Hand. Und laß mich dich in Mädchenkleidern sehn.

DAN MERON: Spaßvogel!

RAPHAEL: Shakespeare.

DAN MERON: Euch Brüder kenn' ich. Spinner. Fertig?

RAPHAEL: Fertig.

DAN MERON: Ruhe! Gott sei Dank ... *(Läßt das Band laufen. Es bleibt stehen. Drum stößt er es von der Seite an. Spricht ins Mikrofon)* Drei – zwei – eins – null! *(Plötzlich mit angenehmer, sanfter, man möchte sogar sagen, nobler Stimme, die gegenüber seinem normalen Organ wie ausgewechselt wirkt)* »Aus dem Reich von Pinsel und Meißel«, ein wöchentliches Programm, vorgestellt von Dan Meron. Heute besuchen wir das Atelier jenes so kometenhaft aufgestiegenen Künstlers Raphael Schlesinger, dessen jüngstes Werk »Schalte den Strom aus, das Wasser kocht« ihn gleichsam über Nacht in die vorderste Reihe jener israelischen Maler gestellt hat, die wir mit Recht unsere Zeitgenossen nennen. *(In seinem normalen rauhen Ton zu Raphael und Dahlia, die wie erstarrt dastehen)* Hört doch auf mit dem Quatsch! Das ist live, ja! Schnitt! *(Wieder mit seiner Sonntagsstimme, er geht im Zimmer auf und ab)* Aus den phantastischen Kritiken, die der hochbegabte Künstler bekommen hat, wollen wir den Kommentar des bekannten Kritikers Kalman M. Kaschtan zitieren, der in Raphael Schlesinger eine Art Leuchtspur erblickt und seinen Stil als »mobiliaristisch« bezeichnet, von »Mobiliar«, dem lateinischen Wort für Möbel. Hören wir also Kalman M. Kaschtan. *(Holt eine Zeitung aus der Tasche und liest daraus vor)* »Coca-Cola für die Pause« … Schnitt! *(Blättert die Seite um)* Ich zitiere Kalman M. Kaschtan: »Schalte den Strom aus …«

DAHLIA: Zieh den Stecker raus.

DAN MERON *(hält die Hand über das Mikrofon)*: Dies ist der Israelische Rundfunk, meine Dame, nicht Ihre Kneipe um die Ecke. Schnitt! *(Wieder ins Mikrofon)* »Schalt den Strom aus, das Wasser kocht« ist ein konischer Möbelturm in einer nahezu sterilen Auslegung und auslegenden Sterilität. Na also, das kriegen sie im Studio schon hin, keine Bange. Bei der Gelegenheit, wenn Sie mal 'n Ansager brauchen, oder Publicity, Filme oder so was Ähnliches, den Text schreib' ich mir selbst, dann haben Sie hier meine Adresse. *(Gibt Raphael seine Visitenkarte)* Das Telefon gehört der Wäscherei unten. Bitte nicht anrufen.

DAHLIA: Nein, wir schreiben Ihnen eine Postkarte.

DAN MERON: Das ist gut, wissen Sie, ich will keinen Ärger mit den Leuten haben. Wir fangen jetzt an. Kurze Antworten bitte, kein Gequassel. Klar?

RAPHAEL: Klar.

DAN MERON *(mit seiner angenehmen Stimme)*: Hier ist Dan Meron. Wir wollen jetzt dem Schöpfer von »Schalte den Strom aus, das Wasser kocht« ein paar Fragen stellen. Hallo Raphi!

RAPHAEL: Hallo, mein Herr.

DAN MERON: Wie würden Sie die Rolle erklären, die Sie als so ungewöhnlich erfolgreicher Künstler spielen?

RAPHAEL: Ich … ich …

DAN MERON: Ja.

RAPHAEL: Ich habe die Frage nicht verstanden.

DAN MERON: Ich wollte Sie fragen, wie man sich fühlt, Raphi, wenn man als schöpferischer Künstler in einem gewissen Sinn zu sich selbst gefunden hat.

RAPHAEL: Ich …

DAHLIA: Konzentriere dich!

RAPHAEL: Ich konzentriere mich ja, aber das hab' ich wieder nicht verstanden.

DAHLIA *(spricht ins Mikrofon)*: Das macht ja nichts. Hauptsache bleibt doch, daß er ungemein erfolgreich ist. Vielen Dank!

DAN MERON: Wohl verrückt geworden? Schnitt! *(Läßt sein Band laufen)* Und jetzt sagen Sie uns noch ein paar Worte, Raphi, über die Philosophie Ihrer künstlerischen Ideologie. *(Klatscht Dahlia auf die Hand, als sie den Apparat anrühren will. Raphael schlägt zurück, es entwickelt sich eine kurze, wortlose Balgerei. Meron mit seiner süßen Stimme)* Wie sind Sie eigentlich zum Zeichnen gekommen, Raphi?

RAPHAEL *(zu Dahlia)*: Wie bin ich eigentlich zum Zeichnen gekommen?

DAHLIA *(ins Mikrofon)*: Er hatte eine Tante, die schenkte ihm einen Blau- und einen Rotstift, und seit der Zeit …

DAN MERON *(reißt ihr das Mikrofon weg)*: Bitte, sagen Sie ihr, sie soll die Klappe halten.

RAPHAEL: Halt die Klappe.

DAHLIA: Verzeihung, Schnitt! *(Dreht das Bandgerät ab, läßt das Band zurückspulen, neu anlaufen, stößt den Apparat in die Seite)*

DAN MERON: Sehen Sie, jetzt haben Sie ihn kaputtgemacht! Wie soll man denn auch arbeiten, wenn jeder an dem Apparat rumfummelt.

(Stößt den Apparat in die Seite, wieder mit seiner süßen Stimme) Meine letzte Frage an Raphael Schlesinger: Was versuchen Sie auszudrücken in so gewagten Werken wie »Schalte den Strom aus, das Wasser kocht« *(Packt seine Ausrüstung zusammen)*, das in gewisser Weise der getreue Ausdruck unserer Generation zu sein scheint, ihrer Sehnsüchte und Träume, ihrer Sorgen und Hoffnungen. Und damit verabschieden wir uns von diesem vielversprechenden Künstler, ich bin sicher, daß er recht bald wieder in unserem Programm zu Gast sein wird. Hier spricht Dan Meron, der jetzt zum Studio zurückgibt, auf Wiederhören.

(Er rennt davon, Schweigen)

DAHLIA: Liebst du mich noch?

RAPHAEL: Ja.

DAHLIA: Obwohl du Erfolg hast?

RAPHAEL: Trotzdem. Schnitt!

DAHLIA: Soll ich mich ausziehen?

RAPHAEL: Mir ist jetzt gar nicht nach Malen zumute.

DAHLIA: Dann mach' ich uns einen Tee.

RAPHAEL *(mit Gefühl)*: O ja, Tee! *(Dahlia stellt die Tassen hin)* Seit ich »entdeckt« worden bin, kriege ich zu Hause keine Tasse Tee mehr. Immerzu kommen diese Neurotiker und wollen den Wunderkessel besichtigen. Wie haben sie ihn doch noch in der Zeitschrift genannt?

DAHLIA: »Samowar der Ewigkeit«.

RAPHAEL: Santé! Ehrenwerte Männer kommen, reden in wohlgebildeten Sätzen wie Erwachsene, sind nüchtern wie Richter und schweigsam wie Grabsteine und starren mein »kosmisches Mobiliar« an …

DAHLIA: Zieh den Stecker raus, das Wasser kocht.

RAPHAEL: Ich weiß, wie es heißt.

DAHLIA: Raphi, zieh den Stecker raus!

RAPHAEL: Ach so, entschuldige. *(Klettert hinauf und zieht vorsich-*

tig den Stecker aus der Steckdose. Betrachtet sein Werk) Es ist eigentlich gar nicht mal so schlecht. Wir haben schon Schlimmeres auf modernen Ausstellungen gesehen. Obwohl die Proportion zwischen den Stühlen und dem Tisch nicht ganz in Ordnung ist. Heute würde ich das ganz anders bauen.

DAHLIA: Raphi, ist alles in Ordnung hier oben?

RAPHAEL *(nimmt sie in den Arm)*: Ich mach' doch bloß Spaß!

DAHLIA: Tee?

RAPHAEL: Ach ja, Tee! *(Vergnügt will sie den Tee einschenken, da klopft es an der Tür und eilig stellen sie den Kessel auf seinen alten Platz hoch oben auf dem Turm zurück. Raphael öffnet die Türe)* Hallo, Herr Kaschtan! Willkommen!

PICKLER *ein Kunsthändler in mittleren Jahren, primitiv, gewitzt, dreist und voller Vitalität. Er ist geschmackvoll, mit beinahe übertriebener Eleganz gekleidet. Pickler tritt als erster ein und rückt mit selbstbewußten Schritten bis in die Mitte des Zimmers vor.*

KASCHTAN *(dackelt hinter Pickler her)*: Reizend, Sie zu sehen. Mein Lieber, darf ich Sie mit Herrn Joseph Pickler bekannt machen, dem Präsidenten der Dachgesellschaft »Picklers Galerien«, einem berühmten Kunsthändler und Connaisseur, dessen Einfluß weit über die Grenzen unseres Landes hinausreicht, besonders nach Frankreich, England, Belgien …

PICKLER: Kaschtan, Kaschtan, das reicht, sie haben schon begriffen. *(Zu Raphael)* Also das ist unser junges Genie! Und wer ist diese Mieze?

RAPHAEL: Meine Freundin.

PICKLER: Oho! *(Zeichnet einen Sinus in die Luft)* Sie Schmecklecker! Na, woll'n mal sehn, wie wir anständig ein paar Piepen verdienen können. Na, komm, Süße, geleiten Sie mich durch die Räumlichkeiten. *(Zu Raphael)* Ich rede doch nicht mit Ihnen. *(Grabscht nach Dahlias Hand und zieht mit ihr im Zimmer herum)* Wie alt sind Sie?

DAHLIA: Zu jung für Sie!

PICKLER *(bricht in Gelächter aus)*: Habt ihr so was schon gehört? Von mir will sie nichts wissen. Diese Göre!

KASCHTAN *(verwirrt kichernd)*: Hier bitte, Herr Pickler.

PICKLER: Ich finde mich schon allein zurecht, Kaschtan. *(Deutet auf Rembrandt)* Das hab' ich schon mal irgendwo gesehen.

DAHLIA: Rembrandt.

PICKLER: Natürlich, Rembrandt. Wer hat den gemalt?

KASCHTAN *(eilig)*: Hier bitte, Herr Pickler, hier ist der Turm, von dem ich ihnen erzählt habe.

PICKLER *(betrachtet einen Tisch)*: »Laß das Wasser raus« usw. Sehr gut. Sehr stark.

KASCHTAN: Nein, Herr Pickler, dies ist der Turm.

PICKLER: Noch besser, noch stärker.

Läßt Dahlias Hand los und kommt mit Kaschtan ins Gemenge. Es entspinnt sich eine lebhafte, aber geflüsterte Debatte und aus ihren Gesten läßt sich erraten, daß Kaschtan versucht, Pickler von der Bedeutung des Turms zu überzeugen.

DAHLIA *schlüpft unterdessen zu Raphael hinüber.*

RAPHAEL: Komm, wir wollen abhauen.

DAHLIA: Bist du verrückt? Der kauft ihn doch.

RAPHAEL: Ausgeschlossen.

DAHLIA: Und ob.

RAPHAEL: Wieviel soll ich denn verlangen?

DAHLIA: Dreihundert Pfund.

RAPHAEL: Der lacht mir glatt ins Gesicht. Den ganzen Krempel kriegt man für fünfzig Pfund.

DAHLIA: Und die Idee?

RAPHAEL: Sagen wir zweihundert.

DAHLIA: Aber in bar, keinen Scheck.

PICKLER: Komm mal her, mein Junge! *(Raphael geht zu ihm. Pickler nimmt den Schemel vom »Turm« und setzt sich darauf)* Hören Sie mal zu! Vielleicht bin ich ein Narr, vielleicht zieht dieser Gentleman mir das letzte Hemd aus, aber ich habe Großes mit Ihnen vor. Und wenn Pickler was sagt, können Sie sich drauf verlassen.

KASCHTAN: Unbedenklich, Herr Schlesinger, Herr Pickler arbeitet mit den größten Kunstmetropolen … New York, London, Amsterdam …

Pickler: Kaschtan! Kaschtan! Mein Junge, ich kaufe den »Zieh raus«! Wieviel wollen Sie dafür haben?

RAPHAEL *macht eine verdutzte Geste zu Dahlia.*

DAHLIA *macht ihm Zeichen mit den Fingern, d.h. 200.*

PICKLER: Na, sagen Sie ruhig Ihre Forderung, Junge. Ich beiße nicht. Wieviel?

RAPHAEL *(erstickend)*: Mit allen Auslagen?

PICKLER: 2000, o. K?

DAHLIA *im Hintergrund, setzt sich.*

PICKLER: Was? Sind 2000 nicht genug?

RAPHAEL: Für … für das da?

PICKLER: Nein, für das Strumpfband meiner Oma! *(Kaschtan lacht höflich)* Hören Sie, mein Junge, ich will Ihnen das Geld nicht direkt geben, bares Geld kriegen Sie nicht, selbst wenn Sie mich dafür bezahlen würden. Ich schicke Sie auf meine Kosten auf die Schule der Malkunst. Ich mache einen Chagall aus Ihnen, darauf können Sie sich verlassen. Junge, du gehst nach Paris!

RAPHAEL: Ich?

PICKLER: Ja, Sie! Ich bringe Sie selbst hin, Sie kleiner Glückspilz, glattweg ins Atelier zu diesen jungen Burschen von der … der …

KASCHTAN: Sag' ich doch! Sie leben mit ihnen, lernen mit ihnen, arbeiten mit ihnen. Und hinterher stracks auf die Ausstellung. Das ist genau das, was Sie brauchen.

RAPHAEL: Ich?

KASCHTAN: Das ist ein sehr großzügiges Angebot, Herr Schlesinger. Herr Pickler ist ein Mäzen der Künste, wohlbekannt in Italien …

PICKLER: Kaschtan, Kaschtan, lassen Sie den Jungen mal zu Wort kommen.

KASCHTAN: Paraguay.

PICKLER *(zu Raphael)*: Es geschieht alles für Sie, mein Junge.

RAPHAEL: Davon bin ich überzeugt … aber … aber … ich kann's nicht …

PICKLER: Haben Sie vielleicht Angst?

RAPHAEL: Ja!

DAHLIA: Raphi! *(Zu Pickler)* Entschuldigen Sie uns eine Minute.

(Zerrt Raphael beiseite, Kaschtan und Pickler ziehen sich flüsternd in den Hintergrund zurück) Raphi, du mußt gehen!

RAPHAEL: Warum denn?

DAHLIA: Um zu studieren.

RAPHAEL: Und was? Möbeltischlerei etwa?

DAHLIA: Das ist die Chance deines Lebens, Raphi!

RAPHAEL: Das stimmt zwar … aber ich hab' noch nicht mal dein Bild fertig …

DAHLIA: Das machst du, wenn du zurückkommst.

RAPHAEL: Und du?

DAHLIA: Ich besuche dich. Denk an »Sonne steh still über Gibeon«. Du solltest dich freuen über das Angebot.

RAPHAEL *(betrübt)*: Ich freue mich ja.

DAHLIA: Engel! *(Zu Pickler)* Herr Pickler, er ist einverstanden.

PICKLER: Was Sie nicht sagen!

KASCHTAN: Gratuliere, meine Damen und Herren!

PICKLER: Also los, packen Sie, mein Junge! Hoppla, Champs-Elysées, jetzt kommen wir, Parii, Parii!

KASCHTAN: Paris! Darf ich auch mitkommen, Herr Pickler?

PICKLER: Nur wenn Sie ganz artig sind. *(Zu Raphael)* So, fertig?

RAPHAEL: Augenblick noch, Herr Pickler, warum tun Sie das eigentlich für mich?

PICKLER: Weil Sie Talent haben, mein Junge! Dieser Hilfsmensch hier sagt, Sie haben Kraft, Elan, Vision, und das genügt mir. So bin ich immer gewesen. Wissen Sie, vor vielen Jahren arbeitete ich …

KASCHTAN *(eilig)*: Herr Pickler arbeitete in der Lebensmittelbranche.

PICKLER: Ich hatte eine Getränkebude. Also hören Sie, eines Tages kam ein junger Mann, eine Art Ingenieur wie Sie und sagte: Herr Pickler, ich baue Ihnen eine Maschine, die wäscht Ihnen Ihre Gläser von ganz allein. Diese Maschine, sagte er, nimmt Ihnen die halbe Arbeit ab. Fein, sagte ich, ich baue mir zwei, dann brauch' ich gar nichts mehr zu tun. *(Brüllt vor Lachen. Nur Kaschtan stimmt in das Gelächter ein)*

RAPHAEL *(zu Dahlia)*: Nein, ich gehe nicht mit ihm!

DAHLIA: Raphi!

PICKLER: Außerdem, mein Junge, bin ich sogar bereit, mit Ihnen einen Vertrag zu machen und alles von Ihnen zu verkaufen.

RAPHAEL: Alles?

PICKLER: Was meinen Sie mit alles? Alles, was sich verkaufen läßt. Heute ist dies Mode, morgen kann es vielleicht ganz was anderes sein. Im Augenblick zum Beispiel ist auf der ganzen Welt ein solider Markt für Aquarelle. Aber versuchen Sie mal, 'ne Landschaft zu verkaufen. Der See Genezareth, historischer See, da ist der Herr Jesus zu Fuß darauf gewandelt, geht einfach nicht, mein Junge. Sogar mit Pop-art ist es aus, heutzutage reißen sie sich um das ...

KASCHTAN: Op-art. Op!

PICKLER: Und op! Ich setze auf den »Zieh raus!«, das werden sie mit Haut und Haar verschlingen. Wie nennen Sie das eigentlich?

KASCHTAN: Mobiliar-Stil.

PICKLER: Kenn' ich doch. *(Singt)* »La donna è mobile« ... Sehr gut! Na, alter Junge, wollen wir nun den besagten Vertrag unterschreiben oder nicht? Keine Angst, ist ja nicht auf ewig, bloß für sieben Jahre, keinen Tag länger.

RAPHAEL: Sieben Jahre?

PICKLER: Sieben Jahre ist das Maximum bei mir! Drängen Sie mich nicht, mein Junge, das nützt nichts. Also fifty-fifty?

PICKLER: Für alles! Exklusiv. Nur Sie und ich. Eine Option. Sie machen Mobile, Pickler verkauft die Mobile. Ist das 'ne Basis. Darauf trinken wir einen.

DAHLIA *bringt eine Flasche und Gläser.*

RAPHAEL: Ich weiß nicht, Herr Pickler ...

PICKLER: Sag Yossi zu mir!

RAPHAEL: Yossi ... Herr Pickler, ich weiß wirklich nicht recht ... Sieben Jahre? Das klingt beinahe wie der Pakt mit Faust ...

PICKLER *(zu Kaschtan)*: Wer ist denn das? Konkurrenz?

KASCHTAN *(schenkt allen ein, behält die Flasche für sich)*: Herr Pickler! Herr Schlesinger! Madame! Auf die Kunst! Auf einen jungen Künstler, der den Pfad des Ruhmes betritt ...

PICKLER: Kaschtan, Kaschtan, lassen Sie uns trinken.

KASCHTAN: Auf das konische Mobiliar!
PICKLER: Auf das konische Mobiliar! *(Sie stoßen an und trinken aus)*
RAPHAEL *(blickt zu Rembrandts Porträt über seinem Kopf auf und sagt ruhig)*: Entschuldige! *(Leert sein Glas)*

Vorhang

Französische Musik, falls eine Pause sein sollte. Man kann in der Pause Ausschnitte von Kunstkritiken aus der lokalen Presse projizieren.

ZWEITER AKT

Dritte Szene

Ein luxuriöses, geräumiges Atelier. Durch ein breites Fenster, hinter dem man das Panorama von Paris sieht, strömt üppiges Tageslicht herein. Die Wände sind gepflastert mit unvollendeten Bildern, Leinwand und Rahmen in gefälligem Wirrwarr. Hier und da einige Plastiken aus Draht, Gips usw. An einem auffälligen Platz nahe einem der Eingänge hängt der Rembrandt an der Wand. Ein »Turm«, die getreue Nachbildung der originalen Möbelkollektion, steht tief im Hintergrund. Ein zweiter, kunstvoll ausgearbeiteter »Turm«, in mehreren Farben angemalt, steht in der Mitte der Bühne. Die Spitze bildet selbstverständlich ein großer Kessel, während an der Seite des Tisches, der die Basis ist, heiter angemalte Schubladen hervorstehen. Daneben eine Leiter, die ganz ansehnlich aussieht, da sie mit Farbe beschmiert ist, die zufällig ausgeschüttet wurde. Vor diesem »Turm« ein breites Sofa. An seiner einen Seite steht ein Piano. Neben ihm steht eine merkwürdige Erfindung, halb Trödel, halb Statue: »Der Gorilla«. Wenn der Vorhang aufgeht, liegt dies alles noch im Dunkel. Ein einziger Scheinwerfer läßt Gogo und Mon Chéri erkennen, die sich verzückt umarmen, während sie unaufhörlich französische Worte der Begeisterung murmeln. Gogo ist ein hübscher Pariser Künstler mit der Eleganz eines Bohemiens. Sogar wenn er küßt, ist zu merken, daß er unter schrecklichen Zahnschmerzen leidet. Mon Chéri ist ein Modell unbestimmbaren Alters, mit scharfem Witz und Impulsivität – eine Französin.
Allmählich wird das Atelier hell, wir erkennen Raphael oben auf der Leiter, er hämmert an seinem prächtigen »Turm« herum.

RAPHAEL *(zu dem engumschlungenen Paar)*: Habt ihr meinen Schraubenzieher gesehen? *(Da er keine Antwort erhält, klettert er die Leiter herunter und durchwühlt wutschäumend das Atelier)* Immer nehmen sie mir den Schraubenzieher weg. Ich brauch' ihn bloß eine Minute auf dem Tisch liegenzulassen, und schon vergreifen sie sich daran … *(Gogo und Mon Chéri küssen sich weiter und flüstern französisch)* Jacquot, hast du meinen Schraubenzieher nicht gesehen?

JACQUOT *(durch und durch Beatnik, gekleidet in Lumpen, mit ungekämmtem Haar. Sein Kopf kommt hinter dem Piano zum Vorschein. Er schaut auf den Fußboden und fragt)*: Hast du seinen Schraubenzieher nicht gesehen?

SIMONE *(eine junge, biegsame und unverbesserlich faule Tänzerin. Sie trägt das traditionelle Kostüm des klassischen Balletts, in Blau, erscheint für eine Sekunde über dem Piano)*: Nein! *(Zieht Jacquot hinter das Piano)*

RAPHAEL: Gogo, ich weiß genau, daß du meinen Schraubenzieher weggenommen hast. *(Beugt sich über Gogo) Gogo*, hör mal, Gogo …

GOGO *löst sich aus der Umarmung von Mon Chéri und überläßt den unglücklichen Raphael ihren Armen.*

RAPHAEL *(macht sich rasch los)*: Gogo, ich suche meinen Schraubenzieher.

GOGO *(hebt den Deckel des Pianos, nimmt eine Flasche heraus und schenkt sich einen Drink ein)*: Du weißt wenigstens, was du suchst, Monsieur Slazangé. Du bist ein Künstler, und ich bin nur ein fauler Knochen.

RAPHAEL: Das hab' ich nicht gesagt.

GOGO: Aber gedacht hast du's, und das stimmt auch. Ich lungere bloß herum, aber das ist immer noch besser als Nichtstun, oder?

RAPHAEL: Ja. Was?

GOGO *spült mit dem Kognak die schmerzende Seite des Mundes aus.*

MON CHÉRI: Mon Dieu, geh doch zum Zahnarzt!

RAPHAEL: Sie hat recht.

GOGO: Auch du, Slazangé? Begreifst du denn nicht, wie unmöglich es für mich ist, mit einem Zahnarzt zu reden, daß er und sein Bohrer für mich Wesen aus einer anderen Welt sind?

RAPHAEL: Aber dein Zahn wird dich auf dieser Welt umbringen.

GOGO: Nein, Slazangé. Aus mir machst du keinen Konformisten. Ich will keinen Zahnarzt. Auf keinen Fall, ehe ich nicht meine

Plastik beendet habe. *(Zeigt auf die merkwürdige Skulptur)* Die Gorilla!

RAPHAEL: Geht er auf die Ausstellung?

GOGO: Sie!

RAPHAEL: Sie … ist er denn weiblich?

GOGO *(beleidigt)*: Siehst du das denn nicht?

RAPHAEL: Woran denn? …

GOGO: Gefällt sie dir nicht?

RAPHAEL: Hübsch.

GOGO: Ich habe ein halbes Jahr daran geschuftet. Manchmal frage ich mich selbst: Gortschenko, warum machst du es dir so schwer? Für Ruhm? Für Geld? Für die Kunst?

RAPHAEL: Und was ist deine Antwort?

GOGO: Für Geld. *(Fängt an, Klavier zu spielen)*

RAPHAEL *findet endlich seinen Schraubenzieher, geht wieder an seinen Turm und arbeitet oben auf der Leiter.*

SIMONE *kommt hinter dem Piano hervor und versucht einige Ballettschritte.*

JACQUOT: Pliez! Trois-quatre … *(Kriecht an eine Leinwand, die mit blauen Linien bedeckt ist, ergreift Pinsel und Farben)* Inspiration, s'il vous plaît!

Simone beginnt einen klassischen Tanz, der plötzlich in »modernen« Tanz übergeht, weil Raphael mit dem Hammer gegen seinen »Turm« schlägt. Simone wälzt sich auf der Couch zum Rhythmus des Hammers, der sich mit anderen Geräuschen verbindet. So kratzt Jacquot mit seinem Pinsel an der Farbtube, in der Hand von Mon Chéri klirren die Gläser, und Gogo »begleitet«, indem er mit Kognakflaschen auf das Piano einschlägt. All das beginnt wie zufällig, wendet sich aber bald in einen organisierten Lärm. Simone beendet den Tanz auf der Couch im gleichen Augenblick, als Jacquot schreit –

JACQUOT: Stop! *(Simone erstarrt. Jacquot zeigt Mon Chéri die Leinwand)* »Die blaue Ballerina«!

MON CHÉRI: Charmant!

JACQUOT: Aus meiner roten Periode. Muß heute fertig werden.

Blickt Simone prüfend aus den Augenwinkeln an, dann nimmt er ein kleines japanisches Spielzeug, ein von einer Batterie getriebenes Schiffsmodell, oder Auto oder dergleichen, dessen hervorstechende Eigenschaft ist, daß es sich umkehrt, sobald es auf ein Hindernis stößt. Jacquot steckt geschickt seinen Pinsel in den Hals des Schiffes, das nun kreuz und quer über die Leinwand auf dem Fußboden fährt und jedesmal umkehrt, sobald es an den Rahmen stößt. Jacquot schaut dem hart arbeitenden Spielzeug aufmerksam zu.

JACQUOT: Jetzt, wo die Ausstellung vor der Tür steht, muß ich härter arbeiten. Ich habe es mir gestern gekauft.

MON CHÉRI: Quel tempérament!

JACQUOT: Nagelneue Batterien.

MON CHÉRI: Wo ist denn das alte Schiff?

JACQUOT *(traurig)*: Ich hab' es weggeworfen.

MON CHÉRI: Nein! Es war so hübsch …

JACQUOT: Ich mußte es wegwerfen. Es fing plötzlich an, zu zeichnen – naturalistisch! Gestern schaute ich zu, wie es da herumsauste, da sieht das beinahe wirklich Simone ähnlich. Da habe ich's weggeworfen. Ich brauche keinen Fotografen. *(Zu Simone, die plötzlich weggeht)* Simone, was ist denn?

SIMONE: Du mit deinem dämlichen Blablabla.

JACQUOT: Aber wir sind doch noch nicht fertig!

SIMONE: Ah, j'en ai assez! *(Sie wirbelt mit einer Pirouette hinaus. Gogo erhebt sich vom Klavierbock und folgt ihr mit gezierten Schritten)*

JACQUOT: Assez, assez! Accessoire! *(Streckt sich wütend auf dem Fußboden aus)*

RAPHAEL *fällt eine Farbtube von der Leiter.*

MON CHÉRI *(hebt die Tube auf)*: Je vous en prie.

RAPHAEL: Passen Sie auf, Madame, Sie machen sich die Hände schmutzig.

MON CHÉRI *wischt ihre Hände an ihrem Kleid ab.*

RAPHAEL *(verblüfft)*: Wie schade, Madame, Ihr Kleid ist ebenso schön wie alles … was drunter ist …

MON CHÉRI: Na, Sie sind eigentlich auch nicht so »ohne«.

RAPHAEL *will die Leiter hinauf fliehen.*

MON CHÉRI *(hält ihn zurück)*: Sie erinnern mich an meinen zweiten Mann, Mon Chéri. Immer, wenn er was von mir wollte, wurde er rot. Deshalb nannten sie ihn Maurice Rouge. Schließlich ließ ich mich scheiden. Was eine Frau wert ist, merken die Männer erst, wenn sie ihr die ersten Alimente zahlen.

RAPHAEL: Oui. Bestimmt. Vielen Dank. Entschuldigen Sie, Madame, aber ich bin sehr in Eile, die Ausstellung, wissen Sie …

MON CHÉRI: Ja. Wollen Sie mit mir schlafen?

RAPHAEL *(schrecklich verwirrt)*: Schlafen? … Am Nachmittag!! Ganz ungewöhnlich. Ich bin auch gar nicht müde oder so … Es war reizend, Sie kennengelernt zu haben, Madame … Entschuldigen Sie … die Ausstellung … Ich möchte rauf …

MON CHÉRI: Komm runter!

RAPHAEL: Jawohl.

Klettert folgsam herunter. Mon Chéri packt Raphael beim Ohr und küßt ihn mit mütterlicher Geste auf die Stirn, Raphael küßt sie auf »männliche« Art, wobei seine geringe Erfahrung deutlich wird.

MON CHÉRI *(macht sich sanft los, geht zu den Drinks)*: Pernod? Bisquit? Courvoisier?

RAPHAEL: Wodka! Einen Doppelten!

MON CHÉRI: Ist das nicht zu stark?

RAPHAEL: Bitte!

MON CHÉRI *(reicht ihm den Drink)*: Santé!

RAPHAEL: Lechayim!

MON CHÉRI: Lechayim! *(Sie trinken)*

RAPHAEL *(bekommt einen Hustenanfall)*: Noch einen!

MON CHÉRI: Na, was ist?

RAPHAEL: Mon Chéri, ich bin völlig durcheinander …

MON CHÉRI *(streichelt ihn)*: Warum denn?

RAPHAEL: Na, wegen allem …

MON CHÉRI: Komm, erzähl's deiner Maman. Was hat denn mon Bébé?

RAPHAEL: Mon Bébé kam nach Paris, um zu lernen, um zu malen, und mon Bébé macht nichts als Türme.

MON CHÉRI: Na und? Sie sind doch wunderbar.

RAPHAEL: Eigentlich versteh' ich aber gar nicht, was das soll.

MON CHÉRI: Du brauchst überhaupt nichts zu verstehen, mon Chéri. Gibt es da, wo du herkommst, eigentlich noch Vögel?

RAPHAEL: Ja, sogar wundervolle.

MON CHÉRI: Hast du jemals versucht, das Zwitschern von solchen Vögeln zu verstehen?

RAPHAEL: Nein.

MON CHÉRI: Und warum mußt du unbedingt die Sprache der Malerei verstehen? Ein Künstler muß nicht alles begreifen.

RAPHAEL: Ich begreife ja auch nicht …

MON CHÉRI: Vielleicht in deinem Unterbewußtsein.

RAPHAEL: Mein Unterbewußtsein, vielleicht … aber nicht ich …

MON CHÉRI: Glaub mir nur, mon petit, heutzutage werden die größten Werke durch Zufall geboren. Der Künstler braucht nicht mehr von seiner Schöpfung zu verstehen als das Publikum.

RAPHAEL *(springt auf)*: Na, das ist ja herrlich! Ich hatte bis jetzt das Gefühl, ein Betrüger zu sein …

JACQUOT *(vom Fußboden)*: Monsieur Slazangé, Sie sind ein großer Künstler!

RAPHAEL: So was mußt du nicht sagen, Jacquot. Wenigstens nicht in seiner Gegenwart *(Zeigt auf Rembrandts Selbstporträt)*

JACQUOT *(springt auf)*: Was? Der Flickschuster? Dieser elende Realist, der das Leben auf Kohlepapier kopierte? Sie, Monsieur Slazangé, sind viel begabter, als er je gewesen ist, denn Sie lassen das Leben sich selbst zeichnen und meißeln. Bei Ihnen wird das Material selbst schöpferisch, das Holz, die Leinwand, das Eisen. Begreifen Sie das nicht?

RAPHAEL: Nein.

JACQUOT: Genau! Ihre Klassiker machten die Frau aus Stein – wir machen Stein aus der Frau? Compris?

RAPHAEL: Nein.

JACQUOT: Genau! Wir tun, was das Material will. Wir suchen nicht, wir stehn daneben und geben der Natur eine Chance … Glauben Sie wirklich, ich wüßte nicht, daß dies kleine Schiff überhaupt nicht zeichnen kann? Daß es nur ein einfaches japanisches Spielzeug ist? Das weiß ich nur zu gut. Aber dies Spielzeug könnte doch etwas aufkritzeln, was Ihnen, Monsieur, unter gar keinen Umständen mit Ihren zwei Händen gelingen würde. Weil Sie von Ihrem Verstand abhängen und das Schiff sich eben darum nicht zu kümmern braucht. Verstehen Sie, was ich meine?

RAPHAEL: Ja. Nein.

JACQUOT: Genau: *(Gogo und Simone kommen ins Atelier zurück und bleiben an der Piano-Bar stehen. Jacquot, leidenschaftlich)* Ich suche nach Formen, nicht nach Gegenständen. Ich weiß, daß die Form wichtiger ist als der Inhalt. Form ist alles, die Botschaft, die Erlösung, der Messias. Form ist Farbe und Farbe ist Gott. Ich weiß alles. *(Mit ruhiger Stimme)* Nur nicht, wie man zeichnet.

PICKLER: Wem sagen Sie das? *(Erscheint in der Tür, smart und energisch wie immer. In grauenvollem Französisch)* Mesdames et Messieurs!

JACQUOT: Monsieur Pickler!

Alle drängen sich um Pickler, außer Raphael, der sich hinter seinem Turm versteckt, und Simone, die wie gewöhnlich ausgestreckt auf der Couch liegt. Mon Chéri fällt Pickler buchstäblich um den Hals.

MON CHÉRI: Joseph!

PICKLER: Mon Chéri! *(Zeichnet einen Sinus in die Luft, wie er es so gerne tut)* Hast du mich sehr vermißt?

MON CHÉRI: Schrecklich! *(Flüstert ihm ins Ohr)*

PICKLER: Nein, jetzt gleich geht das nicht ... Mes enfants! Vergeßt nicht, die Ausstellung rückt näher. Ihr habt wohl mächtig Manschetten, was? Alles wird dasein, was eine Rolle spielt. Sogar aus Israel. Kaschtan kommt heute abend.

SIMONE: Ach, Kalman?

JACQUOT: Kennst du ihn?

SIMONE: Oh, là, là! Ciao, Joseph!

PICKLER: Bonjour, Simone, fatigué, was?

SIMONE: C'est la vie.

PICKLER: Ja, die jungen Mädchen wissen, wie man müde wird. *(Zu Jaquot)* Na, woll'n mal sehn, wie wir anständig ein paar Piepen verdienen. Was haben Sie mir denn vorzuzeigen?

JACQUOT: Die blaue Ballerina.

PICKLER: Wo ist sie?

JACQUOT: Wir stehen darauf.

PICKLER: Gehen Sie runter, Menschenskind! Es ist ja schließlich 'n Bild, oder? *(Er selbst rührt sich nicht, blickt herunter, nachdenklich)* Gut! Stark! Blau! …

JACQUOT: Von keines Menschen Hand berührt.

PICKLER: Kann ich eine Option haben? Zu den üblichen Bedingungen?

JACQUOT: Monsieur Pickler, mit einem nagelneuen Schiff gemalt …

PICKLER: Na schön, mach's fertig, wir wollen uns nicht streiten.

JACQUOT: Jacquot ist ein großer Künstler.

PICKLER: Vor allen dingen bewundert ihr euch selbst.

JACQUOT: Wir haben wenigstens noch Ideale. *(Tanzt mit Simone in den Nebenraum. Mon Chéri schenkt sich einen Drink ein und geht zu Pickler)*

GOGO *(führt Pickler vor sein Werk)*: Und jetzt kommt der Knüller! »Die Gorilla«.

PICKLER: Das ist mir vielleicht einer.

GOGO: Das ist e i n e !

PICKLER: O ja, das hab' ich nicht gemerkt. Jedenfalls was Neues. Und das ist die Hauptsache, immer was Neues.

GOGO: Ein halbes Jahr schwere Arbeit.

PICKLER: Mein Junge, die ganze Welt wurde in sechs Tagen erschaffen.

GOGO: Ja, aber sehen Sie sich die Welt an und dann sehen Sie sich meine Gorilla an.

PICKLER: Laß die Luft ab, Gogo!

GOGO: Analysieren Sie sie bitte nicht auf Zweideutigkeiten oder Mystifikation, Mr. Pickler. Mein Anliegen war, die künstlerischen Grundsätze zurückzuführen auf das letzte Kriterium und das Risiko eines billigen Formalismus zu vermeiden.

PICKLER: Ich zahle trotzdem nicht mehr, Gogo.

GOGO: »Die Gorilla«, Monsieur Pickler, kostet Sie zehntausend Neue Francs und keinen Centime weniger, verstehn Sie mich?

PICKLER: Also sechshundert?

GOGO: In bar?

PICKLER: Aus der Westentasche.

GOGO: Gemacht.

PICKLER: Gemacht!

GOGO: Mon Chéri! Sechshundert! … *(Stürzt mit Freudensprüngen zu Mon Chérie, dann entführt er sie ins Nebenzimmer)*

PICKLER *(schreit)*: Schlesinger, wo stecken Sie? *(Erspäht Raphael hinter seinem Turm)* Was machen Sie denn Schönes?

RAPHAEL: Einen Turm.

PICKLER: Na, woll'n mal sehn. *(Zieht die bemalten Schubladen aus dem Tisch des Turms heraus, eine quietscht)* Nennen sie das etwa künstlerisch? Warum quietscht das denn so? *(Zieht die sperrende Schublade heraus und zeigt Raphael, wie man ihre Kanten mit Sandpapier abreibt)* Das müssen Sie abreiben, mit Schmirgelpapier, sehen Sie. So, machen Sie mir's mal nach …

RAPHAEL *sitzt rittlings auf dem Turm und beginnt, die Schubladen abzureiben.*

PICKLER: Ein bißchen arbeiten schadet nie. Schlesinger, von all Ihren Türmen ist das der beste. Machen Sie den Kessel voll, ich möchte, daß er dampft wie eine Lokomotive.

RAPHAEL: Sehr gern, Herr Pickler.

PICKLER: Sagen Sie Yossi zu mir. *(Zum Turm gewendet)* Wie nennen Sie das?

RAPHAEL: Zieh den Stecker raus …

PICKLER: Aber das kann doch nicht ewig so weitergehen. Unter dem Namen hab' ich schon zwei verkauft. Können Sie sich nicht was Kürzeres ausdenken?

RAPHAEL: Sonne … steh still … über Gibeon …

PICKLER: Großartig! Sonne! Das ist 'ne Wolke! *(Übersetzt für sich selbst)* Le soleil est arreté in Gibeon! … Stark!

RAPHAEL: Herr Pickler.

PICKLER: Sehr stark!

RAPHAEL *(mit verzweifelter Anstrengung)*: Yossi …

PICKLER: Ja?

RAPHAEL: Ich möchte …

PICKLER: Na, was ist los?

RAPHAEL: Ich möchte auch mal was anderes machen, malen.

PICKLER: Aber gewiß doch! Später! Erst mal hübsch Boden unter die Füße kriegen, mein Junge. Nach der Ausstellung lancieren wir 'ne dicke Pressekampagne für dich.

RAPHAEL: Warum denn?

PICKLER: Weil es mit Kunst allein heute nicht getan ist. Du brauchst Publicity, Public Relations ...

RAPHAEL: Aber ich bin ein Maler.

PICKLER: Na und?

RAPHAEL: Boticelli hatte auch keinen Werbechef.

PICKLER: Darum hab' ich auch noch nie was von ihm gehört. Mein Junge, heutzutage ist Public Relations kein Lux, sondern eine Kapitalsanlage. Schon mal was von Boulanger gehört?

RAPHAEL: Nein.

PICKLER: Einer von meinen Malern. Gar nicht begabt, aber immerhin. Er macht Bilder aus Glassplittern. Also: Keiner gab auch nur soviel für ihn, bis einer von den Kritikern sich in den Finger schnitt und an Blutvergiftung starb. Von da an gingen seine Bilder weg wie warme Semmeln.

RAPHAEL: Und was erwarten Sie von mir?

PICKLER: Bloß ein bißchen Rummel, 'nen kleinen Skandal. Du liebe Güte, als ich so alt war wie Sie, hatte ich schon 'ne Vaterschaftsklage am Hals. Und war dran! Und Sie, Sie bummeln nicht, Sie tanzen nicht, Sie trinken nicht, kein Skandal, keine »dolce vita«, kein ... *(Zeichnet einen Sinus in die Luft)*

RAPHAEL *(plötzlich aufflammend)*: Sagen Sie, müssen Sie das eigentlich immer machen, wenn von Frauen die Rede ist?

PICKLER: Was haben Sie denn gegen Frauen? Hören Sie zu, wir müssen diese komischen Möbel absetzen, bevor die Epigonen anfangen, Sie zu imitieren. Wir müssen ganz schnell und zu gesalzenen Preisen verkaufen. Gesalzen? Oy, ich vergaß ganz, Mr. Green wartet unten ...

RAPHAEL *(erschrocken)*: Was, schon wieder Besucher?

PICKLER: Bloß ein Ehepaar.

RAPHAEL: Nein, heute kann ich sie nicht ertragen, Herr Pickler.

PICKLER: Wieso, was ist denn los?

RAPHAEL: Was Sie mit meinen Türmen anfangen, ist ausschließlich Ihre Sache, aber diese ständigen Besucher …

PICKLER: Was haben Sie eigentlich gegen die people? Das sind kultivierte Leute.

RAPHAEL: Sie werden mich wieder ausquetschen, ob das Dada oder Kubismus ist oder Futurismus, und ich könnte die Wände hochgehen …

PICKLER: Hören Sie mal zu, mein Junge, Pickler hat nicht gern Stars in seinem Zirkus.

RAPHAEL: Ich hab's satt!

PICKLER: Ich hab's auch satt! Aber einer muß ja schließlich die Rechnungen bezahlen!

RAPHAEL: O. K., O. K., Herr Pickler! *(Geht)*

PICKLER: Yossi! *(Rufend)* Les enfants! Les enfants! *(Die beiden Paare kommen von den Seiten und bringen ihre Kleider in Ordnung)*

Was dagegen, wenn ich euch zwei seriöse Besucher bringe?

GOGO: Soviel Sie wollen!

PICKLER: Bringt eure Kleider in Ordnung. *(Läuft zum Haupteingang, geht hinaus und schreit die Treppe hinunter)* Mr. und Mrs. Green, kommen Sie upstairs!

Alle bereiten sich vor, um die Käufer zu empfangen. Gogo spielt die Anfangstakte der Fünften von Beethoven, Mon Chéri repariert ihr Make-up, Pickler besteigt den »Turm« und schließt den Kessel an.

PICKLER: Gogo! Wenn du nicht spielen kannst, dann laß es bleiben!

Mr. und Mrs. Green treten ein, ein aufgedonnert gekleidetes Ehepaar, sehr amerikanisch.

MR. UND MRS. GREEN: Hello-hello-hello …

PICKLER *(feierlich)*: Mr. und Mrs. Green, s'il vous please! Darf ich Sie mit den hervorragendsten Repräsentanten des »style revolté« bekannt machen? Mrs. Green – Jacquot! *(Langes Händeschütteln beginnt, ein jeder sagt »enchanté«)* Mrs. Green – Mlle. Simone! Mrs. Green – Mr. Gortschenko! Mr. Gortschenko – Mr. Green! Mme. Green – Mlle. Simone! Jacquot – das ist Mr. Green! Mme. Green – hier ist Mademoiselle Mon Chéri!

Gogo – hier ist Mademoiselle Simone! Mademoiselle Mon Chéri – Mr. Green! *(Mr. Green küßt ihr die Hand. Mon Chéri beginnt sogleich, mit ihm zu flirten)* Mme. Green – Mr. Green!

MRS. GREEN UND MR. GREEN: Enchanté!

PICKLER: Und Ihr gehorsamer Diener, Joseph Pickler. *(Jacquot applaudiert matt)* Merci! Merci! Merci! Und nicht zuletzt unser Star, mein berühmter Landsmann, Raphael Slazangé!

RAPHAEL *(kommt aus seinem Zimmer. Er trägt einen Pyjama)*: Schlesinger.

MRS. UND MR. GREEN: Hello!

RAPHAEL: Hello!

MRS. GREEN: Schahalom!

RAPHAEL: Schalom.

MRS. GREEN: Verzeihen Sie, sind Sie verwandt mit Bernie Schlesinger aus der 55. Straße?

RAPHAEL: Nein, es tut mir leid.

MRS. GREEN: Er hat eine große Reparaturwerkstatt für Fahrstühle.

MR. GREEN: Aber Mary!

MRS. GREEN: Was hast du denn? Wir haben eine Menge über Mr. Schlesinger gehört, die Zeitungen sind voll davon. »Zieh den Stecker raus, das Wasser kocht« soll doch ein doller Schlager sein. Sagen Sie, Mr. Schlesinger, malen Sie schon immer gern?

RAPHAEL: Ja, schon seit meiner frühesten Kindheit, Mrs. Green.

MRS. GREEN: Was sind Sie momentan, ein Kubist, ein Futurist oder ein Surrealist?

RAPHAEL: Ich habe mich noch nicht entschlossen, Madame. Vielleicht morgen früh … *(Geht)*

MRS. GREEN: Schon so berühmt und doch bleibt er immer derselbe unverdorbene Israeli-Boy im Pyjama.

MR. GREEN *(an den Turm gelehnt)*: Verzeihen sie, aber ich sterbe vor Neugier, »Zieh den Stecker raus« zu sehen. Wo ist er?

PICKLER: Da.

MR. GREEN: Wo?

PICKLER: Hier. *(Mr. Green starrt den Turm aus nächster Nähe an)* Sie dürfen ihm nicht zu nahe treten. Diese Schöpfung muß man aus der Distanz betrachten. *(Die Greens treten zurück, nach Pick-*

lers Anleitung) Direkt vor Ihnen, meine Damen und Herren, befindet sich »Das komische Möbel«, in jenem »Mobilia-Stil«, der Paris im Sturm erobert hat. Wie schrieb der »Express«?

MON CHÉRI: »Dies ist eine Schöpfung, über die man nicht zu sprechen braucht, sie spricht von selbst.«

MRS. GREEN *(mit schwacher Stimme zum Turm)*: Hello …

PICKLER: »Sonne, steh still über Gibeon«.

MR. GREEN *(enttäuscht)*: Nicht »Zieh den Stecker raus«?

PICKLER: Er stammt aus derselben Schule. Treten Sie näher, Mr. Green. Warum stehen Sie so weit entfernt? Klettern Sie diese Leiter hinauf! Vorwärts! Von oben haben Sie 'ne bessere Sicht. Berühren Sie den Kessel! …

(Mr. Green klettert die Leiter hinauf, berührt den Kessel, schreit)

MR. GREEN: I like it! It's hot! Ist das komische Möbel zu verkaufen?

PICKLER: Leider, leider nein, Mr. Green. Er geht morgen in den »Grand Salon de Printemps«. *(Deutet auf den Turm im Hintergrund)* Aber der Turm da ist noch zu haben. Zwar ohne Schubladen, aber mit Resopal.

MRS. GREEN: Warum steht er denn so in der Ecke?

PICKLER: Ein Eckturm.

MRS. GREEN: Nein, das ist nicht dasselbe. Wir wollen lieber abwarten, bis die Ausstellung vorbei ist, und dann nehmen wir diesen hier.

MR. GREEN: Wenn schon, denn schon. Immer 1a in der Qualität.

PICKLER: Wie Sie wollen. Hier gibt es sicher noch manches für Ihren Geschmack. Möchten Sie noch mal was anderes sehen?

MR. GREEN: Aber natürlich, deshalb sind wir ja hergekommen.

PICKLER *(deutet auf die »Ballerina«, auf der Green steht)*: Voilà!

MR. GREEN: Was ist das?

PICKLER: Jacquots letztes Gemälde.

MR. GREEN: Oh, pardon, entschuldigen Sie vielmals! … *(Geht rasch von dem Bild herunter)*

JACQUOT *hält hitzig und mit Gefühl das Bild hoch.*

PICKLER *(reinigt es)*: Schauen Sie doch, welche Ausstrahlung diese Frau hat, obwohl jedermann auf ihr herumtrampelt. *(Zu den Greens)* »Die blaue Ballerina«.

MR. GREEN *(zu Simone)*: Das sind Sie!

SIMONE: Oui, Monsieur.

MON CHÉRI: Woran haben Sie das gemerkt?

MR. GREEN: Ich hatte es so im Gefühl. Ich versteh' ein bißchen von Kunst … hehehe … Als ich jung war, hab' ich mich aus Liebhaberei damit befaßt … Auf der High-School … Musik, Baseball, Poesie …

MRS. GREEN: Mein Gott, Harry, du und Poesie?

MR. GREEN: Ja, das war einmal … ein schönes Gemälde!

MRS. GREEN: Modern!

PICKLER: Ja. Es läßt der Phantasie weiten Spielraum. Gouache!

MR. GREEN: Gouache? Ja … natürlich …

PICKLER: Käme die Ballerina für Sie in Betracht? Ja? Nein? Vielleicht. Danke, dann gehen wir weiter.

MRS. GREEN *(prallt auf den Gorilla)*: Ach, ist das reizend! Was ist das?

MON CHÉRI: »Die Gorilla«, Madame.

MRS. GREEN: Gorilla? Ekelhaft! *(Von einem leeren Rahmen, der schief an der Wand hängt)* Was ist das?

PICKLER: Das … das ist … das ist Mr. Gortschenkos letztes Werk … *(Zu Gogo)* Darf ich fragen, wie das Bild heißt?

GOGO: Können sie das nicht sehen? Das ist bloß ein Rahmen …

PICKLER *(jedes Wort akzentuierend)*: »Bloß-ein-Rahmen«!

MR. GREEN: Das ist ein Bild? Sagten Sie, daß das ein Bild ist?

PICKLER: Natürlich, Mr. Green. Mr. Gortschenko hat über vier Monate daran gearbeitet.

MRS. GREEN: Woran hat er eigentlich die vier Monate gearbeitet?

PICKLER *(im Moment sprachlos)*: Klug gefragt. Jedes Bild hat ein Anliegen … *(Zu Gogo)* Warum spielst du nicht was? *(Gogo spielt, Pickler bezieht Inspiration)* Der Künstler, Madame, hat vier Monate an dem – Winkel gearbeitet. Die Neigung beträgt genau 19 Grad.

MRS. GREEN: O yes … Jetzt verstehe ich …

PICKLER *(zu Mrs. Green)*: Die Wand hinter dem Gemälde, Madame, ist sozusagen der ständige Hintergrund. Andere Wand – anderes Gemälde. Ein Bild mit tausend Gesichtern. Wie bei der Natur selbst ist alles im Fluß, alles ändert sich, die Preise steigen jeden Tag …

MR. GREEN: Was soll das kosten, für mich?

PICKLER: Für Sie, Mr. Green? »Bloß ein Rahmen« … Da muß ich mal kalkulieren … *(Blickt nachdenklich auf den Rahmen, brabbelt Zahlen auf jiddisch, erwartungsvolle Stille, die Künstler halten den Atem an)* Inklusive Transport und schief aufhängen … 6850 Francs.

MRS. GREEN *(findet das teuer)*: Sechstausendachthundert?

PICKLER *(rasch)*: Ja, ich weiß, daß ich es praktisch verschenke, Mrs. Green. Aber Sie haben ganz einfach das Glück, daß Sie es direkt vom Künstler kaufen. Bedenken Sie nur, knapp 7000 Francs für einen echten Gortschenko aus seiner berühmten Rahmen-Periode!

MRS. GREEN *(flüstert zu ihrem Mann)*: Für das Wohnzimmer oder für die Speisezimmerecke?

MR. GREEN: Nein, es kommt über die Blumenvase auf dem neuen Büffet.

MRS. GREEN: Da hängt es richtig.

MR. GREEN *(zu Pickler)* 6500.

PICKLER: Das ist stark, Mr. Green, das ist hart. *(Er bemerkt einen anderen, kleineren Rahmen an der gegenüberliegenden Wand)* Den Rahmen da können Sie für 4000 haben, Mr. Green. Aber er ist nicht ganz so schief, nur 14 Grad. Und kein echter Gortschenko.

MR. GREEN: Nein, nein, ich will nur »Eins-A«-Qualität.

PICKLER: Sie sind schrecklich, Mr. Green, ich muß schon sagen. Ich bin ein geschlagener Mann, Sie richten mich zugrunde. Sechstausendsechshundert!

MR. GREEN *(rasch)*: Abgemacht!

PICKLER: Gratuliere! *(Zu Green »vertraulich«)* Green! Da haben Sie aber wirklich ein gutes Geschäft gemacht.

MR. GREEN *(lacht selbstgefällig)*: Wem sagen Sie das? Für so was hab' ich eine Nase. Ich komme jedes Jahr nach Europa …

PICKLER: Gogo! Monsieur Green kauft den »Bloß«!

Gogo geht zu Mr. Green und schüttelt ihm die Hand, während die andern gratulieren. Die Besucher werden umringt.

ALLE: Enchanté! Gratuliere! Enchanté! …

Es wird allmählich dunkel, Harfenklänge leiten rasch über zu der nächsten Szene.

Vierte Szene

Mitternacht. Das Atelier ist in Dunkelheit gehüllt. Nur der »Turm« scheint von einem bläulichen Lichtstrahl umgeben zu sein. Die Harfenmusik im Hintergrund wird schwächer.

RAPHAEL *(schläft auf dem Turm sitzend. Wacht auf, starrt gähnend auf sein Werk)*: Verflucht noch mal, da können sie sagen, was sie wollen … dies hier ist nichts … Absolut gar nichts!

REMBRANDT: Das ist nicht wahr.

RAPHAEL: Wieso meinen Sie, das ist nicht wahr?

REMBRANDT: Weil es meine Überzeugung ist.

RAPHAEL: Ihre Überzeugung! *(Erschreckt)* Wer … wer ist da? … Gogo … wer ist da?

REMBRANDT: Ich.

RAPHAEL *(entdeckt hinter dem Rahmen von seinem Porträt: Rembrandt wie er leibt und lebt, das genaue Ebenbild des Bildnisses)*: Meister!

REMBRANDT: Darf ich einen Moment stören?

RAPHAEL: Bitte … kommen Sie nur herum …

REMBRANDT *(Sein Kopf verschwindet aus dem Rahmen, und einen Augenblick später kommt er durch die nächste Tür ins Atelier. Sein Oberkörper steckt in einem prächtigen Mantel, auf dem Kopf trägt er die wohlbekannte Mütze, nach unten aber einen einfarbigen Pyjama und Filzpantoffel. Er verneigt sich)*: Rembrandt!

RAPHAEL *(verbeugt sich)*: Raphael! *(Schüttelt ihm die Hand)*

REMBRANDT *(deutet auf seine Hosen)*: Verzeihen Sie meinen Aufzug. Ich habe mich nachts selbst gemalt, *(deutet mit der Hand die Höhe des Bildes an)* nur bis hier …

RAPHAEL: Einen Drink, Meister?

REMBRANDT: Kognak, wenn möglich. *(Raphael schenkt ein)* Ziemlich kühl heute. (*Raphael gibt ihm das Glas. Er kostet)* Süperb. Erinnert mich an den Kognak, den ich bei meinem lieben Freund Rabbi Menashe Ben – Israel bekam.

RAPHAEL: Meister, Sie sind einer von uns?

REMBRANDT: Nein, ich bin Protestant. Auf Ihr Wohl! Lechayim!

RAPHAEL: Lechayim!

REMBRANDT *(trinkt)*: Ich bin viel im Judenviertel von Amsterdam gewesen. Was für faszinierende Gestalten, welch edle Züge …

RAPHAEL: Ja, ich erinnere mich an Ihr Gemälde »Die jüdische Braut«.

REMBRANDT: Wirklich? Man erinnert sich noch an meine Bilder?

RAPHAEL: Man erinnert sich? Sie sind unser Ideal! Für mich sind Sie der größte Maler aller Zeiten. Ach, wenn ich doch nur halb so malen könnte wie Sie!

REMBRANDT: Können Sie das denn nicht? Dies ist doch Ihr Werk, wenn ich nicht irre.

RAPHAEL *(schamrot)*: Ja.

REMBRANDT: Soll das eine Plastik sein?

RAPHAEL: Ein plastisches Bild … Wenn Sie sich etwas darunter vorstellen können …

REMBRANDT: Ganz reizend. Und groß. Wie heißt es?

RAPHAEL: »Zieh den … schalt den Strom aus, das Wasser beginnt zu sieden.«

REMBRANDT: Ist das der ganze Titel?

RAPHAEL: Ja. *(Verlegen)* Meister, sagen Sie mir, bin ich ein Künstler?

REMBRANDT: Warum denn nicht? Jede Generation entwickelt ihre eigene Kunst. Für Ihre Generation ist das gar nicht schlecht.

RAPHAEL: Meinen Sie?

REMBRANDT: Sehen Sie: hübsche Möbelstücke, geschmackvoll aufeinander getürmt, eins über dem anderen. Man könnte das tatsächlich »Hochstapelei« nennen …

RAPHAEL *(schon etwas fröhlicher)*: Und das Wasser kocht immer. Eine dritte Dimension, sagt man, eine dritte Dimension.

REMBRANDT: Ich hab' sie nie gezählt. Sagen Sie, Raphael, wieviel bekommen Sie für dieses Bild?

RAPHAEL: Herr Pickler verkauft es für 8000 Francs.

REMBRANDT: 8000? Aber das sind 500 Gulden. Meine Güte! Eine solche Summe hätte mich vor dem Bankrott retten können.

RAPHAEL: Sie, Meister, Sie haben Pleite gemacht?

REMBRANDT *(zornig)*: Ja! In meinen alten Tagen mußte ich als Schreiber in einem Warenhaus arbeiten, weil mir das Wasser am Halse stand. Ich hinterließ meiner Familie nichts, außer meinen Pinseln.

RAPHAEL: Aber Sie hinterließen Ihren Namen für die Ewigkeit.

REMBRANDT: Von der Ewigkeit hatte meine Familie nichts. Ich muß im falschen Jahrhundert gelebt haben.

RAPHAEL: Sie, Meister, beneiden uns?

REMBRANDT: Schon immer!

RAPHAEL: Bloß, weil wir Geld verdienen?

REMBRANDT: Nein. Weil ihr Zeit gewinnt. Ich habe für dieses Selbstporträt viereinhalb Monate gebraucht. *(Deutet auf die »Blaue Ballerina«)* Und wie lange dauert das?

RAPHAEL: Zwei Stunden.

REMBRANDT: Sehen Sie? Welch ein phantastisches Tempo! Wen soll es darstellen?

RAPHAEL: Die »Blaue Ballerina«.

REMBRANDT: Woher wissen sie das?

RAPHAEL: Steht darunter. Man nennt das aktivierte Malerei. Mit dem Schiff gemalt.

REMBRANDT: Diese Technik kenne ich nicht. Sicher ist das gar nicht so leicht.

RAPHAEL: Aber schwer ist das auch nicht.

REMBRANDT: Sagen Sie das nicht, Raphael. Wenn ich zu meiner Zeit, sagen wir, eine hübsche Frau zeichnen wollte, gab es für mich nur eine Lösung, nur eine Form: die des Modells. Sah sie dem Modell ähnlich, gut. Wenn nicht, dann war das schlimm. Aber ihr, die abstrakten Maler, müßt die richtige Lösung aus Millionen von möglichen Linien, Farben und Formen herausfinden. Und alles das innerhalb von zwei Stunden. Und meistens ohne Modell. Ich kann vor euch wirklich nur den Hut ziehen.

RAPHAEL: Meister, Sie sind doch der Inbegriff …

REMBRANDT: Bitte, sagen Sie nicht Meister zu mir. Eigentlich sollte ich Ihr Schüler sein.

RAPHAEL: Aber …

REMBRANDT: Raphael, lehren Sie mich malen. Auf moderne Art!

RAPHAEL: Sie machen sich lustig, Herr Rembrandt?

REMBRANDT: Keineswegs. Bitte lehren Sie mich's … ich bin nicht zu alt …

RAPHAEL: Ja, wirklich? Daß ich Sie lehren sollte? … Phantastisch … Also gut, zunächst mal trägt man heute fast nie mehr die Farbe mit einem Pinsel auf …

REMBRANDT: Nein?

RAPHAEL: Nein. Man klatscht die Farben einfach auf die Leinwand. *(Er holt eine Anstreicherquaste zwischen Jacquots Geräteschaften hervor. Zeigt sie)* Sehen Sie, so …

REMBRANDT: Ist das schwer?

RAPHAEL *(gönnerhaft)*: Das ist eine Frage der Praxis. Hauptsache, daß man es leicht tut, frei, locker, mit fließender Bewegung aus dem Ellenbogen heraus. Sehen Sie! …

Raphael mimt Eintauchen des Pinsels in einen Farbtopf und Aufklatschen der Farbe auf eine Leinwand, die mit dem Rücken zum Publikum auf einer Staffelei steht.

REMBRANDT: Großartig!

RAPHAEL: Wollen Sie auch 'ne Runde, Rembrandt?

REMBRANDT: Ja, bitte.

RAPHAEL: Also! *(Gibt ihm die Quaste)* Feste, Rembrandt! *(Rembrandt »klatscht«)* Aus dem Ellenbogen heraus, mit einer fließenden Bewegung, frei, ganz locker … ja so … ja so … Sie machen es glänzend …

REMBRANDT: Alle Farben des Regenbogens … Rot … und Gelb und Braun … Aus dem Ellenbogen … Was für ein Vergnügen … *(Taucht die Quaste von Farbtopf zu Farbtopf und »klatscht« die Farben über die Leinwand, gepackt von Schöpferfreude, aber allmählich ermattet er und wirkt niedergeschlagen.)* Das lerne ich nie, das lerne ich nie! Schauen Sie, Raphael, was dabei herausgekommen ist …

Rembrandt dreht das »geklatschte« Bild zu Raphael und damit zum Publikum und kehrt an seinen Platz hinter dem Rahmen an der Wand zurück. Das Publikum erkennt Rembrandts unsterbliches Bild von dem Anatomieunterricht des Dr. Tulp.

RAPHAEL *(schreit gellend auf)*: Meister!

Die Harfenklänge schwingen aus. Dunkelheit breitet sich im Atelier aus, und der letzte Lichtstrahl bleibt noch eine Weile auf der »Anatomiestunde« haften.

Fünfte Szene

Früher Morgen des nächsten Tages. Das Atelier ist leer. Alles steht an seinem Platz wie immer. Nur an »Bloß ein Rahmen« hängt ein Schild: »Verkauft«. Durch den geschlossenen Vorhang hört man Gogo auf dem Klavier »improvisieren«.

JACQUOT *(trottet herein, schenkt sich nervös einen Drink ein und schreit, um sich über das Getöse hinweg verständlich zu machen)*: Gogo!

GOGO *(schreit zurück)*: Ja!

JACQUOT: Warum schläfst du denn nicht?

GOGO: Wie kann ich denn bei dem Spektakel schlafen? Mein Zahn bringt mich noch um.

JACQUOT: Aber m i c h bringt er nicht um.

GOGO: Dann schlaf doch! Warum bist du so nervös?

JACQUOT: Ich muß mit dir reden … was ganz Persönliches …

GOGO: Was ist los?

JACQUOT: Gogo! *(In heftiger Erregung)* Gogo, ich bin völlig fertig …

GOGO: Das merke ich.

JACQUOT: Etwas ganz Merkwürdiges ist heute nacht passiert. Ich war ganz allein in meinem Zimmer …

GOGO: Und Simone?

JACQUOT: Ich dachte, sie war bei dir.

GOGO: Bei mir war bloß Mon Chéri. Und noch irgend jemand. Wir sollten ein für allemal festlegen, wer eigentlich bei wem ist.

JACQUOT: Jedenfalls war ich heute nacht ganz allein. Ich konnte nicht schlafen. Es war so heiß im Zimmer, und ich dachte mir – aber lach nicht – ich könnte es mal mit Zeichnen versuchen …

GOGO: Bist du verrückt geworden?

JACQUOT: Ja. Weil ich doch überhaupt nicht zeichnen kann. Ich hab' es nie gelernt. Bei mir ist alles Inspiration, Phantasie …

GOGO: Weiter!

JACQUOT: Dann setzte ich mich vor den Spiegel, nahm ein Blatt Papier … *(Er eilt in sein Zimmer und kommt zurück mit einer kunstgerechten Kohleskizze, einem Selbstporträt)* Voilà! Das ist dabei herausgekommen.

GOGO *(erschrocken)*: Das hast du gezeichnet?

JACQUOT: Ja.

GOGO: Ganz alleine?

JACQUOT: Ja.

GOGO: Mit der Hand?

JACQUOT *(beinahe weinend)*: Ja! Gogo, ich kann zeichnen! Ich begreife nicht, wie das passiert ist. Bis jetzt war ich so glücklich, zufrieden mit mir selbst, und jetzt, plötzlich: rums! Ich kann zeichnen! …

GOGO: Hat das außer mir noch jemand gesehen?

JACQUOT: Niemand.

GOGO: Und du hast mit keinem darüber gesprochen?

JACQUOT: Nein, nur mit dir.

GOGO: Du hast Glück, Jacquot. Nimm deine Zeichnung, reiß sie in Stücke, verbrenne sie, und damit gut.

JACQUOT: Ja, Gogo.

GOGO: So fängt es immer an. Heute ein kleines Porträt, morgen ein Kirchenfresco …

JACQUOT: Ich weiß, Gogo, ich weiß …

GOGO: Du sitzt nicht allein in dieser Klemme, mein armer Freund. Schon mancher Maler ist so gescheitert. Du zermarterst dir dreißig Jahre lang das Hirn durch all die grünen und purpurnen Perioden hindurch, bis du erleuchtet wirst und die abstrakte Malerei entdeckst. Möchtest du dreißig Jahre deines Lebens vergeudet haben?

JACQUOT: Nein.

GOGO: Dreißig Jahre Schweiß, Entbehrung, Armut und hundertprozentige Anonymität?

JACQUOT: Nein, Gogo, nein!

GOGO: Warum zum Teufel mußt du dann zeichnen?

JACQUOT: Was war ich für ein Narr!

GOGO *(blickt auf die Skizze)*: Du schwebst in großer Gefahr, mon ami. Jeder, der solche Porträts macht, ist tief im Innern ein Spießer.

JACQUOT *(zurückweichend)*: Gogo!

GOGO: Ich sehe schon, wie du ein Sparkonto einrichtest ...

JACQUOT: Nein, ich doch nicht.

GOGO: Wie du heiratest und Kinder großziehst ...

JACQUOT: Bestimmt nicht.

GOGO: Im Bus stehst du auf und bietest alten Leuten deinen Platz an ...

JACQUOT: Was hab' ich denn getan?

GOGO: Sogar waschen wirst du dich, mon petit!

JACQUOT: Gogo, das ist nicht fair.

GOGO: Deine Anzüge werden gebügelt sein ...

JACQUOT: Und meine Kragen weiß?

GOGO: Du lernst Walzer tanzen ...

JACQUOT: Und von Jungfrauen träumen ...

GOGO: Du wirst dich wundervoll in die Gemeinschaft einordnen. Überall!

JACQUOT: Alles, nur keine Gemeinschaft! *(Als er sich von Gogo zurückzieht, steht er vor Rembrandts Porträt, das über ihm hängt. Sein Blick fällt auf das Porträt)*

GOGO: Sieh den nicht an, Jacquot, der gehört zu einem ganz anderen Klub. Er rechnet mit der Ewigkeit, wir sind kurzlebige Künstler. Wir haben keine Zukunft.

JACQUOT: Keine Zukunft ...

GOGO *(reißt Jacquots Skizze langsam in Stücke)*: Geh, Jacquot! Vergiß, was geschehen ist. Du kannst nicht zeichnen, verstehst du? Du kannst nicht zeichnen.

JACQUOT: Ich kann nicht zeichnen.

GOGO: Noch mal!

JACQUOT: Ich kann nicht zeichnen!

GOGO: Und jetzt lauf! Flieh, solange es noch nicht zu spät ist. Renne um dein Leben … in die Freiheit! …

JACQUOT *rennt ab.*

GOGO *(seinen schmerzenden Kiefer reibend, will gehen. Am Ausgang prallt er mit Dahlia zusammen)*: Bonjour, Mademoiselle, qui est-ce que vous cherchez?

DAHLIA: Nein, vielen Dank. Ich suche Monsieur Schlesinger, Monsieur Schlesinger.

GOGO: Schlesinger? Wer ist denn das?

DAHLIA: Israel!

GOGO: Ach Israel? *(Ruft)* Slazangé! Kennst du einen Israeli namens Schlesinger?

RAPHAEL *(von draußen)*: Nein!

GOGO: Schade, Mademoiselle. Hätten Sie vielleicht Lust, mit mir zum Zahnarzt zu gehen?

DAHLIA: Vielen Dank, ich hab' eben seine Stimme gehört.

GOGO: Merde. *(Geht ab, stößt französische Flüche aus, die heraufdringen, während er die Treppe hinuntergeht)*

RAPHAEL *kommt von der Seite herein, ohne Dahlia zu bemerken.*

DAHLIA: Du hast schon wieder deinen Kittel bekleckert.

RAPHAEL: Macht nichts. Bloß helle Farben. *(Fährt hoch, dreht sich um und nimmt Dahlia wahr)* Dahlia?

DAHLIA: Raphi! *(Sie umarmen sich leidenschaftlich und mit echter Freude)*

RAPHAEL: Wie geht's?

DAHLIA: Ich bin mit Kaschtan gekommen, gestern abend. Laß dich anschaun, du großer Mann. Das ganze Land spricht schon von dir. Warum hast du dir keinen Bart wachsen lassen?

RAPHAEL: Das brauch' ich nicht, ich kann doch malen.

DAHLIA: Und wie geht's?

RAPHAEL: Na ja, soso!

DAHLIA: Hör mal, du bist ein richtiger Franzose geworden. *(Raphael küßt sie auf die gewohnte schüchterne Art)* Du bist doch kein richtiger Franzose. *(Sie setzen sich aufs Sofa)* Warum hast du mir so lange nicht geschrieben?

RAPHAEL: Weil es nichts zu schreiben gab.

DAHLIA: Ach? Von deiner Mutter mußte ich hören, daß »Sonne, steh still über Gibeon« bald auf der großen Pariser Ausstellung gezeigt werden soll. Wo ist das Bild? Ich bin wahnsinnig neugierig darauf.

RAPHAEL: Wie geht's meiner Mutter?

DAHLIA: Sie ist im siebenten Himmel. Ich war kurz vor dem Abflug noch bei ihr. Sie war sehr aufgeregt: »Sag Raphi, daß ich sehr stolz auf ihn bin.«

RAPHAEL: Mutter!

DAHLIA: Wo ist dein Bild?

RAPHAEL: Und wie geht's dir?

DAHLIA: Mir? Gut. Und dir?

RAPHAEL: Gut. Schön, daß du da bist. *(Sie wollen sich küssen)*

MON CHÉRI *erscheint plötzlich und schlägt einen Akkord auf dem Piano an.*

RAPHAEL *(verwirrt)*: Bonjour, Mon Chéri. Dies ist meine Freundin aus Israel.

MON CHÉRI: Enchanté!

DAHLIA: All right.

RAPHAEL: Sag: Enchanté!

DAHLIA: Nein.

MON CHÉRI: Habt ihr Gogo gesehen?

RAPHAEL: Er ist zum Zahnarzt gegangen!

MON CHÉRI: Nein!

RAPHAEL: Doch.

MON CHÉRI *(setzt sich auf Raphaels Hand)*: Gogo ist …

RAPHAEL *(versucht vergeblich, seine Hand freizubekommen)*: Ja …

MON CHÉRI: … zum …

DAHLIA: Zahnarzt …

RAPHAEL: … gegangen.

MON CHÉRI: Der arme Zahnarzt.

RAPHAEL: Ja!

MON CHÉRI: Du siehst müde aus, möchtest du nicht schlafen, mon chéri?

RAPHAEL: Nein. Nur meine Hand ist eingeschlafen.

MON CHÉRI: Ach, ich sitze ja darauf. *(Bleibt auf Raphaels Hand sitzen)* Gogo ist also gegangen, sagst du?

RAPHAEL: Ja! *(Endlich ist es ihm gelungen, seine Hand freizukämpfen, er drückt Dahlia fest die Hand)*

MON CHÉRI: Liebt ihr euch?

DAHLIA: Ja! Sehr! Vielen Dank.

MON CHÉRI *(traurig)*: Daß es das immer noch gibt …

RAPHAEL UND DAHLIA: Uhum!

MON CHÉRI: Entschuldigt, aber ich muß jetzt gehen. Rendez-vous, compris. Enchanté! *(Nimmt zwei Gläser und geht)*

DAHLIA: All right!

MON CHÉRI: Tschau!

RAPHAEL: Tschau! *(Singt »Tschau tschau, Bambino«)*

DAHLIA: Wer ist das?

RAPHAEL: Wer? So eine Art Modell.

DAHLIA: Nein, so was! Warum ist sie dann nicht nackt?

RAPHAEL: Sie friert vielleicht.

DAHLIA: Ich hab' es nicht gern, wenn angezogene Frauen in Malerateliers herumlaufen.

RAPHAEL: Wir haben trotzdem nichts miteinander.

DAHLIA: Raphi, wo sind deine Bilder?

RAPHAEL: Ich hab' keine.

DAHLIA: Was soll das heißen, »ich hab' keine«.

RAPHAEL: Ich hab' keine! Das ist alles, was ich habe. *(Deutet auf den Turm im Atelier)*

DAHLIA *(schaut sich um)*: Hast du eine Werkstatt für Möbelreparaturen aufgemacht?

RAPHAEL: Ja, das ist General Möbilisation, he-he.

DAHLIA: Ich dachte, du wolltest in Paris ein richtiger Maler werden?

RAPHAEL: Das wollte ich auch.

DAHLIA: Und warum baust du dann bloß Türme?

RAPHAEL *(in plötzlich aufsteigender Wut)*: Was meinst du wohl, warum? Schulde ich jemandem Rechenschaft für das, was ich tue und warum ich's tue, wenn die ganze Welt in Ohnmacht fällt vor dem, was ich tu'?

DAHLIA: Doch, Raphi, du mußt dich rechtfertigen …

RAPHAEL: Vor dir etwa?

DAHLIA: Nein, vor dir selbst.

RAPHAEL: Auf mich kommt es nicht an, mein Liebling. Ich bin Demokrat, ich beuge mich dem Willen der Mehrheit. Und die Mehrheit hat nun mal beschlossen, daß ich eine phänomenale Entwicklung auf dem Gebiete der modernen Kunst bin. Und wenn du's genau wissen willst, es beginnt mir zu gefallen! *(Dahlia lacht)* Man kann eben nicht gegen den Strom schwimmen.

DAHLIA: Gegen welchen Strom?

RAPHAEL: Den von Mischa, dem Gipsmischer.

DAHLIA: Also gut, dann kannst du ja auch anfangen, dir einen Bart wachsen zu lassen. Und dich hab' ich für eine Hoffnung gehalten!

RAPHAEL: Das ist es ja gerade, was ich nicht sein möchte. Ich will keine Hoffnung sein und Schilder malen für »Gurfinkel & Co.«. Leider bin ich ein Scharlatan, ein Idiot, den die ganze Welt bewundert – irrtümlich! Ich möchte gern ein Gipsmischer sein!

DAHLIA: Warum hast du denn deiner Mutter weisgemacht, du arbeitest seit langem an »Sonne steh' still über Gibeon«?

RAPHAEL: Weil ich daran arbeite! *(Zeigt auf den Turm)* Voilà, das ist es. Sieh ihn dir lieber noch mal genauer an, weil er bald für die Ausstellung abgeholt wird.

DAHLIA *(explodiert vor Lachen)*: Wunderbar. Das ist … Sonne … steh' still … Und wer ist Josua? Der Schemel? …

RAPHAEL *(fällt in das Lachen ein)*: Nein, der Samowar!

DAHLIA *(beinahe hysterisch vor Lachen)*: Der Samowar? Und die elektrische Schnur?

RAPHAEL: Das ist die Synkope!

DAHLIA: Virus!

RAPHAEL: Gouache!

DAHLIA: Gulasch! *(Lachend wälzen sie sich buchstäblich auf dem Fußboden. Dahlia plötzlich ernst)* Raphi, komm mit nach Haus.

RAPHAEL: Ich komme. Sobald ich kann.

DAHLIA: Raphi, ich meine es ernst.

RAPHAEL: Ich auch. Mir gefällt es hier gar nicht, aber immerhin habe ich eine gewisse Verpflichtung …

DAHLIA: Für Kaschtan und Pickler?

RAPHAEL: Immerhin verdanke ich ihnen, daß ich zum ersten Mal in meinem Leben auf eine Ausstellung komme.

In diesem Augenblick hört man von draußen Kaschtan und Simone fröhlich singen, die völlig beschwipst die Treppen heraufkommen.

KASCHTAN *(stolpert durch die offene Tür, zieht Simone an seinem Regenschirm hinter sich her. Beiden sieht man die stürmische Nacht noch deutlich an, doch Kaschtan ist energisch um Haltung bemüht. Er ist zwar betrunken, aber nicht ausfallend, sondern im Gegenteil, zugänglicher als sonst)*: Guten Morgen … Für alle gegenwärtigen und zukünftigen Teilnehmer der Ausstellung … *(Hängt seinen Regenschirm an die Leiter)*

SIMONE *(gleitet aus Kaschtans Mantel, den sie beim Hereinkommen trug)*: Bonjour Madame, bonjour Raphael.

RAPHAEL *(zu Simone)*: Wo seid ihr die ganze Nacht gewesen?

KASCHTAN: Moulin Rouge … Courvoisier … Vive l'Emperieur! *(sieht eine Flasche)* Kognak!

DAHLIA: Bitte nicht, Herr Kaschtan, Sie haben genug.

RAPHAEL: Immerhin müssen Sie noch eine Kritik über die Eröffnung der Ausstellung schreiben.

KASCHTAN *(schenkt sich einen Drink ein und annektiert auch die Flasche)*: Die habe ich bereits geschrieben, Herr Schlesinger.

RAPHAEL: Die Eröffnung ist doch erst heute abend …

KASCHTAN: Keine Angst, Sie schneiden hervorragend ab bei mir. Sie sind die Sensation der Ausstellung.

DAHLIA: Woher wollen Sie das wissen?

KASCHTAN *(trinkt)*: Weitblick!

DAHLIA: Sie sollten lieber aufhören zu trinken. Herr Kaschtan.

KASCHTAN: Keine Sorge, mein Kind. Ich bin nur ein ganz kleines bißchen … hemmungslos, wie man so sagt … *(Lacht mit Simone)* Und wenn ihr glaubt, daß ich jetzt beichten will und mein Herz erleichtere und Ihnen verrate, daß ich mich immer danach gesehnt habe, ein berühmter Künstler zu sein, wie Sie, und statt dessen nur ein Kritiker geworden bin, o nein. Ich bin zwar nur ein Kritiker, aber eine kritische Autorität. *(Singt)* Oh, Susanna … *(Klettert auf die Leiter. Raphael und Dahlia ihm nach. Kaschtan berührt den Kessel, sein Gesicht drückt kindliche Enttäuschung aus)* Er ist ja nicht heiß! *(Traurig)* Der Kessel ist nicht heiß. Warum ist der Kessel nicht heiß?

DAHLIA: Weil er nicht heiß ist, Herr Kaschtan. Und Sie gehen jetzt ins Bett!

KASCHTAN *(sitzt oben auf dem Turm)*: Also schön, ich bin auch ein Maler ... ein Maler ...

RAPHAEL UND DAHLIA: Ach! Ach!

KASCHTAN: Sogar ausgestellt war ich mit ein, zwei Bildern ... Ich malte eine Art Stadtpark, mit herumspringenden Kindern, aufsteigenden ...

DAHLIA: Drachen.

KASCHTAN: Gelben Drachen. *(Er weint)* Es war hübsch, so hübsch. Ich war jung und sehr empfindlich. Die Kritiker schrieben ... Ach was! *(Zieht seine Brieftasche heraus, entnimmt ihr einen vergilbten Zeitungsausschnitt, liest)* »Palästina Gazette 12. November 1939«. *(Zu Raphael)* Lesen Sie!

RAPHAEL: Warum denn gerade ich?

KASCHTAN: Tun Sie mir den Gefallen, lesen Sie.

RAPHAEL *(nimmt den Ausschnitt)*: »Gestern abend nahm die Gesellschaft von Tel Aviv vollzählig an der Eröffnung ...«

KASCHTAN: Das nicht ... weiter unten, die letzten 3 Zeilen. Blau unterstrichen.

RAPHAEL: »Kalman Kaschtan ...«

KASCHTAN: Das »M« kam später.

RAPHAEL: »Kalman Kaschtan mangelt es an Phantasie, um die Öde des Illustrierens zu überwinden.«

KASCHTAN: Oy!

RAPHAEL *(gibt Kaschtan den Ausschnitt zurück)*: Ich habe schon Schlechteres gelesen.

KASCHTAN *(verstaut den Ausschnitt sorgfältig in seiner Brieftasche)*: Der Idiot!

DAHLIA: Nehmen Sie's ihm nicht übel, Herr Kaschtan. Er ist ja bloß ein Kritiker.

KASCHTAN: Ganz krank hat mich das gemacht ... Ich habe wie ein Kind geweint ...

RAPHAEL: Sie wissen doch, wie Kritiker sind.

DAHLIA: So was passiert nun eben mal.

KASCHTAN: Auch heute bin ich unglücklich, Miß Dahlia. Ich führe ein Hundeleben. Mich haßt jeder, obwohl ich, ich persönlich, auch niemanden besonders gern hab'. Ich rede wie ein Papagei *(lacht)*, wie ein Papagei, mein Leben lang: »Seit Brozu und Jan Kochian bin ich noch nie soviel Feingefühl bei einem Maler begegnet.« *(Simone lacht mit ihm)* Brozu und Jan Kochian! *(Zu Raphael)* Sie kennen sie?

RAPHAEL: Persönlich nicht, aber natürlich … Brozu …

KASCHTAN: Es gibt sie gar nicht.

RAPHAEL: Was?

KASCHTAN: Ich mische solche Namen immer wieder ins Gespräch. Keiner fragt, keiner achtet darauf, drum erfinde ich sie … Brozu, Jan Kochian! … *(Lacht)* Ich liebe die Kunst, aber so was ist lächerlich … lächerlich … lächerlich …

RAPHAEL: Herr Kaschtan.

KASCHTAN: Ja?

RAPHAEL *(zeigt auf den Turm)*: Ist das Kunst?

KASCHTAN: Schund ist das. Schund! *(Simone lacht, Raphael zuckt zusammen)* Ich hab' es nie leiden mögen.

DAHLIA: Aber wie können sie dann … Warum? …

KASCHTAN: Warum? Weiß ich warum? Vielleicht ist er wirklich gut, wer weiß? Ich jedenfalls hab' seinen Anblick nie ertragen können.

DAHLIA: Aber Sie waren doch so begeistert …

KASCHTAN: Begeistert? Was wollen sie damit sagen? Das ist Berufsjargon, aber doch keine persönliche Beziehung, liebe Dame. Das gehört zu den Spielregeln!

RAPHAEL: Verdammt! *(Stürzt sich auf den Turm)*

KASCHTAN *(versperrt ihm den Weg)*: Nicht doch, Herr Schlesinger … Fassen Sie es nicht an …

RAPHAEL: Schund!

KASCHTAN: Rühren Sie es nicht an, Herr Schlesinger, Pickler wirft mich sonst raus …

RAPHAEL *(läßt von ihm ab)*: Pickler wirft Sie raus?

KASCHTAN: Er schmeißt mich raus … der Kunstbanause …

RAPHAEL: So ist das!

Raphael nimmt wortlos Kaschtans Mantel, den Simone hingeworfen hat, und streckt ihn dem Kritiker hin. Kaschtan schlüpft stumm hinein, mit finsterer Miene.

KASCHTAN *(strebt mit müden Schritten dem Ausgang zu)*: Ich hab' Ihnen doch immer gute Kritiken geschrieben …

RAPHAEL *(schreit)*: Raus, Autorität! Raus, Sublimierer, raus! Raus! …

KASCHTAN *flieht.*

JACQUOT *(läuft herein)*: Was ist denn das für ein Gebrüll?

MON CHÉRI *(kommt)*: Du weckst ja das ganze Haus auf. *(Hinter ihr erscheint Mr. Green, der fieberhaft an seinem Anzug fummelt und sich das Haar kämmt)*

RAPHAEL *(stürzt sich auf Mr. Green)*: Sie sind auch da? Warum möchten Sie meinen Turm kaufen, he? Was treibt Sie dazu, ihn zu kaufen?

MR. GREEN *(stotternd)*: Ich bin kein Experte … Ich hörte davon im Fernsehen, sie sagten, daß »Zieh den Stecker raus« ein unsterbliches Werk ist … Meiner Meinung nach ist das Blödsinn, gar nichts …

RAPHAEL *(bricht in bitteres Lachen aus)*: Sehr gut! Also jeder weiß Bescheid: der Käufer, der Verkäufer, der Kritiker, die Öffentlichkeit, der Künstler, jeder weiß es! Wer zum Teufel glaubt dann noch an den Blödsinn?

MON CHÉRI: Du, mon chéri.

RAPHAEL: Nicht mehr, Madame! *(Stößt mit dem Fuß auf den Turm, erreicht aber nur, daß ihm die Zehen weh tun. Läuft hinkend durch den Haupteingang hinaus, schreit. Sein Schreien ist noch eine Weile zu hören)* Betrug! Alles Betrug! Alles Betrügerei! …

DAHLIA: Raphi! *(Läuft ihm nach)*

SIMONE: Mon petit! *(Folgt Dahlia. Mon Chéri und Mr. Green ziehen sich ins Nebenzimmer zurück)*

JACQUOT: Slazangé!

Jacquot rennt den andern nach. In der Tür kollidiert er mit zwei Galeriedienern, die den Turm für die Ausstellung abholen sollen.

JUNGER GALERIEDIENER *(wie sein Kollege in Overalls, auf dem Kopf tragen sie französische Baskenmützen. Beide Diener sind von einfacher Gemütsart)*: Was war denn das?

ALTER GALERIEDIENER *(tippt sich an die Stirn)*: Die Brüder kennst du doch. Künstler, die spinnen ja alle. *(Schreit)* Jemand zu Hause? Wir sollen Wie-nennt-man-Das für die Ausstellung abholen! He da! … *(Keine Antwort)* Sie müssen auf eine Party gegangen sein.

JUNGER GALERIEDIENER *(hebt die »Blaue Ballerina« vom Boden auf)*: Was ist denn das?

ALTER GALERIEDIENER: Siehst du denn nicht? Das sind alles Bilder von diesem Malervolk.

JUNGER GALERIEDIENER: Warum werden sie nicht aufgehängt?

ALTER GALERIEDIENER: Weil es noch keine Gesetzte gegen die Maler gibt. Überhaupt, je älter ich werde, desto verrückter werden die Bilder. *(Setzt sich auf »Die Gorilla«)* Weißt du, einmal haben sie mich zu einer von diesen berühmten Künstlerinnen geschickt, um ein Bild abzuholen. Sie saß gerade in der Badewanne.

JUNGER GALERIEDIENER: Solche Frauen sitzen immer in der Badewanne.

ALTER GALERIEDIENER: Paß auf, durch die Tür schreit sie mir zu, ich soll die Leinwand aus dem Atelier mitnehmen. Da finde ich eine schwarzweiße Leinwand mit allen möglichen Klecksen drauf. Na schön, denk' ich, und bring sie in die Galerie. Sie kommt im Taxi nach und brüllt, ich hätte ein Tischtuch mitgenommen, über das sie Kaffee gegossen hätte.

JUNGER GALERIEDIENER: Kaffee?

ALTER GALERIEDIENER: Kaffee, echten, guten Kaffee.

JUNGER GALERIEDIENER: War sie böse?

ALTER GALERIEDIENER: Und wie! Bis sie mit dem Taxi angekommen war, hatten sie das Tischtuch schon verkauft.

JUNGER GALERIEDIENER: Die arme Frau.

ALTER GALERIEDIENER: Von wegen! Hinterher, verstehst du, hat sie versucht, noch mehr Tischtücher auf diese Art zu machen. Sie goß den Kaffee mit Absicht drüber. Aber das war nicht dasselbe.

Bloß eine Imitation. Reproduktion.

JUNGER GALERIEDIENER: Was sollen wir hier bloß mitnehmen?

ALTER GALERIEDIENER *(holt einen Zettel aus der Tasche)*: Herr Pickler hat mir diesen Zettel gegeben. *(Liest mit einiger Schwierigkeit)* Ein gemalter Turm, sagt er … konisches … Mobiliar …

JUNGER GALERIEDIENER: Was ist das … konisch?

ALTER GALERIEDIENER *(zeigt es mit seinen Händen)*: Wie dies: »Konus«. *(Nickt dem Turm zu)* Der sieht ganz danach aus.

JUNGER GALERIEDIENER: Meine Güte, was für Farben?

ALTER GALERIEDIENER: Wer soll das verstehn?

JUNGER GALERIEDIENER: Die Herren eben.

ALTER GALERIEDIENER: Vorsichtig anheben, hat Herr Pickler gesagt, Fertig?

JUNGER GALERIEDIENER: O. k. Hau-Ruck! Ab in die Galerie! …

Was sie forttragen, ist – die Leiter. Heiße Jazzmusik.

DRITTER AKT

Sechste Szene

Eine große Ausstellungshalle in elegantem, klassischem Stil mit hellem Licht aus kostbaren Leuchtern. Vorhänge vor den hohen, breiten Fenstern. Eine schwere Tür mit reicher Schnitzerei. An den Wänden hängen Bilder der letzten Kunstrichtungen. Abstrakte, Pop-art, eine Schachtel mit einer sich drehenden »optischen« Spirale, eine alte Matratze, die an der Wand hängt, ein bemalter WC-Wasserkasten, komplett mit Rohr, Kette, Handgriff usw. Auf der anderen Seite der Halle, die, um es noch einmal zu sagen, im besten Geschmack luxuriös und eindrucksvoll eingerichtet ist, stehen zwei verhüllte Gegenstände.
Die beiden Galeriediener der vorigen Szene tragen jetzt ihre Uniform und Mützen. Sie rollen einen roten Teppich auf dem Fußboden aus. Von draußen dringt – freilich nur schwach – Geschrei und Tumult herein.

JUNGER GALERIEDIENER *(er rollt)*: Hörst du das? Da unten gibt's Aufruhr.

ALTER GALERIEDIENER: Ich bin doch nicht taub.

JUNGER GALERIEDIENER: Das ist der wilde junge Mann.

ALTER GALERIEDIENER: Das geht uns nichts an. Wir sind Angestellte. Beeil dich lieber. Wir machen gleich auf.

JUNGER GALERIEDIENER: Da kommt sicher allerlei Volk zusammen.

ALTER GALERIEDIENER: Es hat ja nicht jeder Zutritt. Bloß Künstler, wir und ein Minister.

JUNGER GALERIEDIENER: Ich möchte nicht dableiben. Ich hab' Angst vor den Künstlern.

ALTER GALERIEDIENER: Wieso? Als Menschen sind sie sehr nett. Bei denen ist es mehr die Frage, ob die Kohlen stimmen.

JUNGER GALERIEDIENER *(ist konfrontiert mit einer abstrakten Plastik)*: Wer so was macht! *(Liest)* »Venus« steht dran.

ALTER GALERIEDIENER *(schaut hin)*: Venus?

JUNGER GALERIEDIENER: Venus.

ALTER GALERIEDIENER: Mensch, wie schön meine Frau ist! *(Setzt sich auf die Plastik)* Du, ich hab' mal 'ne Geschichte in der Zeitung gelesen, von so einem griechischen Bildhauer. Er machte eine Statue von einem hübschen Mädchen und verliebte sich in sie …

JUNGER GALERIEDIENER: Wie ist das möglich?

ALTER GALERIEDIENER: Es ist keine wahre Geschichte. Jedenfalls verliebte er sich, und die Statue wurde plötzlich lebendig, und die zwei waren mal sehr glücklich und zum Schluß sogar verheiratet. Nun stell' dir bloß vor, irgend jemand verliebt sich in die hier *(platzt vor Lachen)* und sie wird lebendig … Ich kann mir vorstellen, wie die Kinder aussehen würden … *(Beide lachen)* Na ja, wie dem auch sei, wir müssen weitermachen. Paß auf, wo du hintrittst. Das da sind die wichtigsten. *(Er meint die eingehüllten Gegenstände)* Sie gehören Monsieur Pickler.

JUNGER GALERIEDIENER: Macht M. Pickler Bilder?

ALTER GALERIEDIENER: Nein, er macht Maler. Den wilden Knaben, der da unten rumschreit, hat er direkt aus Israel mitgebracht.

Öffnet das Fenster, der Lärm von unten schwillt an, bleibt aber immer noch schwach, von Zeit zu Zeit hört man Raphael schreien.

JUNGER GALERIEDIENER: Was brüllt er denn eigentlich?

ALTER GALERIEDIENER: »Wir streiken gegen uns selbst«, ruft er. »Wir sind alle Betrüger«, ruft er.

JUNGER GALERIEDIENER *(schaut nach unten)*: Und wer ist das da mit dem Schild?

ALTER GALERIEDIENER: Seine Freundin.

JUNGER GALERIEDIENER *(brüllt aus dem Fenster)*: Bravo!

ALTER GALERIEDIENER *(reißt ihn ängstlich zurück und schließt rasch das Fenster)*: Bist du verrückt geworden?

JUNGER GALERIEDIENER: Endlich sagt mal jemand, was ich auch denke. *(Vom Vorplatz her hört man die Stimme von Pickler und Kaschtan)* Siehst du, da kommen sie schon!

PICKLER *(kommt mit raschen Schritten und in blendender Laune, Kaschtan trottet wie immer hintendrein. Beide tragen einen Smoking)*: Na, Jungens? Alles in Ordnung?

ALTER GALERIEDIENER: *(demütig):* Jawohl, Mister Pickler, es ist alles in bester Ordung, wie es sich gehört.

PICKLER: *(gibt ihm ein paar Münzen)*: Have a drink!

ALTER GALERIEDIENER: Danke, Meister Pickler, es ist eine schöne Ausstellung. So was sieht man wirklich nicht alle Tage.

JUNGER GALERIEDIENER: Ganz, ganz entzückend. *(Sie gehen mit einem Bückling ab. Pickler und Kaschtan laufen ans Fenster und blicken hinunter)*

PICKLER: Na, was sagen Sie zu dem Bengel? Klasse, ganz große Klasse. Glänzende Publicity! Und das Mädchen ist auch Klasse diesmal. Was steht eigentlich auf dem Schild?

KASCHTAN *(liest mühsam)*: »Exposition pour publique anormal.«

PICKLER: Was heißt das?

KASCHTAN: Ausstellung ... für geistig Unterentwickelte ...

PICKLER: Sehr gut! Sehr stark!

KASCHTAN: Schlesinger hat es selbst gemalt.

PICKLER: Was Sie nicht sagen! Ich wußte ja gar nicht, daß er so begabt ist. Was schreit der Lümmel? »Betrüger«, brüllt er, »Betrüger« ...

KASCHTAN: Schlesinger glaubt das auch, es ist sein Ernst.

PICKLER: Das spielt keine Rolle! Überlassen Sie das mal Pickler. Ich verkaufe alle seine Türme innerhalb einer Woche, und zu »gastronomischen« Preisen! Von ihm spricht ganz Paris.

KASCHTAN: Die ganze Welt!

PICKLER: Langsam glaub' ich selber dran, Kaschtan. Diesmal hast du auf das richtige Pferd gesetzt. Bravo, Kalman, gut gemacht!

KASCHTAN: Kalman? *(Blüht vor Freude auf)* Danke für die Auszeichnung, Herr Pickler.

DAN MERON *(erscheint):* Bonjour.

PICKLER: Vous désirez, garçon?

DAN MERON *(Tonband hängt von der Schulter herab, in ganz schlechtem Französisch)*: S'il vous ... vous ... vous ... Ich komme vom Israelischen Rundfunk.

PICKLER: Das hört man.

DAN MERON: Ich nehme die Ausstellung auf. Wer sind Sie?

PICKLER: Ich bin die Ausstellung.

KASCHTAN: Herr Pickler ist einer der Hauptinitiatoren von allen entscheidenden Galavorstellungen im internationalen Kulturleben. Paris, London …

PICKLER: Kaschtan, Kaschtan, er weiß schon Bescheid.

KASCHTAN: Berlin.

Der Lärm unten schwillt an, ist aber immer noch gedämpft.

DAN MERON: Worüber regt sich Schlesinger da unten denn so auf?

PICKLER: Das ist ein Reklametrick, mein Junge.

DAN MERON: Ach so, Propaganda. Nicht schlecht.

KASCHTAN: Schlesinger verfügt auch über ein Temperament, das als par excellence revolutionär bezeichnet werden muß.

DAN MERON: Sie sind wohl einer von diesen Kritiker-Typen, oder so was?

KASCHTAN: Mein Name, junger Mann, ist Kalman M. Kaschtan!

DAN MERON: Nie gehört. *(Hält das Mikrofon für Pickler heraus)* Möchten sie vielleicht ein paar Worte für die Hörer daheim sagen?

PICKLER: Das ist sein Ressort. Ich bin mehr 'ne schweigsame Natur.

DAN MERON: Das ist mir egal. *(Öffnet das Bandgerät, das ihm von der Schulter hängt, zu Kaschtan)* Sprechen Sie über die Ausstellung und das Zeug hier, aber streng an Tatsachen halten, kein Blablabla …

KASCHTAN: Meine sehr verehrten Damen …

DAN MERON: Halt! Halt! … Erst mal die Einleitung, verstanden? *(Mit seiner süßlichen, polierten Stimme)* Hier spricht Dan Meron zu Ihnen, von der festlichen Eröffnung der großen Frühjahrsausstellung in Paris. Neben uns stehen zwei alte Bekannte aus Israel, Herr Pickler und der bekannte Kunstkritiker Herr … Herr … *(Kaschtan flüstert ihm zu: Kalman M. Kaschtan, Kalman M. Kaschtan)* … einer der berühmtesten Kritiker unseres Landes, dessen Name allein Bände für unsere Zuhörer spricht. Hello, Kalman!

KASCHTAN: M. Kaschtan, hello!

DAN MERON: Sagen Sie offen heraus, Kalman, welches ist Ihr Eindruck bezüglich der künstlerischen Vollendung, deren Zeuge wir von Zeit zu Zeit sein dürfen?

KASCHTAN: Ich … ich … *(Zu Pickler)* Ich hab' die Frage nicht verstanden.

PICKLER *(brüllt)* Schlesinger natürlich, Sie Trottel!

KASCHTAN *(nimmt das Mikrofon und spricht sehr schnell, in gelehrtem und überzeugendem Ton)* Raphael Schlesinger, aus der Kunstschule von Jerusalem hervorgegangen, ist ohne den Schatten eines Zweifels einer der verheißungsvollsten Allroundmaler, die während der letzten 19 Jahre entdeckt worden sind …

DAN MERON: Er funktioniert nicht. *(Haut auf den Apparat, schaltet das Mikrofon aus. Der Lärm im Vorraum nimmt zu)*

KASCHTAN *(spricht weiter ins Mikrofon)*: Schlesinger ist ein Revolutionär, der bereit ist, bei der geringsten Provokation – oder auch ohne Provokation, um der Sache willen – bis zum letzten Blutstropfen für seine originalen Konzepte zu kämpfen, gegen die ganze Welt und manchmal sogar gegen sich selbst … sogar … das ist Schlesinger … *Flieht und versteckt sich hinter einem der verhüllten Gegenstände. Raphaels Stimme dringt von außen herein.*

DAN MERON: Was ist denn los? *(Tritt beiseite, setzt sich auf den Boden und repariert das Bandgerät mit Schraubenzieher usw., ohne für das, was auf der Bühne rings um ihn vorgeht, das geringste Interesse zu zeigen)*

RAPHAEL *(seine Stimme kommt im Vorraum näher, dazu die Stimmen von Dahlia, Mon Chéri, Jacquot und einem Polizisten)*: Mir hat keiner zu sagen, was ich zu tun habe! *(Polizist: Monsieur, ich warne Sie, Monsieur)* Lassen Sie mich bitte in Ruhe!

DAHLIA: Wir werden demonstrieren, wo immer wir wollen. *(Mon Chéri: Denk auch an die Ausstellung, mon cheri!)*

RAPHAEL: Ich bin ein Betrüger! Du bist ein Betrüger! Wir sind alle Betrüger! …

Raphael platzt herein in die Halle, gekleidet, als sei er aus dem Atelier geflohen. Dahlia neben ihm. Die andern folgen, heiß miteinander diskutierend. Raphael ist in Kampfeslaune. Er trägt das Porträt Rembrandts, während Dahlia ein grob handgemaltes Schild trägt »Ausstellung für geistig Unterentwickelte«. Raphael entdeckt Pickler.

RAPHAEL: Hello, Herr Pickler!

PICKLER *(mit zornigem Spott)*: Hör mal, Junge, nimm das blöde Schild da weg, ja? Du benimmst dich wie ein Kind.

RAPHAEL: Ich bin ein Kind!

MON CHÉRI *(im Abendkleid)*: Raphael, Darling, willst du die moderne Kunst liquidieren?

RAPHAEL: Im Gegenteil, Madame, ich will sie retten.

MON CHÉRI: Gut. Aber du kannst nicht vor allen Ausstellungen der Welt demonstrieren. Und für wen?

RAPHAEL: Für ihn! Für Harmensz van Rijn Rembrandt. Für echte, wahre Künstler. *(Hängt das Porträt auf)* »Die moderne Kunst«! Das einzige, was an ihren Werken klar und verständlich ist, die Signatur!

MON CHÉRI: Das sagt auch der Metzger an der Ecke.

RAPHAEL: Ja, dann fängt das Kunstverständnis heute beim Metzger an.

PICKLER: Quatsch!

JACQUOT *(im Smoking, aber barfuß)*: Aber um alles in der Welt, Slazangé, was sollen wir nach deiner Meinung tun!

RAPHAEL: Bloß das eine, bloß eine Kleinigkeit: nennt euch Innendekorateure.

JACQUOT: Ist das alles? Mit Vergnügen!

MON CHÉRI: Raphi! Dann ist Picasso auch einer?

RAPHAEL: Wer spricht hier von Picasso, Madame? Ich spreche von Jacquot und seinen Schiffchen!

JACQUOT: Das ist unfair! *(Zieht sich schäumend zurück)*

PICKLER: Fertig?

RAPHAEL: Nein! Sagen Sie mir, warum darf man heute nicht mehr malen wie früher? Ist es eine Schande, Gesichter zu zeichnen, Landschaften, Körper, wie sie wirklich sind? Hände mit Haut, Fleisch und Nägeln, oder ein Menschengesicht …

DAHLIA: Warum darf Raphi nicht seine Mutter zeichnen, wie sie ist?

PICKLER: Er darf ja, meine Süße. Man kann's bloß nicht verkaufen.

RAPHAEL: Warum?

PICKLER: Weil sich heute nur Abstraktes verkaufen läßt!

RAPHAEL: Ich hab' aber keine abstrakte Mutter! … Aber was unterhalte ich mich mit euch? *(Stürzt sich auf die verhüllten Gegenstände)* Wo ist mein Wunderturm? Wo ist der Samowar der Ewigkeit? …

PICKLER *(gebieterisch hinter ihm her)*: Lassen Sie die Finger von den Dingen! Junge, die gehören Ihnen nicht!

RAPHAEL: Der Kessel gehört mir! Darin wollen wir zu Hause wieder Tee kochen! … Hello, Herr Kaschtan, was machen Sie denn in Paris?

KASCHTAN *(sprudelt heraus)*: Nichts. Übrigens fällt mir dabei ein kleiner Scherz ein. Zwei Juden treffen sich am Eiffelturm, der eine ist groß, der andere … ist klein … *(und die Jagd geht weiter, fliehend)* Herr Schlesinger, dies ist kein Kinderspiel … Fangen Sie bitte nicht wieder an … Ich bin auf Ihrer Seite … in manchen prinzipiellen Punkten …

POLIZIST: Monsieur, ich warne Sie, Monsieur!

Kaschtan erreicht endlich die Tür und prallt dort mit dem Galeriebesitzer zusammen, der feierlich naht. Alles erstarrt auf der Stelle. Der Polizist salutiert und zu den Klängen feierlicher Musik – einer Art Hymne – tritt gemessenen Schrittes der Minister ein. Er ist ein urbaner alter Mann mit weißem Spitzbart. Dahinter sein Gefolge: Mr. und Mrs. Green, Simone und die beiden Museumsdiener. Alle sind festlich gekleidet, bewegen sich wohlerzogen und mit ziemlichem Selbstbewußtsein. An beiden Seiten des Eingangs bauen sich der ältere und der junge Galeriediener auf. Raphael und Dahlia werden mit ihrem Schild an die Wand gedrückt. Raphael gleitet langsam zu Boden. Von hier ab geht die Handlung in einer stillen Atmosphäre von tieferer Bedeutung weiter, die Musik reißt ab.

GALERIEBESITZER: *Messieursdames! Es ist mir eine Ehre, die Plastik-Ausstellung des Grand Salon du Printemps unter dem Patronat Seiner Exzellenz, des Herrn Verkehrsministers, zu eröffnen. (Stellt Kaschtan dem Minister vor)* Eure Exzellenz, Monsieur Kaschtan aus Israel.

MINISTER: Je suis … *(Schüttelt Kaschtan die Hand, Pickler gibt dem Galeriebesitzer Zeichen)*

KASCHTAN: Hoch … über …

GALERIEBESITZER: Monsieur Pickler, auch aus Israel.

MINISTER *öffnet den Mund zu breitem Grinsen und nähert sich Pickler mit fröhlichem Aufschrei.*

PICKLER *etwas verblüfft, nähert sich dem Minister mit ähnlichem Aufschrei.*

MINISTER *(huscht unter den ausgebreiteten Armen Picklers hindurch und fällt Mon Chéri um den Hals. Sie küssen sich schmatzend)*: Ma petite, Mon Chéri!

MON CHÉRI: Merci, Moumou!

GALERIEBESITZER *(unterwürfig)*: Hier entlang, Euer Exzellenz!

Die Eskorte, d.h. die Greens, Simone, Kaschtan, Jacquot und die beiden Galeriediener, folgt dem Minister, der zwischen Mon Chéri und dem Galeriebesitzer schreitet. Sie bleiben vor der aufgehängten Matratze stehen. Gespanntes Schweigen. Jacquot bekommt einen unverzeihlichen Hustenanfall und wird durch einen zornigen Zischchor zum Schweigen gebracht.

MINISTER: Très intéressant!

Spärlicher Applaus, geführt vom Galeriebesitzer verläßt die Gruppe die Haupthalle und geht in einen Seitenflügel.

GALERIEBESITZER: Bitte in diese Richtung!

PICKLER *(bleibt)*: Schlesinger!

POLIZIST: Ruhe!

PICKLER: Pardon! *(Schleicht zu Raphael hinüber, der neben Dahlia auf dem Boden sitzt)* Was macht ihr denn hier?

RAPHAEL: Public Relations.

PICKLER: Okay, okay, mein Junge. Wir haben unsern kleinen Spaß gehabt. Wir haben ihn genossen, aber jetzt steht auf, und ab mit eurem blöden Schild, bevor ich die Geduld verliere. Denn wenn Pickler die Geduld verliert, dann macht er ganze Arbeit!

RAPHAEL: Und wenn Schlesinger sich nicht soviel darum kümmert, bleibt er dennoch Schlesinger!

PICKLER: Ist das dein letztes Wort?

RAPHAEL: Ja, Yossi!

DAHLIA: Wir stehen aufrecht, wir drei! *(Sie meint das Schild)*

PICKLER: Hippies!

DAHLIA: Danke schön!

DAN MERON *sitzt auf dem Boden und ißt ein Brötchen und trinkt Saft aus der Flasche zu den Klängen von Tanzmusik, die von seinem Bandgerät kommt.*

POLIZIST: Ruhe!

Dan Meron: Was ist denn? Darf ein Mensch sich nicht mal 'n bißchen ausruh'n?

Pickler arbeitet sich eilig bis zum Minister vor, der mit seinem Gefolge in die Halle zurückgekehrt ist und vor dem schmalen Bild einer Liegenden stehenbleibt. Der Minister neigt seinen Kopf zur Seite, die andern ahmen ihn nach.

GALERIEBESITZER: Bitte, Euer Exzellenz, bitte sehr.

MRS. GREEN: Was ist das? Futuristisch, kubistisch oder surrealistisch?

MR. GREEN: Bin ich ein Prophet?

MINISTER: Très intéressant!

Geht weiter und bleibt vor einer großen schwarzen Statue stehen, die an einen Grabstein erinnert. Der Minister nimmt seinen Zylinder ab, alle senken den Kopf, wie bei einer Beerdigung. Völlige Stille.

DAHLIA *(flüstert)*: Raphi, was wird das bloß?

RAPHAEL: Ein internationaler Skandal, hoffe ich.

DAHLIA: Mir ist schon ganz schlecht vor Angst.

RAPHAEL: Mir auch. Aber ich möchte doch gar zu gern das Gesicht Seiner Exzellenz sehen, wenn er das hier liest.

DAHLIA: Sie werden uns einsperren.

RAPHAEL: Macht nichts. Wir können wenigstens unsern Enkelkindern davon berichten, wenn sie uns fragen: »Opa, erzähl uns doch noch mal, wie das war, als Seine Exzellenz zu dir und Oma kam.«

DAHLIA: Und Oma hielt … Hast du eben Oma gesagt?

RAPHAEL: Uhum.

DAHLIA: Und die Oma soll ich sein?

RAPHAEL: Uhum.

DAHLIA: Also, weißt du! …

Wird vor Aufregung beinahe ohnmächtig. Raphael küßt sie. Stille. Hinausgezögertes Schweigen, das allmählich beklemmend wirkt. Der Minister und sein Gefolge rühren sich nicht.

KASCHTAN *(flüstert Pickler zu)*: Er ist eingeschlafen ... Der Minister ist eingeschlafen ...

PICKLER *(auffahrend)*: Was?

GALERIEBESITZER *(flüsternd)*: Jedesmal dasselbe! *(Zum Minister)* Mon Exzellenz! Mon Exzellenz! ...

MON CHÉRI: Moumou! Moumou! ...

PICKLER: Très ...

MINISTER *(prompt)*: Très intéressant!

GALERIEBESITZER: Hier entlang. Euer Exzellenz!

MINISTER *(schlendert mit seinem Gefolge zu einer über und über roten Leinwand)*: Qu'est-ce que c'est?

PICKLER: Kaschtan! Was ist das? Schnell!

KASCHTAN: Was ist das?

MRS. GREEN: Was ist das? Harry! Den Katalog!

MR. GREEN: Augenblick! *(Liest laut aus dem Programm vor)* Aus der Genesis-Serie von Bubasoko: »Abel«.

MINISTER *(beifällig)*: Très intéressant!

Spärlicher Applaus.

JUNGER GALERIEDIENER *(flüstert dem älteren Galeriediener zu)*: Der ist Abel, den sein Bruder Kain ermordet hat?

ALTER GALERIEDIENER: Ja.

JUNGER GALERIEDIENER: Ehrlich gestanden, ich kann es Kain nicht übelnehmen.

PICKLER *(schreit)*: Ruhe! Hier entlang, Euer Exzellenz ...

MINISTER *ist vor dem roten Feuerlöscher angekommen und sieht ihn lange an.*

DAN MERON *(es ist ihm gelungen, sein Bandgerät zu reparieren, nimmt sich selbst durchs Mikrophon auf. In seiner milden, feierlich gedämpften Stimme)*: Hier spricht Dan Meron aus den Ausstellungsräumen. Es ist ein wirklich feierlicher Anlaß, eine Ausweitung der engen kulturellen Beziehungen zwischen Israel und Frankreich. Verdammter Apparat! ... *(Haut das Gerät. Dann zu den Anwesenden)*: Hat jemand zufällig Isolierband?

GALERIEBESITZER *bedeutet ihm wütend, hinauszugehen.*

DAN MERON: Rühren Sie sich nicht, ich bin im Augenblick zurück. *(Zu Pickler)* Wie heißt Isolierband auf französisch?

PICKLER: »Isolierbaaan«.

DAN MERON *geht, läßt sein Gerät auf dem Kopf der Venus liegen.*

MINISTER *(meint den Feuerlöscher)*: Très intéressant!

Spärlicher Applaus.

GALERIEBESITZER: Hier entlang, Euer Exzellenz. *(Führt den Minister in einen Seitenflügel)*

PICKLER *(bleibt mit Kaschtan in der Halle)*: Kaschtan, Kaschtan, da haben Sie mir was Schönes eingebrockt, Sie Niete! Kümmern Sie sich darum, daß das Schild endlich verschwindet. Wir müssen Seine Exzellenz nicht mit der Nase darauf stoßen, daß der Kerl nicht alle Tassen im Schrank hat. Stehen Sie nicht rum, Kaschtan, tun Sie was! Los, los ... *(Rennt dem Minister nach)*

KASCHTAN *(geht zögernd zu Raphael und Dahlia, beugt sich zu ihnen hinunter)*: Herr Schlesinger ... *(Raphael sieht ihn drohend an)* Fräulein Dahlia, Sie sind seine Freundin ...

DAHLIA: Wir haben uns inzwischen verlobt.

KASCHTAN: Herzlichen Glückwunsch!

DAHLIA: Danke schön.

KASCHTAN: Madame Slazangé, ich rede mit Ihnen. Obwohl berufliche Grundsätze und Herr Pickler es mir verbieten, will ich Sie in ein Geheimnis einweihen: Das konische Mobiliar bekommt den ersten Preis der Ausstellung!

DAHLIA: Das also ist die Überraschung?

KASCHTAN: Ja, Madame Slazangé, der Grand Prix des Grand Salon du Printemps. Begreifen Sie, was das bedeutet?

DAHLIA: Na klar. Der Grand Virus!

KASCHTAN *(betrübt)*: Aber Herr Schlesinger. Ich bin nur ein kleines Schräubchen in dem großen Getriebe, ich habe alles getan, was ich konnte ...

PICKLER: Kaschtan!

Der Kritiker trottet zurück. Der Minister kommt vor dem Porträt Rembrandts an und bricht in extravagante Lobhudelei aus.

MINISTER: Splendide! Merveilleux! Sensationell! Extraordinaire! Une vraie splendeur! ...

GALERIEBESITZER *versucht, den Minister ins Bild zu setzen, allgemeine Bestürzung.*

PICKLER *flüstert dem Minister etwas ins Ohr.*
Der Galeriebesitzer bewegt sich zornig. Die beiden Galeriediener stürzen vor und entfernen das Porträt, eine rotierende »optische« Spirale kommt zum Vorschein.

MRS. GREEN *bleibt vor der Spirale stehen, wie angewurzelt, unbeweglich, bis der Vorhang fällt.*

MINISTER *(tief enttäuscht von der Spirale)*: Très intéressant …
Spärlicher Beifall.

GALERIEBESITZER: Hier entlang, bitte. *(Der Minister steht vor dem WC-Wasserkasten)* Wenn Euer Exzellenz uns die Ehre geben wollen – ziehen sie!

MINISTER *(zieht, das Wasser stürzt mit gurgelndem Geräusch herab)*: Très intéressant!
Lebhafter Beifall. Der Polizist salutiert. Das Interesse des Ministers gilt der »Venus«-Statue, auf der das Bandgerät liegt. Er drückt auf den Knopf und setzt den Apparat in Gang. Prompt hört man das Gequäke von Donald Duck.

MR. GREEN *(zum Minister)*: »Dynamische Kunst«!

KASCHTAN: Kynetisch!

GALERIEBESITZER: Art et Mouvement!

MINISTER: Ah!

RAPHAEL *(stehend)*: Jetzt geht's los! Wenn sie mich verhaften, sag Mutter nichts davon! …

DAHLIA: Ist gut, Raphi. *(Außer Atem)* Wo wollen wir uns treffen, nachher?

RAPHAEL: Auf der Botschaft … Vergiß Rembrandt nicht und den Kessel …

DAHLIA: Ich besuch' dich im Gefängnis.

RAPHAEL: Gut.

DAHLIA: Bist du auch warm genug angezogen?

RAPHAEL: Mir ist warm genug.

DAHLIA: Ich bring' dir eine Strickjacke. Ich liebe dich, Raphi.

RAPHAEL: Ich dich auch, Dahlia, sehr.

DAHLIA: Küß mich! *(Sie küssen sich. Raphael, bleich und bereit zum Kampf, richtet das Schild auf)*

GALERIEBESITZER *(schließt das Bandgerät)*: Très intéressant?

MINISTER: Non, original!

Steuert auf Raphael zu. Bleibt stehen, geht zum WC zurück und zieht noch einmal, mit einem Schafslächeln. Diesmal ohne jeden Wassereffekt.

Pickler: Zweimal nie!

Der Minister geht weiter, zu Raphael und Dahlia, erblickt das Schild. Völlige Stille. Der Galeriebesitzer gerät in Panik. Pickler und Kaschtan bemühen sich verstohlen zum Ausgang. Jacquot und Mon Chéri verharren bei den andern. Mr. und Mrs. Green sind sichtlich verstört. Die Galeriediener halten den Atem an. Der Polizist rückt näher. Der Minister zieht ein Pince-nez aus der Tasche, setzt es auf und reagiert dann wie gewöhnlich, weil er das Schild für ein Ausstellungsobjekt hält.

MINISTER: Très intéressant!

Allgemeiner Beifall. Alles strömt zum Minister zurück. Raphael und Dahlia schauen sich in die Augen, völlig verstört, dann lassen sie sich wieder zu Boden gleiten.

GALERIEBESITZER: Und jetzt, Euer Exzellenz, zur Preisverteilung!

Große Erregung. Die beiden Galeriediener bringen die verhüllten Gegenstände in die Mitte der Bühne.

DAN MERON *(ins Mikrophon)*: Hier spricht Dan Meron vom Ausstellungsgelände. Ich glaube, jetzt wird er die Preisrede halten. Mit Ihrer Erlaubnis übersetze ich sie direkt aus dem Französischen. Hier ist Dan Meron ... jetzt ...

MINISTER: Au nom de la France et en mon nom propre ...

DAN MERON *(ohne ein Wort zu verstehen)*: Er sagt ...

MINISTER: – je suis fier de mettre aujourdhui les prix internationaux des arts plastiques –

DAN MERON: Plastik!

MINISTER – aux lauréats international des arts plastiques –

DAN MERON: Plastik!

MINISTER: – attribuées aux meilleurs artistes plastiques –

DAN MERON: Und so weiter ...

MINISTER: – par le conseil national, le conseil local et le conseil des arts plastiques!

DAN MERON: Hier spricht Dan Meron mit seinem fliegenden Mikrophon!

Beifall, als der Minister seine Rede beendet. Dan Meron kehrt an seinen alten Platz zurück und schläft dort ein.

GALERIEBESITZER: Und jetzt der dritte Preis für zeitgenössische Kunst! Euer Exzellenz!...

MINISTER *(zu Mon Chéri)*: Madame!

GALERIEBESITZER: »La Ballerina Bleue« von Jacques Weinberger!

Junger Galeriediener rollt einen verhüllten Gegenstand herbei, Mon Chéri zieht die Hülle herunter, und die »Blaue Ballerina« ist in all ihrer Glorie zu sehen, mit dem Schiffchen in der Mitte.

MINISTER *(applaudiert, alles folgt)*: Très intéressant!

JACQUOT *(mit ehrlicher Ergriffenheit)*: Ein Preis für mich? ... Einen echten Preis? Von der Regierung? ... Amtlich? ... Endgültig? ... *(Schüttelt dem Minister die Hand, schreit)* Vive la France! *(Fällt Pickler um den Hals)* Monsieur Pickler!

PICKLER: Vergiß nicht, mein Junge, ich hab' 'ne Option drauf.

GALERIEBESITZER: Und jetzt, Messieursdames, der zweite Preis für zeitgenössische Kunst: Die Gorilla von Gortschenko!

GOGO: Platz! Voilà! ...

Kommt durch den Haupteingang, schiebt vor sich her auf dem roten Teppich einen gewöhnlichen Zahnarztbohrer, der in bester Verfassung ist. Er steht auf einem schweren Unterbau, und eine Unzahl von Kabeln führen in den Bohrer hinein.

MON CHÉRI: Ist er raus, der Zahn?

GOGO: Raus!

MINISTER: Très intéressant!

Applaus. Gogo schüttelt dem Minister die Hand, dankt für den Beifall und umarmt Mon Chérie.

PICKLER *(zum Minister)*: Euer Exzellenz! Ein echter Gortschenko aus seiner Zahn-Periode.

Junger Galeriediener entfernt den Bohrer, den sein Kollege durch den andern verhüllten Gegenstand ersetzt.

GALERIEBESITZER: Und jetzt, Euer Exzellenz, zum Grand Prix der Ausstellung! Monsieur Pickler, s'il vous plaît! *(Pickler tritt an den Gegenstand heran)* »Le plug au Giveon, debranche le Soleil il Boies« de Raphael Slazangé!

PICKLER: Votre Excellence! Mesdames et Messieurs! Je … Je … das ist einer der schönsten Tage in meiner künstlerischen Laufbahn. Ich habe die Ehre und das Privileg, die Hülle, die Hülle von diesem plastischen *(Verbeugung vor dem Minister)* Werk zu entfernen, von meinem jungen Protégé Raphael Slazangé – Schlesinger! Messieursdames! »Sonne, steh' stark über Gibeon«!

Entfernt die Hülle und schwankt, als er in Lebensgröße die mit Farbe bekleckerte Leiter vor sich hat, mit dem Regenschirm Kaschtans auf einer der Sprossen. Pickler nimmt den älteren Galeriediener beiseite. Was zum Teufel habt ihr da rangeschleppt?

ALTER GALERIEDIENER: Was Sie aufgeschrieben haben.

PICKLER: Doch nicht das, Sie Vollidiot!

ALTER GALERIEDIENER: Wo ist da der Unterschied? Kunst ist Kunst.

MINISTER: Très intéressant!

Applaudiert, die andern fallen ein, auch Pickler und Kaschtan, der beinahe hinausgelaufen wäre, als er die Leiter sah. Dahlia und Raphael werden von einem hysterischen Lachanfall geschüttelt.

RAPHAEL *(lachend nähert er sich der applaudierenden Gruppe)*: Meine Herren, Sie haben sich geirrt! Dies ist bloß die Leiter aus dem Atelier. Eine Leiter und sonst gar nichts. Die Farbe ist einfach daran runtergelaufen. Ich bin immer so unvorsichtig. *(Zum Minister)* Très intéressant, aber dafür hab' ich keinen Preis verdient. Das ist bloß 'ne Leiter. Eine Leiter! *(Pickler klatscht in die Hände, um ihn mundtot zu machen, ruft Bravo und die andern applaudieren)* Schön, dann ist es eben keine Leiter! *(Der Beifall bricht abrupt ab)* Dies ist ein großes Kunstwerk. Die Frucht von sechseinhalbjährigem, schwerem, künstlerischem Ringen um die Einfachheit der Form! Einfacher geht's wirklich nicht. Aber ich bin fair genug, zuzugeben, daß ich niemals diesen Gipfel der Vollendung erreicht haben würde, ohne meinen Lehrherrn und Meister, der in mein Herz, meine Seele und in meine Hände ein so tiefes Verständnis für die zeitgenössische Kunst eingepflanzt hat. Kaschtan …

KASCHTAN: M.

RAPHAEL: Kaschtan.

KASCHTAN: Raus?

RAPHAEL: Im Gegenteil. Überlegen Sie mal, was wir machen, wenn die Leitern nicht mehr gehen. *(Sie schütteln sich die Hand)* Meine Damen und Herren, mit Hilfe des Mediums dieses Kunstgebildes »Stecker zu Gibeon, steh still, zieht die Sonne raus, Wasser« beabsichtigte ich zuvörderst und hauptsächlich, mich selbst von Sprosse zu Sprosse aufzuschwingen, *(steigt auf die Leiter)* zu den höchsten Höhen der Existenz – und wie Sie sehen, hab' ich's geschafft! *(Applaus, Raphael, oben auf der Leiter, erhebt die Stimme)* Ich möchte noch erklären, daß das Geheimnis des Erfolges der modernen Kunst nichts weiter ist, als ein intimes Zusammenspiel zwischen Künstler und Zufall. Und je weniger der Künstler sich einmischt, desto besser ist's für ihn. *(Applaus)* Gegen eine kranke Welt!

PICKLER: Bravo!

Man drängt Raphael von der Leiter, und unter Jubel trägt man ihn auf den Schultern hinaus.

RAPHAEL *(von den Schultern herab, schreit)*: Dahlia! Sie sind die Mehrheit!

Verschwindet durch die Halle und die Prunktür.

Der Minister wandelt Arm in Arm mit Mon Chéri. Auch die einsame Dahlia geht. In der Halle verbleiben: der schlafende Dan Meron und die hypnotisierte Mrs. Green.

KASCHTAN *(läuft zurück, um seinen Regenschirm zu holen. Sein Blick fällt auf die Leiter, und urplötzlich entspringt seinem Haupt, vollaufgeblüht, die neue Theorie)*: Die Leiter als ornamentales Motiv war allezeit eine unerschöpfliche Quelle der Inspiration. Raphael Schlesinger fand den Weg zurück zu seinem neo-leiterischen Ursprung und verbindet seine Leiter mit dem Leitmotiv seines Ichs.

PICKLER *kommt zurück.*

KASCHTAN: Die reiche Thematik der Schlesinger-Leiter deutet auf die Existenz einer andersartigen Realität, in der der Künstler nicht nur der Hohe Priester, sondern zugleich auch ihr Opfer ist.

Eine Welt im Stadium einer entsetzlichen Genesis ragt drohend auf den symbolischen Sprossen dieser buntfarbigen Leiter, mit wilden Akkorden uralten Lebens, inmitten eines Zeitalters, in dem die Grenzen des Belebten und Unbelebten verschwimmen und alles das im Schatten dieser erhabenen Konikalität, die in den Stil der Spitzbögen des Cinqueccento ausläuft, in eine Art wunderbarer Ironie, in der Antike und Moderne, Tragödie und Libido, Humanität und, wenn ich mich so ausdrücken darf, sogar eine gewisse Monstrosität in einen allmächtigen Mahlstrom einmünden …

PICKLER *(der erfolglos versucht, ihn zu bremsen)*: Kaschtan! Kaschtan! Sie haben schon kapiert! Sie wollen abschließen. Kaschtan! …

Schließlich gibt er diskret ein Zeichen, daß der Vorhang fallen soll – und der Vorhang fällt zu den Klängen fröhlicher Musik.

Der Trauschein

Komödie in zwei Akten

PERSONEN

DANIEL BROZOWSKY, *ein selbständiger Klempnermeister*
ELLA, *seine Frau*
ROBERT KNOLL, *Vickys Verlobter, Angestellter im Statistischen Amt*
DUNKY, *Mitglied des Kibbuz Einot*
ROSE HOOPER, *die Nachbarin der Brozowskys, eine Witwe*

ZEIT: Gegenwart
ORT: Ein Zimmer in der Wohnung der Brozowskys

ERSTER AKT

Erste Szene

Schauplatz ist ein dumpfes, einfaches Zimmer ohne besondere Eigenart. Es hat drei Türen: die erste führt nach draußen, durch eine Diele, die zweite ins Badezimmer, die dritte ins Schlafzimmer. Die Möbel sind altmodisch und provinziell, aber alles wirkt blitzsauber. An den Wänden hängen einige Landschaftsbilder, eine Fotografie zeigt die Brozowskys als junges Brautpaar, dazu viele weitere Fotos. Ein Kleiderschrank mit einem Innenspiegel, eine supermoderne Couch mit einer verschossenen Decke und Dutzendware vervollständigen das Bild. Beim Aufgehen des Vorhangs stolziert Rose Hooper vor dem Spiegel einher. Sie trägt ein halbfertiges Kleid, dessen Ärmel noch nicht angeheftet sind. Ella kniet neben ihr und steckt emsig den Rocksaum fest. Das Radio spielt leise im Hintergrund.

ROSE: Wollen wir nicht den Rock ein bißchen kürzer machen?

ELLA: Noch kürzer?

ROSE: So trägt man es heute.

ELLA: Wie Sie wünschen, Frau Hooper. *(Macht den Rock mit Hilfe von Nadeln beträchtlich kürzer)* Sie haben aber auch wirklich hübsche Beine.

ROSE: Ja? Vielleicht noch eine Idee kürzer, meinen Sie nicht? Aber das muß ich Ihnen sagen, Ella, ich bezahl' Ihnen das, auf jeden Fall.

ELLA: Kommt gar nicht in Frage. Wir sind ja schließlich Nachbarn, nicht? Überhaupt, es macht mir Spaß, endlich mal wieder zum Nähen zu kommen. *(Sie ist mit dem Abstecken des Rockes fertig)* Sitzt es so richtig?

ELLA: Ja … nun sagen Sie bloß, wo haben sie so großartig schneidern gelernt?

ELLA: Damals im Kibbuz Einot. In unserer Siedlung saß ich immer in der Nähstube.

ROSE: Sie könnten wahrhaftig einen Salon aufmachen.

ELLA: Das würde mein Mann nie erlauben.

ROSE: Kann ich verstehen. Ich hör' ihn direkt sagen: Daniel Brozowskys Frau hat es nicht nötig, arbeiten zu gehen.

ELLA: Das sind genau seine Worte.

ROSE: Sie können von Glück sagen, daß Sie einen solchen Ehemann bekommen haben. Herr Brozowsky ist ein wundervoller Mann. Erinnert mich immer an meinen Seligen.

ELLA: Noch eine Idee?

ROSE: Ja, ich wollte gerade darum bitten. *(In vertraulichem Flüstern)* Haben Sie heute morgen das Geschrei aus dem ersten Stock gehört?

ELLA: Geht mich nichts an.

ROSE: Mich ja auch nicht. Er kam zwei Uhr früh nach Hause, und sie erwartet ihn schon hinter der Tür und fing an zu schreien … *(Ella pikt sie mit einer Nadel)* Autsch!

ELLA: *(mit sichtlicher Genugtuung)*: 'tschuldigen Sie.

ROSE: Sie fing an zu schreien: »Du Biest, du! Wäre ich doch lieber tot umgefallen, als ich dich heiraten sollte.« Ach, was für eine entzückende Braut!

VICKY *kommt herein, sie trägt ein weißes Brautkleid.*

ROSE *(mit überschwenglicher Begeisterung)*: Ach, meine Süße, ist das ein wundervolles Brautkleid.

VICKY: Ach, Frau Hooper, gestatten Sie bitte mal … *(Sie betrachtet sich im Spiegel)* Mammi, wann nähst du mir eigentlich die Knöpfe an?

ELLA: Ist noch Zeit genug.

ROSE: Wann soll denn die Hochzeit sein?

ELLA: Erst in vierzehn Tagen.

ROSE: Vierzehn Tage? Ach, meine Liebe, ist das aufregend … Ich zähle schon die Tage …

ELLA: Machen Sie mal 'nen Punkt, Frau Hooper. Schließlich soll meine Tochter ihren Robert heiraten und nicht Sie.

ROSE: Robert? Was für ein reizender Name. Ist er Künstler oder so was Ähnliches?

VICKY: Nein, Statistiker.

ROSE: Das ist aber eigenartig. Was ist er?

VICKY: Chefkalkulator im Statistischen Amt.

ROSE: Kalkulator?

ELLA: Chef.

ROSE: Hauptsache, er ist gut erzogen.

ELLA: Robert hat ein Universitätsdiplom.

ROSE: Phantastisch! Das gibt immer die besten Ehemänner. Ist schon alles arrangiert?

VICKY *(zieht das Brautkleid aus, darunter kommt ein einfaches Hauskleid zum Vorschein)*: Eingetragen haben wir uns schon auf dem Rabbinat, aber es fehlen noch ein paar Papiere.

ELLA: Robert möchte gern, daß die Hochzeit am Geburtstag seiner Mutter sein soll.

ROSE: Nein, wie aufmerksam. Wirklich, das nenn' ich aufmerksam. Das ist aber eigenartig.

ELLA: Er ist ein netter junger Mann. Und die Familie …

ROSE: Und was sagt Herr Brozowsky dazu?

VICKY: Er hält ihn für einen »hundertprozentigen Gentleman«. Aber bei Vater weiß man nie, ob das ein Kompliment ist.

ROSE: Ich hab' grenzenloses Vertrauen zum Scharfblick von Herrn Brozowsky. Ein so einzigartiger Installateur wie er. Nie werde ich vergessen, wie er im vorigen November, nach dem ersten Blick auf den Wasserhahn, im Garten zu mir sagte: »Liebe Rosie«, sagte er, »dieser Hahn platzt Ihnen beim ersten Kälteeinbruch.« Und Sie werden's nicht für möglich halten, noch keine zwei Wochen waren vergangen …

VICKY: … und da ist er geplatzt?

ROSE: Nein. Aber es wurde so schrecklich kalt, daß uns sterbensangst wurde. Was für ein Mann! Was für ein Ehemann! Was für ein Installateur!

ELLA: *(nach einem Blick auf ihre Uhr)*: Mein Gott, es ist schon ein Uhr! *(Macht die letzten Handreichungen auf dem Tisch)* 'tschuldigen Sie, aber wir müssen jetzt Schluß machen. Brozowsky wird ungemütlich, wenn das Essen nicht rechtzeitig auf dem Tisch steht …

ELLA: Dann will ich lieber nicht länger stören.

ELLA: Fein.

ROSE: Wie seh' ich aus?

ELLA *(sieht gar nicht hin)*: Eigenartig … 'tschuldigen Sie! *(Geht in die Küche)* Schau mal nach, ob alles da ist, Vicky.

VICKY *(überblickt die Tafel)*: Salz … Pfeffer … Öl … Essig … Brot … Zahnstocher …

ELLA: Wein?

VICKY: Wein … die Zeitung … Soda … Wo ist das Wasser?

ELLA *(kommt aufgeregt zurück)*: Du liebe Zeit! Hab' ich vergessen! Vielleicht kann ich noch was holen …

VICKY: Bleib da, Mammi, ich hol' es schon.

ELLA: Aber beeil' dich. Beeil' dich, um alles in der Welt! Zwei Flaschen, eisgekühlt! *(Zu Rose)* Brozowsky kann jeden Augenblick kommen, und kein Soda. Immer hab' ich was im Haus, und ausgerechnet jetzt …

VICKY *öffnet die Tür, zieht sich aber sofort zurück.*

DANIEL *(im Overall, kommt langsam, gemessenen Schrittes, herein, streckt im Vorbeigehen eine Hand nach dem Radioapparat aus und stellt ihn ab)*: Mahlzeit. *(Bemerkt Roses Ärmel auf einem Stuhl und nimmt sie verächtlich auf)* Was soll das Zeug?

ROSE *(nimmt ihre Brille ab)*: Ach, entschuldigen Sie tausendmal. *(Legt die Ärmel verwirrt über den Arm)*

DANIEL: Blödsinnige Mode. *(Hängt seinen Mantel auf)* Na, wie geht's uns denn, Frau Hooper?

ROSE: Danke, danke, Herr Brozowsky. Sie sehen großartig aus, so richtig braungebrannt …

DANIEL: Hab' heut' auf dem Neubau gearbeitet.

ROSE *(bewundernd)*: Auf dem Neubau?

DANIEL: Ganz große Sache. Entschuldigen Sie mich. *(Geht ab ins Badezimmer, um sich die Hände zu waschen)*

VICKY *(flüsternd)*: Mammi, jetzt kann ich doch noch rasch zum Laden laufen …

ELLA: Zu spät. Das Gewitter ist schon im Anzug.

DANIEL *(hinter der Bühne)*: Was gibt's denn heute?

ELLA: Steak und Kartoffeln.

DANIEL: Mus?

ELLA: Mus.

DANIEL: Pickles?

ELLA: Nein, Salat.

DANIEL *(kommt herein)*: Warum keine Pickles?

ELLA: Nicht zum Steak.

ROSE: Dann will ich nicht länger stören.

ELLA: Ihre Brille. *(Gibt sie Rose)*

ROSE: Danke. *(Wendet sich zögernd zum Gehen)* Wiedersehn, Herr Brozowsky.

DANIEL *(abwesend)*: Mahlzeit. *(Sie setzen sich zu Tisch, mit feierlicher Miene)* Die Suppe?

ELLA *(aufs Schlimmste gefaßt)*: Keine Suppe heute.

DANIEL: Na schön … *(Beginnt mit Appetit zu essen, wischt sich von Zeit zu Zeit den Mund mit dem Tischtuch ab. Sein weiblicher Clan wagt kaum das Essen anzurühren, in verzweifelter Erwartung der drohenden Explosion)* Dieser Landmann! Ich habe mich heut' dermaßen geärgert. Landmann hat mir den Kopf fußlig geredet wegen der Hauptleitungen. Ich sollte sie absolut auf $3^1/_2$ Zoll ändern. *(Langt nach dem Salzstreuer)* Billiger für ihn, glaub' ich gern, aber gegen die Bauvorschriften. Ich sage zu ihm: »Wo ist das Salz?« *(Vicky drückt ihm den Salzstreuer in die Hand)* »Mein lieber Junge«, hab' ich gesagt, »erwarten Sie von Ihrem Installateur, daß er ein Fachmann oder ein Schwindler ist?« *(Eine Hand streckt er aus, um sich Wein ins Glas zu gießen, die andere sucht vergeblich nach dem Sodawasser)* »Daniel Brozowsky macht keinen Affenkram, für alles Geld der Welt nicht, er nicht.« Und da wagt der, mir ins Gesicht zu sagen: »Brozowsky …« *(Hört auf zu sprechen. Bedrückendes Schweigen)* Wo ist Sodawasser? *(Kein Wort. Im Crescendo)* Wo ist das Sodawasser?

ELLA: Soda? Ach ja, es ist keins mehr da …

VICKY: *(steht auf)* Ich hol's schon …

DANIEL: Du bleibst! Alles hat beizeiten auf dem Tisch zu stehen, nicht erst in letzter Minute.

VICKY: Reg dich doch nicht auf, Papa, um ein Glas Wasser …

DANIEL: Ich reg' mich überhaupt nicht auf. Ich stell' bloß Tatsachen fest … In diesem Haus ist alles wichtiger als ich.

ELLA: Aber Daniel …

DANIEL: »Aber Daniel«. Ich schufte mich für euch zu Tode … Nein!

Ich lieg' den ganzen Tag am Strand herum und laß' mich braun brennen. Ich spiel' Poker in Caféhäusern. Ich bin ein Faulpelz, der seiner Familie nichts zu bieten hat …

ELLA: Das Steak wird kalt.

DANIEL: Ich hab' euch noch nicht gesagt, was hier mit mir los ist. *(Deutet auf seine Herzgegend)*

VICKY: Schon wieder dieser Druck?

DANIEL: Hab' ich je darüber geklagt? Ich möchte nicht, daß ihr euch beunruhigt. *(Schreit)* Und was ist der Dank dafür? Ich kann nicht mal ein Glas Wein mit Sodawasser kriegen, nicht mal einen Gespritzten in meinem eigenen Haus?

ROSE *(kommt, sie hat das Kleid über dem Arm zusammengelegt)*: Entschuldigen Sie vielmals …

ELLA: Hängen Sie's da drüben auf, bitte. *(Deutet auf die Garderobe)*

ROSE: Ach bitte … *(holt unter dem Kleid eine Flasche Sodawasser heraus)* … ganz zufällig mach' ich den Eisschrank auf und da … *(Gibt Daniel die Flasche)*

DANIEL *(nimmt sie an)*: Danke Ihnen tausendmal, meine liebe Rose. Das ist wieder mal typisch: eine Nachbarin, eine Nachbarin muß sich um die elementarsten Dinge in diesem Hause kümmern …

ROSE: Eiskalt.

DANIEL: Prima. *(Gießt Wasser in seinen Wein, hebt das Glas mit einer leisen Geste gegen Rose, dann schlürft er mit Behagen)* Kompliment!

ROSE: Nun will ich aber auch nicht länger stören …

ELLA: Fein.

ROSE *(sich entschuldigend zu Ella)*: Ich hatte rein zufällig den Eisschrank aufgemacht … *(Bemüht sich um einen raschen Abgang)*

ELLA: Sie hat »rein zufällig …«

DANIEL *(in besänftigendem Tonfall, ohne die geringste Spur, ohne einen Übergang von seinem vorhergehenden Zorn)*: Nu hör mal, ich will doch wirklich kein Gedöns machen. Aber du weißt, wieviel mir an dem Wasser liegt.

ELLA: O ja!

DANIEL: Nun iß doch, Ella, das Steak wird ja kalt.

ELLA *rührt das Essen nicht an.*

DANIEL: Warum seid ihr so nervös? Was habt ihr bloß? *(Schweigen. Nur er ißt, und das mit gesegnetem Appetit)* Stellt euch doch nicht so an wegen einem Glas Wasser. *(Schweigen)* Ich komm' hundemüde nach Haus, da mag ich keine sauren Gesichter sehn. Was habt ihr beiden? *(Zu Ella)* Warum ißt du denn nicht, meine liebe Ella? Das Essen schmeckt heute großartig. Iß doch was! *(Zu Vicky)* Wie weit ist es mit der Hochzeit?

VICKY: Ich hab' dir schon gesagt, uns fehlen noch einige Papiere.

DANIEL: Deine Mutter weiß, wo die Papiere sind. Ich hab' keine Zeit, mich drum zu kümmern.

ELLA *steht auf.*

DANIEL: Hab' ich gesagt »jetzt gleich?«

ELLA *geht an den Küchenschrank und kommt nach einigem Suchen mit einem Kästchen zurück.*

DANIEL: »Dreieinhalb Zoll«. Hast du dir gedacht. Nicht mal vier genügen. Und wer ist verantwortlich, wenn das explodiert? Daniel Brozowsky! …

ELLA *öffnet das Kästchen, das sogleich eine alte Melodie ertönen läßt. Alle drei lauschen verblüfft.*

VICKY: Wie reizend!

ELLA: Das hat mir dein Vater an unserem Verlobungstag geschenkt.

VICKY: Papa?

DANIEL: Ich?

ELLA: Ja. Du bist nach Nazareth geritten, um es zu kaufen.

DANIEL: Stimmt. Carmella, auf Carmella! War das eine schöne Stute. Braun und über und über weiß gefleckt. Ich muß doch mal nachsehen, ob ich noch ein Foto von ihr habe.

ELLA: Als ich damals aufwachte, fand ich das Kästchen neben meinem Bett. Ich machte es auf *(und tut es jetzt auch)* … und mußte weinen vor Glück. *(Sie schließt das Kästchen)*

DANIEL: Kostete sechs Schilling. Das war eine Masse Geld. Für acht Schilling konnte man damals eine Gießkanne mit Mundstück bekommen, und der Kaufmann brachte einen mit Bücklingen an die Tür. Das waren noch Zeiten … *(Ißt weiter)*

ELLA *(nimmt Papiere aus dem Kästchen)*: Alte Einwanderungspapiere … Mitgliedskarte der Gewerkschaft … Vickys Geburtsurkunde … du liebe Zeit, was für ein scheußliches Foto! Und hier ist auch unsere Heiratsurkunde …

DANIEL *(schaut gar nicht von seinem Teller auf)*: Das ist sie nicht.

ELLA *(prüft das Dokument)*: Du hast recht, das ist nicht unser Trauschein … Ja, aber wo ist er denn? *(Wühlt in dem Kästchen)* Alle Papiere sind doch hier drin … merkwürdig … ich kann unsern Trauschein nicht finden …

DANIEL: Natürlich nicht.

ELLA: Wieso natürlich?

DANIEL: Weil es keinen gibt. *(Schweigen)*

VICKY: Was gibt es nicht?

DANIEL: Keinen Trauschein oder Heiratsurkunde und was sonst. Hat's auch nie gegeben.

ELLA: Was willst du damit sagen, Daniel? *(Sie wühlt weiter in dem Kästchen, mit wachsender Nervosität)*

DANIEL: Warum stellst du dich so an? Was willst du »nachsehen« in deinem Kästchen? Sind wir jemals auf dem Rabbinat gewesen? Das letzte Mal, als ich einem Rabbi unter die Augen getreten bin, war bei meinem »bar-mitzvah«. *(Schüttelt sich vor Lachen)*

VICKY: Du machst bloß Spaß …

DANIEL: Wieso bloß Spaß? Jeder weiß, daß wir verheiratet sind. Noch nie hat jemand verlangt, daß wir's mit einem Papier beweisen sollen. Vor fünfundzwanzig Jahren machte man noch nicht soviel Gedöns darum. Vor allem nicht in einem Kibbuz. Zwei junge Leute verliebten sich, zogen miteinander in aller Stille in ein Zimmer oder eine Hütte oder ein Zelt, oder was sie sich gerade leisten konnten, das war alles.

VICKY: Aber gesetzlich …

DANIEL *(staubt das Bild aus ihren jungen Tagen im Kibbuz ab, das an der Wand hängt)*: Ich liebte mein Mädchen gesetzlich genug. Ich weiß sogar noch unsere Zimmernummer. Augenblick mal. Nichts sagen! Ich weiß. Es war Hütte Nummer acht … Zimmer 21!

ELLA: Zwölf.

DANIEL: Stimmt. Zwölf. *(Streckt sich auf die Couch und bedeckt sein Gesicht mit einem Taschentuch)* Es war ein schäbiges kleines Zimmer und heiß wie die Hölle.

Ella *(sanft)*: Für mich war es das Paradies.

Daniel: Ja, wir waren jung und stark …

Ella: Wir liebten uns.

Daniel: Ich bin einmal den Wasserturm raufgeklettert, weil ich für deine Mutter ein Nest von Küken herunterholen wollte …

Ella: Und hinterher bin ich eine ganze Woche nicht von seinem Bett gewichen, im Krankenhaus.

Daniel: Also hör zu, Mädchen, du gehst ganz einfach aufs Amt und sagst in meinem Namen, daß wir die letzten fünfundzwanzig Jahre verheiratet waren. Der ganze Kibbuz kann's bezeugen.

Vicky: Papa, Lieber, das ist einfach wundervoll. Aber ohne eine Bescheinigung nützt es nichts.

Daniel: Du sagst dem Schreiber nur: Hütte 18, Zimmer 21.

Ella: Wart mal, Daniel, ich weiß es positiv, daß wir eine Heiratsurkunde haben.

Daniel: Sind wir jemals aufs Rabbinat gegangen?

Ella: Nein.

Daniel: Wer soll uns dann getraut haben? Der Kassenwart vom Kibbuz?

Ella: Das weiß ich nicht mehr.

Daniel: Ich auch nicht.

Vicky *(steckt sich eine Zigarette an)*: um Himmels willen, versucht doch, euch zu erinnern. Leidet ihr beide unter Amnesie?

Daniel: Was ist Amnesie?

Vicky *(im Zorn)*: Gedächtnisschwund!

Daniel: Habe Nachsicht, meine liebe Tochter, habe Nachsicht. Mein Vater hat vergessen, mich aufs College zu schicken. Amnesie – so was! *(Mürrisch zu Vicky)* Mach das aus! Ich kann keinen Qualm in meinem Haus vertragen. *(Vicky gehorcht)*

Ella: Daniel! Erinnerst du dich an Alexander Turnbull?

Daniel: Du meinst den Kuhhirten von unserm Kollektiv?

Ella: Nein. Den Sekretär.

Daniel: Ach, Alex.

Ella: Eben fällt mir's ein: Er hat gesagt, eure Heirat ist in Ordnung.

Daniel *(steht auf)*: Augenblick mal, eben komm' ich auf den Trichter. Mir ist, als wollten wir aufs Rabbinat gehen, ja, so war es. Ich mußte das einzige gute Hemd vom Kibbuz anziehen und dann … dann …

VICKY: Na und?

DANIEL: Dann brach die große Pumpe zusammen.

VICKY: Oje!

DANIEL: So schlimm war es gar nicht, bloß ein Kolben geplatzt.

VICKY: Aber als du ihn repariert hattest, da seid ihr doch aufs Rabbinat gegangen?

DANIEL: Wie konnten wir! Du hättest mal mein Hemd sehen sollen.

VICKY: Du liebe Zeit!

DANIEL: Ich war von oben bis unten mit Öl beschmiert. Ein 65-Tonner Diesel!

VICKY: Ach was? Sehr interessant!

DANIEL *(schäumend)*: Für einen Installateur im Kibbuz, weiß Gott, sehr interessant. Für Statiker allerdings nicht.

VICKY: Statistiker.

DANIEL: Das kommt auf eins raus.

VICKY: Vater ist heute besonders geistreich.

DANIEL: Ich bin bloß ein einfacher Installateur.

ELLA: Ich weiß genau, daß Turnbull versprochen hat, uns die Heiratsurkunde zu besorgen.

DANIEL: Versprochen, soso. Turnbull und seine Versprechungen! Der schwor beim Glück seiner Kinder, er wollte Latten für die Werkstatt anschaffen …

ELLA: Aber Turnbull hatte gar keine Kinder.

DANIEL: Genauso hat er auch unsere Heirat arrangiert.

ELLA: Weil du unentwegt mit ihm streiten mußtest.

DANIEL: Deinetwegen!

ELLA: Was heißt, meinetwegen. Sie rümpften alle die Nase über uns. *(Geht in die Küche und trägt auf dem Tablett die Schüsseln und Teller hinaus)*

DANIEL *(ruft ihr nach)*: Mußt du wieder damit anfangen? *(Zu Vicky)* Tut mir leid, mein Kind, ich habe wirklich keine Ahnung, was Alexander Turnbull mit unserm Trauschein angestellt hat, wenn überhaupt einer da war. Vielleicht hat er ihn einem andern Paar gegeben.

ELLA *(kommt aus der Küche zurück)*: Bei solchen Leuten ist alles möglich.

VICKY: O. k. Aber trotz alledem müßt ihr etwas unternehmen.

DANIEL: Was unternehmen?

VICKY: Heiraten.

DANIEL: Wer?

VICKY: Ihr beide. Heiratet morgen früh, dann haben wir den Trauschein.

DANIEL: Heiraten – nachdem wir seit 25 Jahren verheiratet sind? Wie sieht denn das aus! Wenn der Rabbi mich fragt: »Willst du, Daniel Brozowsky, diese Jungfrau zu deinem angetrauten Weib nehmen?« *(Er schüttelt sich vor Lachen, und Ella kann sich bei dieser Vorstellung auch das Lächeln nicht verkneifen)*

VICKY *(ganz und gar nicht amüsiert)*: Sehr witzig.

ELLA: Aber unser Trauschein kann doch gar nicht so wichtig sein. Könntest du nicht Robert irgend etwas erzählen?

VICKY: Da gibt's gar nichts zu erzählen. Seine Mutter besteht darauf, die Urkunden zu sehen. Ihr wißt ja, wie sie ist. Mein ganzes Leben ist zerstört, wegen einer Pumpe mit 30 PS.

DANIEL: 65!

VICKY *(schreit)*: Eine Million!

ELLA: Vicky, so spricht man nicht mit seinem Vater.

DANIEL: Das kommt dabei raus, daß sie Kinderpsychologie studiert.

VICKY: Papa, ihr müßt heiraten!

DANIEL: Ich halte nichts vom Heiraten unter Druck. Dabei kommt nichts Gutes heraus.

VICKY *(bricht in Tränen aus)*: Mama …

DANIEL: Komm, komm, wein doch nicht so … so ein großes Mädchen … es wird sich schon alles regeln lassen, Liebes, wir werden irgendwas finden.

VICKY: Heiraten!

DANIEL: Ich denke nicht daran, den Hansnarren zu spielen.

VICKY *antwortet mit einem neuen Tränenschwall.*

DANIEL *(wutentbrannt)*: Schön! Schön! *(Zu Ella, spöttisch)* Leg an ein weißes Kleid, meine Braut, morgen früh gehen wir zum

Rabbi. Sollen wir auch Zeitungsannoncen aufgeben?

VICKY *(herzt ihn)*: Papa, lieber Papa, du bist ein Schatz!

DANIEL: Blödsinn ist das.

VICKY: Warum denn? Wollen wir das nicht mit einer großen Familienparty feiern? Ich mach' gleich ein paar Büchsen Ananas auf. *(Rennt in die Küche)*

DANIEL: Heiraten, 25 Jahre danach. Das ist genauso, als wenn man eine Arche nach der Sintflut baut. Na schön, ich lauf' morgen früh mal rüber aufs Rabbinat und setz' mit Reb Mendel einen Termin fest. Ich reparier' ja immer die Wasserhähne in seiner Wohnung, da wird er mir gern den Gefallen tun und uns sogar außer der Reihe trauen. In der Mittagspause haben wir's dann hinter uns. Kostet nicht mal einen halben Arbeitstag. Nach der Hochzeit gucken wir in 'nen Schnellimbiß rein und essen ein paar Brötchen und dergleichen. Na und? Aber müssen wir nicht zwei Trauzeugen beibringen, die bestätigen, daß wir nie zuvor verheiratet waren und so? Was für ein Blödsinn, meine Güte. Aber wir haben keine andere Wahl.

ELLA: Vielleicht doch.

DANIEL: Was denn?

ELLA: Ich habe noch nicht »ja« gesagt.

DANIEL: Wozu »ja« gesagt?

ELLA: Dich zu heiraten.

DANIEL *platzt vor Lachen.*

ELLA: Zu einer Hochzeit gehören zwei.

DANIEL: Na und? Wir sind sogar drei. Oder möchtest du vielleicht gar nicht meine Frau werden, Frau Brozowsky?

ELLA: Das weiß ich noch nicht. Man heiratet ja schließlich nicht jeden Tag.

DANIEL *(gut gelaunt)*: Amnesie, meine Liebe. Wenn ich nicht sehr irre, hattest du 25 Jahre lang keine Zweifel.

ELLA: Vor 25 Jahren trankst du noch kein Sodawasser.

DANIEL: Ziemlich dummer Scherz!

ELLA: Ich wollte, es wär ein Scherz.

DANIEL: Du möchtest also nicht?

ELLA: Nein.

DANIEL: Hm. *(Denkt nach, dann mit forçierter Heiterkeit)* Na schön. Ich nehm' mir nach der »Hochzeit« zwei Tage frei, wir machen einen Ausflug nach Tiberias, wir beide ganz allein ... Wir wollen uns etwas leisten wie in alten Zeiten ...

ELLA: Ich hab' mich noch nicht entschieden.

DANIEL: Eine Frau ist verpflichtet, ihren Mann zu heiraten! Das ist Gesetz.

ELLA: Gesetz? Nach dem Gesetz bist du gar nicht mein Mann.

DANIEL: Wenn ich nicht dein Mann bin, – was denn sonst?

ELLA: Der Volksmund sagt dazu ... Verehrer.

DANIEL: 25 Jahre dein Verehrer? Nein, meine Gute, jetzt übertreibst du aber. Daniel Brozowsky hat es nicht nötig, zu bitten und zu betteln, um keine Frau der Welt. Wenn du keine Lust zu heiraten hast, dann laß es bleiben.

ELLA: Ich hab' nicht »nein« gesagt. Ich brauche nur Bedenkzeit.

DANIEL: »Bedenkzeit«? *(Steigert sich in Zorn hinein)* Was bin ich doch für ein Narr. Da widme ich meiner Familie Leib und Seele, jeden Heller, den ich verdiene, bring' ich nach Haus, erfülle meiner Frau jeden Wunsch – und sie weigert sich, mich zu heiraten! Woran hab' ich's denn fehlen lassen, sag mir's doch! Hast du irgendwas entbehren müssen?

ELLA: Blumen, zum Beispiel.

DANIEL: Blumen? An den Blumen liegt es? *(Zieht Geld aus der Tasche)* Hier, da hast du ein Pfund. Kauf dir so viele du willst. Blumen?

ELLA: Ich spreche über Takt, über Gefühl.

DANIEL *(brüllend)* Ich bin voller Gefühl! Ich bin ein Vorbild für Takt! Hüte deine Zunge, wenn du mit mir sprichst. Überhaupt ist das eine jämmerliche Ehe, wenn's etwa darauf ankommt. Ein Mann, der seiner Frau Blumen mitbringt, hat ein schlechtes Gewissen, falls du begreifst, was ich damit sagen will. Jedesmal, wenn ich einen Mann mit Blumen in der Hand sehe, ist er mir schon verdächtig. Ich zweifle, ob er ehrbare Absichten hat ... *(Es klingelt an der Tür)*

ROBERT *(klopft höflich an den Türrahmen, kommt dann herein, er trägt ein Bukett in der Hand)*: Die Tür stand offen.

ELLA *(erstaunt)*: Robert? *(Zieht rasch die Decke von der modernen Couch)*

ROBERT: Guten Tag, Frau Brozowsky. Ich schau' nur kurz herein.

DANIEL: Wollen Sie sich nicht setzen?

ROBERT: Danke. *(Vicky kommt, sie trägt ein Tablett. Robert überreicht ihr die Blumen)* Bezaubernd wie immer, mein Liebling.

VICKY: Was für schöne Blumen!

ROBERT: Eine seltene Sorte.

DANIEL: Nehmen Sie etwas Ananas?

ROBERT: Danke. Ich komme gerade vom Essen.

DANIEL: Ein Glas Wein?

ROBERT: Danke. Ich enthalte mich alkoholischer Getränke.

ELLA: Eine Tasse Kaffee?

ROBERT: Danke. Ich habe heute schon Kaffee getrunken. *(Beklemmend langes Schweigen. Zu Vicky)* Ja. Du siehst heute wirklich bezaubernd aus, Liebling.

VICKY: Lieb von dir.

ROBERT: Nicht der Rede wert. Wie geht es Ihnen, Frau Brozowsky?

ELLA: Danke, gut, Robert.

ROBERT: Das freut mich. Und wie geht es Ihnen, Herr Brozowsky?

DANIEL: Abscheulich.

ROBERT: Ja, das ist die Hauptsache. Bitte entschuldigen Sie tausendmal, daß ich Sie so überfalle. Es ist sonst nicht meine Art, andere Menschen während des Essens zu stören. Deshalb habe ich es auch unterlassen, Platz zu nehmen. Aber Mutter macht sich Sorgen wegen der Hochzeitsvorbereitungen. Und weil sie schon in vierzehn Tagen Geburtstag hat, bin ich gekommen, die Papiere zu holen. *(Schweigen)*

DANIEL: Nehmen Sie doch etwas Ananas, Herr Knoll.

ROBERT: Es liegt mir fern, Ihnen Unannehmlichkeiten zu machen. Mutter wünscht alle Dokumente, und je eher, desto lieber. Sie ist so eigen in allem, was Formalitäten anbelangt.

ELLA: Eine wundervolle Frau.

DANIEL: Und ob!

ROBERT: Ja, Mutter denkt an alles. Unter ihrer Obhut läuft der Haushalt wie am Schnürchen. Jeden Morgen, bevor ich ins Büro gehe, untersucht sie meine Taschen voller Sorge, ob ich auch nichts vergessen habe. Ist das nicht rührend? Mutter pflegt zu sagen: »Reine Taschen – ein reiner Mensch.«

DANIEL: Feinsinnig!

ROBERT: Ja. Dank Mutter weiß ich stets, was ich in jeder meiner Taschen habe. Jede Tasche hat ihren spezifischen Inhalt. Ja. Ich hoffe, die Dokumente liegen bereit.

DANIEL: Na, probieren wir's doch mal. Was zum Beispiel haben Sie in dieser Tasche? *(Zeigt auf sie)*

ROBERT: Hier? Den Zündschlüssel, glaube ich. Da, ein Taschentuch, Kamm, eine Brieftasche für Geldscheine und ein Portemonnaie für Wechselgeld …

VICKY: Und ein Merkbüchlein für Telefonnummern.

ROBERT: Das hat seinen besonderen Platz.

DANIEL: Hier?

ROBERT: Nein, hier! *(Holt sie aus der vorderen Hosentasche)* Zwei Büchlein am sichersten Platz. Und dazu meine Kennkarte …

DANIEL: Fein, fein!

ROBERT *(entleert sich weiter)*: Feuerzeug, Kugelschreiber – o pardon, das ist die Ersatzfüllung …

DANIEL: Sagen Sie mal, Herr Knoll, wollen Sie eigentlich in den Krieg ziehen?

ROBERT *(lächelnd)*: Nein. Aber hier ist auch mein Reservistenausweis. Und auch ein Ersatzschlüssel. Oh! … *(Er hat versehentlich eine Schachtel auf den Tisch gestellt und versucht hastig, sie wieder in die Tasche zu schmuggeln)*

VICKY *(schnappt nach seiner Hand)*: Was ist das?

ROBERT *(errötet bis unter die Haarwurzeln)*: Das … das ist …

VICKY *(öffnet gewaltsam seine Hand, dann nimmt sie den Deckel von der Schachtel)*: Ein Ring! Ein Ehering!

DANIEL *(deutet auf einen zweiten Ring)*: Und ein Ersatzring.

ROBERT: Nein, der ist für mich selbst bestimmt.

VICKY *(entzückt)*: O Robert!

ROBERT: Mutter denkt an alles.

ELLA: Eine wundervolle Frau!

DANIEL: Und ob!

ROBERT: Sie hat mir auch Pyjamas gekauft. Karierte. Ja, was nun die Dokumente anbetrifft, so ist Mutter in erster Linie an dem Trauschein interessiert.

DANIEL *(deutet auf die Zeitung)*: Und Sie können sich auf mich verlassen, die Mannschaft von Tel Aviv schafft es, sie wird Spitzenreiter der Fußball-Liga.

ROBERT: Wer, bitte?

DANIEL: Die Tel Aviver.

ROBERT: Ich pflege mich nicht mit Fußball zu befassen, Herr Brozowsky.

DANIEL: Schade.

ROBERT: Ja. Kann ich bitte den Trauschein haben? *(Schweigen)*

VICKY: Wir … wir müssen noch erst … eine Fotokopie machen lassen.

ROBERT: Du liebe Zeit! Das macht aber alles sehr kompliziert.

VICKY: Nimm's doch nicht so tragisch! Du bekommst ihn ja in ein paar Tagen.

ROBERT: Sogar ein paar Tage können da von Bedeutung sein, mein Liebling. Vor allem in Hinblick darauf, daß Mutters Geburtstag immer näher rückt.

ELLA: Könnten Sie nicht versuchen, alles ohne unsern Trauschein zu ordnen? Um Zeit zu gewinnen, meine ich …

ROBERT: Ohne Trauschein? Sehr originell, Frau Brozowsky. Gut, daß Mutter das nicht hört.

DANIEL: Wieso denn?

ROBERT: Wenn Sie gestatten! *(Er setzt sich)* Nur ein paar Zahlen. Gemäß der Volkszählung von 1946 wohnt ein beträchtlicher Prozentsatz von Ehepaaren, das heißt von sogenannten Ehepaaren, um exakt zu sein, nahezu 20 Prozent – zusammen, ohne den Segen des Rabbinats.

DANIEL: Das besagt gar nichts. Wie ich höre, sind 50 Prozent dieser Paare weiblich.

ROBERT: Höchstwahrscheinlich. Wo war ich stehengeblieben, Herr Brozowsky? Wenn sich zwei erwachsene Personen hinwegsetzen über die Gesetze, die von Gesellschaft und Zivilisation gemacht wurden, schön, jedes Individuum hat das Recht, unter seinem moralischen Niveau zu leben. Aber, frage ich, haben sie auch an ihre Kinder gedacht, die durch die Schuld der Eltern nun, verzeihen Sie den harten Ausdruck, Bastarde sind?

VICKY *(mitgerissen)*: So ist es!

ROBERT *(überrascht)*: Was ist denn?

VICKY: Ich auch ... ich wollte sagen, solche Eltern handeln unfair.

ROBERT: »Unfair«? Ich würde sie ins Gefängnis sperren.

DANIEL: Nun übertreiben Sie bloß nicht!

ROBERT: Da gibt es nichts zu übertreiben. In allen Fragen, die die Reinheit des Familienlebens betreffen, sind wir, Mutter und ich, sehr altmodisch. *(Zu Vicky)* Ich wundere mich, mein Liebling, daß ihr so gar keine Vorbereitungen für die Hochzeit trefft.

VICKY: Aber das tun wir doch, Robert ...

ELLA: Möchten Sie Vickys Brautkleid sehen?

ROBERT: O ja! Aber nicht gerade jetzt.

VICKY: Es dauert nur eine Minute, Robert. Bitte, mir zuliebe ...

ROBERT: Ich sehe mich außerstande, einer solchen Versuchung zu widerstehen. *(Geht mit Vicky ins Nebenzimmer. Zu Ella und Daniel)* Entschuldigen Sie tausendmal! *(Geht)*

DANIEL: Zweitausend!

ELLA: Wart, ich muß die Nadeln herausnehmen. *(Zu Daniel, der sich anzieht)* Wohin willst du jetzt?

DANIEL: Zurück auf den Neubau.

ELLA: Ist der Bau alles, was jetzt für dich wichtig ist?

DANIEL: Ist immer wichtig.

VICKY *(hinter der Bühne)*: Mammi!

ELLA: Ja! Ich komme. *(Zu Daniel)* Daniel, unternimm doch was! *(Geht)*

DANIEL: Was soll ich machen? Erwartest du, daß ich Trauscheine fälsche? *(Geht ans Telefon und wählt)* Hallo! Ich möchte bitte den Kibbuz Einot, Ober-Galiläa. Ob es dringend ist? Ein schicksalsschweres Gespräch, Fräulein, schicksalsschwer! Ja. Ich warte. *(Legt auf)*

VICKY *(schleicht sich ins Zimmer zurück)*: Papa, ihr müßt sofort heiraten!

DANIEL: Unmöglich, mein Kind.

VICKY: Was ist denn los?

DANIEL: Deine Mutter weigert sich.

VICKY: Was heißt »weigert« sich?

DANIEL: Weigert sich ... w,e,i und so weiter. Ich ... meinetwegen geht alles in Ordnung, mein Mädchen, ganz klar. Ich hab' sie auf die netteste Art gebeten, morgen während der Mittagspause mit mir aufs Amt zu gehen und zu heiraten, aber sie, sie zögert. Nein, sie braucht »Bedenkzeit«!

VICKY: Reg dich nicht auf, Papa, aber ich kann sie verstehen. Schließlich geht man ja zu einer Hochzeit nicht wie zu einem Schnellimbiß. Wie oft heiratet man schon im Leben?

DANIEL: Zu oft. *(Mit einem Stirnrunzeln, als er entdeckt, daß Vicky eine Zigarette hinter ihrem Rücken hält)* Mach das aus! *(Sie tut es)*

VICKY: Papa, das ist eine sehr heikle Situation. Da heißt es, psychologisch vorgehen.

DANIEL: Psychologisch? Nach 25 Jahren Ehe bleibt zwischen Mann und Weib nicht mehr viel Psychologie übrig.

VICKY: Lieber Papa, unter Psychologie versteht man doch was anderes.

DANIEL: Ich weiß genau, was man darunter versteht. Erzähl mir nichts. Du träumst was, und irgend jemand, der sich auskennt, macht dir klar, daß dies ein Zeichen für irgendwas anderes ist. Nicht? Träume! Großartig! *(Schlägt plötzlich ins Ernsthafte um)* Gestern nacht habe ich von Roberts Mutter geträumt.

DANIEL: Was hast du geträumt?

DANIEL: Sie hetzte mich die ganze Nacht, und wie ... es war schrecklich ... sie rannte mit riesigen Sätzen ... und hielt einen Schraubenschlüssel in der Hand. Was mag das bedeuten?

VICKY: Der Traum enthüllt unterdrückte Gelüste.

DANIEL: Was? Möchte sie denn Installateur sein?

VICKY: Ich meinte, es handelt sich um deine Gelüste.

DANIEL: Das ist gut möglich. Sag's aber keinem weiter: ich würde sie gern mal durchhauen. Das ist wenig nett. Ich weiß. Wo sie doch zur Familie gehören soll ...

VICKY: Das hoffe ich. Papa, mit deinem Heiratsantrag für Mama mußt du's, wie soll ich mich ausdrücken, ein bißchen romantischer anfangen. Ein bißchen festlichen Glanz, Papa, und ein bißchen Elan.

DANIEL: Elan?

VICKY: Weißt du, Robert hielt um mich mit fünfzig weißen Rosen an.

DANIEL: Armer Kerl! Sein halbes Monatsgehalt.

VICKY: Himmel! Mit dir kann man nicht reden.

DANIEL: Schon gut. Erzähl mir genau, wie das vor sich ging.

VICKY *(nachdenklich)*: Also ich stand hier. *(Zeigt es ihm)*

DANIEL: Warum nicht da?

VICKY: Himmel!

DANIEL: Schon gut. Erzähl weiter.

VICKY: Robert kam näher und dann sagte er: »Meine Liebe, hegst du irgendwelche Empfindungen für mich?« Er wollte dann vor mir niederknien. Aber das ließ ich nicht zu.

DANIEL: Warum nicht? Warum sollte er nicht?

VICKY: Aus Feingefühl. Dann fragte Robert: »Würdest du es auf dich nehmen, dein Leben mit dem meinen zu verflechten?«

DANIEL: Schön. Wunderbar ausgedrückt: »dein Leben verflechten«! Alle Achtung!

VICKY: Verstehst du? Das ist alles. Ein bißchen Gefühl, ein bißchen Feierlichkeit und Grazie.

DANIEL: Fein. Und wie ging es dann aus?

VICKY: »Meine Liebste«, sagte Robert, »mein einziges Bestreben ist, dich glücklich zu machen.« Und dann nahm er mich zum ersten Mal bei der Hand.

DANIEL: Idiot!

VICKY: Er respektiert die Frau in mir. Abgesehen davon ist er ein männlicher Typ, sehr männlich … sogar … bestimmt …

Robert erscheint in der Tür, er hält Vickys Hochzeitskleid vor sich, er gibt sich dadurch ein sehr »männliches« Auftreten.

ELLA *(hinter ihm)*: Komm, Vicky, ich kann das Kleid nicht an Robert probieren.

VICKY *(flüstert Daniel zu)*: Papa, sei nett zu ihr. *(Geht)*

DANIEL: Wie immer.

ROBERT *(aus der Tür zu Daniel)*: Würden Sie uns bitte entschuldigen, Herr Brozowsky?

DANIEL: Ich entschuldige. *(Das Telefon läutet)*

DANIEL *(aufgeregt schreiend)*: Hallo! Kibbuz Einot? Hier spricht Daniel Brozowsky. Bro-z-o-w-s-k-y! Vor 25 Jahren hab' ich in eurer Werkstatt gearbeitet ... so ist es. Was sagen Sie? Sie erinnern sich nicht? Unmöglich! Brozowsky kennt jeder. Holen Sie Alexander Turnbull an den Apparat ... Er ist nicht da? Dann rufen Sie den Sekretär ... Ausgegangen? Verdammt noch mal. Ob es wichtig ist? Eine Angelegenheit auf Leben und Tod ... Hören Sie, junger Mann, streiten Sie sich nicht mit mir, ja? Ich war derjenige, der euern Kibbuz eingerichtet hat. Schicken Sie dem Sekretär ein Telegramm auf meine Kosten, er soll heute noch in meine Wohnung kommen. Brozowsky, Roßstraße 4. Warum? Wegen einer Hochzeit. Ich möchte wissen, ob ich heiraten muß ... Wen? ... Meine Frau ... *(Legt den Hörer auf, verblüfft)* Ich möchte bloß wissen, was es da zu lachen gibt?

Dunkel. Die Spieluhr spielt.

Zweite Szene

Der Beginn der zweiten Szene scheint genau der ersten zu entsprechen. Rose mustert ihr Kleid vor dem Spiegel, und Ella hilft ihr. Nichts hat sich geändert, nur die moderne Couch ist wieder zugedeckt. Das Kleid ist jetzt nahezu fertig. Sogar die Zeit ist die gleiche: unmittelbar vor dem Dinner. Der Tisch ist gedeckt.

ELLA *(streicht den Rock glatt, der jetzt kaum bis zu Roses Knien herabreicht)*: Ist die Länge jetzt richtig?

ROSE: Mehr oder weniger. Aber mir scheint, hinten ist es schief.

ELLA: Woher wollen Sie das wissen?

ROSE: Das fühle ich ... Ich hoffe, ich bin Ihnen gestern nicht in die Quere gekommen. Herr Brozowsky hatte solchen Durst auf Sodawasser, da hab' ich schnell eine Flasche besorgt ...

ELLA: Ich dachte, Sie hätten »rein zufällig« den Eisschrank aufgemacht?

ROSE: Ja … den Eisschrank … aber beim Krämer …

ELLA: Er ist wirklich schief. Sehr schief, Frau Hooper.

ROSE: Wer … wer ist schief?

ELLA: Der Rock natürlich. Wenigstens kommt es mir so vor.

ROSE: Sie sind ein bißchen durchgedreht heute, liebe Ella. Ist es nicht so? Sie müssen gestern einen ziemlich ernsthaften Streit gehabt haben.

ELLA: Das Kleid ist heute nachmittag fertig.

ROSE: Traurig, aber wahr, alle Männer sind sich gleich. Im Anfang wollen sie uns die Sterne vom Himmel holen und ein paar Jahre später wünschen sie sich, sie könnten uns von ferne auf einem Stern betrachten.

ELLA: Das Kleid ist heute nachmittag fertig.

ROSE: Herr Brozowsky ist ein wundervoller Mann, ein erstaunlicher Mann, aber man muß ihn zu nehmen wissen. Hören Sie auf eine erfahrene Frau, liebe Ella. Ein Prachtkerl wie der verlangt unbedingte Hingabe. Wenn Sie seine Autorität nicht anerkennen, dann werden Sie auf einmal merken … er kann auch … resolut sein und stark … und stolz … sogar grausam, jawohl grausam … *(Es läutet zweimal an der Tür)*

DANIEL *(kommt in feierlichem Zeremoniell herein. Er trägt über dem Overall sein bestes Jackett. In der Hand – ist es zu fassen? – ein Bukett. Als er beim Radio vorbeikommt, dreht er es wie zufällig an. Das Radio erweist sich dankbar dafür und spielt eine sentimentale Melodie. Daniel nähert sich Ella und drückt ihr einen Kuß auf die Stirn)*: Du siehst prächtig aus heute, Liebste. *(Ella starrt ihn bestürzt ungläubig an)*

DANIEL *(zu Rose)*: Mahlzeit, Frau Hooper. Haben wir nicht ein prachtvolles Wetterchen?

ROSE *(zieht sich in überraschtem Schrecken zur Tür zurück)*: Ich möchte nicht länger stören … *(Sie entkommt)*

DANIEL *(ruft ihr nach)*: Nett, Sie zu sehen, Frau Hooper. Auf Wiedersehen. *(Allein mit Ella, baut er sich unbeholfen vor ihr auf, immer noch mit den Blumen in der Hand)*

ELLA *(schnuppert den Duft)*: Wie herrlich sie duften …

DANIEL: Für dich.

ELLA: Danke, Dan.

DANIEL: Takt!

ELLA: Reizend.

DANIEL: Nicht der Rede wert. *(Schweigen)*

ELLA: So viele Blumen, nein wirklich …

DANIEL: Das mußt du nicht sagen. Gefühle kann man nicht nach Geldeswert messen. *(Nach einer Pause der Verblüffung)* Teufel, nimm mir die Dinger doch ab! Aber vorsichtig. Die Rosen sind sehr teuer.

ROSE *(nimmt die Blumen)*: Ich will sie ins Wasser stellen …

DANIEL: Augenblick, wir sind noch nicht fertig. Du stellst dich … hierher! *(Führt sie an den Platz, wo er sie haben möchte, streicht sich über die Kleider)* Sag mir, liebste Ella … hegst du … irgendwelche Empfindungen für mich?

ELLA: Daniel! Was stellst du mir solche Fragen?

DANIEL: Eine Hochzeit ist was anderes als ein Schnellimbiß.

ELLA *(fröhlich)*: Ach, jetzt versteh' ich. Du machst mir den Hof.

DANIEL: Du hast mich für 'nen sturen Kunden gehalten, was? Aber du kennst mich noch lange nicht, Liebling. In mir steckt mehr Romantik als in all den jungen Eseln zusammen. *(Einen Augenblick lang bilden wir uns ein, er würde jetzt vor seiner Frau niederknien, aber zu guter Letzt geht er nur so weit, ihre Hand in die seine zu legen)* So … wie hat er das noch gesagt?

ELLA: Wer?

DANIEL: Ver – ach ja, verflechten, das war's! Würdest du es auf dich nehmen, dein Leben mit dem meinen zu verflechten?

Ella *(mit nettem Lächeln)*: Dan, bist du betrunken?

DANIEL *(zornig)*: Wieso betrunken? Glaubst du, ich kann nur nett sein, wenn ich betrunken bin? Hör auf, über mich zu kichern.

ELLA: Daniel, was willst du von mir?

DANIEL: Ich möchte dich glücklich machen.

ELLA: Sehr angenehm.

DANIEL: Das ist keine Antwort. Das ist eine Schamlosigkeit.

ELLA: Schrei nicht.

DANIEL: Mit meiner eigenen Frau kann ich schreien, soviel ich Lust hab'! *(Er dreht das Radio aus, legt die Krawatte und das Sonntagsjackett ab)* So also nimmst du's auf! Daß ich heimkomme in festlicher Stimmung, mit Feuer – auf wissenschaftlich positive Art! Mit den ernsthaftesten Absichten!

ELLA: Ernsthafte Absichten?

DANIEL: Nein? Und die Blumen? Ist das nichts? Nein, nein, meine Liebe, allmählich fang' ich an, klar zu sehen. Du liebst mich nicht.

ELLA *gibt keine Antwort.*

DANIEL *(kläglich)*: Wirklich nicht? *(Verletzt)* Also gut. Ich warne dich, Weib, es wird ein schlimmes Ende nehmen. Ein Mann macht eine solche Geste nicht jeden Tag. Das eine sag' ich dir: wenn du nicht schon meine Frau wärst, ich dächte nicht im Traum daran, dich zu heiraten.

ELLA: Daniel, ich hab' ja gar nicht gesagt, daß ich dich nicht liebe.

DANIEL: Wer spricht denn von Liebe? Heiraten will ich.

ELLA: Ich möchte dir nicht weh tun, Daniel, aber weißt du, wann ich dich liebe? Wenn du nicht zu Hause bist. Dann sehe ich meinen Mann vor mir, jung und anziehend, wie er auf seinem Pferd den Strand entlangreitet, um mich zu besuchen. Er ist zärtlich, lieb, leidenschaftlich ...

DANIEL: Augenblick mal! Wer ist das?

ELLA: Du. Vor vielen, vielen Jahren. Ich träume noch manchmal davon.

DANIEL: Du träumst ... *(Erregt)* Träume?

ELLA: Ja. Ich habe einen merkwürdigen Traum: Ich mache dir zwei Scheiben Brot mit Oliven, nie etwas anderes, immer nur Brot und Oliven. Da höre ich draußen Pferdegetrappel, und herein kommst du, frisch und strahlend, mit einem Bündel Maßliebchen, die du auf dem Weg zu mir gepflückt hast.

DANIEL: Maßliebchen – vielleicht. Aber ein Pferd schaff' ich nicht wieder an.

ELLA: Natürlich nicht. Es ist ja auch nur ein Traum.

DANIEL: Hoho! Nur ein Traum! Hoho, meine Liebe. Was verstehst denn du davon? Hast du je etwas über das Unterbewußtsein gelesen? Hoho! Ein Traum enthüllt alles. Du liegst jetzt offen vor mir da wie ein Buch. Und damit fertig.

ELLA: Was soll das Gefasel?

DANIEL: Fertig. Heute nachmittag noch gehen wir aufs Rabbinat und lassen uns trauen, kurz und schmerzlos. *(Er versucht, sie zu einem Tanz an sich zu ziehen)*

ELLA *(macht sich los)*: Ich hab' noch nicht »ja« gesagt.

DANIEL: Fängst du schon wieder an? Eben hast du noch gesagt, in deinen Träumen … ein Pferd … Oliven … Maßliebchen … und so weiter und so weiter …

ELLA: Richtig. In meinem Traum bin ich jederzeit bereit, dich zu heiraten. In meinem Traum.

DANIEL *(in Verzweiflung)*: Amnesia. Du hast den Verstand verloren.

ELLA: Du wirst schon wieder grob.

DANIEL: Grob? Ich grob? *(Donnernd)* Ich werd' noch verrückt in diesem verdammten Haus!

VICKY *(eilt hinzu)*: Was ist denn los?

DANIEL: Vicky, ich bin nicht mehr länger bereit, um deine Mutter zu freien. Du kannst aufhören, die Heiratsvermittlerin zu spielen. Sie liebt mich nur, wie ich vor fünfundzwanzig Jahren war. Eine Frau in ihrem Alter und verliebt in einen zwanzigjährigen Jungen! *(Zu Ella)* Das ist geradezu schamlos! Das Bürschlein könnte dein Sohn sein!

VICKY: Fangt ihr schon wieder von vorne an?

DANIEL: Im Gegenteil! Wir sind fertig! Aus! Ich lauf' nicht mehr länger hinter meiner Frau her mit dem Trauring in der Hand. Ich bin Daniel Brozowsky! Aus! Alles bleibt, wie es war! Keine Hochzeit, kein gar nichts. Einfach wie es war. Ruhe!

VICKY: Reg dich doch nicht auf, Papa!

DANIEL: Wer regt sich auf? Darüber bin ich schon hinaus. Ich möchte jetzt endlich essen, ja? Darf ich das? *(Setzt sich an den Tisch)* Was ist das für ein Tohuwabohu? *(Zeigt auf die Blumen, die er mitgebracht hat)* Warum mit einemmal Blumen? *(Bedrücktes Schweigen. Mit gepreßter Stimme)* Wo ist das Soda? *(Ella antwortet nicht. Vicky, die in die Küche laufen will, wird von ihrer Mutter zurückgehalten)* Wo das Wasser ist, hab' ich dich gefragt!

ELLA: Ich bediene heute nicht. Ich hab' meinen freien Tag.

DANIEL *(mürrisch zu Vicky, die heimlich eine Zigarette raucht)*: Mach das aus!

Vicky will gehorchen, da nimmt ihr Ella die Zigarette aus der Hand und beginnt deutlich provozierend zu paffen. Daniel unterdrückt seine Wut und fängt an, die Suppe zu essen und summt dabei eine Melodie. Als es notwendig wird, wischt er sich den Mund mit der Tischdecke ab.

ELLA *(Sieht ihn gar nicht an)*: Mach das Tischtuch nicht dreckig.

DANIEL: Mit einemmal mach' ich alles dreckig?!

ELLA: Nicht mit einemmal. Das hast du immer getan, ich wagte bloß nicht, etwas dagegen zu sagen.

DANIEL: Und warum wagst du's jetzt?

ELLA: Wir sind nicht mehr verheiratet. Das Gesetz zwingt mich nicht, deine Manieren zu ertragen.

DANIEL: So? *(Er steht auf und räumt Teller und Bestecke zusammen)* Eine Frage, Fräulein Brozowsky: Wenn du nicht mit mir verheiratet bist, was gibt dir dann das Recht, in meinem Haus zu wohnen?

ELLA: Vielleicht in ... Untermiete!

DANIEL *(sehr höflich)*: Besten Dank. Eine andere Frage: Wie kommst du zu dieser reizenden Tochter?

ELLA: Dergleichen soll schon vorgekommen sein zwischen Hauswirt und Untermieterin. *(Vicky bricht in Gelächter aus)*

DANIEL *(wirft ihr einen finsteren Blick zu, sie bricht sofort ab)*: Noch eine Frage, Fräulein Brozowsky: Womit gedenkst du deinem Hauswirt die Miete zu zahlen?

ELLA: Ich werde eine Schneiderei aufmachen.

DANIEL: Eine Schneiderei! Oh! *(Greift sich ans Herz und fällt in einen Sessel)* Ich hab' euch noch gar nicht gesagt, wie es mir hier weh tut, seit gestern. Aber was kümmert es euch?

VICKY: Wie kannst du so was sagen, Papa?

DANIEL: Geh zu deiner Mutter! Ihr gehört zur selben Clique. Ein schönes Paar Nähmamsells hab' ich an meinem Busen genährt.

VICKY: Herrje, wie die Kinder. Ihr benehmt euch um keinen Deut besser als die Bälger in meinem Kindergarten.

DANIEL: Du hast gut reden. Wart mal ab, wie das mit deinem Robert ausgeht. Wenn aus dieser Heirat überhaupt was wird.

VICKY: Ich frage dich nicht länger um Erlaubnis, Papa. Daß du's genau weißt: Wenn's sein muß, lebe ich mit Robert auch ohne Hochzeit zusammen!

DANIEL *(springt auf, wie von der Tarantel gestochen)*: Was? Meine Tochter will mit einem Mann zusammenleben … einfach … so? Meine Tochter? Ist ja sonnenklar! Du hast das Blut deiner Mutter in den Adern! *(Zu Ella)* Warum bist du so still?

ELLA *(mit einem gebrochenen Schrei)*: Darf ich jetzt nicht mal mehr still sein? *(Sie geht)*

VICKY: Hört doch auf, um Himmels willen! Es wird ja jeden Tag schlimmer. Könnt ihr euch nicht wenigstens auf den Status quo einigen?

DANIEL: Was heißt das?

VICKY: Der augenblickliche Zustand.

DANIEL: So soll es bleiben? *(Ruft Ella nach)* Sei so gut und räume deine Sachen aus meinem Zimmer raus. Ich fang' ein ganz neues Leben an. Ich bin Junggeselle. Jawohl! Frauen gibt's wie Sand am Meer … *(Zu Vicky)* Und ich, mein Kind, ich bin Daniel Brozowsky!

VICKY: Papa, du machst eine furchtbare Dummheit.

DANIEL: Wird' du erst mal so alt wie ich, dann sprechen wir uns wieder.

VICKY: Alter ist Quantität und bürgt noch lange nicht für Qualität. *(Sie geht)*

DANIEL: Rotznase! *(Lacht, fängt an, sich für die Arbeit umzuziehen, da klingelt es)* Die Tür ist auf. *(Es läutet wieder)* Die Tür ist auf!

BUNKY *(kommt herein)*: Sind Sie Herr Brozowsky?

DANIEL: Was wünschen Sie?

BUNKY: Keine Ahnung.

DANIEL: Kommen Sie rein. *(Beide kommen ins Zimmer)*

BUNKY: Ich bekam heute dies Telegramm vom Kibbuz. Was soll das wohl? *(Nach kurzem Suchen in seinen Taschen bringt er das Telegramm zum Vorschein)* Verstehen Sie das?

DANIEL *(liest)*: Geh zu Brozowsky, Roßstraße 4, Heiratsangelegenheit, das Sekretariat. *(Mustert Bunky, und seine Züge hellen sich auf)* Herzlich willkommen!

BUNKY *(verwirrt)*: Ja aber ... was ... was bedeutet das?

DANIEL: Schon gut. Wollen Sie sich nicht setzen? Möchten Sie was trinken?

BUNKY: Ja, danke. Ich komm' um, wenn ich nicht bald was Kaltes bekomme. Fruchtsaft oder so was.

DANIEL *(blickt Bunky mit rollenden Augen an)*: Du erkennst mich wohl nicht wieder, was?

BUNKY: Glaube kaum.

DANIEL *(mit einem Kichern)*: Und wenn ich dir sage, daß du immer auf meinen Knien reiten wolltest, bei den Freitagsparties im Kibbuz? Junge, Junge, warst du ein Wildfang, ein richtiger kleiner Teufel.

BUNKY: Ich?

DANIEL: Wer sonst, Ronny?

BUNKY: Macht fast gar nichts, aber ich heiße Bunky.

DANIEL: Bunky? Richtig, Bunky! Der kleine Bunky, der größte Rowdy im Kibbuz. Jaja, läßt sich nicht leugnen, du bist ganz schön groß geworden, ein junger Mann. Wie die Zeit vergeht.

BUNKY *(schaut auf seine Uhr)*: Stimmt. Kann ich einen Drink haben?

DANIEL: Tee?

BUNKY: Ja.

DANIEL: Du erinnerst dich wohl an rein gar nichts. Und doch hast du damals geheult wie ein Schloßhund, als wir den Kibbuz verließen.

BUNKY: Ich?

DANIEL: Ja, ja. David mußte dich in ein Zimmer einsperren, damit du uns nicht nachliefst. Du liebtest mich kolossal.

BUNKY: Ja? Mag sein. *(Nach einer kurzen Pause)* Entschuldigen Sie, aber wer ist David?

DANIEL: Wer? Dein ehrenwerter Vater und mein lieber Freund. David Baker.

BUNKY: Macht fast gar nichts, aber ich bin der Sohn von Aby Stone.

DANIEL: Aby Stone? Richtig, Aby Stone. Arbeitete in der Tischlerei.

BUNKY: Im Kuhstall. Schon immer.

DANIEL: Tee mit Limonade?

BUNKY: Ja. *(Schweigen)*

DANIEL: Tja, jedenfalls ... Hauptsache, Sie sind hier, ein junger Mann, gesund, stark ... Es macht Spaß, von den guten alten Tagen zu plaudern ...

BUNKY: Sollte ich deswegen herkommen?

DANIEL: Nein, das ist 'n klein bißchen komplizierter. Setzen Sie sich doch.

BUNKY *(der längst sitzt)*: Tu' ich schon.

DANIEL: Sind Sie der Sekretär vom Kibbuz?

BUNKY: Nein. Ich arbeite auf dem Feld. Aber der Sekretär ist abkommandiert zu einem Führungslehrgang für Kollektivfarmer, und in der Zwischenzeit muß ich all seine Wege in der Stadt erledigen, kurz, ich hab' wenig Zeit. Womit kann ich dienen, mein Herr?

DANIEL: Sagen Sie »Kamerad« zu mir. Kamerad Brozowsky.

BUNKY: Ich hab' keine Zeit, Kamerad.

DANIEL: Klingt schon besser. Also hören Sie zu, junger Mann. Ich darf mich wohl darauf verlassen, daß alles zwischen uns beiden bleibt. Sehr delikate Sache. Angefangen hat's vor fünfundzwanzig Jahren.

BUNKY *(schaut verstohlen auf seine Uhr)*: Fünfundzwanzig Jahre? Ich muß heute noch auf die Bank. Ich muß zwei Schecks einlösen.

DANIEL: Dann unterbrechen Sie mich doch nicht andauernd. Ich hab's selbst eilig. Nun hab' ich doch wahrhaftig vergessen, wo ich stehengeblieben bin ...

BUNKY *(steht auf)*: Vielleicht komm' ich lieber ein andermal wieder?

DANIEL: Nein. Das ist eine hochwichtige Sache. Vor fünfundzwanzig Jahren, als ich als Installateur in eurer Werkstatt arbeitete, lernte ich ein hübsches Kibbuz-Mädchen kennen. Was soll ich sagen, Sie sind ja schon ein erwachsener Mann, es war Frühling, Vögel, Sterne, ich selbst jung, hübsch, flott ...

BUNKY: Ich hab' noch soviel zu erledigen!

DANIEL: Kurz: wir zogen zusammen.

BUNKY: Herzlichen Glückwunsch!

DANIEL: Danke. Es wird Ihnen aufgefallen sein, daß ich nicht gesagt hab': wir heirateten.

BUNKY: Verstehe. Sie …

DANIEL: Schauen Sie, Bunky, damals waren andere Zeiten. Keiner hatte Lust, zum Rabbi zu gehen. Das kam uns zu konservativ vor.

BUNKY: »Konservativ« ist gut!

DANIEL: Lassen Sie mich ausreden, bitte. Vielleicht haben Sie recht, ich behaupte auch gar nicht, daß die Leute überhaupt nicht zum Rabbi gingen. Taten sie, aber nicht gleich.

BUNKY: Klar.

DANIEL: In einem Kibbuz ist immer was los. Mal gibt's kein Wasser, ein andermal platzt ein Rohr. Eine Dichtung lockert sich. Überall fehlt es an Arbeitskräften.

BUNKY: Sogar die Kuh arbeitet mit …

DANIEL: So ist es. Das Mädchen wird schwanger. Macht nichts, sagt man sich, der Rabbi läuft uns ja nicht weg. Ihr lebt ein paar Jahre zusammen, und zu guter Letzt, wenn ihr beide mal einen Tag Urlaub habt und gerade keine Komitee-Sitzung ist …

BUNKY: Und der Lastwagen da ist …

DANIEL: Und wenn's nicht regnet und man gerade die rechte Stimmung hat und das Kind nicht krank ist und wenn man das Ganze nicht schon total vergessen hat, dann geht man hin und heiratet.

BUNKY: Ich weiß, was Sie meinen.

DANIEL *(mit erhobener Stimme)*: Na, was denn? Was ist denn überhaupt ein Trauschein? Ein Fetzen Papier.

BUNKY: Das erzählen Sie mir?

DANIEL: Ich möchte ja nur, daß Sie mich verstehen.

BUNKY: Aber ich …

DANIEL: Ein bißchen wohlwollend verstehen! …

BUNKY *(schreit ihn nieder)*: Aber meine Eltern sind doch auch nicht verheiratet!

DANIEL: Was? Benny und Eva haben nicht geheiratet?

BUNKY: Nein. Aby und Sonja.

DANIEL: Wieso streiten Sie dann mit mir?

BUNKY: Sie wollten gar nicht heiraten. Was nun?
DANIEL: Nun, gar nichts. Ich nehme das Ihren Eltern nicht übel.
BUNKY: Nein?
DANIEL: Nein.
BUNKY: Dann kann ich wohl gehen?
DANIEL: Gewiß doch. Das heißt, ich bin noch gar nicht fertig. Als wir den Kibbuz verließen, hatten wir eine kleine Tochter, Vicky.
BUNKY: Bravo!
DANIEL: Danke. Sie will jetzt heiraten, und Robert, ihr Verlobter, verlangt alle möglichen Papiere. Kurz: wir können und können unsern Trauschein nicht finden.
BUNKY: Moment mal! Haben Sie nicht eben erzählt, daß Sie gar nicht geheiratet haben?
DANIEL: Ich weiß nicht mehr, was wir taten. Aber Ella, was meine Frau ist, behauptet, Alex Turnbull hätte damals gesagt, unsere Heirat sei geregelt.
BUNKY: Geregelt?
DANIEL: Genau.
BUNKY: Kamerad Brozowsky, leider muß ich in einer Stunde im Warenhaus Port sein, verstehen Sie?
DANIEL: Gewiß. Setzen Sie sich doch.
BUNKY: Ich kann Ihnen nicht behilflich sein, weil ich nicht ermächtigt bin, Heiratspapiere auszustellen. Da müssen Sie sich an den Obersten Gerichtshof wenden oder an den Familienausschuß vom Kibbuz. Einer von beiden wird sicher etwas für Sie tun.
DANIEL: Sie können mich doch nicht einfach im Stich lassen.
BUNKY *(schleicht sich in Richtung auf die Tür fort)*: Tut mir leid, vielleicht kann Turnbull Ihnen aus der Patsche helfen.
DANIEL: Ist er immer noch Mitglied des Kibbuz?
BUNKY: Gewiß.
DANIEL: Wo arbeitet er?
BUNKY: Auswärts.
DANIEL: Wo?
BUNKY: Mexiko.
DANIEL: Welche Abteilung?
BUNKY: Botschaft.

DANIEL: Was? Alex Turnbull ist Botschafter?

BUNKY: Warum denn nicht? Wenn er schon Kassenwart beim Kibbuz sein konnte?

DANIEL *(zu sich selbst, voller Bedauern)*: Was mußte ich Esel auch den Kibbuz verlassen!

BUNKY: Wissen sie was? Schreiben Sie dem Turnbull einen Brief. Er ist ein netter Kerl. Er wird sich freuen, wenn er Ihnen helfen kann. Und ich freue mich auch …

DANIEL: Augenblick, Bunky, jede Minute ist kostbar. Wissen Sie was? Wir rufen ihn an. Gespräch nach Mexiko. Sofort. *(Er nimmt den Hörer ab und wählt)* Hallo … Hallo …

BUNKY: Großartiger Einfall, Kamerad Brozowsky. Lassen Sie mich bitte wissen, was dabei rausgekommen ist. Sie können mir ja ins Kibbuz schreiben.

DANIEL: Warten Sie doch. Wozu die Hast? In ein paar Minuten haben wir Turnbull an der Strippe. Sie müssen dabeisein. Vielleicht weiß er noch, wo unser Trauschein ist … Hallo! Ich möchte mit unserer Botschaft in Mexiko sprechen … Natürlich ist das ein Ferngespräch … meine Nummer … *(zu Bunky)* möchten Sie einen Drink? *(In die Muschel)* Ja. 32179 … Ja, dringend … ein entscheidendes Gespräch, Fräulein … *(Brüllt in die Richtung, in der er seine Frauen vermutet)* Soda! Ein Glas Sodawasser! … Wie lange wird das dauern, Fräulein … Was? Unmöglich! Eure Leitungen sind ein Dreck. Was fällt Ihnen ein? Sie auch! Selber! … *(Legt auf)* Ein paar Minuten. Bloß ein paar Minuten.

BUNKY *(zieht sich zurück)*: Ich komme wieder. Ich komme später wieder.

DANIEL: Verlassen Sie mich bitte nicht.

BUNKY: Kamerad Brozowsky, ich muß gehen.

DANIEL: So benimmt man sich nicht gegen ein ehemaliges Kibbuz-Mitglied.

BUNKY: Was soll ich machen?

DANIEL: Alex muß gleich dran sein.

BUNKY: Ich habe keine Zeit mehr.

DANIEL: ’ne halbe Stunde.

BUNKY: Keine Minute mehr.
DANIEL: Bitte!
BUNKY: Ich kann nicht.
DANIEL: Aber Bunky!
BUNKY: Unmöglich.
DANIEL: Der Trauschein!
BUNKY: Tut mir leid. *(Vicky kommt mit einem Glas Wasser)*
DANIEL: Meine Tochter!
BUNKY: Ich bleibe!

Vorhang

ZWEITER AKT

Erste Szene

Wenn der Vorhang sich öffnet, hat es den Anschein, als verbringe eine friedfertige, harmonische Familie den Abend daheim. Ella bügelt, sie benutzt den Tisch als Bügelbrett. Auf der zugedeckten Couch liegt Vicky und liest ein Buch, Daniel weiht Bunky in Geheimnisse des Installateurwesens ein. Sehr lernbegierig scheint Bunky jedoch nicht zu sein. Unentwegt schaut er Vicky an, aber sie ist zu sehr in ihre Lektüre vertieft, um dies zu bemerken, Wellen der Gleichgültigkeit schwingen von ihr zu ihm.

DANIEL: Wo war ich doch noch? Keiner glaubte an mich. Nicht einmal die Freunde. Kein einziger. Sie sagten, Brozowsky ist verrückt, Brozowsky ist ein Träumer, sie sagten, Brozowsky ist ein Romantiker. Ein Narr … *(Das Telefon läutet)*

VICKY *(nimmt den Hörer ab)*: Hallo … falsche Nummer!

DANIEL *(zu Bunky)*: Nein, das war nicht Mexiko. Was tat ich also? Ich schloß ganz einfach drei dicke Rohre an die Pumpe an …

ELLA *(nicht, daß sie interessiert wäre, beinahe automatisch)*: Vier.

DANIEL: Vier Rohre, jedes mit einem Durchmesser von sieben Zoll. Sieben Zoll, das will schon was heißen …

BUNKY *(blinzelt nach seiner Uhr)*: Junge, schon acht!

DANIEL: Acht, das ist kein Unterschied. Blanke Rohre, solides Fabrikat aus Italien, sehr haltbar sogar. *(Vicky geht ans Bücherregal und vertauscht ihr Buch gegen ein anderes. Bunky kann die Augen nicht von ihr lassen)* Also, sie machten sich alle lustig über mich. Der Ingenieur der Firma sagte geradeheraus: wenn diese Pumpe 2000 Kubikmeter Wasser schafft, Brozowsky, dann freß' ich meinen Hut. Er trug immer so einen weißen Strohhut auf dem Kopf. Aber im Kopf, mein Junge, in seinem Kopf drin, rein nichts, ein Vakuum, trotz Diplom.

Vicky, immer noch am Regal, hat ein Buch herunterfallen lassen. Bunky springt auf und ist wie der Blitz neben ihr. Er hebt das Buch auf, und gibt es ihr mit einem gewinnenden Lä-

cheln. Dann schaut er auf den Titel und pfeift ob soviel Gelehrsamkeit.

BUNKY: Oh, Philosophie! Erst vor zwei Wochen hab' ich was Ähnliches gelesen ... das war ... ein interessantes Buch ... wirklich ... *(Vicky nimmt das Buch mit kühler Gleichgültigkeit und läßt sich auf der Couch nieder)*

DANIEL: Aber nun kommt's. Keiner glaubte, daß sie 2000 Kubikmeter schaffen würde. Ich, ich hielt meinen Mund. In Wahrheit hatte ich die Pumpe in Nazareth gekriegt, wo ein Araber, Nadjah war sein Name, sie in seinem Orangenhain benutzt hatte.

ELLA: Ich glaube kaum, daß das Bunky sehr interessiert.

DANIEL: Bunky ist erwachsen, oder? Er kann selbst den Mund auftun, oder? Langweile ich Sie etwa?

BUNKY: Ich hab' noch 'ne Menge in der Stadt zu erledigen.

DANIEL: Mexiko liegt ja auch nicht direkt um die Ecke. Nun hören Sie mal. Ich hatte die Pumpe sorgfältig installiert, und sie fing an zu arbeiten. Was meinen Sie wohl, wieviel sie schaffte?

BUNKY *(der nicht zugehört hat)*: Wer?

DANIEL: Die Pumpe. Wieviel Kubikmeter sie hergab?

BUNKY: Keine Ahnung.

DANIEL: Still! Raten Sie! Wieviel?

BUNKY *(die Augen bei Vicky)*: Zwei Liter höchstens.

DANIEL: Dreiundzwanzigtausend Kubikmeter! Ob Sie's glauben oder nicht.

BUNKY: Was mußte ich auch in der Erntezeit in die Stadt kommen!

DANIEL: Warten Sie, das Schönste kommt noch. *(Sonnt sich in seinem Ruhm, den Höhepunkt vorwegnehmend)* Sie lachen sich tot! Also, der Herr Ingenieur führte sich auf wie ein Irrer ... ich will tot umfallen ... hören Sie, er aß ihn wirklich auf! ... *(Er brüllt vor Lachen. Die andern drei jedoch tun, als hätten sie kein Wort gehört. Bunky durchsucht fieberhaft seine Taschen)* Haben Sie Worte? Er fraß seinen Hut! *(Schweigen. Die Heiterkeit des armen Daniel verflüchtigt sich rasch. Enttäuscht fügt er mit leiser Stimme hinzu)* War das nicht lustig?

BUNKY: Verdammt!

DANIEL: Was ist denn?

BUNKY: Ich hab' den Scheck vom Siedlungsamt verloren! *(Leert seine Taschen auf dem Tisch aus)* 2600 Pfund!

ELLA: Wo hatten Sie ihn hingesteckt, Bunky?

BUNKY: Keine Ahnung. In irgendeine Tasche, glaube ich.

DANIEL *(deutet auf Bunkys Taschen)*: Hier? Oder da? Oder da vielleicht? Wissen Sie denn nicht, was Sie in Ihren eigenen Taschen haben? *(Daniel wirft Vicky einen bedeutungsvollen Blick zu)*

BUNKY: Hei, da ist er ja! Ich Idiot! Muß ihn sofort einlösen.

VICKY: Wann? In der Nacht?

BUNKY: Morgen früh, Fräulein, in aller Frühe.

ELLA: Halten Sie das mal einen Augenblick, Bunky? *(Legt ihm gebügelte Wäsche über den Arm)* Daniel, irgendwas mit dem Eisen stimmt nicht. Es wird immer gleich kalt.

DANIEL: Heute hab' ich meinen freien Tag. *(Schlägt Bunky auf die Schultern)* Wo werden Sie heute schlafen, junger Mann?

BUNKY: Nein, Kamerad Brozowsky, nein, ich hab' noch eine Masse zu erledigen, Ketten für den Traktor besorgen, Karten für das Spiel am Samstag …

DANIEL: Interessieren Sie sich für Fußball?

BUNKY: Interessieren? Ich spiele selbst, ich bin Siebenter in der Landesliga.

DANIEL: Hören Sie, heute nacht bleiben Sie bei uns.

ELLA: Aber Daniel, vielleicht hat er ganz andere Pläne. *(Legt einige Unterwäsche auf den Stapel in Bunkys Händen)*

BUNKY: Pläne? Ich werde erwartet.

VICKY: Herrje! Laß ihn doch in Ruh', Mama! *(Stürzt auf Bunky zu und versucht, ihm den Wäschestapel abzunehmen)*

ELLA: Vicky! Was hast du denn?

BUNKY: Ich sagte ja bloß … ich hab's eilig …

VICKY: Solange er jetzt hier ist, hat er nichts anderes getan, als Ausflüchte gesucht, um sich verdrücken zu können.

BUNKY: Ich?

VICKY: Ist Papa denn wirklich nicht imstande, ein Telefongespräch allein zu führen?

DANIEL: Meine Liebe, Bunky ist unser Gast, nach alledem.

BUNKY: Was heißt »nach alledem?«

VICKY *(zieht an der Wäsche)*: Lassen Sie los.

BUNKY: Nein.

ELLA: Vicky!

VICKY: Ich versteh' euch nicht. Wenn er's wirklich so eilig hat, hier wegzukommen, dann laßt ihn doch laufen, damit er zu seinen geliebten Kühen und Kälbern kommt!

BUNKY: Mein liebes Fräulein, wenn Ihnen der Kibbuz nicht paßt, können Sie ja in der Stadt bleiben.

DANIEL: Sie studiert Psychologie!

VICKY: Was hat das mit dem Kibbuz zu tun? Ich kann sehr gut nach Mexiko gehen, auch ohne eine Vergangenheit im Kibbuz nachzuweisen. *(Läßt von der Wäsche ab)* Robert hat ganz recht: Snobs in Khaki, weiter seid ihr nichts. *(Wirft sich wütend auf die Couch und liest weiter)*

BUNKY: So was sagt die Tochter eines Vorkämpfers, eines der Gründer vom Kibbuz Einot.

DANIEL: Ist doch nicht meine Schuld, Bunky. Das hat ihr ihre Mutter beigebracht. Ich war glücklich im Kibbuz. *In dem sich entfachenden Streitgespräch wenden sich Daniel und Ella beide an Bunky, der zwischen ihnen steht, immer noch mit der sauberen Wäsche in der Hand, ein Bild äußerster, elendiglicher Bestürzung.*

ELLA: Sehr glücklich. Mit jedem fing er Streit an.

DANIEL: Streiten macht mir Spaß! Aber wissen Sie auch, warum ich mich herumschlug? Weil mein Mädchen es für unter ihrer Würde hielt, im Speisesaal zu bedienen, wenn sie an der Reihe war.

ELLA: Sagen Sie ihm, Bunky, wenn dies Mädchen nicht gewesen wäre, säße er immer noch als gewöhnlicher Installateur im Kibbuz und wäre kein selbständiger Handwerker.

DANIEL: Fragen Sie, ob sie sich aufspielen will oder versucht, sich weiß zu waschen.

ELLA: Sagen Sie ihm, ich bin froh, daß ich ein gutes Gewissen hab'.

DANIEL: Froh? Hören Sie, junger Mann, das können Sie aber nicht mit mir machen! *(Packt Bunky beim Hemd und zerrt ihn hin und her)* Bis gestern wurden solche Dinge nicht in diesem Haus gesagt. *(Das Telefon läutet)*

BUNKY *(springt mit verzweifelter Hast an den Apparat, die reine Wäsche fliegt nach allen Seiten, schreit)*: Hallo? Ferngespräch? Mexiko? Wer? Gehen Sie doch aus der Leitung! Ferngespräch! Hallo, Mexiko? Hier ist Israel! *(Verzweifelt zu den andern)* Nein, nicht Mexiko.

VICKY: Schade. Ich hatte schon gehofft, es gäbe endlich Ruhe.

DANIEL: Als wenn Mexiko von der Erde verschluckt wäre. Bunky, Sie bleiben heute nacht bei uns. Wir nehmen ein heißes Bad, und dann schlafen Sie bei mir im Zimmer.

BUNKY: Aber so ... ohne alles ...

VICKY: Gott sei Dank hat Papa immer ein paar Pyjamas in Reserve.

DANIEL: Na also. Erzählen wir uns doch was vom Kibbuz. Ist das große Siel unter der Wäscherei immer noch jeden Winter verstopft?

ELLA: Daniel! Das Eisen ...

DANIEL: Ich bin nicht dein Elektriker. *(Geht ab)*

BUNKY: Ich mach' das schon.

ELLA: Ja? Können Sie das?

BUNKY: Und ob ich das kann! Gestatten Sie ... *(Nimmt das Bügeleisen und prüft es)* Ich brauche nur einen kleinen Schraubenzieher.

VICKY: Papa gibt Ihnen sogar 'nen großen.

BUNKY *(geht aus dem Zimmer)*: Kamerad Brozowsky, bitte einen großen Schraubenzieher! *(Ella räumt die Wäsche in den Schrank und Vicky hilft ihr dabei)*

VICKY: Mama, wie lange wollt ihr das Spiel noch treiben?

ELLA: Das ist kein Spiel. Wenigstens macht's keinen Spaß.

VICKY: Als ob Papa der schlechteste Ehemann der Welt wäre.

ELLA: Wenn er's wäre, gäb's gar kein Problem. Einen solchen Mann würde ich ganz einfach verlassen und von vorn anfangen. Aber dein Vater ist das, was man einen »guten Ehemann« nennt, und den kann man nicht einfach verlassen. Darum muß man's ein Leben lang mit ihm aushalten. Es gibt keine größere Strafe als einen guten Ehemann.

VICKY: Aber du liebst ihn doch?

ELLA *(denkt einen Augenblick nach, während sie die Wäsche einordnet)*: Was ich liebe, ist seine Unterwäsche.

VICKY: Soll das ein Witz sein?

ELLA: Nein. Du kommst später auch noch dahinter.

VICKY: Aus Roberts Unterwäsche mach' ich mir gar nichts.

ELLA: Weil du dir aus dem ganzen Robert nichts machst. Was ist von meinem Daniel übriggeblieben? Sein Haar wurde weiß, sein Lächeln verschwand, seine Begeisterung ist reserviert für Rohre von drei Zoll aufwärts. Was bleibt, sind seine Sachen ... die Hemden, die Socken ... Die haben sich kaum verändert.

VICKY: Du machst mir angst, Mama. Enden alle Heiraten so?

ELLA: Nicht alle. Nur unsere, immer unsere.

VICKY: Du redest, als ob die Ehe ein Gefängnis sei.

ELLA: Gefängnis? Nein. Ein Arbeitslager.

VICKY: Vielleicht gibt es da doch einen kleinen Unterschied.

ELLA: Gibt es auch. Vom Gefängnis kannst du wegen guter Führung begnadigt werden. Von der Ehe – nie!

VICKY: Denkt Papa genauso?

ELLA: Er denkt überhaupt nicht darüber nach ... Ach, Vicky, vergiß das alles, ist ja dummes Zeug! *(Zu Bunky, der hereinkommt)* Na, haben Sie's geschafft?

BUNKY *(übergibt ihr das Eisen)*: Klar.

ELLA: Danke. Sie waren wirklich mein Retter. War's schlimm?

BUNKY *(zu Vicky)*: Nein. Es hatte sich nur was gelockert. Ich mußte das Eisen auseinandernehmen, Kinderspiel.

ELLA: Wo haben Sie das gelernt? *(Führt die Schnur in die Steckdose)*

BUNKY: Wozu hab' ich meine Augen ... Wir von der zweiten Generation im Kibbuz müssen grundsätzlich mit allem fertig werden ... *Eine schwache Explosion in der Steckdose, ein Schrekkensschrei Ellas – Kurzschluß. Dunkel. Schweigen.*

VICKY: Na, Kamerad, wie sollte Ihr Satz weitergehen?

ELLA: Was ist denn passiert?

VICKY: Da mußt du die zweite Kibbuz-Generation fragen. *(Plötzlich)* Was ist das?

ELLA: Wir müssen rasch Vater holen. Er weiß, wo die Sicherungen sind. Vicky, Papa ist im Schuppen. Ruf ihn. Vicky. Wo bist du? Vicky!

VICKY: Wer ist das? Bist du das, Mama?

ELLA: Wo bist du, Vicky? ... Vicky! ... *(Geräusch von raschen Schritten im Zimmer)* Rühr dich nicht vom Fleck ... Daniel! Kurzschluß! ...

DANIEL *(von draußen)*: Das seh' ich ... Warum sind keine Streichhölzer im Haus? *(Man hört im Zimmer das Fallen eines Körpers)* He!

ELLA: Was ist denn los?

DANIEL: Was macht ihr denn hier? Tanzt ihr etwa? ... Wer ist das hier? ... Wo ist das verdammte Ding? ...

Plötzlich ist das Zimmer hell erleuchtet. Daniel steht auf einem Stuhl in der Diele. Vicky und Bunky sind am Ende des Zimmers. Bunky ist gerade dabei, vom Fußboden aufzustehen, Vicky wirkt ein wenig zerzaust. Ella starrt auf – Robert, der, mit Blumen in der Hand, stur in der Mitte des Zimmers steht, einigermaßen verwirrt. Anhaltendes Schweigen.

ROBERT: Die Klingel funktionierte nicht.

ELLA: Kurzschluß ... das Bügeleisen ...

BUNKY *(sich entschuldigend)*: Ich arbeite sonst auf dem Feld.

ROBERT: Guten Abend, Frau Brozowsky.

ELLA: Guten Abend, Robert. *(Streift die Decke von der Couch. Vicky schlüpft aus dem Zimmer. Daniel niest)*

ROBERT: Gesundheit, Herr Brozowsky.

DANIEL: Was ich auf den Tod nicht leiden kann, ist, wenn man mich aus einem heißen Bad holt. *(Er geht ins Badezimmer. Seinem Abzug folgt düsteres Schweigen)*

ELLA: Ich glaube, ihr beiden kennt euch noch nicht.

ROBERT: Entschuldigen Sie. *(Nähert sich Bunky)* Knoll.

BUNKY *(schüttelt ihm die Hand)*: Bunky.

ROBERT *(bietet ihm sein Zigarettenetui an)*: Zigarette?

BUNKY: Danke. Ich rauche nicht.

ROBERT: Schade. Wie ich hörte, Herr Bunky, gehören Sie zu ... zu ...

BUNKY: Zu einer landwirtschaftlichen Siedlung.

ROBERT: Aha. Darf ich fragen, was Sie hierhergeführt hat, Herr Bunky?

BUNKY: Ich schwöre, ich hab' nicht die leiseste Ahnung. Ich schneite per Zufall herein. *(Nimmt Robert beiseite, in vertraulichem Ton, von Mann zu Mann)* Kamerad Brozowskys Tochter soll irgendeinen Idioten heiraten …

ROBERT: Ach was?

BUNKY: Und diese Partie bringt die ganze Familie außer Rand und Band. *(Flüstert vertraulich und ausführlich Robert ins Ohr. Robert ist perplex)*

ELLA: Bunky! Augenblick mal! *(zu Robert)* Entschuldigen Sie … *(Bunky geht zu ihr)*

ELLA *(flüsternd)*: Wissen Sie, mit wem Sie da sprechen?

BUNKY: Klar. Das ist Vickys Verlobter.

ELLA: Dann ist es ja gut. Ich machte mir schon Sorgen. Kommen Sie, ich geb' Ihnen einen Pyjama. Entschuldigen Sie uns bitte, Robert.

ROBERT: Aber bitte.

BUNKY: War nett, Sie kennenzulernen, Herr Knoll. *(Geht ab)*

ROBERT: Gleichfalls, Herr Bunky, gleichfalls. *(Allein gelassen, sinkt er in einen Sessel und zieht nachdenklich an seiner Zigarette)*

VICKY *(kommt auf Zehenspitzen, nähert sich Robert von hinten und deckt Roberts Augen mit ihren Händen zu)*: Wer ist das?

ROBERT: Robert. Wer ist dieser Mensch?

VICKY: Wer?

ROBERT: Herr Bunky, wenn mein Gedächtnis mich nicht trügt.

VICKY: Ach, ein Farmer vom Kibbuz, irgendein Bekannter von Papa.

ROBERT: Bleibt er hier?

VICKY: Er? Bei uns?

BUNKY *(erscheint in der Tür, kommt vorbei, offensichtlich auf dem Weg ins Badezimmer, mit einem Pyjama über dem Arm, einem Glas und einer Zahnbürste in der Hand)*: Gute Nacht! *(Er geht)*

ROBERT: Bleibt er hier?

VICKY: Er? Ja. Hab' ich das nicht gesagt? Aber nur bis morgen früh.

ROBERT: Ja. Und was ist mit Mexiko?

VICKY: Was soll damit sein?

ROBERT: Eine halbe Stunde lang hab' ich versucht, dich anzurufen, Liebste …

VICKY *(unterdrückt ein Kichern)*: Ach, du warst das?

ROBERT: Ja. Und eine Männerstimme – und ich muß schon sagen, eine ziemlich grobe – verlangte, ich solle aus der Leitung gehen, denn er müsse »mit Mexiko sprechen – ein Ferngespräch« … Kurz und gut, er wünschte mich zum Teufel. Was hat das alles zu bedeuten?

VICKY: Vielleicht hast du eine falsche Nummer gewählt?

ROBERT: Das pflege ich nie zu tun.

VICKY: Ach, Robert, mein Kleid ist so hübsch, unten mit Spitzen und doppeltem Plissee …

ROBERT: Doppeltes Plissee?

VICKY: Ja.

ROBERT: Eingedenk dessen, daß Offenheit die Basis für eine stabile Ehe ist, möchte ich nicht länger verheimlichen, daß Mutter aufs äußerste beunruhigt ist, weil sich die Übergabe der Papiere verzögert. Um die Wahrheit zu sagen, Mutter wollte selbst herkommen …

DANIEL *(kommt herein, beunruhigt)*: Nein! Nein! Unnötig. Es geht alles in Ordnung.

VICKY: Was hast du denn, Papa?

DANIEL: Eine Erkältung. *(Nimmt eine Flasche Wein vom Schrank. Zu Robert)* Auch ein Glas Wein, Herr Knoll?

ROBERT: Nein, danke. Ich enthalte mich des Alkohols.

DANIEL: Das ist gut. *(Möchte Wasser in den Wein gießen, findet aber den Siphon leer. Mit dem Brüllen eines verwundeten Löwen)* Ella! Ella! Es ist kein Wasser da!

ELLA *(erscheint in der Tür)*: Nein? Dann ist's ja gut. *(Verschwindet)*

DANIEL: Dann trink' ich den Wein eben pur! *(Schenkt sich das Glas voll. Zu Robert)* Da kann man nichts machen, Bub. *(Zieht verärgert ab)*

ROBERT: »Bub«!

VICKY *(versucht es als Scherz zu nehmen)*: Sie spielen Krieg. Wie die Kinder …

ROBERT: Das ist mir nicht entgangen.

VICKY: Das war noch gar nichts. Wenn du wüßtest, was hier vor sich geht …

ROBERT: Ich kam nur wegen der Papiere.

VICKY: Wir haben jetzt keine Zeit für Papiere. Robert! Du mußt mir helfen. Seit gestern sind Papa und Mama …

ROBERT: Bitte, erspar mir das!

VICKY: Warum denn?

ROBERT: Du bist doch ein gebildetes Mädchen, Liebste. Ich bin überzeugt, daß du Verständnis für meine Situation aufbringst. Unter gar keinen Umständen möchte ich mich in einen Streit zwischen deinen Eltern einmischen.

VICKY: Das ist kein Streit.

ROBERT: Doch. Genau wie in anderen Familien. Untersuchungen haben ergeben, daß nahezu achtzig Prozent aller Ehepaare …

VICKY: Robert! Meine Eltern sind kein Ehepaar!

ROBERT: Vom statistischen Standpunkt aus sind sie nichts weiter als ein »Ehepaar«, Liebste. Aber ich merke schon, du bist heute abend ein bißchen überreizt. Vielleicht wäre es vernünftiger, daß wir uns trennen, bevor auch wir zu streiten anfangen, wie?

VICKY: Großartige Idee!

ROBERT: Ich werde mir Mühe geben, diese Bemerkung zu vergessen. Morgen früh um 10.30 Uhr komme ich wegen des Trauscheins. Einen Kuß. *(Vicky hält ihm die Stirn hin. Berührt ihre Stirn mit den Lippen)* Gute Nacht, Vicky. Bitte entschuldige mich bei deinen Eltern, daß ich mich nicht von ihnen verabschieden konnte. *(Er geht)*

VICKY: Worauf du dich verlassen kannst, mein Lieber. *(Schlägt die Tür in aufsteigender Wut hinter ihm zu)* Verdammt! *(Öffnet die Tür zum Badezimmer und entdeckt dahinter, behaglich an den Pfosten gelehnt und wohlgelaunt – Bunky. Offensichtlich hat er gelauscht. Vicky erblickend, bricht er in brüllendes Gelächter aus. Schreit ihn an)* Seit Sie gekommen sind, geht alles schief in diesem verdammten Haus! *(Ella und Daniel eilen herein und treten zwischen die beiden)*

ELLA: Was ist denn?

VICKY: Dieser Bauer!

ELLA: Was hat er denn getan?

VICKY: Er lacht! Er lacht mich aus!

DANIEL: Was ist los, Bunky?

VICKY *(im Hinausgehen, hitzig)*: Bunky! Bunky! Das soll ein Name sein? Bunky? Bunky! *(Schweigen)*

BUNKY: Gute Nacht. *(Er geht zurück ins Badezimmer)*

ELLA: Gute Nacht! Und ich hoffe, diesmal ist's endgültig.

DANIEL *(wirkt leicht beschwipst, jedoch keinesfalls betrunken)*: Wie Hund und Katze. Können sich nicht ausstehen.

ELLA: Du hast eine wundervolle Beobachtungsgabe.

DANIEL: So sagt man. *(Beginnt vergnügt ein lustiges Liedchen zu summen)*

ELLA: Wie viele hast du gehabt?

DANIEL: Wieso? Ich bin einfach gut aufgelegt. *(Dehnt sich voller Behagen)* Ich kann morgen später aufstehen.

ELLA: Halb sechs?

DANIEL: Sieben. Wollen doch mal probieren, was das Leben noch für Freuden hat, Amnesia, Liebste. *(Geht nach der Tür)* Komm schon.

ELLA: Wohin?

DANIEL: Uns am »Status quo« festhalten.

ELLA: Kannst du dich nicht ein bißchen eleganter ausdrücken?

DANIEL: Klar. Machen Sie mir die Freude, Gräfin, sich mit mir in unser Schlafzimmer zurückzuziehen.

ELLA: Wenn ich nicht irre, hat sich dorthin schon Graf Bunky zurückgezogen.

DANIEL: Verdammt! Wenn er schnarcht, schmeiß' ich ihn raus.

ELLA: Du schnarchst ja selbst.

DANIEL: Das stört mich nicht.

ELLA: Hör mal, David, wenn du ruhig schlafen willst, dann schickst du deinen Bunky morgen früh so weit weg wie möglich.

DANIEL: Bunky ist ein netter Junge. Erstens ist er aus dem Kibbuz und dann ist er auch noch Fußballfreund. Aus dem wird noch mal ein Botschafter.

ELLA: Mir gefällt er auch. Aber er ist hinter Vicky her. Ich fürchte, Robert hat auch schon etwas gemerkt. Er könnte sich verletzt fühlen.

DANIEL: Robert wird sich niemals verletzt fühlen, es sei denn, auf ausdrückliche Anweisung seiner Mutter.

ELLA: Ich weiß, du kannst Robert nicht leiden, aber das ist mir egal.

DANIEL: Ich hab' gar nichts gegen ihn. Er ist ein ausgezeichneter Statistiker. Ich meine nur, Vicky sollte noch 'n bißchen warten mit der Hochzeit.

ELLA: Bis wann?

DANIEL: Bis sie einen anderen findet.

ELLA: Ich habe damals auch nicht gewartet.

DANIEL: Nein?

ELLA: Nein. Aber meine Tochter heiratet einen wohlerzogenen Mann aus guter Familie. Robert wird ein perfekter Ehemann.

DANIEL: Im Gegensatz zu mir, meinst du.

ELLA: Das hab' ich nicht gesagt.

DANIEL *(explodiert)*: Verdammt! Ich möchte doch gar zu gern wissen, warum ich kein »perfekter Ehemann« sein soll. Schlage ich dich?

ELLA: Nein.

DANIEL: Lauf' ich den Schürzen nach?

ELLA: Nein.

DANIEL: Bin ich grob?

ELLA: Ja.

DANIEL: Also, wie kannst du dann behaupten, ich sei kein perfekter Ehemann! Ich arbeite wie ein Pferd für dich. Jeden Morgen, wenn ich die Augen aufmache, ist mein erster Gedanke: was kann ich heute für meine Familie tun?

ELLA: Mein Morgen sieht ein bißchen anders aus.

DANIEL: Wieso?

ELLA: Mein Morgen beginnt, wenn dein schrecklicher Wecker Punkt sechs zu plärren anfängt: »Prrriii.«

DANIEL: »Prrriii!« Ich muß ja wohl aufstehen, wie?

ELLA: Stimmt. Darum machst du auch die Augen auf und segnest den neuen Tag mit »ach verdammt«. Ich hoffe immer noch, du wirst mal »verflucht« sagen und nicht immer und ewig »verdammt«. Danach ziehst du dir die Socken an …

DANIEL: Weil es mir kalt ist.

ELLA: Du drehst den Wecker nicht ab, und so plärrt er weiter, bis die Feder abgelaufen ist. Du gehst ins Badezimmer und sagst im Vorbeigehen: »Mach mir einen ganz heißen Kaffee, meine Liebe.« Deine Liebe macht dir einen ganz heißen Kaffee. Du kommst aus dem Badezimmer und verwünschst die Rasierklinge. Ein grüner Salat steht angemacht auf dem Tisch, aber das Öl mußt du eigenhändig hinzutun, ganz »nach Gefühl«, sonst taugt der Salat keinen Pfifferling. Selbstverständlich ist das Ei wieder zu hart. Oder zu weich oder zu sonst was.

DANIEL: Drei Minuten!

ELLA: Ich frage: »Was möchtest du gern zu Mittag essen«, du sagst: »Was fragst du mich das beim Frühstück?« Mittlerweile beginnt die Salzkrise. »Verdammt, wo ist das Salz«, fragst du. »Vor deiner Nase«, antworte ich. Du hast Glück: Die Löcher des Salzstreuers sind verstopft. Du schleuderst ihn weg: »Salz, nicht mal Salz kann man in diesem Haus haben!«

DANIEL: Und was kommt nach der Salzkrise?

ELLA: Du trinkst ein Glas Sodawasser, wischst dir den Mund mit einem Zipfel vom Tischtuch ab, stocherst mit einem angespitzten Streichholz zwischen den Zähnen herum und sagst: »Wenn Landmann anruft, schick ihn zum Bau.« Gerade an dieser Stelle würde ich liebend gern dein »verdammt« anwenden und Landmann verdammen. Ich bring' dir den Mantel und frage: »Wann kommst du nach Hause?« »Wie gewöhnlich.« Immer wie gewöhnlich … wie gewöhnlich …

DANIEL: Warum fragst du denn?

ELLA: Aus Stumpfsinn.

DANIEL: Wie gewöhnlich.

ELLA: Ich hoffe immer noch, daß sich eines Tages, eines Morgens, etwas ändert … *(Schweigen)*

DANIEL: Bist du fertig?

ELLA: Ja.

DANIEL: Aus allem, was du mir gesagt hast, ist mir eines klargeworden: Ich bin ein ordentlicher Mann. Die ganze Menschheit lebt von der Ordnung.

ELLA: Ich bin nur mit dir verheiratet.

DANIEL *(steht auf, streckt sich)*: Also gut. Angenommen, du hast recht, was erwartest du von mir?

ELLA *(steht auf und streckt sich gleichfalls)*: Ich möchte Konzerte besuchen.

DANIEL: Was?

ELLA: Konzerte.

DANIEL: Musik?

ELLA: Ja. Orchester, Sänger, Chöre.

DANIEL: Wunderbar. *(Spöttisch)* Dürfte ich erfahren, wann du zum letztenmal in einem »Konzert« warst?

ELLA: Vorgestern.

DANIEL *(nimmt dies mit ungläubigem Lächeln auf, aber seine Freude dauert nicht lange)*: Nein! Nicht möglich ... Moment mal, wo war ich denn an dem Abend? Skat mit Landmann! Und da bist du ... in ein Konzert gegangen ...

ELLA: Vicky nahm mich mit. Sie hatte eine Abonnementskarte von Roberts Mutter.

DANIEL: Eine Abonnementskarte?

ELLA: Ja. Serie eins. Wir hörten Beethoven und Tschaikowsky und was Schweizerisches. Es war herrlich. Nein, der Schweizer war eigentlich schrecklich. Aber das Ganze hab' ich genossen. Nicht gerade die Musik, aber die Menschen, die schönen Kleider, die Tatsache, daß ich mal einen Abend ausgehen konnte ...

DANIEL: Warum hast du mir denn nichts gesagt? Vielleicht wäre ich mitgegangen ...

ELLA: Du?

DANIEL: Na ja, wenigstens hätte ich dich bis zum Eingang begleitet.

ELLA: Nein, das hättest du nicht.

DANIEL: Wieso nicht?

ELLA: Weil du mich niemals irgendwohin »begleitest«. Bestenfalls zerrst du mich mit dir. Schau, Daniel, es ist ja nicht schlimm, wenn jemand ein Tyrann ist. Aber zugeben soll er's wenigstens. Das macht es leichter für seine Untertanen.

DANIEL *(ins Mark getroffen)*: Ich, ein Tyrann? Ich? Jetzt soll ich ein Tyrann sein? Hab' ich dich in unserer Ehe nicht immer als gleichberechtigten Partner behandelt?

ELLA: Gleichberechtigter Partner? Fein! Hol mir doch bitte mal ein Glas Sodawasser.

DANIEL: Was?

ELLA: Ein Glas Wasser.

DANIEL: Ich? Für dich?

ELLA: Ja.

DANIEL: Na schön. Warum nicht? *(Er hat, als er geht, einen harten Kampf mit sich auszufechten, dreht sich um, geht wieder hinaus, da greift er sich plötzlich ans Herz)* Au …

ELLA: Was hast du?

DANIEL: Wieder diese Beklemmung. Es sticht auch. Meine eigene Schuld, ich weiß ganz genau, ich darf mich nicht so anstrengen …

ELLA: Gut, dann ein halbes Glas.

DANIEL: Nein, das ist demütigend!

ELLA: Warum?

DANIEL: Ein Mann, der auf sich hält, darf nicht der Lakai seiner Frau sein.

ELLA: Ich würde gar nicht gewagt haben, dich darum zu bitten, wenn ich deine Frau wäre. Aber im Augenblick bin ich nur deine Mätresse. Bring mir bitte ein Glas Wasser! *(Daniel geht an den Schrank und sucht mit zusammengebissenen Zähnen den Siphon)* Schade, daß es kein Gesetz gibt, wonach jede Ehe nach zwanzig Jahren erneuert werden muß. So wie beim Führerschein – als Test!

DANIEL *(hantiert am Siphon, der, wie sich der Zuschauer erinnert, leer war und ist)*: Möchtest du kaltes Wasser?

ELLA: Ja.

DANIEL: Eisgekühlt?

ELLA: Ja.

DANIEL *(triumphierend)*: Da ist keins!

ELLA: Es gab mal eine Zeit, da wärst du bis ans Ende der Welt gelaufen, um mir einen Drink zu holen.

DANIEL: Fräulein Brozowsky! Darf ich mal was sagen?

ELLA: Natürlich.

DANIEL: Kann sein, daß ich mich 'n bißchen geändert hab'. Aber du, meine Liebe, siehst auch nicht mehr aus wie vor zwanzig Jahren. Schau mal in den Spiegel, teuerste Ella. *(Schweigen)*

ELLA *(tief verletzt)*: Das ist unfair, Dan.

DANIEL: Vielleicht kannst du mir sagen, wo es geblieben ist, das Mädchen mit den langen Zöpfen? Wo ist ihr Lächeln hin? Hast du je darüber nachgedacht, daß sogar dein Gang anders geworden ist?

ELLA: Ich könnte dir auch Dinge sagen, die dir nicht angenehm sind.

DANIEL: Tu's doch.

ELLA: Es wird dich verletzen.

DANIEL: Wenn schon.

ELLA: Na gut. Du bist gar kein großartiger Installateur, Daniel. Du bist nur ein ganz gewöhnlicher, kleiner Klempner.

DANIEL *(schluckt seine Wut herunter)*: Ist das alles? Wo ist der Unterschied? Der eine nennt sich Installateur, der andere Klempnermeister.

ELLA: Du weißt genau, was ich meine.

DANIEL *(kocht vor Wut)*: Tu' ich auch. Das muß schon eine anmaßende, hochnäsige Frau sein, die sich eines herrlichen Handwerkers schämt. Soll ich am Ende anfangen, Cello zu spielen? Dich hab' ich jetzt kennengelernt! Schon damals im Kibbuz hast du mir immer zugesetzt, ich soll aufhören, körperlich zu arbeiten. Stört dich das?

ELLA: Ich meine nicht den Beruf. Du würdest auch ohne Rohre ein Klempner sein.

DANIEL: Ich liebe Rohre. Ich liebe meinen Beruf. Ich liebe mich.

ELLA: Ich weiß. Deshalb mußt du ja nicht so schreien.

DANIEL: Ich kann schreien, soviel ich will. Ich bin dein Mann.

ELLA: Niemals.

DANIEL *(nähert sich ihr drohend)*: Weib! Hüte deine Zunge!

ELLA: Mach nur weiter so, das ist dein Stil.

DANIEL: Du hast einen viel zu großen Mund.

ELLA: Drei Zoll? Vier Zoll?

DANIEL *(stürzt sich auf sie)*: Fünfzig Zoll!

ELLA *(entkommend)*: Daniel … bist du von Sinnen? Dan …

DANIEL: Was ist hier eigentlich los? Konzerte? Röhren? Klempner? Cello? Mätresse? Ich schlag' das ganze Haus in Klump!

Läuft hinaus, um seine Frau zu verfolgen. Das Licht geht aus, während die Spieluhr erneut einsetzt, diesmal in beschleunigtem Tempo. Dann

Dunkel

Zweite Szene

Am nächsten Morgen. Vicky liegt ausgestreckt auf der Couch. Ella geht nervös auf und ab vor der Tür, die in Daniels Schlafzimmer führt. Von Zeit zu Zeit bleibt sie kurz stehen, um auf das leiseste Geräusch von drinnen zu lauschen.

ELLA: Ich lasse doch lieber den Arzt kommen.

VICKY: Reg dich nicht auf, Mama, du kennst doch Papas »Anfälle«!

ELLA: Diesmal könnte es was Ernstes sein. Als er auf die Erde fiel, war er weiß wie die Wand. Noch nie hab' ich ihn so wütend gesehen. Ich glaubte, er … wollte mich … umbringen …

VICKY: Papa kann keiner Fliege etwas zuleide tun! Mamilein, glaub mir, im Innersten ist er ein gutherziger Mensch.

ELLA: Das ist es ja gerade. Jeder weiß, daß er eigentlich sanft wie eine Taube ist. Aber was hab' ich davon, wie er eigentlich ist, wenn er sich nach außen so aufführt?

VICKY: So ist er nun mal. Kennst du ihn denn nicht?

ELLA *(ihren eigenen Gedanken nachgehend)*: Er war nicht immer so. Wahrscheinlich hab' ich einen Fehler gemacht. Vielleicht hat er recht. Vielleicht hätte ich ihn nicht quälen sollen, den Kibbuz zu verlassen. Dort hatte er eine ganze Abteilung zu beaufsichtigen. Hier bin ich seine Abteilung.

VICKY: Das ist doch kein Grund.

ELLA: Natürlich nicht. Ich bin alt geworden, mein Kind. Und das verzeihen die Männer uns nicht.

VICKY: Sie werden ja selbst älter.

ELLA: Eben drum. *(Man hört aus Daniels Zimmer Geräusche)* Was war das?

VICKY: Nein, laß, Mama. Papa läßt keinen zu sich rein. Außer Bunky.

ELLA: Ist er immer noch böse? Um Himmels willen, wie kann man mit einem solchen Egoisten auskommen?

VICKY: Mir scheint, du kannst es.

ELLA: Das überrascht mich selbst. Gestern nacht wollte ich mich scheiden lassen …

VICKY: Scheiden?

ELLA: Ja. Ich habe mir soviel Mühe gegeben, an all die unangenehmen Erinnerungen zu denken. Sie verflogen, weigerten sich, gegen Papa auszusagen. Gott weiß, warum mir ausgerechnet einfallen mußte, wie Papa im Kibbuz damals vor dreißig Jahren mit den Maßliebchen in mein Zimmer schlich, und warum ich darüber sein Gebrüll vor wenigen Stunden vergaß. Es ist keine Logik in Erinnerungen.

BUNKY *(kommt)*: Es wird alles gut. Er braucht nur seine Ruhe. Das ist alles.

ELLA: Ist er immer noch wütend?

BUNKY: Und wie!

ELLA: Gott sei Dank, das ist ein gutes Zeichen.

ROSE *(stürmt ins Zimmer, in Ellas Kreation gekleidet. Unmäßig erregt)*: Eine Katastrophe! Welch eine Katastrophe! Wie ist das passiert?

VICKY: Gar nichts ist passiert.

ROSE: Nach fünfundzwanzigjähriger Ehe. Ein so wundervoller Mann …

BUNKY: Um Mißverständnisse zu vermeiden, meine Dame, er lebt noch.

ROSE: Mein Seliger hatte genau die gleichen Anfälle. Da ist Vorsicht am Platze, junger Mann. Kann ich Ihnen irgendwie behilflich sein, liebe Ella? *(Alle schauen sie mit einem Ausdruck an, den sogar sie nicht mißdeuten kann)* Na, dann möchte ich nicht stören …

ELLA: Fein!

ROSE *(Wendet sich zum Gehen, aber nein)*: Schläft Herr Brozowsky?

BUNKY: Wie ein sanfter Engel.

ROSE: Gott sei Dank. Das ist aber eigenartig. Sind Sie Arzt?

BUNKY: Teils, teils, meine Dame. Im Kibbuz muß man sich auf allen Gebieten auskennen. Ich gab Kamerad Brozowsky zwei Schlaftabletten, die reichen für einen Elefanten …

Daniel erscheint an der Tür, mit einem Pyjama bekleidet. Er sieht völlig verschlafen aus. Bei seinem Erscheinen tritt gespanntes Schweigen ein.

VICKY: Papa!

DANIEL *(sehr dramatisch)*: Einen Stuhl! Einen Stuhl!

VICKY: Geh lieber wieder ins Bett.

DANIEL: Kommandier nicht mit mir rum. *(Entdeckt Rose)* Guten Morgen, meine liebe Rose. Entschuldigen Sie mein Negligé …

ROSE: Ach! … *(Jammernd)* Herr Brozowsky, Sie in solchem Zustand zu sehen …

ELLA: Daniel, wie geht's dir?

DANIEL: Wieso interessiert dich das?

ELLA: Bist du immer noch böse auf mich?

DANIEL: Ich bin nicht böse. Ich bin nur dein Hauswirt.

ROSE: Hauswirt?

DANIEL: Was denn sonst? Ihr Ehemann etwa? Ich muß mich wirklich über Sie wundern, Frau Hooper. Sieht so ein Ehemann aus? Bring' ich etwa Blumen mit nach Hause, Parfümfläschchen, Pralinen? Ich bringe nur mein Herz, Frau Hooper, und das ist etwas, das man nicht in eine Vase stellen kann. Es pocht nur … bis … bis es zu pochen aufhört …

ROSE *(schluchzend)*: Nein, o nein, Herr Brozowsky …

BUNKY *(schnappt nach ihr)*: Warum heulen Sie eigentlich die ganze Zeit? Wenn ich nicht irre, sind Sie die Dame von nebenan.

ROSE: Junger Mann! Was wissen denn Sie von den Damen von nebenan.

BUNKY: Oho!

ROSE: Was haben Sie hier überhaupt zu suchen?

BUNKY: Das frage ich mich selbst schon die ganze Zeit.

DANIEL *(stöhnt)*: Ich bin ein Tyrann, nun bin ich mit einem Male ein Tyrann.

VICKY: Bringen Sie Papa ins Bett, Bunky. Sonst erkältet er sich.

DANIEL: Kümmert euch nicht um mich … geht in Konzerte … kümmert euch um Tschaikowsky … *(Brüllt)* Eine Nähstube!

ELLA: Du bist krank, Daniel, vergiß das nicht. Du darfst dich nicht aufregen.

DANIEL. Das liegt weit hinter mir. Wenn ihr's wissen wollt, letzte Nacht, als ich bewußtlos auf meinem Bett lag …

BUNKY: Komm, komm …

DANIEL: … als ich beinahe bewußtlos dalag, hab' ich meine Bilanz gemacht. Daniel Brozowsky, hab' ich gesagt, warum heiratet ein Mann eigentlich? Um eine saubere Wohnung zu haben? Soll er doch eine Putzfrau bezahlen. Um gut zu essen? Restaurants! Um … *(schaut Frau Hooper an)* … dafür gibt's viele. Sogar Kinder kann er haben ohne dem. Warum heiratet er also?

BUNKY: Weiß nicht.

DANIEL: Ich will Ihnen sagen, warum: Ein Mann möchte ein Wesen an seiner Seite wissen, dem er seine Sorgen erzählen kann. Darum heiratet er. Und von dem Augenblick an kann er was erzählen …

ELLA: Eine großartige Bilanz.

DANIEL: Tja, was kannst du anderes erwarten von einem viertklassigen Ehemann?

ELLA: Komm, Daniel, ich mach' dir eine Kompresse.

DANIEL: Warum solltest du, meine Liebe? Frau Hooper, würden Sie's auf sich nehmen, mir einen feuchten Umschlag auf die Brust zu legen?

ROSE: Ich?

DANIEL: Meine Verehrung …

ROSE: Aber … ich …

ELLA: Geh'n Sie schon, wenn er Sie bittet.

DANIEL: Kommen Sie, liebe Rose.

ROSE: Also gut, Dan. *(Zu Bunky)* Lediglich um Herrn Brozowsky zu beruhigen.

BUNKY: Klar.

ROSE: Dann will ich nicht länger stören.

ELLA: Fein!

DANIEL: Oh, ein neuer Anfall! *(Geht in sein Zimmer, genießt die*

Sensation, die er verursacht) Vielleicht der letzte … *(In seinem normalen Tonfall)* Hat Landmann angerufen?

BUNKY: Nein.

DANIEL: Wenn er sich meldet, sagt, daß ich einen Zusammenbruch hatte. *(Geht in sein Zimmer)* Zutritt streng verboten!

ROSE: Versuchen Sie, sich zu beruhigen. Und nicht rauchen, bitte! *(Folgt Daniel in sein Zimmer)*

BUNKY: Die Amme!

ELLA: Das macht mich ganz krank, daß ich der Person auch noch das neue Kleid genäht habe. *(Geht)*

VICKY: Arme, unglückliche Mammi. Aber vielleicht ist Papa noch unglücklicher.

BUNKY: Der ist nicht unglücklich.

VICKY: Wieso? Er konnte doch kaum gehen. Er hat Fieber.

BUNKY: Fieber? Quatsch!

VICKY: Vielleicht sollte man ihm doch etwas holen …

BUNKY: Vielleicht … ach was … *(Abrupt und laut)* Sagen Sie, was finden Sie eigentlich an diesem Robert?

VICKY *(schreit mit gleicher Abruptheit zurück)*: Er ist ein wundervoller Mensch, kultiviert und liebenswürdig!

BUNKY: Ein kultivierter Esel!

VICKY: Er ist ein Gentleman. Und er stammt aus einer der angesehensten Familien des Landes.

BUNKY: Klar. Seine Vorväter kamen auf einer Privatjacht durch die Sintflut. Madame, ich bin Israeli in der sechsten Generation. Und was wichtiger ist, spreche wenigstens wie ein normales menschliches Wesen, »meine Liebste«.

VICKY: Ärgert es Sie, daß er ein Intellektueller und kein Farmer ist?

BUNKY: Statistiker! Ein fabelhafter Beruf! Ein halbes Jahr lang rechnen sie emsig daran herum, daß jede Familie im Kibbuz 1,3 Kinder hat. Bravo!

VICKY: Sie sind ja eifersüchtig.

BUNKY: Ich? Ideen haben Sie …

VICKY: Glauben Sie nicht, mein lieber Bunky, daß die Kühe im Kibbuz schon alle Heimweh nach Ihren zärtlichen Händen haben?

BUNKY: Ich arbeite doch auf dem Feld. Aber ich hab' Heimweh …

VICKY: Warum sind Sie dann noch hier?

BUNKY: Wissen Sie warum? Weil ich mir Sorgen um Ihre Eltern mache. Zwei anständige, unschuldige Kameraden laufen in eine solche Falle, wegen nichts, wegen einer Lappalie, wegen Alexander Turnbull, der vergessen hat, sie zu trauen.

VICKY: Wenn Sie etwas von Psychologie verstünden, könnten Sie manches begreifen.

BUNKY: Psychologie!

VICKY: Vielleicht sollten wir diese Diskussion lassen, lieber Bunky, solange Sie Freuds Buch über den Minderwertigkeitskomplex nicht gelesen haben.

BUNKY: Das macht fast gar nichts, dafür kenne ich das von Adler.

VICKY: Wie bitte?

BUNKY: Von Adler. »Eine Untersuchung über die Minderwertigkeit der Organe und ihre psychische Kompensation«.

VICKY: Sie … Sie lesen … Bücher … solche Bücher?

BUNKY: Wenn ich Zeit hab'. Gelegentlich blättre ich in unserm Lesezimmer.

VICKY: Und ich bildete mir ein … Sie verstünden nur etwas von Kühen und Kälbern …

BUNKY: Schon wieder? Leiden Sie an Kälberliebe?

VICKY: Nein. Aber ich weiß, daß Sie auf dem Feld arbeiten …

BUNKY: Gott sei Dank. *(Schweigen. Sie schauen einander an. Ein Kuß scheint in der Luft zu liegen)*

VICKY *(plötzlich)*: Ach so! Sie haben das Bügeleisen mit Absicht ruiniert!

BUNKY: Dafür hab' ich kein Bügeleisen nötig! *(Gibt ihr einen langen Kuß)*

Daniel erscheint in seiner Zimmertür mit der Wasserflasche in der Hand. Als er das küssende Paar sieht, will er in erster Aufwallung Himmel und Hölle in Bewegung setzen. Der zweite Gedanke jedoch zaubert auf sein Gesicht ein breites Lächeln.

DANIEL: Bitte nicht in meinem Haus! *(Er räuspert sich warnend, aber ohne sichtbaren Effekt. Er schreit)* He! Aufhören!

VICKY *(ohrfeigt Bunky)*: Wie können Sie sich unterstehen?

BUNKY *(flieht, zu Daniel)*: Ich arbeite auf dem Feld ...
DANIEL: Ein schönes Feld.
VICKY *(ruft ihm nach)*: Sie wissen genau, daß ich verlobt bin! *(Zu Daniel)* Der Flegel!
DANIEL: Selbst Flegel. Was ist denn das? Wo hast du das gelernt?
VICKY: Bei meinem Vater! *(Läuft hinaus)*
ROSE: Was ist los? *(Erscheint in der Tür)*
DANIEL: Nichts Besonderes.
ROSE: Fängt der junge Herr Bunky was mit Vicky an?
DANIEL: Über den Anfang sind sie hinaus. Schon am Ziel. Sie küssen sich.
ROSE: Warum haben Sie sie gestört?
DANIEL: Ich kann keinen Qualm in meinem Haus leiden. Küssen am Morgen, auf leerem Magen? Wo gibt's denn so was?
ROSE: Es ist Frühling in der Luft, Dan.
DANIEL: Oho! Und wie! Das merk' ich auch.
ROSE: Wirklich?
DANIEL: Ja. Ich hab' mich schon erkältet.
ROSE: Frühling ... die Bäume stehn in Blüte ... die Natur erwacht ...
DANIEL: Auch Landmann ist schon wach, muß auf den Bau ... Küsse am Morgen!
ROSE: Wahre Liebe gewinnt immer, Dan.
DANIEL: Aber nicht so schnell. *(Sie setzen sich, Rose versucht, sich näher an ihn heranzudrängen. Daniel macht Konversation)* Frühling! Haben Sie Blumen gern, Frau Hooper?
ROSE: Und wie!
DANIEL: Dann kaufen Sie sich einen kleinen Strauß auf meine Rechnung.
ROSE: Ach, Danny!
DANIEL: Frühling! ... Hören Sie die Vögel? *(Beide lauschen)*
ROSE: Nein.
DANIEL: Ich auch nicht. In dieser Gegend gibt's keine.
ROSE: Vielleicht sollte man umziehen ...
DANIEL: Daran hab' ich auch schon gedacht. Aber Ella will nicht. Ich bin auch für moderne Möbel.

ROSE: Ich auch.

DANIEL: Und moderne Wände. Eine in Grün, die andere gelb, eine grau …

ROSE: Und eine blau.

DANIEL: Nein. Blau ist gräßlich. Braun.

ROSE: Genau. Braun! Ich wollte auch sagen braun. Braun, braun, Nur braun.

DANIEL: Warum regen Sie sich denn so auf, meine liebe Rose?

ROSE: Ich weiß nicht … mein Herz klopft so … fühlen Sie mal, wie es klopft … *(Nimmt Daniels Hand, um sie auf ihr »Herz« zu legen. Aber er zieht sie voller Unbehagen zurück)* Ich bin schrecklich aufgeregt, Dan.

DANIEL: Na, das passiert schon mal. Solche Gefühle sind mir nicht fremd. Auch im Leben eines Mannes, Frau Hooper, gibt's Momente, die man nie vergißt.

ROSE: Daniel! Sie haben das auch durchgemacht?

DANIEL: Und ob! Aber ich spreche nicht gern darüber, Rosie. Ich hatte so stürmische Abenteuer, Sie würden's mir nicht glauben, wenn ich sie Ihnen erzählte.

ROSE: Ach, erzählen Sie doch, Dan.

DANIEL: Ich kann nicht.

ROSE: Das verstehe ich.

DANIEL: Also, es war gegen Ende eines Sommers, eines besonders heißen Sommers, vor vielen Jahren in Galiläa.

ROSE: Ach …

DANIEL: Ich hatte vier Rohre an eine Pumpe angeschlossen, jedes Rohr zu acht Zoll …

ROSE: Acht Zoll …

DANIEL: Jedes. Ich bin kein kleiner Klempner, der nur mit Wasserhähnen rumfummelt. Der italienische Ingenieur der Firma sagte: »Brozowsky, wenn diese Pumpe 2000 Kubikmeter schafft, freß' ich meinen Hut.« Er lief immer mit so einem weißen Strohhut herum, müssen Sie wissen.

ROSE: Das ist aber eigenartig!

DANIEL: Und was glauben Sie, was geschah. Die Pumpe fing an zu arbeiten. Schätzen Sie mal, wieviel sie geschafft hat …

ROSE: Eine Menge!
DANIEL: Und?
ROSE: Noch mehr?
DANIEL: 3000 Kubikmeter, meine Dame, ob Sie's glauben oder nicht. Aber das ist noch nicht alles …
ROSE: Weiter, Dan, spannen Sie mich nicht auf die Folter! Weiter! Was geschah dann?
DANIEL *(bricht in Gelächter aus)*: Herr Ingenieur … nahm seinen Hut … und dann … vor allen Arbeitern … ich komme um … hören Sie … aß er seinen Hut auf! …
ROSE *(überkommt das Lachen)*: Den Hut … oje … ich komme um … er aß … er … *(Daniel ist jäh ernst geworden. Rose lacht weiter, plötzlich sieht sie, daß Daniel nicht mehr lacht und verstummt nun auch)*
DANIEL: Was ist daran so lustig?
ROSE: Daß … daß er den Hut aß …
DANIEL: Na und? Ein lahmer Scherz.
ROSE: Das meine ich auch.
DANIEL: Warum haben Sie denn gelacht?
ROSE: Sie haben ja angefangen.
DANIEL: Ich lache aus Gewohnheit, verdammt noch mal!
ROSE: Sind Sie jetzt böse?
DANIEL: Nein, nein, Frau Hooper.
ROSE: Soll ich Ihren Umschlag erneuern?
DANIEL: Nein.
ROSE: Vielleicht einen Drink? Ich hol' Ihnen Soda vom Krämer.
DANIEL: Angenehm.
ROSE: Sagen Sie mir was Nettes, bevor ich gehe.
DANIEL: Sie können auch eine Abendzeitung mitbringen.
ROSE: Das ist alles?
DANIEL: Ach so, auch die Sportzeitung. *(Er bemerkt Ella, die unterdessen ins Zimmer gekommen ist, steht auf und sagt sehr heuchlerisch zu Rose)* Und kommen Sie schnell wieder zu mir zurück, liebe Rose. *(Rose bemüht sich um einen raschen Abgang angesichts der mörderisch drohenden Augen Ellas)* Vergessen Sie die Blumen nicht, Liebste.

ROSE: Ja.

DANIEL: Cheerio! *(Rose flüchtet)* Eine leckere Witwe. *(Beginnt mit der Haltung eines Eroberers eine Melodie zu summen)*

ELLA *(holt die Spieldose heraus und durchwühlt fieberhaft den Inhalt)*: Mir scheint, du bist nicht mehr so krank.

DANIEL: Ich bin kuriert! Frühling! Die Bäume stehen in Blüte, die Natur erwacht. Wir können wohl die »Urkunde« nicht finden, meine Gute?

ELLA: Wir haben aber doch einen Trauschein, ob es dir paßt oder nicht.

DANIEL: Na, dann viel Glück beim Suchen, Amnesia. Viel Glück. *(Singt fröhlich)*

ELLA *(plötzlich aufbrausend)*: Dan, ich wünsche diese Frau nicht wieder in meinem Hause zu sehen!

DANIEL: Warum denn nicht? Kann ich mir nicht 'ne Mätresse leisten? In meiner Lage? Ich könnte einen ganzen Harem in Trab halten. Ich werd' jeden Tag jünger. Ich bin frei. Ich bin Junggeselle.

ELLA: Und Vicky?

DANIEL: Dergleichen soll zwischen Hauswirt und Untermieterin schon vorgekommen sein.

ELLA: Dummer Witz!

DANIEL: Wo bleibt Rose nur?

ELLA: Diese dumme Pute!

DANIEL: Mir gefällt sie.

ELLA *(hört auf zu suchen)*: Dan! Ich gehe!

DANIEL: Ins Konzert?

ELLA: Ich gehe fort.

DANIEL: Ja, ja.

ELLA: Ich gehe.

DANIEL: Ja, hab' ich gehört.

ELLA: Gehe.

DANIEL: Angenehm. Obwohl nach dem Gesetz ein Untermieter dreißig Tage im voraus kündigen muß.

ELLA: Ich ziehe sofort aus.

DANIEL: Tu's nur. Wenn du weg bist, vielleicht liebe ich dich dann wieder. Wie vor zwanzig Jahren. Plötzlich hört man draußen Pferdegetrappel, und du kommst herein, jung und frisch, mit einer Flasche Wasser, die du unterwegs für mich gekauft hast.

ELLA: Weißt du, was du bist?

DANIEL: Ekelhaft!

ELLA *(schreit)*: Jawohl!

DANIEL: Ein Klempner.

ELLA: Ein ganz kleiner, ein Zwerg. Genau!

DANIEL: Ein Flegel!

ELLA *(geht)*: Jawohl!

VICKY *(rennt herein)*: Was soll das? Benehmt ihr euch schon wieder wie große Kinder? *(Zu Daniel)* Marsch ins Bett!

DANIEL *(geht)*: Sie hat angefangen.

VICKY: Eins – zwei!

DANIEL: Verdammt noch mal! *(Aber er geht folgsam in sein Zimmer zurück. Die Türglocke läutet. Vicky öffnet)*

ROBERT *(kommt mit einem elenden Blumenstrauß)*: Guten Morgen, meine Liebste. *(Übergibt die Blumen)*

VICKY *(unruhig)*: Danke, Robert … so früh … vielleicht … was für herrliche Blumen …

ROBERT: Eine seltene Sorte. Ich hörte ohrenzerreißende Schreie, als ich herkam, meine Liebste. Haben deine ehrenwerten Eltern schon wieder …

VICKY: Meine Eltern? Was willst du damit sagen, Robert? Dies Haus war noch nie so ruhig wie jetzt. Außerdem liegt der arme Papa zu Bett.

ROBERT: Was fehlt ihm denn?

VICKY: Schock.

ROBERT: Welcher Art?

VICKY: Ganz allgemein.

ROBERT: Wirklich? *(Schaut sich in dem unaufgeräumten Zimmer um)* Darf ich mich nach Herrn Bunky erkundigen?

VICKY: Bunky? Bunky? Wer ist denn das?

ROBERT: Das Individuum von gestern abend.

VICKY: Ach, den hatte ich schon ganz vergessen. Was hast du bloß, Robert?

ROBERT: Ich bin in äußerst nervöser Verfassung, meine Liebste. Ich habe die Befürchtung, daß während der letzten Tage sehr merkwürdige Dinge in dieser Wohnung vorgegangen sind.

VICKY: Was du nicht sagst, Robert. Überhaupt nichts ist hier vorgegangen.

ROBERT: Das will ich hoffen, denn Mutters Geduld ist wirklich am Ende …

VICKY: Ein flotter Schlips ist das.

ROBERT: Ja. Mutter muß die Heiratsurkunde deiner Eltern bis heute mittag in Händen haben, sonst kann ich für die Folgen nicht garantieren.

VICKY: Robert, wir haben den Trauschein noch nicht gefunden.

ROBERT: Wie ist das möglich, meine Liebste?

VICKY: Das weiß der Himmel.

ROBERT: Ob deine Eltern verheiratet sind oder nicht, ist eine Frage, die ich gar nicht stellen will …

VICKY: Natürlich nicht.

ROBERT: So? *(Das Telefon läutet)*

BUNKY *(Stürzt herein ins Zimmer und nimmt den Hörer ab)*: Hallo! Mexiko? Alex? Mexiko? Nein? Dann belästigen Sie uns auch nicht, hören Sie. Gehen Sie raus aus der Leitung, meine Dame. Sind Sie taub? *(Plötzlich bestürzt)* Was? Ich? Was bin ich? *(Wird sichtlich ganz klein)* Ja, entschuldigen Sie … ich hatte nicht die Absicht … entschuldigen Sie … Oho!

ROBERT: Das ist Mammi! *(Nimmt den Hörer)* Hallo, hier ist Robby. Ja, es ist alles in Ordnung, Mammi. Der Trauschein? Der ist da … *(In Panik zu Vicky)* Sie will schon die Einladungen verschicken! *(Von hier ab hört er abwechselnd zu, spricht in die Muschel oder deckt sie mit der Hand ab, wie es die jeweilige Situation erfordert).*

VICKY: Sie soll noch warten damit. Die Hochzeit muß verschoben werden.

ROBERT: Gut. *(Zu Mammi)* Mammi! Ja, keine Verschiebung … kommt gar nicht in Frage … zweifellos, nur an deinem Geburtstag! … *(Zu Vicky)* Was machen wir bloß?

VICKY: Wir könnten ja die Hochzeit um ein Jahr verschieben.

ROBERT *(Zu Vicky)*: Das ist eine Idee … *(Zu Mammi)* Gewiß doch, Mammi. *(Zu Vicky)* Zwischen einem Geburtstag und dem nächsten liegt genau ein Jahr. *(Zu Mammi)* Ja. *(Zu Vicky)* Außer in einem Schaltjahr.

VICKY: Sehr dummer Scherz.

ROBERT: Scherz? Ich? *(Vickys Bemerkung verwirrt ihn völlig, so daß er die Gesprächspartner verwechselt. So schreit er in den Apparat)* Fängst du auch noch an? Hab' ich nicht genug Last mit Mutters Idiosynkrasien? *(Deckt den Hörer ab, zu Vicky)* Reg dich nicht auf, Mammi, es kommt schon alles in Ordnung. *(Schreit wieder ins Telefon)* Wo ist der Trauschein? *(Plötzlich merkt er seinen Irrtum)* Hallo! Mammi! Mammi! … *(Mit einem Schaudern)* Was hab' ich getan, was hab' ich getan? *(Zu Bunky)* Mexiko … Alex … Mammi … *(Bunky nimmt die Decke von der Couch)* Was geht hier vor?

VICKY: Nichts Besonderes. Du siehst Gespenster.

Ella kommt, mit unterdrücktem Schluchzen. Sie zieht einen riesigen Koffer hinter sich her. Sie fängt an, aufs Geratewohl alles hineinzupacken, was ihr gerade unter die Hände kommt.

ROBERT: Guten Morgen, Frau Brozowsky.

ELLA: Guten Morgen, Robert.

ROBERT: Geht sie fort?

VICKY: Zur Erholung.

ROBERT: Warum weint sie dann?

BUNKY: Vor Freude.

VICKY: Vor Glück. Man kann ja nicht alle Tage die Last des Haushalts von sich abschütteln. Ist es nicht so, Mammi? *(Ella bricht in Schluchzen aus. Zischt Robert an)* Laß mich doch in Ruh!

ELLA: Vicky!

BUNKY *(geht zu Ella)*: Na, na, liebe Ella …

ELLA *(mit gedämpfter Stimme)*: Ich gehe fort, Bunky. Wenn es soweit ist, daß er ihr von dem Ingenieurshut erzählt, dann weiß ich, daß ich hier überflüssig bin.

BUNKY *(laut)*: Um alles in der Weit, nur deshalb, weil Sie nicht auf dem Rabbinat geheiratet haben? Weil kein Trauschein da ist?

ELLA: Scht!

BUNKY: Sie sollten lieber an Ihre arme Tochter denken, die doch gerade ihren Herzallerliebsten heiraten soll.

VICKY: Wir haben verstanden, Bunky. Das genügt!

BUNKY: Dann ist's ja gut.

ROBERT: Einen Augenblick, Frau Brozowsky. Hab' ich richtig gehört? Sie sind gar nicht …

ELLA: Nein …

ROBERT *(taumelig)*: Sie behaupten … daß Sie … im Konkubinat … all die Jahre … ohne den Segen des Rabbinats …

BUNKY: Was wird Mammi dazu sagen?

ROBERT: Um Himmels willen!

VICKY: Nun hör mal gut zu, Robert: Papa hat Mama nicht geheiratet, es gibt keinen Trauschein, keine Papiere, kein Siegel, keine Schwiegermutter, gar nichts als einen dicken, fetten Skandal. *(Läßt ihn stehen und geht zur Mutter)*

ROBERT: Ich bin verlobt … mit einem … illegitimen Kind! *(Bricht über der Couch zusammen)*

ELLA: Ich schäme mich so … *(Zu Bunky)* Und doch, ich hab' so viele Jahre in diesem Haus gelebt …

BUNKY: Vielleicht läßt sich jetzt manches einrenken?

ELLA: Da gibt's nichts einzurenken. Es ist eben passiert.

VICKY: Unsinn! Es ist doch völlig unnötig, daß ihr euch scheiden laßt, weil ich heirate.

ROBERT: Scheiden. Ich wollte, sie könnten das. Laß sie erst mal heiraten.

ELLA: Zu einer Heirat gehören zwei. Für die Scheidung genügt einer. *(Fährt fort, den Inhalt des Schranks in ihren Koffer zu packen)* Ich würde mich von Brozowsky um keinen Preis scheiden lassen. Nur heiraten möchte ich ihn nicht. Das ist doch nicht dasselbe. Aber jetzt ist es auf jeden Fall zu spät. Wo steckt bloß der Trauschein? Das macht mich noch ganz verrückt …

BUNKY: Was ist schon ein Trauschein? Ein Blatt Papier.

ELLA: Das mag sein, Bunky, aber für eine Frau in meinem Alter gibt es kein wichtigeres Blatt Papier.

ROBERT: Zweifellos! *(Nähert sich der Tür von Brozowskys Schlafzimmer. Mit einem Verzweiflungsschrei)* Herr Brozowsky! Wie konnten Sie mir das antun? Sie hätten dabei auch an mich denken können! *(Daniel erscheint in der Tür. Robert durchsucht seine Taschen nach einem Taschentuch)*

DANIEL *(deutet auf eine von Roberts Taschen)*: Da!

ROBERT: Danke. *(Zieht das Taschentuch heraus und putzt sich die Nase)* Warum haben Sie nicht geheiratet?

DANIEL: Eine intelligente Frage.

ROBERT: Zumindest, als Vicky geboren wurde.

DANIEL: Die hat sich damals noch nicht drum gekümmert. *(Zu Ella)* Was machst du denn? Was packst du da?

ELLA: Ach, geh doch ab zu deiner Seelenfreundin.

DANIEL: Ich denke ja nicht dran. Hör auf, mir zu sagen, was ich tun soll. Überhaupt, sie macht mich ganz nervös. Lacht immerzu und macht mir Umschläge. Bin ich etwa krank?

ELLA: Sehr wohl!

DANIEL: Du willst also gehen?

ELLA: Ja.

DANIEL: Sehr wohl!

VICKY: Hört doch endlich mit dem Unfug auf!

ROBERT: Ja, bitte …

DANIEL: Nur sie, bitte! So willst du also gehen?

ELLA: Ja.

DANIEL: Na schön. Wie du willst. Aber schlepp nicht den ganzen Haushalt weg. *(Deutet auf die Spieluhr)* Dies Kästchen zum Beispiel hab' ich in Nazareth gekauft.

ELLA: Da! *(Gibt es ihm)* Kannst du meiner Nachfolgerin schenken.

DANIEL: Schön. Was noch? Ein Salzstreuer? Wozu brauchst du einen Salzstreuer?

ELLA: Um mich daran zu erinnern, wie froh ich bin, hier wegzukommen.

DANIEL: Total verstopft!

ELLA: Wie gewöhnlich.

DANIEL *(zu Ella, die ihr Verlobungsbild von der Wand nimmt)*: Was, du willst tatsächlich weg?

ELLA: Mit Wonne!

DANIEL *(verletzt)*: Mit Wonne? Also gut … aber dies Bild bleibt hier!

ELLA: Das tut es nicht. Das ist mein Bild. Ich bekam es vom Sekretariat des Kibbuz. Von Alex.

DANIEL: Wenn du gestattest, fünfzig Prozent davon gehören mir. Ich bin auch auf dem Bild.

ELLA: Dan ...

DANIEL: Die Hälfte gehört mir!

ELLA: Also gut. *(Sie nimmt das Bild aus dem Rahmen)* Da, da hast du dich zurück! *(Sie will das Bild in zwei Teile reißen)*

BUNKY *(schreit)*: Nein!

DANIEL: Kümmern Sie sich um Ihre eigenen Angelegenheiten, junger Mann.

BUNKY: Nein!

VICKY: Bunky!

BUNKY *(deutet auf die Rückseite des Fotos)*: T... T... T...

ROBERT: Wie bitte?

BUNKY: Der T... der T...

VICKY *(blinzelt nach der Rückseite des Bildes)*: T... T... T...

ROBERT *(beteiligt sich auch)*: T... T... T...

ELLA *(dreht das Bild herum)*: Der Trauschein! Unser Trauschein. Alex, was hast du angestellt?

VICKY *(grabscht ihr das Bild aus der Hand und liest)*: »Stimmen des Glückes und der Feierlichkeit ...«

BUNKY *(reißt es ihr weg)*: »Daniel, Sohn des Benjamin ... Ella, Tochter des Herbert ... nach dem Gesetz miteinander getraut ...«

ROBERT *(greift danach)*: »... Bezirk Tiberias, amtliche Urkunde Nr. 347931.« Was für eine glückliche Wendung!

ELLA: Tiberias! Natürlich! Ich wußte es doch ... Was für Dickschädel ... Daniel! Unser Trauschein ... *(Gibt ihm das Papier)*

DANIEL: Wo bleibt eigentlich Frau Hooper?

ELLA: Dan, der Trauschein ...

DANIEL *(nimmt ihn, überfliegt den Inhalt, sehr kühl)*: Fünf Pfund im Falle einer Scheidung. Nicht viel. *(Schweigen)*

ELLA. Dan, dies ist ... unser Trauschein ...

DANIEL: Na und?

VICKY: Papa, verstehst du denn nicht? Danach haben wir die ganze Zeit gesucht. Der Trauschein.

DANIEL: Wenn du nach einem Trauschein suchst, meine Liebe, dann taugt die Ehe schon nicht mehr viel. Dies Blatt Papier hatte Bedeutung für uns, solange wir nichts davon wußten. Im Augenblick, wo alles davon abhängt, hängt nichts mehr davon ab. Was hat sich jetzt geändert durch das beschriebene Blatt? *(Zu Ella)* Würdest du deshalb bei mir bleiben?

ELLA: Nicht deshalb ...

DANIEL: Du wolltest mit Wonne gehen. Tu's. Mit Wonne. Nein, nein, Vicky, mir reicht es! Deine Mutter scheint zu erwarten, daß ich hinter ihr herjammere wie ein Kater auf dem Dach: »Ella, Liebes, ich kann ohne dich nicht leben. Bitte, verlaß mich nicht!« Nichts da! Ich bin und bleibe Junggeselle. Ob mit oder ohne Trauschein! *(Zu Robert und Bunky)* Was starrt ihr mich so an, meine Freunde? Glaubt mir, es ist gar nicht so schlimm, Junggeselle zu sein. Ich bin vorher auch einer gewesen. *(Zu Ella)* Ich weine dir keine Träne nach. Ich komme großartig allein zurecht. Ein Traum! *(Schreit)* Ich esse in Frieden, schlafe in Frieden, schreie in Frieden. Ich bin frei. Ein Junggeselle! Abends mach' ich mir das Bett, nehm' ein heißes Bad, ein dampfendheißes Bad, lese Zeitschriften, die von der Polizei verboten sind, ein Junggeselle! Schnarche jede Nacht, geh' spät zu Bett wie ein Bummelant, ein Junggeselle!

VICKY: Papa!

DANIEL: Jeden Morgen sag' ich zehnmal »verdammt, verdammt, verdammt!« *(Fängt an, den Inhalt des Koffers herauszuwerfen. Ella bricht in lautes Jammern aus)* Ich brauche dein leidendes Gesicht nicht mehr zu sehen, ich bin Junggeselle! Ich höre keine dummen Fragen mehr, keiner stopft mir mehr Brötchen in die Tasche, niemand bürstet mir den Mantel aus, ich werde nicht mehr abgeküßt ... nichts ... gar nichts mehr, ich bin allein ... endgültig ... überall allein, zu Haus, bei der Arbeit, auf dem Bau ... wo ich auch bin ... was ich auch tu' ... Verlaß mich nicht, Ella, ich kann nicht leben ohne dich ...

ELLA: Aber warum, warum dann das alles, Danny?

DANIEL *(schreit)*: Weiß ich, warum? Was fragst du mich? Weißt du nicht, wie ich bin, daß ich nicht weiß, wie ich's sagen soll? Damit du Bescheid weißt: wenn du gehst, bin ich fertig! Das ist mein Tod …

ELLA *(selig lächelnd)*: So schöne Worte. Bist du das selbst, im Ernst?

DANIEL: Gott helfe mir. *(Schleudert den Koffer beiseite)* Ich liebe dich, verdammt noch mal!

ELLA: Warum hast du das nicht gleich gesagt?

DANIEL: Vergessen! Ich vergeß' doch alles. Bring mich um, wenn ich noch weiß, daß wir zum Rabbi gegangen sind.

ELLA *(herzt ihn)*: Wir waren's doch gar nicht, die hingingen.

DANIEL: Wir nicht? Stimmt! Nichts sagen! Ein anderes Paar ging an unserer Stelle zum Rabbi nach Tiberias.

ELLA: Ja!

DANIEL: Betty und Max Donner.

ELLA: Nein! Aby und Sonja Stone!

BUNKY: Was? Meine Eltern?

DANIEL: Warum denn nicht? Sie hatten ihren Jahresurlaub.

BUNKY: Aber sie haben doch selbst gar nicht geheiratet.

DANIEL *(übergibt ihm den Trauschein)*: Geben Sie das Ihrem Vater!

ELLA: Ihrer Mutter! *(Robert reißt Bunky den Trauschein aus der Hand)*

DANIEL: Ella, Liebes, bleibst du bei mir?

ELLA: Ja.

DANIEL: Tu's.

ELLA: Ich bleibe.

DANIEL: Tu's.

ALLE: Sie bleibt.

DANIEL: Jetzt ist alles verdorben, verdammt noch mal …

ELLA: Warum?

DANIEL: Verlaß mich!

ELLA: Was ist denn jetzt schon wieder?

DANIEL: Jetzt können wir keine Hochzeit feiern.

ELLA: Macht nichts, das tun wir das nächstemal.

ROBERT: Meine besten Wünsche. Wir nehmen Anteil an diesem glücklichen Tag, Herr Brozowsky. Ich glaube, ich darf das in unser aller Namen sagen.

BUNKY *(umarmt Vicky)*: Klarer Fall.

ROBERT: Ja. *(Sieht die Umarmung)* Was gibt Ihnen das Recht zu Zärtlichkeiten mit meiner Verlobten, mein Herr?

BUNKY: Auftrag vom Kibbuz. Ich hab's sogar schriftlich. Ja, wo hab' ich's denn? *(Daniel zieht ein Telegramm aus der Tasche und gibt es Robert)*

ROBERT *(liest)*: »Geh zu Brozowsky ... Roßstraße 4 ... Hochzeitsangelegenheit«

BUNKY: Ich kann mich schließlich nicht mit dem ganzen Sekretariat vom Kibbuz überwerfen.

VICKY: Du wirst hoffentlich verstehen, Robert ...

DANIEL: Seine Mutter wird's ihm schon klarmachen.

ROBERT: Herr Brozowsky, Frau Brozowsky! Madame! Das ... das ... das ...

Er geht, bewaffnet mit dem Trauschein. Als er die Haustür öffnet, kommt Rose herein, in der einen Hand einen Strauß, in der andern eine Flasche Wasser. Da sie Daniel und Ella glücklich umschlungen sieht, will sie gewiß nicht stören.

ROSE: Dann will ich lieber nicht stören.

ALLE: Fein! *(Rose und Robert gehen, da läutet das Telefon)*

BUNKY *(nimmt den Hörer ab)*: Hallo ... Mexiko? ... *(Alle vier drängen sich zusammen)*

DANIEL: Endlich! *(In die Muschel, sehr laut)* Hallo! Die Botschaft? Könnte ich Alex Turnbull ... rein privat, danke ... *(Informiert sie)* Er kommt! *(Schreit)* Hallo, Alex ... Hier ist Brozowsky ... ja, der Klempner ...

ELLA: Der Installateur.

DANIEL: Erinnerst du dich noch? So ist es. *(Schweigen)* So ... so ... also dann ... wie geht's denn? Bei uns hier? Nichts Besonderes. Mach's gut. Leb wohl. *(Legt auf)* Lästiger Kerl!

Vorhang

Schwarz auf Weiß

Satirisches Märchenspiel in drei Akten

Personen

Weiße Mäuse:
KASIMIR KÄSEHOCH, *Familienoberhaupt (55)*
KALOPHONIA, *seine Frau (50)*
KALAWAS, *Sohn (30)*
KNUSPERZAHN, *genannt* KNUSPI, *Tochter (20)*
KUKURUTZ, genannt KUKI, Sohn *(10)*
EIN FAHRENDER SÄNGER

Graue Mäuse:
SOUNDSO SPRINGINSFELD, *Familienoberhaupt (60)*
SPECKI, *seine Frau Nr. 1 (20)*
SCHAMPO, *seine Frau Nr. 2 (50)*
SCHNEEWEISS, *sein Sohn (25)*
NUSSI, *Dienstmädchen bei Käsehochs (20)*
EIN FAHRENDER SÄNGER

ZEIT: Heute und in alle Ewigkeiten.
ORT: Wohnloch der Familie Käsehoch, mit Ausnahme des ersten Bildes im zweiten Akt, der in einer Mausefalle spielt.

Das Stück geht von der Voraussetzung aus, daß die Mäuse nur außerhalb ihrer Löcher wie Mäuse aussehen. In ihren Löchern aber oder in anderen geschlossenen Räumen, in denen das Stück spielt, legen sie die Haut ab, die ihnen das Aussehen der Mäuse gibt und umgeben sich mit einer Tracht, die sie in einem gewissen Maße menschenähnlich macht, d. h. die weißen Mäuse werden hellhäutige, die grauen dunkelhäutige Personen. Die ersteren legen helle, die letzteren dunkle Kleider an. Das An- und Ablegen der Kleider wird nicht weiter angedeutet. Es geschieht nach Bedarf.

ERSTER AKT

Prolog

Treppenhaus. An der unteren Ecke einer Stufe: eine Öffnung. Sie führt in das Loch der Familie Käsehoch. Der Haupteingang vom Loch in das Treppenhaus ist dem Publikum zugekehrt. Das Innere des Loches ist bescheiden eingerichtet und betont die Armut seiner Bewohner. Es befinden sich darin: Tisch, Stühle, Tablett, Becher und ein Gummiball. Die genannten Gegenstände haben nur annähernd die Gestalt, die ihnen der Mensch gegeben hat, in Wirklichkeit sind sie der Eigenart der Mäuse angepaßt. Beim Hochgehen des Vorhanges hocken Kalophonia, Kalawas, Knuspi und Kuki regungslos auf dem Boden und haben in diesem Augenblick das Aussehen von Mäusen. Vor ihnen, im Vordergrund, treffen sich zwei fahrende Sänger, einer von der Familie der weißen, der zweite von der Familie der grauen Mäuse.

DIE SÄNGER *(aus entgegengesetzten Richtungen auf die Bühne kommend. Jeder trägt an der Seite eine Gitarre, die zur Begleitung seines Gesanges dient. In der Mitte angelangt, reichen sie sich die Hände)*: Ruhe und Frieden! Frieden und Ruhe!

1. SÄNGER *(weiße Maus)*: Wie geht es dir?

2. SÄNGER *(graue Maus)*: Dem Herrn des Hauses sei Dank!

DIE SÄNGER *(bemerken das Publikum und erschrecken)*: Oh! … *(Sie machen Anstalten zu fliehen, nach einigen Sprüngen bleiben sie wieder stehen, bereit, beim geringsten Geräusch Reißaus zu nehmen)*

1. SÄNGER: Du … sieh doch …

2. SÄNGER: Soviel Menschen!

1. SÄNGER: Verschwinden wir! Ich glaube nicht, daß wir ihnen sympathisch sind.

2. SÄNGER: Los! *(Schießen quer durch die Bühne und machen an der äußersten Ecke halt)* Nicht zu verstehen! Sitzen und rühren sich nicht!

1. SÄNGER: Ein gutes Zeichen! Du, sie wissen vielleicht nicht, daß wir Mäuse sind!

2. SÄNGER: Sie wissen es. Es steht auf dem Programm.

1. SÄNGER: Wer kauft schon ein Programm? *(Stille. Augen zum Publikum)*

2. SÄNGER: Wirklich komisch! Sehen uns an und springen nicht auf von den Stühlen. Selbst die Frauen nicht! *(Laufen hin und her)* Vielleicht stellen wir uns ihnen vor?

1. SÄNGER: Kein schlechter Vorschlag!

(Beide stimmen ihre Gitarren an und beginnen zu singen)

Erstes Stockwerk und Parterre
Preisen unsres Hausherrn Ehre.
Erstes Stockwerk, Erdgeschoß –
Die Welt ist weit, die Welt ist groß,
Es ist die Welt der Mäuse.

Der Herr des Hauses schuf die Maus.
Er schuf sie grau, er schuf sie weiß.
Er schuf die Sonn' im Treppenhaus.

Für wen?
Für die Maus!

Mäusevolk muß Leid ertragen,
Muß im Leben vieles wagen.
Doch außer seinem eignen Leid,
Das Natur ihm zugeteilt,
Fügt es sich aus freiem Willen
Neue Leiden zu den vielen,
Die es hat.

Und die hat es eine Menge.
Lebt bedrückt und in der Enge.
Dunkle Löcher sind sein Los
Im Erdgeschoß.

Im Erdgeschoß da schleicht die Katze.
Gefährlich ist der Katze Tatze.
Drum aufgehorcht und aufgepaßt,
Daß sie dich nicht am Kragen faßt
Die Katze!

1. SÄNGER: Die Katze!
2. SÄNGER: Die Katze!
BEIDE *(leise)*: Die Katze … *(Schleichen sich auf den Zehenspitzen davon)*

Erstes Bild

Die Mäuse beginnen sich zu regen. Sie werden zusehends größer, entledigen sich ihrer Haut. Eine primitive Laterne an der Wand beleuchtet schwach den Raum.

KUKI *spielt mit dem Gummiball und läuft ihm nach.*
KALOPHONIA: Kuki! Hör auf! Was fällt dir überhaupt ein, jetzt, wo der Morgen kommt, zu spielen? Bald gehen wir schlafen!
KUKI *(lugt zum Ausgang)*: Stimmt nicht, Mutti. Draußen scheint die Sonne. *(Das Licht blendet ihn)* Mutti, ich glaube, die Sonne ist heute viel stärker als gestern.
KALOPHONIA *(erhebt sich und macht Ordnung im Zimmer)*: Möglich, daß der Mensch – wie gütig ist er doch zu uns Mäusen – die Sonne gewechselt hat.
KUKI: Warum wechselt er immer die Sonne?
KALOPHONIA: Kuki! Wie sprichst du von dem Herrn des Hauses? Es ist gütig von ihm, daß er am Himmel des Treppenhauses eine Sonne aufgehängt hat und unsere Löcher in der Nacht beleuchtet. Er könnte uns ebensogut im Finstern lassen.
KUKI: Und warum macht er es nicht?
KALOPHONIA: Warum? Warum? Weil er kein Kuki ist, sondern ein gütiger Mensch, der dafür sorgt, daß die Maus ihren Käse im Hause findet, den sie in der Dunkelheit vielleicht nicht finden könnte. Und weil jedes kleine Mäuschen weiß, daß man schon

längst schlafen muß, wenn der Mensch die Sonne im Treppenhaus löscht. Hör endlich auf, zu spielen, Kuki, wie oft soll ich dir das noch sagen?

KUKI: Ich werde draußen vor dem Loch spielen.

KALOPHONIA: Auf keinen Fall! Ich erlaube nicht, daß du draußen spielst. Der Ball könnte die Treppe hinunter und in das Parterre rollen.

KUKI: Keine Angst, Mutti. Ich werde dort nicht mit den grauen Mäusekindern spielen.

KALOPHONIA *(nachsichtig belehrend)*: Ich habe dir niemals verboten, mit ihnen zu spielen. Sie sind genauso Mäusekinder wie du. Auch sie sind unter der Obhut des Menschen.

KUKI: Stimmt nicht!

KALOPHONIA: Ich weiß nicht, wo du das herhast. Von uns zu Hause bestimmt nicht. Das ist einmal sicher.

KUKI: Mutti, ich bin hungrig!

KALOPHONIA: Ich auch. *(Ruft zur Küche hinaus)* Nussi, du kannst schon den Tisch decken! Bald wird der Herr kommen und frischen Käse bringen.

NUSSI *(von draußen)*: Jawohl, gnä' Frau!

KUKI: Mutti, ich möchte auch einmal wie Papa in das große Haus, um Käse zu bringen.

KALOPHONIA: Später einmal, bis du groß bist. So ein Haus birgt viele Gefahren und Schrecknisse für eine Maus.

KUKI: Warum?

KALOPHONIA: Damit wir wissen, daß der Herr des Hauses uns seine besondere Aufmerksamkeit schenkt. Der Herr ist allmächtig. Niemand kann seine Gedanken ergründen. Schlüpft da ein neugieriges Mäuschen wie du ins Freie, treibt sich herum, und schon ist es weg für immer. Versprich mir, mein guter Kuki, daß du ohne meine Erlaubnis niemals hinausgehst.

KUKI: Ich will nichts versprechen, Mutti. Ich bin nicht so ängstlich wie die grauen Mäusekinder.

KALOPHONIA: Herr des Hauses! Wer spricht denn von ängstlich? Willst du mit des Schicksals Mächten kämpfen?

KUKI: Warum nicht? Wenn sie beginnen?

KNUSPI *(ins Zimmer kommend)*: Ist Papa schon gekommen?

KALOPHONIA: Er muß jeden Augenblick eintreffen. Man hat in der Nähe des Erdgeschosses eine sehr ergiebige Käseader entdeckt. Schon gestern sind sie bis zur Rinde vorgedrungen und heute abend wird bereits mit den Abbauarbeiten begonnen werden. Der Herr des Hauses – wie gütig ist er doch zu uns – wird uns aus vollen Händen geben! Zu Hause ist schon fast nichts mehr zu essen.

KALAWAS: Der Herr des Hauses! Immer der Herr des Hauses! Dieses ewige Beten zum Herrn des Hauses hat uns bei der Auffindung von Speisequellen niemals geholfen. Jeden Tag findet man irgendwo eine herrliche Käseader, aber wenn es schon einem gelingt, sich durchzunagen, erweist es sich, daß die Löcher größer sind als der Käse. *(Lacht)* Der arme Papa wird wieder einmal mit leeren Händen nach Hause kommen …

KALOPHONIA: Wenn du so klug zu reden weißt, dann hilf doch deinem Vater! So ein großer Sohn und schämt sich nicht, Nacht für Nacht mit verschränkten Armen zu Hause zu sitzen.

KALAWAS: Mutti, du weißt doch, daß ich keine Zeit habe!

KALOPHONIA: Wieso nicht?

KALAWAS: Ich lerne.

KALOPHONIA: Was lernst du denn?

KUKI: Er lernt, mit geschlossenem Mund zu gähnen.

KALAWAS: Kuki, sei nicht frech!

KALOPHONIA: Warum streitet ihr wieder?

KALAWAS: Er soll sich nicht in meine Angelegenheiten mischen!

KUKI: Ein Held! Hat nur Mut, wenn man die Hälfte so groß ist wie er!

KALAWAS: Kuki, du redest mir heute viel zu viel!

KUKI *(sich zurückziehend)*: Rühr mich nicht an! Ich warne dich! Du, Kalawas, beiß mich nicht!

KNUSPI: Laß ihn in Ruh'!

KUKI *(sich weiter vor Kalawas zurückziehend, der ihm näher kommt)*: Kalawas, wenn du mich nicht in Ruh' läßt, werd' ich so laut brüllen, daß du taub wirst!

KALAWAS *(hinter ihm herlaufend)*: Brüll von mir aus, wieviel du willst!

KUKI *an die Wand gedrückt; öffnet den Mund zum Schreien, da ertönt von draußen das »MI-AU!!« einer Katze, d. h. mit den Ohren einer Maus gehört, gleicht es dem Brüllen eines Löwen. Alle im Loch erstarren.*

KALAWAS *(am ganzen Körper zitternd)*: Oh …

KUKI *(bleich)*: Meiner Seel', Mutti, ich war es nicht!

KNUSPI: Papa!

KASIMIR *(stürzt schwer atmend herein und beginnt zu stottern)*: Wieder … schleicht er … im Treppenhaus herum … ich hab' ihn gesehen …

KALOPHONIA: Herr des Hauses!

KASIMIR: Wasser! *(Man bringt ihm ein Glas Wasser)* Danke! Mit eigenen Augen hab' ich ihn gesehn! …

KALOPHONIA: Der Satan!

KALAWAS *(fällt auf die Knie)*: Herr der Mäuse! Besitzer des Hauses! Wie gütig bist du immer zu uns! Du gibst uns den Käse, du Reicher, du Starker! Errette uns vor den Krallen des Satans. Amen!

KALOPHONIA: Amen!

KALAWAS: Und so rasch wie möglich!

KNUSPI: Bist du sicher, Papa, daß es der Satan war?

KASIMIR: Ganz sicher! Genauso hab' ich mir ihn immer vorgestellt.

KUKI: Ist er groß?

KASIMIR: Und ob! Mindestens zehn Schwänze lang.

KNUSPI: Zehn Schwänze?

KASIMIR: Sein Körper bewegt sich in gewaltigen Sprüngen vorwärts … seine Augen sind glühende Kohlen … und wenn er den Rachen öffnet, rollt aus seiner Kehle: Mia …

KALOPHONIA *(mit Kalawas zugleich)*: Genug! Genug!

KASIMIR: Ich bin überzeugt, daß der Herr des Hauses den Satan – verflucht sei er – aus Irrtum erschaffen hat.

KUKI: Warum hat er ihn erschaffen?

KASIMIR: Warum? Wer kann's wissen? Er war hinter einer grauen Maus her, und ich glaube, er hat sie gefaßt.

KNUSPI *(in plötzlicher Erregung)*: Wen?

KASIMIR: Keine Ahnung. Ich kenne sie nicht.

KALOPHONIA *(zieht Kuki am Ohr)*: Ich habe dir schon so oft gesagt, daß du nicht aus dem Loch gehen sollst. Hab' ich es dir vielleicht nicht gesagt?

KUKI: Aber Mutti, ich geh' ja nicht!

KALOPHONIA: Das möchte noch fehlen!

KASIMIR: Laisse tranquille l'enfant!

KALOPHONIA *(zu Kasimir)*: Il vent toujours sortir!

KNUSPI *(aufspringend)*: Hört endlich auf, euch in der Käfigsprache zu unterhalten! Ihr wißt sehr gut, daß Kuki und ich sie nicht verstehen.

KASIMIR: Schon gut, schon gut, Knuspi. Ich würde vorschlagen, daß Mutti uns das Frühstück macht. Nach solchen Aufregungen ist es am besten, so schnell wie möglich schlafen zu gehen.

KALOPHONIA *(in die Küche hinausschreiend)*: Nussi! Der Herr ist gekommen. Bring, was von gestern geblieben ist, an den Tisch! *(Alle setzen sich)*

KALAWAS: Na, Papa, hast du etwas von den neuen Quellen gebracht? Habt ihr dort Käse gefunden?

KASIMIR: Nein! Es war Seife. Die Zähne hab' ich mir beinah ausgebrochen, bis ich mich durchgenagt habe.

KALAWAS *(ironisch)*: Man gräbt Stollen. Weiter nichts!

KALOPHONIA: Die Herren Söhne tun sich jeden Morgen am Essen gütlich, und die Zähne des Vaters werden stumpf und weh. Nehmt inzwischen Erdnüsse!

Sie verteilt die Erdnüsse an alle Familienmitglieder. Sie knacken sie in der Weise auf, daß sie sich mit dem ganzen Gewicht ihres Körpers darauf setzen. Sie essen und unterhalten sich.

KNUSPI: Papa, sind wir wieder einmal eingesperrt im Loch?

KASIMIR: Das glaube ich nicht. Aber besser ist es, vorsichtig zu sein. Der Satan schleicht im Erdgeschoß herum.

KALAWAS: Sicherlich hat man ihn gegen die grauen Mäuse losgelassen?

KUKI: Papa, warum wohnen die grauen Mäuse im Erdgeschoß?

KASIMIR: Weil sie einen niedrigen Lebensstandard haben.

KUKI: Warum haben sie einen niedrigen Lebensstandard?

KASIMIR: Weil sie im Erdgeschoß wohnen! Wo bleibt das Frühstück? Nach solchen Aufregungen muß man vor allem essen.

KALOPHONIA *(schreit nach der Küche)*: Nussi!

KALAWAS *(springt dienstbeflissen empor)*: Mama, ich werde es ihr sagen. *(Eilt hinaus)*

KALOPHONIA *(blickt ihr nach)*: Sonderbar! Auch Knuspi ist schon nervös geworden. Ich glaube nicht, daß der Herr des Hauses der Katze gestatten wird, auf unser Stockwerk zu kommen. Nein! Er wird das den weißen Mäusen nicht antun!

KUKI: Auch die Katze weiß, daß zwischen weißen und grauen Mäusen ein Unterschied ist. Nicht wahr, Mama?

KASIMIR *(schlägt mit der Faust auf den Tisch)*: Sie sind genauso wie wir! Ich habe es dir schon hundertmal gesagt, Kuki, und ich werde nicht aufhören, es immer zu wiederholen: Wir wohnen in e i n e m Haus und wir arbeiten genauso wie sie in den Käsegruben. Es ist kein Unterschied zwischen uns – außer der Farbe, natürlich.

KUKI: Dann ist also doch ein Unterschied.

KALAWAS: Klar, daß ein Unterschied ist!

KALOPHONIA: Kalawas! *(Zu Kuki)* Der Herr des Hauses hat die Mäuse in zwei Farben geschaffen, damit er ihre Abstammung feststellen kann. Das ist alles.

KUKI: Dann sind wir also anderer Abstammung als die Grauen?

KASIMIR: Man sagt nicht »Die Grauen«! Das tut eine gebildete Maus nicht. Man sagt: die Parterre-Rasse. Wahrhaftig, es ist schon an der Zeit, daß ihr den Geist der Zeit begreift.

KALOPHONIA *(zur Küche hinausschreiend)*: Nussi! Knuspi!

KASIMIR *(zu Kuki)*: Am Anfang schuf der Mensch – wie gütig ist er doch immer zu uns – die zweistöckige Welt.

KUKI: Für wen?

KASIMIR: Was für eine Frage? Für die weißen Mäuse.

KALOPHONIA: Ihr sollt euren Vater nicht immerzu unterbrechen.

KASIMIR: Und der Herr des Hauses beschaute sich sein Gebäude, und es gefiel ihm. Und er nahm die grauen Mäuse vom Feld und zerstreute sie auf das Haus …

KALAWAS: Aber sie haben sich das Erdgeschoß gewählt.

KUKI: Weiter!

KASIMIR: Und dann hat der Herr des Hauses den Käse geschaffen und hat ihm Löcher gegeben. Und dann hat er die Sonne im Treppenhaus aufgehängt …

KUKI: Dem Erdgeschoß hat er auch eine Sonne gegeben?

KALOPHONIA: Ja. Aber die ist inzwischen ausgebrannt.

KASIMIR: Dann hat der Herr des Hauses die Katze erschaffen – vertilgt soll sie und ihr Andenken werden, für immer und ewig!

KUKI: Warum hat er sie dann erschaffen?

KASIMIR: Das ist das einzige Rätsel, das wir weißen Mäuse bis jetzt nicht lösen konnten.

KALOPHONIA: »Und der Herr des Hauses besah sich sein Gebäude …«

KASIMIR: Laß mich doch zu Ende reden, ja? Und der Herr des Hauses besah sich sein Gebäude, und es gefiel ihm. Aber trotzdem fand er an ihm nicht …

KALOPHONIA: Die geistige Befriedigung …

KASIMIR: Ganz richtig! Die geistige Befriedigung. Damit er aber trotzdem Freude an seinem Werke habe, schuf er in seinem Ebenbilde die weiße Maus. Im Ebenbilde des Menschen.

KUKI: Und warum hat er uns weiß gemacht?

KALOPHONIA: Weil Weiß die Farbe der Unschuld ist. Die Farbe der Schönheit … des seelischen Adels …

KALAWAS: Zu tausend Katzen! Wann kommt endlich das verdammte Essen?

KALOPHONIA: Kalawas! Bitte benimm dich!

KASIMIR: Der Herr des Hauses fand Wohlgefallen an unseren Vätern bis zum heutigen Tag. Er gab ihnen einen goldenen Käfig zum Besitz, denn ihre schönen Tänze und ihre Käfigsprache erfreute sein Herz, Arbeit war fern von ihnen. Der Herr reichte ihnen mit eigener Hand den Käse, auf daß sie sich laben und erquicken …

KUKI: Und warum sind wir dort nicht weiter geblieben?

KASIMIR: Weil wir gesündigt haben. Eine unserer Stammütter hat beim Füttern den Herrn in den Finger gebissen, und er hat sie alle vertrieben. *(Seufzt)* In goldenen Käfigen haben wir gewohnt. Jetzt hausen wir als unfreie Freie in diesen Löchern und müssen uns durch Kisten durchnagen, um zu dem Käse des Herrn zu kommen – genauso wie die Grauen.

KALAWAS: Ein Glück noch, daß unsere Familie sich dieses Loch hier im ersten Stock ergattert hat.

KASIMIR: Ganz richtig! Daher beten wir: Wir danken dir, du guter Mensch, daß du uns nicht … *(Nussi erscheint mit dem Käse. Kasimir räuspert sich)* Wie spät ist es?

KUKI: »Wir danken dir, du guter Mensch, daß du uns nicht …« und weiter?

KALOPHONIA: Ne t'occupe pas trop des problèmes! Die Sonne scheint noch, Kasimir. Bald werden wir schlafen gehen.

KALAWAS *(auf Nussi losschreiend)*: Wie lange soll denn das noch dauern mit dem Essen?

NUSSI: Diese Käse, gnä' Frau, ist Käse antik. Brauchen viel Zeit, bis ihn bereiten.

KALOPHONIA: Es ist gut, Nussi. Stell ihn auf den Tisch.

KASIMIR: Aufgepaßt! *(Die Familienmitglieder erheben sich und nehmen an der Wand gegenüber dem Tisch Aufstellung)* Eins – zwei – drei! *(Alle schießen auf den Tisch los und machen sich über den Käse her)*

KALOPHONIA *(zu Nussi)*: Ich hoffe, daß du für dich in der Küche etwas zurückgelassen hast.

NUSSI: Ja, gnä' Frau. Vielen Dank.

KASIMIR: Es ist gut, Nussi. *(Nussi ab)*

KALAWAS: Faules Pack!

KUKI: Papa, deine ganze Erzählung ist nichts wert. Nussi ist auch grau und wohnt im ersten Stock, genau wie wir.

KALOPHONIA: Kuki, mein Kleiner, iß nur! Iß!

KALAWAS: Wo ist Knuspi?

KASIMIR: Vielleicht ist sie um Wasser gegangen?

KALOPHONIA *(beunruhigt)*: Jetzt, wo der Satan im Hause herumschleicht? *(In die Küche eilend)* So ein Leichtsinn! *In diesem Augenblick ertönt wieder das »MIAUUU!« Allgemeines Erschrecken. Geschirr fällt zu Boden, alle rennen wild durcheinander.*

KASIMIR: Herr des Hauses! *(Läuft zur Küche, die anderen hinter ihm)*

KALOPHONIA: Knuspi! Knuspi!

KALAWAS: Was ist denn wieder los?

Er nimmt die Laterne und läuft, Gebete murmelnd, ihnen nach. Das Loch bleibt im Finstern. Wieder ertönt das MIAU von draußen. Darnach stürzen Knuspi und Schneeweiß durch den Haupteingang ins Loch und drücken sich, zu Tode erschrocken, an die Wand.

SCHNEEWEISS: Herr des Hauses! Wahrhaftig! In letzter Minute ... Haben wir aber Glück gehabt ...

KNUSPI: Ich habe uns schon für verloren gehalten ... Auch du bist sehr erschrocken, nicht wahr?

SCHNEEWEISS: Ich weiß selbst nicht ...

KNUSPI *(küßt ihn)*: Beruhig dich, mein Teurer! Wir sind bereits in Sicherheit.

SCHNEEWEISS *(blickt sich um)*: Also da wohnst du? Wo sind deine Angehörigen?

KNUSPI: Meine Eltern dürfen nicht wissen, daß wir uns getroffen haben!

SCHNEEWEISS: Warum nicht?

KNUSPI: In solchen Dingen denken sie noch sehr rückständig. Sie erlauben mir nicht, daß ich mich in den Morgenstunden mit jungen Mäuserichen treffe. Nur in der Nacht gestatten sie es.

SCHNEEWEISS: Aber wenn es einer vom ersten Stockwerk wäre ...

KNUSPI: Sprich nicht so! Meine Eltern sind frei von jedem Vorurteil und besonders mein Vater. Du kannst alle Mäuse im Haus fragen. Jeder wird dir bestätigen, daß er eine fortschrittliche Maus ist. *(Hastig)* Sie kommen! Schneeweiß, ich bitte dich, sag' ihnen nicht, daß wir uns kennen! Nur vorläufig ...

Entfernt sich von ihm. Kasimir, Kalophonia und Kuki kommen herein und bemerken Knuspi. Im Loch herrscht weiter Dunkelheit. Wie erinnerlich, hat Kalawas die Laterne mitgenommen und ist noch nicht zurückgekehrt.

KASIMIR *(sinkt auf den Stuhl)*: Kalophonia, sie ist da!

KALOPHONIA: Knuspi, wie konntest du nur das Loch verlassen? Ich glaube, du willst um jeden Preis mit dem Satan zusammentreffen. Dein Vater hat beinahe eine Herzattacke bekommen.

KASIMIR: Meine Tochter, ich habe dich für vernünftiger gehalten! *(Jetzt erst bemerkt er Schneeweiß und erhebt sich)* Wer ist das?

SCHNEEWEISS: Ruhe und Frieden!

KASIMIR: Frieden und Ruhe!

SCHNEEWEISS: Verzeihung bitte ... gerade, als ich an Ihrer Wohnung vorbeiging, hörte ich die Katze ... und ich habe mich zu Ihnen geflüchtet. Aber ich möchte nicht stören ...

KASIMIR: Sie stören keineswegs, Herr Nachbar. Tun Sie ganz so, als wären Sie bei sich zu Hause.

SCHNEEWEISS: Vielen Dank! *(Setzt sich)*

KNUSPI: Wo ist das Licht?

KALOPHONIA: Kalawas hat es mitgenommen.

KASIMIR: Knuspi, biete unserem Gast etwas Käse an.

KALOPHONIA: Ganz richtig! Sag Nussi, sie möchte noch Käse bringen!

KUKI: Dann für mich auch! *(Knuspi geht in die Küche)*

SCHNEEWEISS: Danke, gnädige Frau. Aber ich bin wirklich nicht hungrig. Ich hoffe, mich bald entfernen zu können.

KASIMIR: Nein, nein, mein Herr! Auf keinen Fall! Ich würde Ihnen raten, vorläufig noch zu bleiben.

SCHNEEWEISS: Danke, ich danke Ihnen recht herzlich.

KALOPHONIA: Sie müssen ein wenig ausruhen, mein Herr! Die Katze schleicht noch umher. Aber sie hat es allem Anschein nach auf die Grauen abgesehen.

KALAWAS *ist inzwischen mit der Laterne zurückgekehrt. Jetzt erst merken alle, daß Schneeweiß eine graue Maus ist. Schneeweiß erhebt sich von seinem Sitz. Tiefes Schweigen.*

KUKI: Sieh mal, Mutti! Ein Grauer.

KALOPHONIA *(zu Kasimir)*: Qu'est qu'il cherche ici, ce type de gris?

KASIMIR *(frostig)*: Bleiben Sie sitzen, mein Herr. Sie sind bestimmt müde?

SCHNEEWEISS: Danke sehr! *(Setzt sich)*

KNUSPI *kommt mit einer dünnen Scheibe Käse herein.*

KALAWAS: Einen Augenblick, Knuspi! *(Knuspi nähert sich ihm. Kalawas nimmt die Käsescheibe und verschlingt sie im Nu)*

KNUSPI: Kalawas!

KALAWAS *(nähert sich Schneeweiß. Steif)*: Was sucht der Herr auf unserem Stockwerk?

SCHNEEWEISS: Ich hatte hier zu tun. *(Kuki betrachtet ihn neugierig von allen Seiten)*

KALAWAS: Darf man wissen, was der Herr hier zu tun hatte?

KNUSPI: Was geht das dich an?

SCHNEEWEISS: Es ist kein Geheimnis, mein Fräulein! Ich habe mich hier mit einem Mädchen getroffen.

KALOPHONIA: Mit einem Mädchen von unserem Stockwerk?

SCHNEEWEISS: Gewiß! *(Stille. Das Ehepaar Käsehoch wirft sich vielsagende Blicke zu, ohne Knuspi zu verdächtigen)*

KASIMIR *(erhebt sich und kommt auf ihn zu)*: Also Hauptsache, Sie sind mit dem Schreck davongekommen.

SCHNEEWEISS: Ja, ja.

KASIMIR: Das Zusammentreffen mit der Katze ist kein Vergnügen. Das muß ich schon sagen. Wenn ich nur das Brüllen höre, wird mir angst und bange. Ich schäme mich gar nicht, es offen zu gestehen. Aber ich hoffe, daß Sie inzwischen zu sich gekommen sind.

KALOPHONIA: Sicher haben Sie noch Eltern?

KASIMIR: Die werden sich um Sie Sorgen machen, weil Sie so lange wegbleiben …

SCHNEEWEISS: Nein, nein! Mein Vater weiß sehr gut, daß ich …

KALOPHONIA: Das sollen Sie nicht sagen. Wir Eltern verstehen das besser!

KASIMIR: Selbstverständlich freuen wir uns, daß Sie sich in unserem Kreise wohl fühlen …

KNUSPI: Vielleicht setzen wir uns an den Tisch.

SCHNEEWEISS *(erhebt sich. Mit belegter Stimme)*: Danke! Ich muß gehen. Mein Vater wird sich Sorgen um mich machen. Ich habe mich sehr gefreut, Sie kennenzulernen …

KALOPHONIA: Aber mein Herr, warum eilen Sie so?

SCHNEEWEISS: Ich … ich beeile … mich … nicht …

KASIMIR: Nun denn also! Dann will ich Ihnen alles Gute wünschen. Ruhe und Frieden! Und auf Wiedersehn! *(Drückt ihm sogar die Hand)* Es war mir ein Vergnügen, Sie kennenzulernen.

SCHNEEWEISS *(schon beim Ausgang)*: Frieden und Ruhe!

KALOPHONIA: Ruhe und Frieden! Seien Sie vorsichtig unterwegs. *(Schneeweiß ab)*

KALAWAS: So eine Frechheit!

KASIMIR: Na endlich können wir mit dem Essen fortfahren. *(Alle stürzen sich auf den Käse)*

KNUSPI *blickt Schneeweiß nach und stößt plötzlich einen Schrei aus.*

SCHNEEWEISS *(kehrt erschrocken und zitternd zurück. Alle springen auf)*: Er … er … steht draußen …

KASIMIR: Auf unserem Stock … Stockwerk? …

SCHNEEWEISS: Er streift um das Loch herum.

KALAWAS: Wehe uns Mäusen! Herr des Hauses, du bist doch immer so gut zu uns – was ist jetzt los?

KUKI: Mama, wahrscheinlich weiß die Katze nicht, daß hier nur weiße Mäuse wohnen.

SCHNEEWEISS *(zu Kuki)*: Vielleicht ist sie farbenblind?

KASIMIR: Kuki! Die Sache ist viel zu ernst! Man darf keine Scherze machen.

SCHNEEWEISS: Es tut mir leid, Herr Käsehoch … ich möchte nicht stören …

KASIMIR *(ironisch)*: Sie stören nicht! Sie stören nicht! Wir halten mitten im Essen … *(Sie essen geräuschvoll. Zu Kalophonia)* Peut-être qu'il le faut inviter?

KALOPHONIA: Sind Sie schon nach dem Frühstück, mein Herr?

SCHNEEWEISS: Vielen Dank!

KNUSPI: Er wird sicherlich hungrig sein!

KUKI *(mit vollem Mund)*: Warum sollte er hungrig sein?

KASIMIR: Setzen Sie sich, mein Herr, und essen Sie! Alles in der Welt kann Ihnen genommen werden, nur das eine nicht: was Sie in Ihrem Magen haben.

SCHNEEWEISS: Wie bitte?

KALAWAS: Das verstehen Sie nicht. Es ist höhere Philosophie.

SCHNEEWEISS *(will sich setzen)*: Ist gestattet?

KNUSPI: Gewiß, mein Herr!

KASIMIR *(aufschreiend)*: Nicht doch! Nicht doch! … ein lieber Gast wie Sie nimmt zu meiner Rechten Platz. Es ist der Ehrenplatz bei uns.

SCHNEEWEISS: Vielen Dank. *(Setzt sich zwischen Kasimir und Kalawas)*

KALOPHONIA: Nussi!

NUSSI *(tritt ein)*: Bitte, gnä' Frau?

KALOPHONIA: Ist noch etwas Käse in der Küche?

NUSSI: Nichts mehr, gnä' Frau.

KALOPHONIA: Dann bring noch eine Portion für unseren Gast.

NUSSI *(zuckt die Achseln. Blickt über ihre Schulter zu Schneeweiß hinüber und erkennt ihn. Sie platzt heraus)*: Schneeweiß!

SCHNEEWEISS *erhebt sich zur halben Höhe, aber sogleich kehrt er in seine sitzende Stellung zurück und macht einen verwirrten Eindruck.*

KALOPHONIA: Jawohl! Für Herrn – wie war doch Ihr werter Name?

SCHNEEWEISS *(gleichzeitig mit Knuspi)*: Schneeweiß Springinsfeld. *(Alle blicken erstaunt auf Knuspi)*

KNUSPI *(zu Schneeweiß)*: Wie sagten Sie?

SCHNEEWEISS: Schneeweiß Springinsfeld.

KALOPHONIA: Ganz richtig! Eine Portion für Herrn »Springenfell«, Nussi.

NUSSI: Jawohl, gnä' Frau! *(Beim Hinausgehen leise zu Schneeweiß auf tatarisch)* Kada Budu? *(d. h. »Wie geht es dir?«)*

SCHNEEWEISS *nickt mit dem Kopf, ohne eine Antwort zu geben.*

KALOPHONIA: Nussi, ich möchte mir ausgebeten haben, sich in meiner Gegenwart der Feldsprache zu bedienen! Dem Herrn des Hauses sei Dank, unsere Sprache ist schön und für jeden verständlich. Wir brauchen keine fremden Sprachen. *(Zu Kasimir)* Quelle effronterie!

NUSSI *geht hinaus.*

KALAWAS *(zu Schneeweiß)*: Sie kennen Nussi?

SCHNEEWEISS: Ja. Ich kenne sie.

KALOPHONIA *räuspert sich indigniert.*

NUSSI *kehrt mit einem Riesenwürfel Zucker aus der Küche zurück und stellt denselben mit einer winzig kleinen Portion Käse auf den Tisch. Alle blicken hin. Nussi ab. Kasimir stürzt sich auf den Zucker. Auch die anderen beginnen zu essen.*

KALOPHONIA: Kasimir! Schon wieder hast du vergessen …

KASIMIR: Ach ja! *(Steht gleichgültig auf, ihm folgen die anderen. Käsehochs Familie nimmt Richtung zur Küche. Schneeweiß stellt sich in entgegengesetzter Richtung auf. Keiner rührt sich. Käsehoch sagt den Segen)* Wir rühmen dich, Herr des Hauses, denn du bist gütig zu uns. Gib uns weiter den Käse, den du uns täglich gibst. Amen!

SCHNEEWEISS *(sagt mit kleiner Verspätung denselben Segen, von dem man nur den Schluß hört)*: … den Käse, den du uns täglich gibst. Amen!

KASIMIR *(tadelnd zu Kuki, der während des Gebetes gegessen hat)*: Kannst du nicht warten, bis wir mit dem Beten fertig sind?

KUKI *(mit vollem Munde)*: Nein!

KASIMIR *(hat gemerkt, daß seine Schnurrbartbürste, mit der er sich nach dem Gebet den Schnurrbart gebürstet hatte, Schneeweiß gefällt. Er zeigt sie ihm mit Stolz)*: Schön, was?

SCHNEEWEISS: Das erste Mal, daß ich so was sehe.

KASIMIR: Das glaube ich! Stammt noch aus der guten alten Zeit. Meine Vorfahren haben sie aus dem Käfig gebracht. Echtes Messing!

SCHNEEWEISS: Gestatten Sie?

KASIMIR *reicht ihm die Bürste, die er aufmerksam betrachtet. Dann legt er sie auf den Tisch zurück. Indessen nähert sich Kalawas, nimmt die Bürste an sich und legt sie ostentativ, von Schneeweiß entfernt, wieder auf den Tisch zurück. Schneeweiß wird blaß und will aufstehen. Da legt Knuspi die Hand auf seinen Arm und reicht ihm den Käse.*

KNUSPI: Essen Sie den Käse mit oder ohne Belag?

SCHNEEWEISS *(mit Betonung)*: Ohne Belag.

KALOPHONIA: Herr »Springenfell«, ich habe ganz vergessen, daß bei Ihnen der Käse mit Zwiebeln gegessen wird.

SCHNEEWEISS: Vielen Dank, Frau Käsloch. Ich mag Zwiebeln nicht. Ich ziehe Käse mit Zucker vor.

KALAWAS *(leise, aber mit vollem Munde zu Kalophonia)*: Siehst du, Mama, wie sie fressen und reden zugleich? Wie die Wilden!

KALOPHONIA: Ich verstehe kein Wort von dem, was du sagst.

KALAWAS *(versucht hinunterzuschlucken)*: Ich habe gesagt, er hat das Maul so voll, daß man kein Wort verstehen kann.

KALOPHONIA: Ich verstehe nicht, was du sagst! *(Beide setzen sich an den Tisch. Sie zu Schneeweiß)* Entschuldigen Sie, Herr »Springenfell«, soweit ich verstanden habe, bereitet Ihre Frau Mutter den Käse mit Zucker?

SCHNEEWEISS: Ja!

KASIMIR: Aber soweit mir bekannt ist, essen die – pardon! – die Angehörigen der Rasse vom Parterre den Käse mit Zwiebeln?

SCHNEEWEISS: Meine Mutter ist eine weiße Maus. *(Stille. Alle hören zu essen auf und blicken auf Schneeweiß. Nur Schneeweiß fährt in seinem Essen fort)*

KUKI: Vom Käfig?

SCHNEEWEISS: Vom Käfig.

KUKI: Dann bist du weiß oder grau? Oder vielleicht scheckig?

KALOPHONIA: Kukurutz! Wie oft soll ich dir das noch sagen? *(Zu Schneeweiß)* Noch einen Käse gefällig?

SCHNEEWEISS *(mit Appetit)*: Danke.

KALOPHONIA *(verwirrt)*: Bitte sehr! *(Sucht und findet keinen Käse mehr)* Das ist aber wirklich sehr interessant. Wie konnte sie hinabsteigen und sich an das Leben im Parterre gewöhnen? Ich spreche von Ihrer armen Frau Mutter …

KNUSPI: Warum arm?

SCHNEEWEISS: Ja, sie ist schon lange tot. *(Stille)*

KASIMIR *(feierlich)*: Wie dem auch sei! Ehen zwischen den beiden Farben sind nur zu begrüßen. Vor nicht langer Zeit habe ich im Verband der Fortschrittlichen des ersten Stockwerkes einen Vortrag gerade über dieses Thema gehalten und habe gesagt: »Meine Herren«, habe ich gesagt, »die trennenden Mauern der Abstammung müssen fallen! Zweifarbige Ehen sind das Gebot der Stunde!«, habe ich gesagt, und alle haben mir zugestimmt.

KALAWAS: Wenn man die Sache von der einen Seite betrachtet, so sind solche Ehen zu begrüßen, aber auf der anderen Seite …

SCHNEEWEISS *(sich erhebend)*: Ich glaube, es ist an der Zeit …

KNUSPI: Keinesfalls! Bleiben Sie sitzen, Herr Springinsfeld. Die Katze lauert noch draußen …

SCHNEEWEISS: Mit dem Satan kann man überall zusammentreffen.

KASIMIR. Aber nicht hier! Unser Loch ist katzenfest. Es ist nämlich nach dem Plan eines Ingenieurs gebaut.

KALAWAS: So nennt man eine Maus, die es versteht, Berechnungen anzustellen.

SCHNEEWEISS: *(sich setzend)*: Was Sie nicht sagen.

KALAWAS: I-N-G-E-N-I-E-U-R

SCHNEEWEISS: Sooo! …

KASIMIR: Es ist nicht zu leugnen, mein Herr, daß die Intelligenz der Mäuse in der letzten Zeit gewaltige Fortschritte gemacht hat.

KALOPHONIA *(zu Schneeweiß)*: Merken Sie sich gut, was mein Mann sagt. Sie können von ihm vieles lernen.

KASIMIR: Hier zum Beispiel unser Loch! Die Mauern sind überaus stark gebaut … *(In diesem Augenblick wird ein gewaltiges Dröhnen von Schritten vernehmbar. Die Wände zittern: Der Mensch geht die Treppe hinauf. Stille)* … überaus stark gebaut. Und dies aus dem einfachen Grunde, weil der berühmte Mäuse-Ingenieur aus dem Käfig … na, wie heißt er doch … ihr erinnert euch …

SCHNEEWEISS: Ingenieur Schultheiß.

KASIMIR *(erstaunt)*: Schultheiß. Ganz richtig! Ingenieur Schultheiß. Er kam darauf, daß unsere Welt nicht aus Steinen gebaut ist, sondern aus einem ganz anderen Material. Es hat einen so schwierigen Namen … na …

SCHNEEWEISS: Eisenbeton.

KASIMIR: Ganz richtig. Eisenbeton. *(Wiederholt das Wort mit einer schulmeisterhaften Akzentuierung)* Eisen-beton. Das sind Säulen und zwischen den Säulen Reihen von … na …

SCHNEEWEISS: Ziegeln.

KASIMIR *(mit einer Stimme, die allmählich an Sicherheit abnimmt)*: Ziegeln, natürlich … Und sie sind miteinander verbunden … so … mit einer Art Kleister …

SCHNEEWEISS: Mörtel.

KASIMIR *(schon vollständig unsicher)*: … mit Mörtel …

SCHNEEWEISS: Und gemäß der Schultheißschen Methode muß man sich zwischen den Ziegeln durch den Mörtel durchgraben und sich darinnen dann nach allen Richtungen verzweigen, gleichzeitig muß man die schwachen Wände durch Stützen verstärken, um die notwendige Festigkeit zu erhalten. *(Stille)*

KASIMIR: Ganz richtig! Festigkeit! Genau das, was ich sagen wollte ...

KNUSPI *(zu Schneeweiß)*: Haben Sie verstanden, was Papa Ihnen erklärt hat?

KALAWAS: Übrigens, mein Herr, was ist Ihr Beruf?

SCHNEEWEISS: Ingenieur. *(Stille)* Und Ihrer?

KALAWAS: Mama, kann ich noch Erdnüsse haben?

KNUSPI: Es sind keine mehr da.

KASIMIR *(erhebt sich)*: Nun denn! Wir haben gegessen und uns anregend unterhalten. Die Zeit ist schön vergangen. Bald wird der Morgen kommen. Nach den durchgemachten Aufregungen ist es wohl das beste, die Nerven gehörig auszuruhen ... *(Alle zerstreuen sich)*

KALOPHONIA *(in Begleitung von Kasimir und Kalawas)*: Kasimir, er wird bei uns übertagen?

KASIMIR: Man kann ihn doch nicht den Krallen des Satans ausliefern. Und was den jungen Mann betrifft, so muß ich sagen ... daß er mir durchaus ... sympathisch ist ...

KALOPHONIA: Auch mir ist er nicht unsympathisch. Aber was werden die Nachbarn dazu sagen?

KASIMIR: Ich pfeife auf die Nachbarn. Was ist schon dabei? Was das Übertagen betrifft, so habe ich gesagt: nur auf einen Tag. Es wird niemand etwas erfahren ... übrigens ... also Mund halten und vor keinem etwas erzählen!

KALOPHONIA: Soll er bei Nussi schlafen.

KALAWAS: Nussi wird sich dafür bedanken. *(Alle drei ab)*

KNUSPI *(zu Schneeweiß, mit dem sie allein geblieben ist)*: Na, was sagst du dazu, wie sich meine Leute zu dir benehmen?

SCHNEEWEISS: Ich muß sagen – sie geben sich große Mühe.

KNUSPI: Das sagst du so, als ob ...

SCHNEEWEISS: Im Gegenteil! Ich habe nichts an ihnen auszusetzen.

KASIMIR *(eintretend)*: Demnach also … wir gehen schlafen. Sie entschuldigen uns, Herr … aber …

NUSSI *kommt herein, um Ordnung zu machen.*

SCHNEEWEISS: Lassen Sie sich bitte nicht stören. *(Von oben, aus der Wohnung des Herrn ertönt Radiomusik. Sie lauschen ehrfürchtig)*

KASIMIR: Die Stimme des Herrn! *(Läßt das Spinngewebe herab. Auf der einen Seite versammeln sich die Käsehochs, auf der anderen Seite verbleibt Schneeweiß allein)* Guten Morgen, mein Herr. *(Alle ziehen sich an und legen sich zum Schlaf auf die Erde)*

SCHNEEWEISS: Guten Morgen, Herr Käsehoch.

KALOPHONIA *(löscht das Licht. Es ist fast vollständig dunkel)*: Guten Morgen, Herr … Herr … Träumen Sie gut …

SCHNEEWEISS: Danke sehr, Frau Käsehoch. Guten Morgen.

KNUSPI: Alles Gute.

SCHNEEWEISS: Vielen Dank. Und guten Morgen, Fräulein Knuspi.

KNUSPI: Guten Morgen, mein Herr.

SCHNEEWEISS: Guten Morgen.

KNUSPI: Guten Morgen.

KASIMIR *(zu Knuspi)*: Er hat es bereits gehört! Wir schlafen schon.

NUSSI *sieht in der Küchentür und blickt gekränkt auf den schlafenden Schneeweiß. Dann kehrt sie langsam in die Küche zurück. Als Zeichen, daß eine gewisse Zeit vergangen ist, tritt eine kurze Pause ein. Plötzlich beginnt irgendwo im Hause eine Uhr zu schlagen. Man hört sieben dumpfe Schläge, jeder wie ein heftiger Donnerschlag.*

SCHNEEWEISS *erhebt sich in der Dunkelheit und zündet die Laterne auf seiner Seite an. Die Seite, auf der die Familie Käsehoch schläft, bleibt im Dunkel. Schneeweiß geht aufgeregt hin und her. Plötzlich erwacht Kuki.*

KUKI *steckt den Kopf hinter dem Spinngewebe hervor und läßt einen kurzen Pfiff ertönen.*

SCHNEEWEISS *dreht sich um und blickt hinüber.*

KUKI *(leise)*: Onkel!

SCHNEEWEISS *(das ganze Gespräch zwischen Schneeweiß und Kuki wird im Flüsterton geführt)*: Wer ist das?

KUKI: Kuki. Ich habe gesehen, daß du aufgestanden bist. *(Kommt hinter dem Spinngewebe hervor)* Du gehst schon?

SCHNEEWEISS: Ja. Ich gehe nach Hause.

KUKI: Ins Parterre?

SCHNEEWEISS: Ja.

KUKI: Das machst du sehr gut.

SCHNEEWEISS: Meinst du?

KUKI: Ja. Wir haben eine weiße Haut. Wir sind Mäuse erster Klasse und kommen vom Käfig.

SCHNEEWEISS *(mit leichtem Spott)*: Vom Käfig? Allerhand für dein zartes Alter!

KUKI: Danke, Und woher kommt ihr?

SCHNEEWEISS: Wir kommen von dem weiten Feld.

KUKI: Hat das Feld einen Namen?

SCHNEEWEISS: Gewiß.

KUKI: Was für einen?

SCHNEEWEISS *(nach langem Überlegen)*: Stoppelfeld.

KUKI: Dann seid ihr vom Stoppelfeld?

SCHNEEWEISS: Ganz richtig. Aber hör, Kuki, was ich dir sagen will: daß deine Vorfahren vom Käfig kamen, mag sein, du bist auf alle Fälle vom Bett gekommen. Daher marsch zurück ins Bett! Und versuch, so schnell wie möglich wieder einzuschlafen.

KUKI: Ich will nicht!

SCHNEEWEISS: Geh, Kuki.

KUKI: Onkel, du bist ganz nett.

SCHNEEWEISS: Ruhe und Frieden, Kuki! *(Will sich entfernen)*

KUKI: Warum gehst du schon, Onkel? Bleib doch noch! Ich wollte dich etwas sehr Wichtiges fragen. Sag, ist es wahr, daß ihr Grauen … entschuldige – ihr vom Parterre, eure Frauen beißt, wenn ihr wütend werdet?

SCHNEEWEISS *(erstaunt)*: Wer hat dir diesen Unsinn erzählt?

KUKI: Antworte mir nicht mit Fragen! Sag: ja oder nein.

SCHNEEWEISS: Je nachdem, Kuki. Unsere Vorfahren vom Feld haben die Frauen gebissen. Das war so eine Tradition.

KUKI: Was ist Tradition?

SCHNEEWEISS: Tradition – das ist das System, das verhindern soll, daß die Kinder ihre Eltern übertreffen.

KUKI: Aha! Aha! Ich habe nicht verstanden.

SCHNEEWEISS: Auf alle Fälle, wir, die schon im Hause geboren wurden, beißen nicht mehr die Frauen.

KUKI: Das ist sehr schade. Meiner Meinung nach muß man sie beißen.

SCHNEEWEISS: Warum denn?

KUKI: Das kann niemals schaden. Sind wir Männer oder sind wir es nicht?

SCHNEEWEISS *(streichelt ihn)*: Nun aber genug, Kuki. Geh schlafen!

KUKI *(plötzlich ernst werdend)*: Nein! Ich habe die Grauen nicht gern!

SCHNEEWEISS: Die Rasse vom Parterre.

KUKI: Entschuldige! Die Rasse vom Parterre. Nicht wichtig. Ich hab' sie nicht gern.

SCHNEEWEISS: Warum nicht?

KUKI: Weil man mit euch immer Ärger hat.

SCHNEEWEISS: Zum Beispiel?

KUKI: Zum Beispiel … zum Beispiel, weil ihr … so … also … und überhaupt aus … tausend Gründen …

SCHNEEWEISS: Zum Beispiel, weil wir immer so schreien, nicht wahr?

KUKI *(laut)*: Richtig! Deshalb!

SCHNEEWEISS: Pst! Schrei nicht so! Deine Eltern könnten erwachen.

KUKI: Sag Onkel, warum macht ihr nichts gegen eure graue Farbe?

SCHNEEWEISS: Warum? Weil wir Grauen sowieso größer an Zahl sind. Wir sind die Mehrheit.

KUKI: Das ist nicht wahr! Wir sind größer an Zahl. Erzähl mir nichts. Auf unserem Stockwerk gibt es nur Weiße.

SCHNEEWEISS: Euer Stockwerk ist noch lange nicht das ganze Haus.

KUKI: Interessiert mich nicht. Trotzdem ist es besser, ein Weißer zu sein.

SCHNEEWEISS: Warum eigentlich?

KUKI: Darum, weil die Weißen niemals Graue sind. Das weißt du genausogut wie ich.

SCHNEEWEISS: Jawohl. Ich weiß es, Kuki, und es freut mich, daß du die Wahrheit gesagt hast. Auf diese Weise haben wir es sozusagen schwarz auf weiß.

KUKI: Falsch! Weiß auf schwarz.

SCHNEEWEISS: Entschuldige.

KUKI: Bitte sehr. Komm, wir wollen Ball spielen.

SCHNEEWEISS: Leider muß ich jetzt gehen. Grüß deine Eltern von mir und sag ihnen, daß ich aus Gründen von … von Familienangelegenheiten gegangen bin.

KUKI: Was ist das: »Familienangelegenheiten«?

SCHNEEWEISS: In Wirklichkeit kann es alles bedeuten, außer Familienangelegenheiten. Verstehst du?

KUKI: Nein. Und was soll ich meiner Schwester sagen?

SCHNEEWEISS: Wieso deiner Schwester?

KUKI: Bist du aber ein Schlaukopf! Ich werde sie wecken. Gut?

SCHNEEWEISS: Warum?

KUKI: Aber Schneeweiß, glaubst du, daß ich keine Augen im Kopf habe? Sei kein Kind! *(Geht zu Knuspi hinter dem Spinngewebe und weckt sie)*

KNUSPI *(erwachend)*: Wer ist das?

KUKI: Ich!

KNUSPI: Was gibt es?

KUKI: Schneeweiß will weggehen. Er möchte sich von dir verabschieden.

KNUSPI: Oh! *(Will aus dem Bett springen, aber überlegt es sich)* Weshalb gerade von mir?

KUKI: Aus Gründen von Familienangelegenheiten. *(Setzt sich an den Rand des Bettes und spitzt die Ohren)*

KNUSPI *(hat sich ausgezogen und geht zu Schneeweiß)*: Schneeweiß, wohin gehst du?

SCHNEEWEISS: Nach Hause.

KNUSPI: Jetzt, wo alle schlafen?

SCHNEEWEISS: Ich bin ein Frühaufsteher.

KNUSPI: Aber du hast fast gar nicht geschlafen?

SCHNEEWEISS: Ich schlafe niemals lange.

KNUSPI: Bleib doch wenigstens bis zum Sonnenauslöschen.

SCHNEEWEISS: Mein Vater macht sich bestimmt Sorgen um mich.

KNUSPI: Das sind Ausreden.

SCHNEEWEISS: Vielleicht habe ich einen anderen Grund?

KNUSPI: Schneeweiß, was ist los mit dir?

SCHNEEWEISS: Gar nichts. Ich gehe nach Hause. Ganz einfach.

KNUSPI: Wann sehen wir uns wieder?

SCHNEEWEISS: Wenn du zu mir herunterkommst.

KNUSPI: Und wann willst du zu unserem Rendezvous-Platz hinaufkommen?

SCHNEEWEISS: Ich werde nicht mehr hinaufkommen.

KNUSPI: Schneeweiß, wann sehe ich dich wieder?

SCHNEEWEISS: Ich sagte dir bereits: wenn du zu mir herunterkommst – ins Parterre.

KNUSPI *(schmollend)*: Schneeweiß, du liebst mich nicht mehr! Was habe ich dir getan? Bin ich schuld? Antworte mir, bin ich schuld?

SCHNEEWEISS: Du bist nicht schuld.

KNUSPI: Sind meine Eltern schuld? Meine Eltern sind Mäuse mit modernen Ansichten. Du bist ungerecht, Schneeweiß! Sie haben sich tadellos zu dir benommen. Papa besonders. Was hast du gegen sie?

SCHNEEWEISS: Ich fühle mich hier wie eine halbe Maus.

KNUSPI: Warum?

SCHNEEWEISS: Weil ich die unverschämte Miene deines Bruders Kalawas nicht ertragen kann.

KNUSPI: Schneeweiß, du irrst … Glaub mir, daß du irrst … Wir alle, insbesondere mein Vater, du kannst nicht verlangen, daß man, eins-zwei, seine Meinung ändert. Auch Kalawas ist kein Schlechter, er hat nun einmal eine solche Miene …

SCHNEEWEISS: Von einem gewissen Alter an ist jedermann für seine Miene verantwortlich.

KNUSPI: Schneeweiß, du bist völlig im Irrtum.

SCHNEEWEISS: Ganz richtig. Ich bin im Irrtum, denn ich bin kein Weißer.

KASIMIR *der inzwischen erwacht ist, schleicht sich zum Ausgang.*

KNUSPI: Schneeweiß, hör auf! Denk auch an mich. Warum willst du mir nicht helfen?

SCHNEEWEISS: Ich kann dir nicht helfen! Ich komme mir zwischen euch wie ein Krüppel vor.

KNUSPI: So etwas darfst du nicht sagen. Sieh doch! Heute morgen, als du dich zu uns flüchtetest, warst du ein Fremder. Jetzt bist du es nicht mehr. Alle kennen dich.

SCHNEEWEISS: Heute morgen war ich ein Unbekannter. Jetzt bin ich ein Bekannter. Aber ein Fremder bin ich geblieben.

KNUSPI: Es wäre deine Pflicht, zu uns zu kommen, mit meinen Eltern zu sprechen und sie zu überzeugen.

SCHNEEWEISS: Wovon soll ich sie überzeugen?

KNUSPI: Wenn du es genau wissen willst: Papa hat dich bereits in sein Herz geschlossen.

SCHNEEWEISS: Was du nicht sagst!

KNUSPI: Jawohl! Ich schwöre es dir! Er hat zur Mama gesagt: ein reizender, junger Mäuserich. Wenn du Papa erst genauer kennengelernt hast, bin ich überzeugt, daß du ihn verehren wirst. Hilf mir, Schneeweiß, hilf mir …

SCHNEEWEISS *(umarmt sie)*: Kleine Knuspi! Du bist so gut zu mir.

KNUSPI: Versprich mir, wiederzukommen.

SCHNEEWEISS *küßt sie, d. h. reibt seine Nase an der ihrigen.*

KNUSPI *(die plötzlich ihren Vater erblickt hat, erschrocken)*: Papa!

KASIMIR *(zu Schneeweiß in barschem Tone)*: Hinaus!

SCHNEEWEISS: Herr Käsehoch …

KASIMIR: Hinaus, habe ich gesagt! *(Auch die übrigen Familienmitglieder sind inzwischen erwacht und schleichen sich heran, ohne sich jedoch in den Wortwechsel einzumischen)*

KNUSPI: Papa! … Warum? …

KASIMIR: Hinaus von hier, Sie schmutziger Grauer! *(Schneeweiß wankt)*

KNUSPI: Papa … du … du sprichst so? …

KASIMIR: Mit dir werde ich mich später unterhalten! *(Zu Schneeweiß)* Sie sind noch immer nicht verschwunden?

SCHNEEWEISS *(erhobenen Hauptes mit Betonung zu Knuspi)*: Ruhe und Frieden, Knuspi.

KNUSPI: Frieden und Ruhe. *(Umarmt ihren Vater)* Papa, ich liebe ihn!

KASIMIR: Die Katze soll ihn holen! *(Zu Schneeweiß)* Verschwinden Sie endlich von hier und lassen Sie sich auf unserem Stockwerk nicht mehr blicken!

KNUSPI: Papa, ich gehe mit ihm!

KASIMIR: Ach! Ausgezeichnet! Geh nur. Aber schnell!

KNUSPI *schlüpft in ihren Mantel.*

KASIMIR *(dem es bereits leid tut, mit immer schwächerer Stimme)*: Geh nur, geh, wenn dieser Schandkerl dir wichtiger ist als deine Eltern. Steig mit ihm hinunter! Tu, was du für richtig hältst! Meinetwegen! Nun aber … hinaus alle beide! *(Lugt nach allen Richtungen nach draußen, ob nicht vielleicht die Katze irgendwo lauert, dann)* Beide hinaus!

KNUSPI: Schneeweiß, komm!

SCHNEEWEISS: Knuspi, bist du dir klar darüber, was du tust?

KNUSPI *(zu Schneeweiß gewandt, in Wirklichkeit aber zu ihrem Vater sprechend)*: Ich bin mir über alles klar. Ich weiß, daß ich hier nicht mehr länger bleiben kann. Ich ersticke hier … Alles ist Lüge. Nichts als Lüge. Ich fühle mich wie hinter Gittern … Ich will nicht mehr diese Mauern sehen. Weg von hier! Nur weg! Irgendwohin, wo es keinen Haß gibt. Wo man keine Stockwerke und keine Treppen kennt … Sagt mir nicht, daß es so etwas nicht gibt. Nicht auf diese Art hat der Mensch sein Haus gebaut. Ich glaube nicht, daß das Haus nur aus Mauern besteht. Aus dumpfen Mauern. Auch draußen gibt es eine Welt … eine weite, eine offene Welt, offen nach allen Richtungen, offen für alle. Dort wollen wir leben … frei … und glücklich … oh, Schneeweiß …

SCHNEEWEISS *hebt sie auf seine Arme empor und läuft mit ihr hinaus. Die Familie Käsehoch verharrt wie erstarrt am Platze. Nur Kuki nähert sich dem Ausgang und blickt den Enteilenden nach. Das Licht erlischt. Vollständige Dunkelheit. Musik. Dann wieder Licht.*

Man sieht Knuspi und Schneeweiß in einer Mausefalle erschreckt hin und her laufen. Die Mausefalle hat die Form einer Halbkugel und steht vor einer gewaltig hohen Tür. Darüber hängt eine »Sonne«, deren Licht in seiner ganzen Stärke auf die Mausefalle fällt.

Vorhang

ZWEITER AKT

Erstes Bild

Knuspi und Schneeweiß schlummern innig umschlungen in der Mausefalle. Über ihnen hängt ein Riesenstück Käse.

KNUSPI *(erwachend, mit noch verschlafener Stimme)*: Schneeweiß … Schneeweiß …

SCHNEEWEISS *(blinzelnd)*: Ja …

KNUSPI: Wie spät ist es?

SCHNEEWEISS *(blickt nach oben)*: Die Sonne scheint noch.

KNUSPI *(bange)*: Was … was machen wir jetzt?

SCHNEEWEISS: Jetzt? Jetzt werden wir es uns hier ein wenig gemütlich machen.

KNUSPI: Hier?

SCHNEEWEISS: Freilich hier. Ist das nicht ein schöner Platz?

KNUSPI: Ein bißchen klein.

SCHNEEWEISS: Klein, aber fein.

KNUSPI: Sogar sehr klein … aber … willst du denn hier wirklich bleiben?

SCHNEEWEISS: Warum denn nicht? Wo steht es geschrieben, daß die Mäuse nur in dunklen Löchern wohnen müssen? Gerade diese runde Form gefällt mir so gut.

KNUSPI *(blickt umher)*: Merkwürdig … Sieh doch … es gibt hier keine Wände.

SCHNEEWEISS: Wände? Wozu braucht man Wände? Wände halten nur die frische Luft ab. Merkst du nicht, Knuspi, was für ein herrlicher Wind hier weht?

KNUSPI: Du mußt es besser wissen, du bist der Ingenieur.

SCHNEEWEISS *(erhebt sich rasch)*: Ich denke, daß wir hierher *(zeigt auf eine Stelle)* unsere Sachen stellen werden.

KNUSPI: Nein. Hier wird der Raum für Gäste sein.

SCHNEEWEISS: Einverstanden. Die Hauptsache ist: jede Ecke ausnützen!

KNUSPI: Aber hier gibt es keine Ecken.

SCHNEEWEISS *(blickt bestürzt umher)*: Tatsächlich … ein bißchen eigenartig … zu welchem Zweck schafft der Mensch solche Plätze?

KNUSPI: *(einen Schrei unterdrückend)*: Schneeweiß!

SCHNEEWEISS: Was denn?

KNUSPI: Woher werden wir die Einrichtung nehmen?

SCHNEEWEISS: Mach dir deshalb keine Sorgen. Ich werde meinen Vater bitten. Komm Knuspi! Wir wollen ein wenig hinausgehen. *(Gehen an dem Gitter entlang, um zum Ausgang zu gelangen)* Wir müssen uns auch Spinngewebe besorgen, wegen der Nachbarn … bei uns zu Hause gibt es eine Menge davon und in verschiedenen Sorten … nach und nach … werden … wir … uns … alles … anschaffen … *(Er stutzt)*

KNUSPI *(nachdem sie wieder zum Ausgangspunkt gelangt sind, bestürzt)*: Schneeweiß! Hier kann man nicht hinaus!

SCHNEEWEISS: Nein. Man kann nicht hinaus.

KNUSPI: Und es war so leicht, hineinzugehen.

SCHNEEWEISS: So ist es immer. *(Setzen sich)* Knuspi, mir ahnt etwas Schreckliches.

KNUSPI: Auch mir. Schon die ganze Zeit. Ich wollte es dir nur nicht sagen. Ich entsinne mich, daß Papa mich einmal vor diesem gefährlichen Gebiet gewarnt hat. Schon viele junge Paare hat es hierhergelockt … zu diesen einsamen Plätzen … Keines von ihnen ist zurückgekehrt …

SCHNEEWEISS: Unsinn! Das sind Ammenmärchen.

KNUSPI: Schneeweiß! Ich fürchte mich! Wir müssen etwas unternehmen!

SCHNEEWEISS: Unternehmen, ja! Aber was?

KNUSPI: Bete zum Menschen, daß er uns hinausläßt.

SCHNEEWEISS: Die Sonne scheint noch, und der Mensch schläft. Er wird böse sein, wenn wir ihn stören …

KNUSPI: Das ist ein Ausnahmefall. Sprich das Gebet für höchste Not. *(Schneeweiß stellt sich in die Richtung zum Feld)* Entgegengesetzt, Schneeweiß …

SCHNEEWEISS: Meine Eltern beten in der Richtung zum Feld.

KNUSPI: Egal! Bet' endlich!

SCHNEEWEISS: Guter Mensch! Nimm wohlgefällig unser Flehen auf und erbarme dich meiner und meiner armen Knuspi, die bei mir ist. An einen schrecklichen Ort sind wir geraten, Verderben drohet unseren Seelen, und wir wissen nicht, warum. Vielleicht haben wir gesündigt, und du strafest uns dafür. Obwohl du alles weißt, was im Hause vorgeht und kein Geheimnis vor dir ist, wollen wir annehmen, daß du in diesem Falle nicht weißt, welch großes Unrecht uns angetan wurde. Guter Mensch, rette uns und führe uns hinaus von dem Platz, den die Katze gebaut hat, um dich zu verhöhnen. Amen!

KNUSPI: Und du glaubst wirklich, daß jetzt der Mensch kommen und uns befreien wird?

SCHNEEWEISS: Nein.

KNUSPI: Warum hast du dann gebetet?

SCHNEEWEISS. Weil du mich darum ersucht hast. Außerdem schafft es bis zu einem gewissen Grade eine Erleichterung … *(während des Gespräches hat er sich der Falltür genähert und versucht sie zu heben. Aber vergeblich)* und enthebt uns der Verpflichtung, etwas zu unternehmen … Nein! Das ist nichts für mich … ich bin nicht stark genug …

KNUSPI: Du bist stark genug, aber du hast nicht mit Inbrunst gebetet. Glaube kann Berge versetzen …

SCHNEEWEISS: Berge, ja! Aber kein Gitter.

KNUSPI *(bricht ein Stück Käse ab und reicht es Schneeweiß)*: Iß ein wenig Käse!

SCHNEEWEISS *(ißt und versucht wieder, die Falltür zu heben)*: Wenn einige Mäuse kämen, könnten wir vielleicht gemeinsam es heben. Alleine schaff' ich es nicht.

KNUSPI: Niemand weiß, daß wir hier sind. Bis man beginnen wird, uns zu suchen, werden wir schon längst tot sein.

SCHNEEWEISS: Mal nicht die Katze an die Wand.

KNUSPI *(zärtlich)*: Schneeweiß! Wir hätten uns das Leben so herrlich einrichten können.

SCHNEEWEISS: Ich habe davon geträumt, uns ein Loch für zwei Zimmer zu graben …

KNUSPI: Für drei.

SCHNEEWEISS: Zwei würden genügen.

KNUSPI: Ich brauche drei!

SCHNEEWEISS: Liebste, wozu drei? Wir sind doch zwei kleine Mäuschen!

KNUSPI: Du Dummchen! Und die Kinder?

SCHNEEWEISS: Natürlich! Wir ... ich wünsche mir mindestens fünfzehn.

KNUSPI: Nein! Höchstens zehn. Sonst ist zuviel Lärm im Hause.

SCHNEEWEISS: Und zur Hälfte werden sie weiß sein.

KNUSPI: Für wen ist das wichtig?

SCHNEEWEISS: Für die Kinder ist es wichtig.

KNUSPI: Hör auf, Schneeweiß! Ich liebe dich so sehr. Du bist so unglaublich ehrlich.

SCHNEEWEISS: Und du bist das schönste und das entzückendste Mäuschen im ganzen Hause.

KNUSPI *(seufzt)*: Schneeweiß, unternimm etwas! Ich will hinaus von hier! Das Leben ist so schön ... so wunderschön ...

SCHNEEWEISS: Auch ich will hinaus. *(Eilt zur Falltür und versucht, sie mit den Zähnen durchzubeißen)* Es geht nicht ...

KNUSPI: Mein Vater ist an allem schuld!

SCHNEEWEISS: Nein Knuspi! Dein Vater wollte nur dein Bestes. Er ist nicht schuld. Keiner ist hier schuld.

KNUSPI: Ich kann es nicht verstehen. Er war immer eine so fortschrittliche und moderne Maus und heute früh, wie er uns beide zusammen angetroffen hat, da war er auf einmal ganz verwandelt.

SCHNEEWEISS: Mein Vater sucht mich sicherlich.

KNUSPI: Oh, meine arme Mutter! Wie mag ihr jetzt zumute sein ...

SCHNEEWEISS: Knuspi, ich muß dir etwas beichten ... Meine Mutter war keine Weiße. Sie war genauso grau wie alle grauen Mäuse.

KNUSPI: Aber Schneeweiß, um des Herren willen! Warum mußtest du denn ...

SCHNEEWEISS: Ich weiß es selbst nicht. Ich wollte deinen Eltern imponieren. Ich habe geglaubt, daß diese alberne Lüge mir helfen wird, ihre Herzen zu gewinnen.

KNUSPI: Das war ganz verkehrt.

SCHNEEWEISS: Verkehrt ja! Aber das ist noch nicht alles. Ich esse Käse nur mit Zwiebeln und euren Zucker mag ich überhaupt nicht. Ich mußte mich förmlich überwinden, um das Essen hinunterzuschlingen. Aber ich wollte den Eindruck einer intelligenten Maus machen, deshalb habe ich Zucker verlangt.

KNUSPI: Aber Schneeweiß ...

SCHNEEWEISS: Und noch etwas! Ich bin kein Ingenieur. Das habe ich nur so erfunden. Bei uns im Parterre gibt es überhaupt keine Studierten. Und wenn sich trotzdem einer findet, dann gehört er nicht mehr zu uns. Ich bin kein Ingenieur, sondern ein einfacher Arbeiter. Wir hatten bei uns auch einen Ingenieur, er war natürlich ein Weißer. Das ist ein Naturgesetz, Knuspi. Das Gesetz der Stockwerke. Und wenn es schon einmal einem Grauen gelingt, dieses Gesetz zu durchbrechen, und er versucht, sich einen Platz an der Sonne zu ergattern *(blickt nach oben)*, dann landet er hier.

KNUSPI *weint.*

SCHNEEWEISS: Wein nicht, Knuspi. Jetzt, nachdem ich dir die Wahrheit gesagt habe, ist mir leicht ums Herz. Wein nicht Knuspi, es tut mir leid, daß ich dich enttäuschen mußte ...

KNUSPI: Ich liebe dich! Und nur dich.

SCHNEEWEISS: Knuspi! Meine gute Knuspi! *(Küßt sie)*

DIE ZWEI SÄNGER *nähern sich, ein Liebeslied singend.*

SCHNEEWEISS *pfeift und gibt ihnen Zeichen. Aber die Sänger machen eine Bewegung mit der Hand, die bedeuten soll, daß sie in ihrem Vortrag nicht gestört sein möchten und setzen ihren Gesang fort. Schneeweiß gibt ihnen noch einige Male durch Zeichen zu verstehen, daß sie ihm helfen sollen. Dann nehmen ihn die Töne gefangen. Er setzt sich neben Knuspi, und in enger Umarmung lauschen beide den Tönen des Gesanges. Zum Schluß schließen sie sich an und singen mit.*

Liebeslied
(sentimental und schmachtend gesungen)

Ein junges Mäuseliebespaar vom Elternhaus entwich
Und sich begab auf Wanderschaft, als Mutter und Vater schlief.
Sie wanderten wohl Tag und Nacht und kamen auf ein Feld;
Das hatte ein wack'rer Bauer mit Korn und Hafer bestellt.
»Hier bleiben wir!« sprach der Mäuserich und legte sich zur Ruh'
Und neben ihm der Mäusin fielen die Augen zu.
Da nahte sich von ungefähr ein Kater auf leisen Sohlen,
Er sah die schlafende Mäusin und rief: »Die werd' ich mir holen!«
Ein Sprung, ein Biß, die Mäusin schrie, der Mäuserich flehte: »Nicht!«
»Ach bitte, laß doch ab von ihr und nimm statt ihrer mich!«
Doch half kein Flehen und kein Bitten, der Kater fraß ihn auch.
Nun lagen sie alle beide, vereint in des Katers Bauch.
Der Herr der Mäuse, der dieses sah, er ward zu Tränen gerühret.
»Nein!« rief er aus, »das duld' ich nicht! Der Treue Lohn gebühret!
Ich weck' euch beide vom Tode auf und mach' euch zu Unschuldsengeln.
Hier habt ihr Flügel, fliegt hinauf als Fledermäuse zum Himmel.«

ERSTER SÄNGER *(nachdem der Gesang verklungen ist, zu dem jungen Paar, das verzaubert in der Falle sitzt)*: Ruhe und Frieden euch!

SCHNEEWEISS und KNUSPI: Frieden und Ruhe! Wir danken euch. Wir danken euch von Herzen. *(Auch nachdem die Sänger sich entfernt haben, bleiben sie in Verzauberung. Plötzlich aber springt –)*

SCHNEEWEISS *(empor, rennt zur Falltür und schreit den Sängern nach)*: Heh, Sänger! Wartet! Sänger! … *(Zu Knuspi enttäuscht)* Sie sind fort.

KNUSPI: Auf eine Weile haben wir vergessen, daß wir gefangen sind … *(Die Sonne erlischt plötzlich. Finsternis)*

SCHNEEWEISS: Der Herr des Hauses hat die Sonne gelöscht.

KNUSPI: Was nun?

KASIMIR und Kuki *kommen mit einer Laterne, die nur einen kleinen Lichtkegel wirft. Sie haben die Mausefalle, die sich am anderen Ende der Bühne befindet, noch nicht entdeckt.*

KUKI: Die Stimmen kommen aus dieser Richtung. Ich bin sicher, daß sie es sind.

KASIMIR *(verzweifelt)*: Herr des Hauses! Warum haben sie es so eilig gehabt. Welcher Leichtsinn! Ausgerechnet diesen gefährlichen Ort sich auszusuchen. Ein Glück, daß du mit mir gekommen bist. Ich könnte dir niemals verzeihen, Kuki, wenn auch du mich enttäuschtest. Du bist ein guter Sohn. Aber deine Schwester, deine Schwester …

KUKI: Nicht weinen, Papa! Komm, wir wollen sie suchen! Und ein zweites Mal verjag sie nicht, dann brauchst du nicht hinter ihnen herzulaufen.

KASIMIR: Wie konnte ich auf den Gedanken kommen, daß meine Knuspi vom Hause weglaufen wird? Warum? Was habe ich ihr getan? Wir waren so höflich zu diesem Kerl. Wir haben ihm Zuflucht gegeben, und er hat ein so großes Stück Käse bekommen. Ich habe ihn zu meiner Rechten gesetzt, und das ist der Dank. Sind wir so schlechte Eltern?

KUKI *(der die Falle endlich entdeckt hat)*: Knuspi!

KNUSPI: Kuki! Mein Kuki!

KUKI: Ich bin nicht dein Kuki! So eilig hast du es gehabt! Welcher Leichtsinn!

KASIMIR *(läuft hin)*: Wer ist dort?

KNUSPI: Papa!

KASIMIR *(küßt sie durch das Gitter)*: Knuspi! … Knuspi! … Knuspi! … Gelobt sei der Mensch, gelobt. Warum hast du mir das angetan? Habe ich es verdient? Wegzulaufen mit einem Gr… gerade mit ihm … ohne mir vorher ein Wort …

KNUSPI: Aber Papa! Ich habe genau das getan, was du mir gesagt hast.

KASIMIR: Was habe ich dir gesagt?

KNUSPI: Du hast gesagt, daß ich weggehen soll …

KASIMIR: Das habe ich bloß gesagt. In solchen Fällen ist der Vater sogar verpflichtet, solches zu sagen.

KUKI: Papa hat nicht gewußt, daß du so folgsam sein wirst.

KASIMIR *(streckt Schneeweiß die Hand entgegen)* Ruhe und Frieden.

SCHNEEWEISS *(verweigert sie ihm)* Frieden und Ruhe!

KASIMIR *(zu Knuspi)*: Deine arme Mutter weint ohne Unterlaß,

KNUSPI: Du hast häßliche Worte gegen Schneeweiß gebraucht.

KASIMIR: Ich? Häßliche Worte? Was für häßliche Worte?

KNUSPI: Du hast gesagt … »Schmieriger Grauer«, hast du gesagt …

KASIMIR: Ich? Ich habe das gesagt? Unmöglich! Ich bin eine fortschrittliche Maus! Solche Worte kommen überhaupt nicht über meine Lippen! Kuki! Ich soll so etwas gesagt haben: »Schmieriger Grauer« …

KUKI: Keine Spur! Du hast gesagt: »S c h m u t z i g e r Grauer.«

KASIMIR: W a a a s ?

KUKI: Aber Papa! Siehst du denn nicht, daß sie gefangen sind?

KASIMIR: Was? Das ist unmöglich! Vielleicht ist es mir so unwillkürlich aus dem Mund gerutscht. Solche Ausdrücke habe ich niemals gebraucht. *(Zu Schneeweiß)* Entschuldigen Herr S-pringenfell, ich habe es nicht nötig, mich vor Ihnen zu rechtfertigen, aber ich hatte keine böse Absicht … überhaupt keine Absicht …

KNUSPI: Papa, ich liebe ihn! Ich will mit ihm zusammengehen, wir wollen uns ein eigenes Loch bauen.

KASIMIR: Und um mir das zu sagen, hast du dir gerade diesen Ort ausgesucht? Konntest du mir das nicht ebensogut zu Hause mitteilen?

KNUSPI: Nein! Ich wußte, daß du dagegen sein wirst.

KASIMIR: Damals wäre ich nicht dagegen gewesen. Aber jetzt ist darüber nicht mehr zu sprechen. Ich bin nicht bereit, meine Tochter einem … einem Mädchenräuber zu geben! *(Zu Kuki, der ihn schon die ganze Zeit am Rock zupft)* Was willst du denn?

KUKI: Papa, sie sind doch gefangen. Man muß sie befreien!

KASIMIR: Unterbrich mich nicht! Schande hast du über unsere Familie gebracht! Seitdem unsere Väter den Käfig verlassen haben, hat sich noch niemals ein solcher Fall bei uns ereignet. Knuspi, komm nach Hause! *(Wendet sich zum Gehen)*.

KUKI *(schreit)*: Aber Papa! Siehst du denn nicht, daß sie nicht hinaus können?

Soundso *(von der Ferne)*: Schneeweiß! Schneeweiß!

Kasimir: Was ist das? Die Nachbarn kommen … Still Kuki! Die Schadenfreude, die sie haben werden …

Schneeweiss: Vater! Vater! Hier bin ich!

Soundso *(mit Laterne von der anderen Seite kommend. Tritt an das Gitter und küßt seinen Sohn)*: Schneeweiß, mein Sohn! Wie konntest du nur? Seit Abendbeginn suche ich dich. *(Erblickt Knuspi)* Wer ist denn bei dir?

Schneeweiss: Das ist Knuspi, meine Braut.

Knuspi: Guten Morgen, Herr Springenfell! Ich freue mich, Sie kennenzulernen.

Soundso *(als hörte er sie nicht)*: Was machst du hier? Warum schläfst du nicht bei uns im Loch?

Schneeweiss: Vater!

Soundso: Ich wußte! Ich wußte, daß eine Weiße dich ins Unglück stürzen wird. So viele schöne junge Mäusinnen gibt es bei uns im Parterre, du brauchtest nur die Hand auszustrecken! Aber nein! Eine Weiße muß es sein! Eine vom ersten Stock!

Kuki *(ist inzwischen auf die Seite zu Soundso gekommen und zupft ihn am Rock)*: Onkel, sie sind gefangen! Man muß sie befreien!

Soundso: Mach, daß du fortkommst! *(Zu Schneeweiß)* Warum hast du mir niemals ein Wort darüber gesagt?

Kasimir *(von der anderen Seite)*: Siehst du, Knuspi, der Alte will noch nicht einmal mit dir sprechen!

Soundso: Die Liebe vergeht, und du bleibst ein Grauer!

Kasimir: Knuspi, sie sind eine ganz andere Gattung von Mäusen!

Soundso: Schneeweiß, da ist nichts zu machen!

Kuki *(ärgerlich)*: Zu allen Katzen! Man muß sie befreien!

Kasimir und Soundso *(entdecken sich und kommen aufeinander zu)*.

Soundso: Ruhe und Frieden!

Kasimir: Frieden und Ruhe! Ein feines Früchtchen, Ihr Herr Sohn! Raubt Töchter!

Soundso: Wieso Töchter? Ich sehe nur eine.

Kasimir: Weil ich nur eine habe.

Soundso: Dafür kann ich nicht.

KUKI *(macht einen Katzenbuckel und schreit)* MIAU! *(Alle erstarren vor Schreck)* Man muß sie befreien! Man muß sie befreien!

SOUNDSO: Der Kleine hat recht! Man muß etwas tun!

KASIMIR: Versuchen wir, das Ding hochzuheben!

SOUNDSO: Hilf uns, Schneeweiß! *(Versuchen, die Falltür zu heben. Auch Kuki legt Hand an)*

KUKI: Hej – ruck! Hej – ruck!

SCHNEEWEISS: Es geht nicht!

KUKI: Versuchen wir's noch einmal!

KASIMIR: Hej – ruck! *(Zu Soundso)* Auch Sie, mein Herr, müssen mit anfassen.

SOUNDSO: Was! Ich fasse nicht an? Sie fassen nicht an!

KASIMIR: Ich? Ich fasse nicht an? Hörst du, Knuspi, ich fasse nicht an?

KNUSPI: Hört doch endlich auf, um des Herren willen!!

KASIMIR: Aber jemand behauptet hier, daß ich nicht anfasse!

DIE KATZE *(von der Ferne)*: »MIAUUU!«

KASIMIR: Kuki!

SOUNDSO: Was ist das? *(Beide blicken vorwurfsvoll zu Kuki)*

KUKI *(zitternd)*: W… w… was …

DIE KATZE *(viel lauter als vorhin)*: »MIAUUU!« *(Allgemeine Panik. Kuki rennt davon)*.

SOUNDSO: Weh uns! Der Satan! Wir sind verloren! *(Zu Knuspi)* Mäusin, was hast du getan? *(Fällt auf die Knie. In der Richtung des Feldes mit weinerlicher Stimme)* Herr aller Mäuse, nur dieses eine Mal rette uns! Nur dieses eine Mal! Ein zweites Mal – von mir aus – brauchst du uns nicht mehr zu retten!

KASIMIR: Die Katze ist über uns, und dieser Trottel betet in der Richtung des Feldes! *(Wendet sich nach der anderen Seite)* Herr des Hauses, König aller Mäuse, wenn es eine Möglichkeit gibt, dann greife ein mit deiner starken Hand und rette uns, ich bitte dich! *Kalawas, Kalophonia, Nussi und Kuki kommen im Laufschritt angerannt, eine Riesengabel mit sich schleppend.*

KALOPHONIA: Knuspi, mein Töchterchen!

NUSSI: Schneeweiß!

KUKI: Nun aber rasch! *(Schiebt die Spitzen der Gabel unter die Fall-*

tür und schreit) Zum Hebel! Alle zum Hebel! *Alle eilen zum anderen Ende der Gabel, hängen sich an und heben auf diese Weise, durch die Schwere ihrer Körper, die Falltür ein wenig empor.*

KALAWAS *(mit Vorwurf zu Schneeweiß)*: Sehen Sie, was Sie angerichtet haben?

KUKI *(gibt ihm von hinten einen Tritt)*: Zu tausend Katzen! An den Hebel *(Kalawas hängt sich an die Gabel)* Hej – ruck! Hej – ruck!

DIE KATZE: MIAUU!

Die Falltür geht wieder etwas hoch, und die Gefangenen können kriechend hinausgehen.

KUKI *(als die beiden bereits draußen sind)*: Einen Augenblick noch! *(Kriecht hinein und kommt mit dem Käse zurück)*

SOUNDSO *(umarmt Schneeweiß)*: Dummkopf, der du bist!

KALOPHONIA *(umarmt Knuspi)*: Gelobt sei der barmherzige Mensch! Er hat sie gerettet!

KUKI: Wer hat sie gerettet! Wieso hat er sie gerettet? Ich habe sie gerettet!

KASIMIR *(umarmt Knuspi. Feierlich)*: Meine Tochter, ich verzeihe dir.

KALOPHONIA *(irrt sich und umarmt Soundso)*: Entschuldigen Sie!

DIE KATZE: »MIAUUU!«

Die Familien entfernen sich laufend, getrennt in entgegengesetzten Richtungen.

Vorhang

Zweites Bild

Wieder im Loch der Familie Käsehoch. Kasimir, Kalophonia und Kuki sitzen um den leeren Tisch. Es herrscht eine gedrückte Stimmung. Knuspi hockt traurig in der Ecke.

KUKI: Mutti, ich bin hungrig.

KALOPHONIA: Hab' ich bereits gehört. Ein gutes Kind quält nicht die Eltern, wenn es sieht, daß nichts da ist. Hast du verstanden?

KUKI *(nach einer Weile)*: Mutti!

KALOPHONIA: Was willst du?

KUKI: Ich bin hungrig.

KALOPHONIA *(zu Kasimir)*: Vielleicht versuchst du noch einmal in den Schacht hinabzusteigen?

KASIMIR: Wozu? Ich habe dir schon erklärt, daß der Schacht vollständig ausgeschöpft ist. Der Mensch – wie gütig ist er doch zu uns – als ob er aufgehört hätte, uns mit Käse zu versorgen …

KALOPHONIA: Was haben wir gesündigt, daß der Herr des Hauses uns so straft?

KASIMIR: Wer kann ergründen, wann eine Maus gesündigt hat? Ein böser Gedanke genügt mitunter, um den Zorn des guten Menschen zu erwecken. Vielleicht hat er uns ein heiliges Fasten auferlegt, um uns von unseren Sünden zu reinigen? *(Blickt hinaus)* Wann ist Kalawas weggegangen?

KALOPHONIA: Gleich nach Sonnenaufgang. Er hat geschworen, ohne Käse nicht zurückzukehren.

KUKI: Dann werden wir ihn nie mehr sehen.

KALOPHONIA: Das glaub' ich nicht. Kalawas ist wendig und tapfer wie eine Katze. Zum ersten Male ist er um Käse gegangen und hat keine Angst gehabt.

KUKI: Wahrscheinlich hat er schrecklichen Hunger gehabt.

KALOPHONIA: Attention! Elle arrive!

NUSSI *(kommt herein, auf dem Tablett eine winzig kleine Käsescheibe)*: Gnä' Frau, bitte, was geben wir heute zum Frühstück?

KALOPHONIA: Zum Frühstück? Was ist denn noch in der Küche?

NUSSI: Nur das ist noch da, gnä' Frau. *(Alle blicken auf die dünne*

Käsescheibe. Kuki streckt die Hand aus, um sie zu schnappen, aber Kalophonia schlägt ihm auf die Finger) Das ist alles, gnä' Frau. Kein Krümchen mehr. Was ist geschehen, gnä' Frau?

KALOPHONIA: Alors, tu sois!

KASIMIR *(räuspert sich, dann mit Betonung)*: Nussi, ich verstehe dich nicht. Weißt du denn nicht, daß heute Fasten ist?

NUSSI: Was für Fasten?

KASIMIR: Fasten. Fasten. Heiliges Fasten zum Andenken an unseren Auszug aus dem Käfig.

NUSSI: Aber Herr Käsehoch, ich bin doch nicht aus dem Käfig ausgezogen.

KASIMIR: Das kann keiner wissen, meine Liebe. Außerdem ist das Fasten auch gut für die Gesundheit.

KUKI: Gesundsein ist die Hauptsache.

KALOPHONIA: Kukurutz!

KASIMIR *(zu Nussi)*: Geh in die Küche, meine Liebe, und nimm im Geiste an unserer Freude teil. Denn es gibt keine erhabenere Freude, als sich von den Gelüsten seines Fleisches zu befreien, zu dem Ziel, die Güte des Menschen zu preisen und ihm zu danken für den Käse, den er uns gibt immerdar.

NUSSI *(zweifelnd)*: Es gibt keine erhabenere Freude?

KALOPHONIA: Nein!

NUSSI: Und wie lange wird diese Freude diesmal bei uns dauern?

KASIMIR: Mindestens drei bis vier Sonnenlöschen.

NUSSI: *(brummend)*: Danke sehr!

KASIMIR: Keine Ursache, meine Liebe! *(Nimmt ihr das Tablett aus der Hand)*

NUSSI *geht hinaus.*

KASIMIR: Seht! Das ist der Käse für die schwarze Stunde. Niemand rühre ihn an!

KUKI: In Ordnung, Papa. Iß ihn allein.

KALOPHONIA: Kasimir! Ich möchte dich etwas fragen: Schämst du dich nicht vor deinem Sohn? Jeder Mäusevater gibt seinen Kindern den täglichen Käse. Nur du nicht. Ein Familienoberhaupt willst du sein? Eine leere Erdnußschale bist du!

KASIMIR *(mit erhobener Stimme)*: Kalophonia!

KALOPHONIA *(schreiend)*: Jawohl. Schreien – das verstehst du! Unverschämt zu mir sein – das verstehst du! Aber einmal genug Käse nach Hause bringen für uns alle, nur einmal wenigstens …

KASIMIR: Beruhige dich, meine Teure! Beruhige dich! Einmal wird es mir schon gelingen, eine ergiebige Käsequelle zu finden und dann – wenn der Herr des Hauses es will – dann sollst du sehen, wie reich wir sein werden. Der Käse wird sich in der Küche bis zur Decke türmen. Oder glaubst du wirklich, daß ich bis ans Ende meiner Tage ein armer Schlucker bleiben will? Eine Maus, die in den Augen ihrer Nachbarn eine Null ist? Ich sage dir, einmal …

KNUSPI: Kalawas!

KALAWAS *(stürzt von draußen herein, er strahlt vor Freude. In einer Schüssel trägt er große Körner von giftgrüner Farbe)*: Papa! Papa! *(Große Aufregung. Durch das Freudengeschrei angelockt kommt auch Nussi herein)* Ich habe euch alle gerettet!

KALOPHONIA: Kalawas, mein Sohn! Hast du Käse gebracht?

KALAWAS: Ach was, Käse? Etwas ganz Neues habe ich gebracht. Eine Delikatesse! Riecht nur daran! *(Alle beschnuppern lüstern die grünen Körner)*

KASIMIR: Duften herrlich! Wecken förmlich den Appetit. Wo hast du denn das gefunden?

KALOPHONIA: Kasimir, laß ihn doch ein wenig verschnaufen. Und du, Kuki, was sagst du zu deinem Bruder?

KALAWAS: Wißt ihr, wo ich diese herrlichen Sachen gefunden habe? Keiner von euch wird darauf kommen. Hier gleich im Treppenhaus, einige Schwänze von unserem Loch entfernt. Was ich konnte, habe ich gleich mitgenommen, aber es ist noch eine ganze Menge dort. *(Allgemeine Begeisterung)*

KASIMIR *(zu Kalophonia)*: Na, was habe ich dir gesagt? Ich habe gewußt, daß einmal der Reichtum kommen muß. *(Zu Kalawas)* Aber wie ist das nur möglich? Gestern noch war gar nichts dort … *(Stille)*

KALOPHONIA *(mit einem Blick nach oben)*: Herr des Hauses! Du hast ein Wunder vollbracht.

KASIMIR: Jawohl! Ein sichtbares Wunder. Ich bin überzeugt, daß der

Herr des Hauses, er selbst und kein anderer, diese Wunderspeise vor den Ausgang unseres Loches gelegt hat.

KALAWAS: Herr aller Mäuse!

NUSSI: Dann ist das Fasten beendet, soweit ich verstanden habe. Nicht wahr, Herr Käsehoch?

KASIMIR: Jawohl! Beendet. Der Herr des Hauses hat uns ein Zeichen gegeben, das Fasten abzubrechen.

KALOPHONIA *(haut Kuki auf die Finger, weil er von den »Delikatessen« kosten will)*: Kuki, warte, bis wir alle essen!

KASIMIR: Kuki, jetzt aber genug! Du wirst nichts bekommen, bis die Sonne ausgelöscht ist!

KALOPHONIA: Na, endlich!

KUKI *(weinend)*: Papa, ich bin hungrig …

KASIMIR: Wir alle sind hungrig, und wir rühren es nicht an. Solange die Sonne am Himmel steht, bekommst du nichts, und damit basta! *(Zu allen)* Und nun, meine Teuren, wollen wir alles hereinbringen, bevor es die Nachbarn entdeckt haben.

KUKI *läuft brummend in die Küche, während die übrigen, mit Ausnahme von Knuspi und Kasimir, ins Freie eilen.*

KASIMIR *(hinter ihnen herrufend)*: Laßt nicht ein Körnchen zurück! Wir wollen uns einen Schmaus machen … *(Bemerkt Knuspi, die traurig in der Ecke sitzt)* Knuspi, mein Liebling! Warum sitzt du so schweigsam in der Ecke? Fehlt dir was?

KNUSPI: Nein, Papa. *(Erhebt sich)* Es fehlt mir nichts.

KASIMIR: Dann geh, mein Töchterchen, und hilf ihnen draußen. Und denk nicht mehr an jene Sache … vergiß es …

KNUSPI *geht traurig mit einer Schüssel hinaus.*

KASIMIR *(blickt sich um, und als er sich überzeugt hat, daß niemand im Zimmer ist, nähert er sich den »Delikatessen« und leckt an ihnen)*: Herrlich … herrlich … eine Wunderspeise … ein Speischen … ein Speiselein … ein Speiseleinchen …

KALAWAS *(eilt beladen in die Küche und ruft freudig)*: Ich mach' noch eine Runde!

KASIMIR: Der Herr des Hauses segne dich, mein Sohn! Du bist ein tapferer Junge! *(Alle, mit Ausnahme von Kuki, eilen beladen hin und her. Kasimir reibt sich zufrieden die Hände)* Beeilt euch, beeilt euch, meine Teuren! Eine solche Gelegenheit bietet sich der Maus nur einmal im Leben. Daß die Nachbarn nur nichts merken …

KALOPHONIA *(vorbeieilend)*: Nein, sie haben nichts bemerkt. Bald sind wir fertig und können mit dem Essen beginnen. Mein teurer Kasimir, du vergehst wahrscheinlich schon vor Hunger …

KASIMIR *(reckt sich stramm empor)*: Ach, nicht der Rede wert! Das bißchen Hunger. Eine Maus muß das aushalten können.

Langsam kehren alle zurück und setzen sich an den Tisch. Nur Kuki steht trotzig und verlassen in der Ecke. Nussi stellt vor jeden einen Teller und in die Mitte einen großen Würfel Zucker, neben dem die Schüssel mit der Wunderspeise ist. Alle blicken gierig hin, bereit, sich auf das Essen zu stürzen.

KASIMIR: Aufgepaßt! Eins … zwei …

KALOPHONIA: Kasimir, wieder hast du vergessen!

KASIMIR: Ach ja! *(Erhebt sich, die anderen folgen ihm mit saurer Miene – nur Kuki steht weiter trotzig in der Ecke – und wenden sich in der Richtung zur Küche. Kasimir feierlich)* Gelobt seist du, Herr des Hauses, der uns den täglichen Käse gibt, am Morgen und am Abend. Es rühmet dich das ganze Haus, denn du hast uns von dem Tode des Verhungerns errettet. Uns hast du unter allen anderen Mäusen auserwählt, hast uns dein barmherziges Herz zugewendet und uns vor unser Loch die Wunderspeise gestreut, nur für uns und nicht für die anderen Mäuse.

KALOPHONIA: Wie schön er betet …

KASIMIR: Darum, Herr des Hauses, schenk uns weiter deine große Huld … Huld … *(Greift sich plötzlich an den Bauch)* Huld … *(Aufschreiend)* Hilfe! H i l f e !

Allgemeine Bestürzung. Nussi stürzt aus der Küche herein. Kasimir ist auf den Stuhl gesunken und windet sich in Schmerzen.

KALOPHONIA: Kasimir! Kasimir! Was ist dir?

KASIMIR: Ich sterbe … das ist keine Wunderspeise … das ist etwas ganz anderes … *(Wankt zum Bett und fällt auf die Kissen)*

KALOPHONIA: Aber Kasimir, du hast doch davon noch nicht einmal gekostet!

KASIMIR: Woher weißt du das? Ich … sterbe … Mörder … Mörder …

KNUSPI: Papa! *(Alle umstehen erschrocken sein Bett)*

KALAWAS *(fällt auf die Knie)*: Herr über alle Mäuse, barmherziger Mensch, warum lässest du es zu, daß der Bösewicht, die Katze, uns vergiftet? *(Fährt fort, Gebete zu murmeln)*

KNUSPI: Papa, was hast du, Papa! Hörst du?

KALOPHONIA: Herr des Hauses! Man muß etwas tun! Euer Vater stirbt!

NUSSI: Gnä' Frau, ich rufe die Sänger! Ich werde nicht zulassen, daß der Herr Käsehoch so mir nichts, dir nichts von uns geht. *(Läuft hinaus. Alle weinen bitterlich)*

KASIMIR: O weh … o weh … das ist das Ende. Barmherziger Mensch … Warum? … Pourquoi …

KNUSPI: Papa, warum hast du von dem Gift gegessen?

KASIMIR: Ich? … Ich wollte euch nur vor dem Tode bewahren …

KALOPHONIA: Oh, Herr des Hauses, der du uns den täglichen Käse gibst, schneide nicht ab den Lebensfaden des besten aller Väter.

KALAWAS: Amen!
(Murmelt weiter Gebete)

KASIMIR *(spricht immer langsamer, seine Stimme ist die eines Sterbenden. Um ihn herum weinen und wehklagen die Angehörigen)*: Ich habe nicht mehr viel Zeit … meine Kinder … es geht dem Ende zu … Ich will euch noch einiges sagen … solange ich noch die Kraft dazu habe … *(Macht eine Pause)* … Zeit meines Lebens war ich eine einfache Maus gewesen … eine einfache weiße Maus … einfach weiß … aber ich habe in meinem Leben alle meine Ziele erreicht, die ich mir gesetzt habe … o weh … Ich wollte keinen materiellen Reichtum … ich habe niemals danach gestrebt, mir bis an die Decke Käse aufzuspeichern … o weh … und habe es erreicht …

ALLE: Ja, ja, Papa! Das ist es! Du wolltest nicht! Das hast du wahrlich erreicht!

KASIMIR: Wenn ich etwas Eßbares im Hause gefunden habe, sofort habe ich es mit breiter Hand an die Nachbarn verteilt …

KALAWAS *(weinend)*: Das ist es ja. *(Plötzlich ausbrechend)* Papa, verlaß uns nicht! Wer wird uns mit Käse versorgen?

KASIMIR: Zeit meines Lebens war ich eine gute Maus gewesen …

habe nicht nach Käse gejagt … habe nicht nach Ehren gestrebt … und auch das habe ich erreicht … *(leise)* Ich wollte nicht … o weh … was wollte ich außerdem nicht?

KUKI *(weinend)*: Gesund, Papa, gesund wolltest du auch nicht sein!

KASIMIR: Jawohl! … das heißt … o weh … o weh! … *(Verstummt)*

KALOPHONIA *(aufschreiend)*: Kasimir! *(Zu den Kindern)* Was steht ihr da herum? Tut etwas! Seht ihr denn nicht, daß euer Vater in den letzten Zügen liegt?

KNUSPI: Vielleicht legen wir Licht auf Papas Bauch? Man sagt, das hilft.

KALOPHONIA: Man darf nichts unversucht lassen. *(Sie legen die brennende Laterne auf seinen Bauch. Kasimir liegt da wie ein Toter)*

NUSSI *(stürzt ins Zimmer. Hinter ihr die zwei fahrenden Sänger)*: Gnä' Frau!

DIE SÄNGER *(stellen sich am Kopfende zu beiden Seiten des Bettes auf und beginnen einen monotonen Grabgesang)*: Sum … sum … sum … / eine Maus ging ein ins Himmelreich der Mäuse / sum … sum … sum … / der barmherzige Mensch hob ihre Seele empor … / empor auf die Waage des ewigen Lebens … / sum … sum … sum … / und sie fand keine Gnade vor ihm … / sum … sum … sum … / nein, sie fand keine Gnade vor ihm … / sum … sum … sum … / und wurde belohnt mit ewigem Käse … mit ewigem Käse … sum … sum … sum …

KASIMIR *(zu Tode erschrocken)*: Kalophonia! Kalophonia!

KALOPHONIA: Was, mein Teurer?

KASIMIR: Ist es wahr, Kalophonia? … Muß … ich … wirklich … sterben? …

KALOPHONIA *weint fassungslos.*

KASIMIR: Nein, nein … noch nicht … *(erregt, dann immer leiser)* Komm näher zu mir, Kalophonia … näher zu mir … Bevor ich vor dem Menschen erscheine … muß ich dir noch etwas gestehen … Kalophonia, meine teure Gattin … Du hast mir so oft Vorwürfe gemacht, daß ich nicht genug Käse nach Hause bringe … o weh … nur die Hälfte von dem, was ein Familienvater bringen muß …

KALOPHONIA: Niemals habe ich so etwas gesagt!

KASIMIR: Aber du hattest recht, teure Gattin ... Ich habe nur die Hälfte nach Hause gebracht ... o weh ... Ich kannte in meiner Jugend eine reizende Maus, und es erwies sich, daß sie ... o weh ... bis zum heutigen Tag ...

KALOPHONIA: Bis zum heutigen Tag? *(Pause)*

KASIMIR: Übrigens, ich fühle mich jetzt ein wenig besser.

DIE SÄNGER *(fahren düster betend fort)*: Du guter und barmherziger Mensch, nimm ihn in deine Arme, in deine Arme / sum ... sum ... sum ... / und bette ihn in den großen Eimer ... / in den großen Eimer ... sum ... sum ... sum ...

KASIMIR *(mit schwacher Stimme)*: Nein, nein ... kein Eimer! Werft sie hinaus!

KALOPHONIA: Kasimir, wie war das mit der reizenden Maus?

KASIMIR: Ich bin tot.

KALOPHONIA *(aufschreiend)*: Kasimir! Kasimir!

KASIMIR *gibt keine Antwort mehr.*

DIE SÄNGER: Sum ... sum ... sum ... Herr des Hauses! / Empfange die Seele dieser Maus in Gnade ... / und trage seine Seele an einen guten Ort ... / nahe, mein Herr, zu dir ... nahe zu dir ... Amen! *(Alle brechen in Schluchzen aus)*

KALOPHONIA *(zu den Sängern, die sich entfernen wollen)*: Vielen Dank meine Herren ... Vielen Dank! ... Kuki! *(Kuki nämlich hat die Sänger mit dem Gift bewirtet)* Vielen Dank! *(Die Sänger haben sich entfernt. Auch Nussi ist in die Küche hinausgegangen, Kalophonia indessen wirft sich über den Körper ihres Mannes und schreit)* Oh, Kasimir! Oh, Kasimir! Du warst ein musterhaftes Familienoberhaupt! Ein edler Vater, wie es keinen besseren geben kann! Der edelste Gatte auf der Welt! Niemals fehlte Käse im Hause! Wir wußten nicht, was Hunger bedeutet! Immer bist du mir zart entgegengekommen! Du hütest die Reinheit der Familie ... Oh, Kasimir! Oh, Kasimir ... Warum hast du uns verlassen?

KASIMIR *(niest)*: Haptschi!!! *(Die Laterne rutscht von seinem Bauch)*

KALAWAS: Gesundheit!

KNUSPI: Papa, du lebst?

KALOPHONIA: Kasimir, wie war das mit der reizenden Maus?

KASIMIR: Ich will ein Testament machen … oh … es fällt mir schwer, zu sprechen … ich kann meinen Kindern nicht viel vermachen … aber Weisheit des Lebens … kann ich ihnen auf den Weg geben …

KALAWAS: Das ist die Hauptsache, Papa … die Hauptsache … Weisheit des Lebens …

KASIMIR: Kalawas, mein Sohn. Du bist stark und klug. Zwar hast du deinen Vater gemordet, aber das kommt in den besten Familien vor …

KALAWAS: Papa, das erste Mal … wirklich das erste Mal …

KASIMIR: Macht nichts! Ich verzeihe dir. Auch dir verzeihe ich, Kuki, mein Sohn. Zwar hast du mich viel geärgert, und ich mußte dich manchmal strafen, aber – erledigt.

KUKI *(weinend)*: Stimmt Papi! Auch heute hast du mir nicht erlaubt, die Wunderspeise zu essen.

KASIMIR: Oh! Welch schreckliche Schmerzen! Jetzt kommen sie wieder! *(Faßt sich an den Bauch)* Das Herz … das Herz … nur noch Minuten stehen mir zur Verfügung. *(Nimmt sich zusammen)* … Knuspi, mein Töchterchen! *(Hebt sich empor)*

KNUSPI: Ja, Papa!

KASIMIR *(mit seinen letzten Kräften)*: Ich habe eine Bitte an dich, mein Töchterchen … o weh … Du bist mein Liebling gewesen … mein Herz hing an dir … komm näher zu mir … Schwör mir bei meiner Seligkeit, daß du niemals und auf keinen Fall Schneeweiß heiraten wirst …

KNUSPI: Aber, Papa, warum nicht? …

KASIMIR: Darum nicht!

KUKI: Wegen der Nachbarn!

SCHNEEWEISS *(stürzt aufgeregt herein)*: Entschuldigen Sie, ich habe die Sänger getroffen. Ist das wahr?

KALAWAS: Was geht das Sie an?

KNUSPI *(nähert sich ihm)*: Schneeweiß, Papa hat von der schlechten Speise gegessen … er … liegt im Sterben …

SCHNEEWEISS *(erblickt am Tisch das Gift)*: Zu allen Katzen! Jeder kleine Mausejunge weiß, daß das ein Teufelsfraß ist. Wieviel hat er denn davon gegessen?

KALOPHONIA: Wir wissen es nicht.

KUKI: Sicherlich eine ganze Menge.

KASIMIR *(mit Grabesstimme)*: Nur dreimal geleckt.

SCHNEEWEISS: Und nicht gegessen?

KASIMIR: Nein! Nur geleckt.

SCHNEEWEISS: Wenn dem so ist, dann ist keine Zeit zu verlieren … *(Kommt an das Bett heran, mit befehlender Stimme)* Herr Käsehoch, bitte stellen Sie sich auf den Kopf!

KASIMIR: Oh, oh … die Schmerzen … sie kommen wieder …

KALOPHONIA: Bitte gehen Sie weg von meinem Gatten!

SCHNEEWEISS *(schreiend)*: Herr Käsehoch, ich muß Sie auf den Kopf stellen! Es tut mir leid, aber wir haben keine Zeit zu verlieren! *(Er hilft ihm, gegen die Wand gestützt, sich auf den Kopf zu stellen und läßt ihn in dieser Stellung verharren)*

KNUSPI: Schneeweiß, du glaubst, daß ihm das helfen wird?

SCHNEEWEISS: Im allgemeinen hilft diese Stellung in jeder Lebenslage.

KALAWAS: Eine so einfache Sache. Daß wir nicht darauf gekommen sind, den Vater auf den Kopf zu stellen.

KUKI: Du schweig lieber! Geh beten!

KASIMIR *fällt mit großem Krach auf das Bett zurück.*

KALOPHONIA *(schreit auf)*: Mörder! Sie haben meinen Gatten umgebracht.

Alle sind gelähmt vor Schreck. Plötzlich erhebt sich Kasimir und, die Hand vor den Mund sich haltend, stürmt er ins anstoßende Zimmer, um sich zu erbrechen. Alle blicken ihm nach. Es ist ihnen klargeworden, daß durch Schneeweißens energisches Eingreifen eine wesentliche Besserung im Befinden Kasimirs eingetreten ist. Angesichts dieses Erfolges schlägt die Stimmung in Freude um, und alle überschütten Schneeweiß mit überschwenglichem Dank.

ALLE *(gleichzeitig)*: Schneeweiß! Herr Schneeweiß! Vielen Dank! Vielen Dank! Du hast unseren Vater gerettet! Sie haben ihn gesund gemacht! Wir danken dir von ganzem Herzen! Dank dir,

Schneeweiß, lieber Schneeweiß! Ein Glück, daß du gekommen bist! In letzter Minute!

KASIMIR *(kehrt aus dem anstoßenden Zimmer zurück, seine Mienen sind erhellt, die Besserung ist offensichtlich. Aber er ist noch schwach und hält sich beim Gehen an der Wand fest. Von Zeit zu Zeit läßt er ein befreiendes Lachen erschallen. Wankend kommt er auf Schneeweiß zu und drückt ihm andauernd die Hand)*: Herr Schneeweiß, ich danke Ihnen, ich danke Ihnen sehr … Ich weiß gar nicht, wie ich mich Ihnen dankbar erweisen kann für das, was Sie an mir getan haben …

SCHNEEWEISS: Oh, darüber machen Sie sich keine Sorgen.

KASIMIR: Was soll das heißen, keine Sorgen? Sie haben mir das Leben gerettet … Mäusekind, wünschen Sie sich etwas! Was ich besitze, soll Euer sein!

SCHNEEWEISS: Dann geben Sie mir Ihre Tochter, Herr Käsehoch.

KASIMIR: Oooh! … Ein neuer Anfall … *(Sinkt auf das Bett)* Es kommt schon wieder …

KALOPHONIA *(zu Schneeweiß)*: Sie müssen jetzt den Kranken allein lassen.

SCHNEEWEISS: Gewiß! Aber Herr Käsehoch bedarf noch weiterer Behandlung.

KALOPHONIA: Was soll man ihm denn geben?

SCHNEEWEISS: Schimmel in lauwarmes Wasser.

KNUSPI: Schimmel, von der Wand?

SCHNEEWEISS: Ganz richtig. Schimmel von der Wand. Nur das kann ihn vollständig heilen.

KNUSPI: Aber bei uns gibt es keinen Schimmel.

SCHNEEWEISS: Bei uns im Parterre sind die Wände nur so mit Schimmel bedeckt …

KALAWAS: Das ist es ja! Die im Parterre haben alles!

SCHNEEWEISS: Wenn Sie gestatten, Frau Käsehoch, werde ich jeden Tag frischen Schimmel für Ihren Mann bringen.

KALOPHONIA: Vielen Dank, Herr Schneeweiß … es ist wirklich nett von Ihnen … Aber vielleicht kann ich Ihnen Kuki schicken …

SCHNEEWEISS: Nicht nötig! Ich werde ihn schon selbst bringen.

(Lächelt Knuspi zu) Ruhe und Frieden. Und baldige Besserung, Herr Käsehoch!

KASIMIR *(mit schwacher Stimme)*: Frieden und Ruhe, Herr Schneeweiß … und seien Sie vorsichtig auf dem Wege … *(Schneeweiß ab)*

KALOPHONIA *(kommt zu Kasimir an das Bett)*: Sag mir, mein Teurer, wie war das mit dieser reizenden Maus, welche die Hälfte von unserem Käse frißt?

KASIMIR: Wie bitte?

KALOPHONIA: Du weißt sehr gut, wen ich damit meine!

KASIMIR: Kalophonia, du phantasierst.

KALAWAS: Papa, ich bin hungrig!

KASIMIR *(springt aus dem Bett und schlägt auf Kalawas los)*: Was? Du unterstehst dich noch, hungrig zu sein? Du Mörder! Geh und friß dir doch deine Wunderspeise! Wunderspeisen bringt er nach Hause! Hat Angst, sich weiter als vier Schwänze vom Loch zu entfernen. So ein Feigling! …

KALAWAS: Oh … oh … nicht doch, Papa … nicht doch … *(Weint)*

KNUSPI *(trennt beide)*: Papa, du darfst dich nicht aufregen. Schneeweiß hat gesagt, daß du noch der Ruhe bedarfst. *(Kasimir läßt sich auf den Stuhl fallen)*

KASIMIR: Schneeweiß ist wunderbar! Je mehr ich ihn kennenlerne, je mehr muß ich ihn lieben. Meine Tochter, ich will hoffen, daß du nicht vergessen hast, was du deinem verstorbenen Vater zugesagt hast. So eine Erklärung bindet!

KNUSPI: Aber Papa, du lebst ja! …

KASIMIR: Vielleicht tut es dir leid, daß ich nicht gestorben bin? Du hast mir versprochen, Schneeweiß nicht zu heiraten. Glaubst du, daß ich es schon vergessen habe?

KNUSPI *bricht in Tränen aus.*

KASIMIR: Knuspi, Knuspi, Liebling meines Herzens, du wirst mich niemals verstehen. Theorien gibt es viele – aber nur e i n e Wirklichkeit. Und diese sieht ganz anders aus. Vorläufig ist noch ein sehr großer Abstand zwischen ihnen und uns.

KNUSPI: Dann muß man eben etwas unternehmen, um diesen Abstand zu verkleinern.

KASIMIR: Man unternimmt schon, man versucht schon. Man befreundet sich, man heiratet untereinander – aber nicht auf einmal. Immer schön langsam. So etwas braucht Zeit, es muß sich sozusagen von selbst entwickeln … Die nächste Generation wird schon … vielleicht …

KNUSPI: Papa, wenn ihr sagen sollt: niemals! – dann sagt ihr: die nächste Generation.

KALOPHONIA *(tadelnd zu Kasimir)*: Was willst du von ihr? Quäl sie nicht.

KNUSPI: Mutti, ich liebe ihn!

KALOPHONIA: Auch ich habe ihn lieb. Aber du machst dir gar keine Vorstellung, was für ein grundlegender Unterschied zwischen ihnen und uns besteht. Schon wie sie sprechen – wie sie essen – und was sie essen …

KASIMIR: Und der große Unterschied auf geistigem Gebiet.

KUKI: Das stimmt nicht. Auch wir sind ganz klug.

KASIMIR *(mit müder Stimme)*: Geh spielen, Kuki!

KALOPHONIA: Und die Hochzeitsfeier bei ihnen – wie bei Wilden! Wir aus dem Käfig machen sie nach altem Ritus: der Bräutigam hebt den rechten Fuß, leckt zweimal an dem geweihten Käse, sagt drei Segenssprüche und macht einen Purzelbaum nach hinten. Bei ihnen aber hebt der Bräutigam den linken Fuß, ißt richtig fünfmal von dem geweihten Käse, macht den Purzelbaum nach vorne und begnügt sich mit einem einzigen Segensspruch. Und nun frage ich dich: Kann es etwas Lächerlicheres und Unkultivierteres geben als so was?

KUKI: Den Purzelbaum nach vorne zu machen, ist auch viel leichter.

KASIMIR: Kuki, geh spielen! *(Zu Knuspi)* Ist dir bekannt, Töchterchen, daß die Grauen abergläubisch sind?

KUKI: Das stimmt! Ich habe es auch gehört. Wenn ihnen eine schwarze Katze über den Weg läuft, ist ihnen der ganze Tag verdorben.

KASIMIR *(versucht, sich zu erheben, um ihm einen Schlag zu versetzen)*: Kuki, geh endlich spielen!

KUKI: Papa, du bist krank! Du bist krank!

KALAWAS: Es lohnt nicht, darüber so viel zu reden! Habt ihr gesehen, wie er begehrlich auf Papas Messingbürste geguckt hat? Der Mensch hat uns in Farben geschaffen, um die Vermischung zwischen Weißen und Grauen zu verhindern. Das ist klar!

KNUSPI: Wann hast du das letztemal mit dem Menschen darüber gesprochen?

KASIMIR: Nun, vielleicht könnte einmal eine Maus die Schwelle des Herrn betreten und ihn um Rat fragen. Dann könnten wir wenigstens wissen, was wir tun sollen … Aber wer kann es wagen, vor das Antlitz des Menschen zu treten? Entschuldigt …
(Läuft hinaus)

KALOPHONIA *(zu Kalawas)*: Leere Erdnußschale! Siehst du denn nicht, wie das deinen Vater aufregt? *(Geht ihm nach)*

KNUSPI *sitzt da mit finsterer Miene.*

KALAWAS *(in großer Erregung)*: Was? Ich bin eine leere Erdnußschale? Ein Feigling? *(Schlüpft hastig in seinen Mantel)* Ich habe Angst, das Loch zu verlassen?

KNUSPI: Wohin willst du gehen?

KALAWAS: Wohin? Zu dem Herrn des Hauses! Ich werde Papa schon zeigen, wer hier ein Feigling ist!

KUKI: Zu dem Herrn des Hauses?? Was willst du bei ihm?

KALAWAS: Ich will ihn fragen, wie er über die zweifarbigen Ehen denkt.

KUKI: Bist du aber klug! Wie willst du ihn denn in dem großen Hause finden?

KALAWAS: Verlaß dich auf mich! Am Ende des Stockwerkes ist ein gewaltig großes Loch mit vielen Sonnen. Von dort kommt die Stimme des Gewaltigen. Dort muß er wohnen. Sei unbesorgt, ich werde ihn schon finden.

KUKI *lacht.*

KALAWAS: Du glaubst mir nicht? Dann komm doch mit! Na, komm doch!

KUKI *(erschrocken)*: Aber Kalawas! Er ist doch immerhin der Herr des Hauses … Man sagt, daß er so groß ist … *(Zeigt in die Höhe springend mit der Hand)* so groß … nein, noch größer! … Er ist so groß, daß es überhaupt keinen so Großen gibt …

KALAWAS: Ist mir alles eins! Er hat uns nach seinem Ebenbild geschaffen. Oder vielleicht nicht?

KUKI: Ja! Das hat er …

KALAWAS: Na, also! Dann sind wir sozusagen mit ihm verwandt. Aber hör, Kuki! Wenn du dich nicht traust, dann bleib lieber zu Hause! Ängstliche kann ich nicht brauchen!

KUKI: Wart! Ich komme mit! Ohne Zeuge wird dir sowieso niemand glauben wollen.

KALAWAS *(drückt ihm die Hand)*: Ich habe nichts anderes von dir erwartet. Du bist ein prachtvoller Mäusejunge.

KUKI *(sich anziehend, spricht zu sich selbst)*: Warum auch nicht? Ich bin eine weiße Maus und komme vom Käfig.

KALAWAS: Klar!

KNUSPI: Wohin geht ihr?

KUKI: Wir machen dem Herrn des Hauses einen Besuch.

KNUSPI: Was?

KALAWAS: So wie du hörst! Ich will es von ihm schwarz auf weiß haben, wie er über die zweifarbigen Ehen denkt.

KNUSPI: Bist du verrückt geworden?

KALAWAS: Du hast wohl Angst, daß er gegen die zweifarbigen Ehen ist.

KNUSPI: Er wird euch zermalmen!

KALAWAS: Sorg dich nicht! *(Zu Kuki)* Bist du fertig?

KUKI: Ich bin fertig. Aber hör, Kalawas! Wir besuchen den Menschen zum erstenmal. Es gehört sich, daß wir ihm ein Geschenk mitbringen.

KALAWAS: Was für ein Geschenk?

KUKI: Ein Opfer.

KALAWAS: Gut. Aber was für eines?

KUKI: Gewöhnlich bringt man dem Menschen den ersten Käse im Hause als Opfer.

KALAWAS: Den haben wir nicht. Aber weißt du was? Bringen wir ihm den letzten Käse im Hause. *(Packt den Käse, der für den Fall der Not bestimmt war, in ein Stück Papier und gibt ihn Kuki)* Da! Nimm ihn! *(Mit Bewegung)* Zum ersten Male vor dem Herrn des Hauses zu stehen, der uns den täglichen Käse gibt … Kuki! Ich habe das Gefühl, daß wir Geschichte machen. Jetzt aber los! Wir gehen! *(Sie gehen hinaus, vielmehr Kuki schleift seinen Bruder Kalawas mit Gewalt hinaus).*

NUSSI *(kommt herein. Da niemand im Zimmer ist, will sie wieder in die Küche und trifft Knuspi)*: Die gnä' Frau hat mir gesagt, ich soll das Essen vorbereiten, und ich weiß nicht was.

KNUSPI: Nussi!

NUSSI: Bitte sehr, Fräulein Knuspi.

KNUSPI: Nussi, vielleicht ist es nicht richtig, daß ich dich das frage, aber egal! Ich möcht' es wissen! Sag mir, Nussi: glaubst du, daß der Herr des Hauses euch in einer anderen Farbe geschaffen hat, weil ihr anders seid als wir?

NUSSI: Freilich, Fräulein Knuspi.

KNUSPI: Seid ihr besser oder schlechter als wir?

NUSSI: Schlechter. Sicherlich schlechter, Fräulein Knuspi.

KNUSPI: Woher weißt du das?

NUSSI: Alle sagen es.

KNUSPI: Aber Nussi! Ihr seid doch genauso Mäuse wie wir.

NUSSI: Das scheint bloß so, Fräulein Knuspi. Wir sind grau, wir wohnen im Parterre, wir haben keine klugen Köpfe, wir können nicht tanzen, wir verstehen gerade noch zu kochen. Aber Anweisungen geben, Fräulein Knuspi, was zu kochen ist, das versteht nur ihr. Nur ihr! …

KNUSPI: Kommt dir nicht manchmal der Gedanke, daß da etwas nicht in Ordnung ist?

NUSSI: Fräulein Knuspi! So darf man nicht reden. Ich hoffe, daß der Mensch – gepriesen sei sein Name – nichts gehört hat. Es gibt eine geheiligte Ordnung im Hause, es gibt weiße Mäuse und es gibt graue Mäuse. Dagegen darf man sich nicht auflehnen.

KNUSPI: Nussi, ich will dir etwas verraten. *(Pause)* Ich liebe einen von den euren.

NUSSI: Ich weiß es, Fräulein Knuspi.

KNUSPI: Freust du dich?

NUSSI: Nein, Fräulein Knuspi. Ihre Eltern, Herr Käsehoch und die gnä' Frau, haben vollständig recht. *(Erbittert fortfahrend)* Schneeweiß ist nicht für das Fräulein. Er ist für eine Mäusin wie mich! Bei einer solchen Ehe kommt nichts Gutes heraus. Niemals! Ihr werdet nicht Weiße und nicht Graue sein. Man kann nicht gegen das ganze Haus an, Fräulein Knuspi.

KNUSPI *(dem Weinen nahe)*: Auch du sprichst so?

NUSSI: Ja, Fräulein Knuspi. Solche Ehen enden immer mit Scheidung. Die Liebe geht vorüber, und man geht auseinander. *(Setzt sich zu Knuspi)* Hier zum Beispiel – dieser junge Herr, der Herr Kornbeißer, der auf eurem Stockwerk wohnt, Fräulein Knuspi. Ein Weißer, schön wie ein Bild! Und was geschieht? Der Arme verliebt sich in eine graue Mäusin. Sagen unglückliche Eltern, der alte Herr Kornbeißer und die alte Frau Kornbeißer, sagen sie: »Sieh, lieber Sohn! Das wird bitter ausgehen!« Aber er, der junge Herr Kornbeißer, bleibt bei dem Seinen. Er sagt ihnen, daß er die Graue liebt und daß sie ihn liebt und daß das die Hauptsache ist. Gut. Die Eltern waren dagegen bis zum Schluß. Aber er hat trotzdem von ihr nicht abgelassen, und sie haben sich ein eigenes Loch …

KNUSPI: Ich will nicht mehr weiter hören … Erzähl mir nicht …

NUSSI: Da ist weiter nichts mehr zu erzählen, Fräulein Knuspi. Eine Zeitlang war alles in bester Ordnung. Aber später begannen die Eltern des jungen Herrn Kornbeißer sich zu zanken, wegen der Heirat nämlich. Und zum Schluß haben sie sich geschieden.

KNUSPI: Wer?

NUSSI: Die Eltern. Der alte Herr Kornbeißer und die alte Frau Kornbeißer. *(Seufzt)* So ist es, Fräulein Knuspi, solche Ehen enden immer mit Scheidung.

KNUSPI: *(erleichtert)*: Und die Jungen … die sind glücklich, nicht wahr, Nussi?

NUSSI: Wie können sie glücklich sein, wenn die Eltern sich haben scheiden lassen? So eine Sache kann niemals gut ausgehen.

KASIMIR UND KALOPHONIA *kommen herein. Kasimir hält sich noch immer den Bauch.*

NUSSI: Was soll ich zum Frühstück machen, gnä' Frau?

KALOPHONIA: Ich denke, wir werden die Notration an den Tisch bringen.

KNUSPI: Die haben Kalawas und Kuki mitgenommen.

KASIMIR: Was heißt das, mitgenommen?

KNUSPI: Sie sind zum Herrn des Hauses gegangen.

KASIMIR *(wiederholt mechanisch)*: Zum Herrn des Hauses? Gut! ... *(Plötzlich mit Schreck)* Zum Herrn des Hauses? *(Sich steigernd)* Was wollen sie dort?

KNUSPI: Sie sind zum Herrn des Hauses gegangen, um ihn zu fragen ... was für ein ...

KALOPHONIA: Und du, Knuspi, hast ihnen erlaubt, wegzugehen?

KNUSPI: Aber Papa selbst hat doch gesagt ... daß es am besten wäre ... ihn zu fragen ... was weiß ich?

KASIMIR *(sinkt auf den Stuhl)*: Mon dieu, qu'est-ce qu'en va devenir!

KALOPHONIA: Terrible! Kalawas est devenu! Complètement fou!

NUSSI: Le grand gamin n'était jamais vraiment normal. Complètement fou!

KALOPHONIA: Quelle idée! Je ne peux pas cornprendre!

NUSSI: A lui c'est impossible. Il n'a pas raison!

KASIMIR *(zu Nussi)*: Nussi, eh bien, il est mon fils! Oh! ... *(Er schreit auf, denn Kalophonia teilt ihm von hinten heftige Schläge aus. Sie blicken einander verwundert an, dann blicken sie beide auf Nussi und verstummen. Stille).*

NUSSI: Das ist es! *(Geht hinaus)*

KALOPHONIA UND KASIMIR *(starren mit verglasten Augen hinter ihr her)*: Spionin!

Von draußen vernimmt man eine gewaltige Detonation. Bummmmm! Alle springen auf.

KALOPHONIA *(zitternd)*: Hierher! ... Hierher! ...

KASIMIR *(ebenfalls zitternd)*: Hast du gehört, Kalophonia? Was war das?

Wieder dieselbe Detonation. Bummmm! Geschirr fällt vom Tisch. Alle liegen auf dem Boden. Durch den Eingang stolpern zwei Gestalten ins Zimmer, Kalawas und Kuki.

KALOPHONIA: Kalawas! Was ist geschehen? Kalawas, mein Sohn!

KNUSPI: Kuki! Kuki! *(Kuki stürzt herein, hinter ihm Kalawas; beide zu Tode erschrocken. Atmen schwer. Kalawas hält sich den verletzten Arm)*

KALOPHONIA: Kalawas, so sprich doch! Was ist geschehen?

KALAWAS *(fällt auf die Erde, die Worte einzeln und mit schwacher Stimme hervorstoßend)*: Beinahe … hätte … er … uns … getötet … er …

KASIMIR: Um des Herren willen! So sprich doch!

KALAWAS: Also … wir gehen hinein … ich als erster … Kuki hinter mir …

KUKI: Stimmt nicht! Ich war erster!

KALAWAS: Nicht wichtig! Also, wir gehen hinein … und … er … steht da … der Mensch … und … ist so groß … man sieht nicht sein Ende … und aus seinem Munde kommt … schrecklicher Rauch …

KNUSPI: Hat er euch was getan?

KALAWAS: Zuerst hab' ich mich vor ihn hingestellt und mich verbeugt … wie es sich gehört … und hab' gesagt – natürlich in der Käfigsprache – »Bonjour, monsieur!« hab' ich gesagt … Und der Herr des Hauses – o wie gütig ist er doch zu uns Mäusen – zieht etwas von seinem Fuß und wirft es auf mich … und wie er vom zweiten Fuß dasselbe werfen will, da haben wir aber zu rennen begonnen …

KUKI: Wir konnten ihm noch nicht einmal den Käse geben.

KALOPHONIA: Die Hauptsache, ihr seid mit dem Leben davongekommen. Was seid ihr doch für Dummköpfe. Wie leicht hätte ein Unglück geschehen können.

KUKI *(in heller Freude)*: Das Unglück ist bereits geschehen.

KASIMIR: Was für ein Unglück?

KUKI *(setzt sich breitspurig und triumphierend auf Kasimirs Stuhl und dann langsam Wort für Wort)*: Der Mensch nämlich … er ist ein … Schwarzer …

Vorhang

DRITTER AKT

Das Loch ist festlich geschmückt. Die Familie Käsehoch bereitet sich zu Knuspis Verlobungsfeier vor.

NUSSI *befindet sich allein auf der Bühne und trifft die letzten Vorbereitungen. Im Vorübergehen berührt sie Knuspis Brautkleid und kann der Versuchung nicht widerstehen. Sie legt es an ihre Schultern an und betrachtet sich wohlgefällig.*

KALAWAS *von hinten hereinkommend, schleicht sich auf Zehenspitzen an Nussi heran und küßt sie auf den Hals.*

NUSSI *(gelassen)*: Laß das sein, Kalawas!

KALAWAS: Auf einmal?

NUSSI: Du sollst es sein lassen!

KALAWAS: Was ist los? *(Spöttisch)* Du siehst reizend aus! Eine richtige Dame! Schade, daß meine Schwester sich verlobt und nicht du. Du würdest zu Schneeweiß viel besser passen. Meinst du nicht auch? *(Lacht und versucht sie nochmals zu küssen)*

NUSSI: Kalawas! Laß mich! *(Ringen miteinander)* Was willst du von mir? Kalawas! Ich sag' dir zum letztenmal – laß mich los! *(Gibt ihm eine Ohrfeige)*

KALAWAS *läßt ab und reibt sich die Wange.*

NUSSI *entflieht mit dem Kleid ins anstoßende Zimmer.*

KALAWAS: Die Katze soll dich holen! Du dämliches Luder!

KUKI *(der hinter dem Tisch versteckt alles mit angesehen hatte, springt auf und schreit)*: Kalawas!

KALAWAS: Wie kommst denn du plötzlich her?

KUKI: Wieso plötzlich? Ich bin schon die ganze Zeit da.

KALAWAS: Soooo?

KUKI: Ja. Ich wollte dir nämlich etwas sagen. Was war es nur? Aha, ich weiß es: Du bist ein widerlicher Kerl!

KALAWAS: Warum?

KUKI: Familienangelegenheiten.

KALAWAS *(nähert sich ihm drohend)*: Du steckst wieder einmal deine Nase in Dinge, die dich nichts angehen!

KUKI: Manchmal kommt es mir vor, daß du keine Maus bist, sondern eine Ratte.

KALAWAS: Ratte hast du gesagt?

KUKI: Es scheint so.

KALAWAS *fällt über ihn her, Kuki duckt sich geschickt, stellt ihm ein Bein, und Kalawas stürzt zu Boden.*

KALOPHONIA *(kommt mit einem Glas Schimmelwasser herein und sucht Kasimir)*: Kasimir! *(Zu Kalawas)* Was suchst du am Boden?

KALAWAS: Ich habe Kuki eine Lektion erteilt. *(Erhebt sich und kommt auf Kuki zu)* Einmal werde ich dir noch die Knochen brechen! Du kleiner Schuft! Du willst mir ein Bein stellen?

KUKI *(zurückweichend, zu Kalophonia mit Schadenfreude)*: Er hat von Nussi eine Ohrfeige bekommen. Meiner Seel', Mama! Ich hab's gesehn!

KALOPHONIA: Kalawas! Ist das wahr? Von Nussi? Eine Ohrfeige?

KALAWAS: Na wenn schon? Große Sache …

KALOPHONIA: Wie ist das nur möglich? *(Erregt)* Herr des Hauses! Am Ende weiß sie es schon?

KALAWAS: Sie weiß gar nichts. Ich habe keinem etwas gesagt.

KALOPHONIA: Kalawas, Kalawas! Wie konnte uns der Herr des Hauses so etwas antun? Bist du dessen ganz sicher, daß er kein Weißer ist? Hast du dich nicht geirrt?

KALAWAS *(ungeduldig)*: Mama, ich habe es dir schon zum tausendsten Male gesagt, daß wir in seinem Loch gewesen waren. Ich habe seinen Füßen gegenübergestanden und habe ihn mit eigenen Augen gesehen. Er ist dunkel … ganz dunkel, grauer als grau …

KALOPHONIA: Bist du dessen ganz sicher?

KALAWAS: Mama, er hatte kurze Hosen an! *(Losbrechend)* Was willst du eigentlich von mir? Bin ich schuld, daß er dunkel ist?

KALOPHONIA: Du bist nicht schuld, mein Sohn. Aber es ist von großer Bedeutung. Danach ist nämlich alles verkehrt. Danach hat der Mensch nicht uns nach seinem Ebenbild geschaffen, sondern s i e , die von den Feldern kommen.

KALAWAS: Mama, der Mensch hat seine eigenen Berechnungen. Er richtet sich nach der Mehrheit der Mäuse, und die Mehrheit ist grau. Glaub nicht, daß bei dem Herrn des Hauses …

KALOPHONIA: Kalawas, wie kannst du dich unterstehen, so zu sprechen? Immerhin ist er es, der uns den täglichen Käse gibt. Wie gütig ist doch der Mensch zu uns Mäusen. Jetzt hilft schon nichts mehr, mein Sohn. Weißt du, was mir dein Vater heute früh gesagt hat? Es sei nicht ausgeschlossen, daß auch der Herr von den Feldern stammt. Und wir sollten glücklich sein, daß Knuspi sich einen von ihnen ausgewählt hat … glücklich sollten wir sein …

KALAWAS: Mama, ich bin glücklich. Ich bin sogar sehr glücklich.

KALOPHONIA: Kalawas, mein Sohn! Bist du dessen sicher, daß du dich nicht geirrt hast?

KALAWAS: Ganz sicher. Er ist dunkel, dunkel und noch dunkler!

KASIMIR *(hereinkommend, schleppt Käse und einen Sack mit Reiskörnern. Sein Gesicht strahlt gekünstelte Freude)*: Ich habe bei den Nachbarn alles bekommen. Das wird ein Fest werden, daß sie ihr Lebtag daran denken sollen.

KALOPHONIA *(zwingt sich zu einer fröhlichen Miene)*: Ja, mein teurer Kasimir, es wird sehr lustig werden.

KALAWAS *kann es nicht mehr länger anhören und geht hinaus.*

KASIMIR: Weißt du, Kalophonia, es gibt kein erhabeneres Gefühl für einen Vater, als seine Tochter mit einem jungen Mäuserich in ein neues Loch zu führen. Wie ich mich freue! Wir können von Glück reden, daß es Kalawas noch im letzten Augenblick gelungen ist, die Sache aufzudecken. Wiewohl ich – du entsinnst dich dessen, Kalophonia – schon immer für die zweifarbigen Ehen gewesen bin! Ich glaube, daß der Herr des Hauses mit uns zufrieden sein wird.

KALOPHONIA: Er wird sich bestimmt freuen.

KASIMIR: Ob er sich freuen wird? Er wird sich sogar sehr freuen.

KALOPHONIA: Kasimir! Glaubst du, daß wir vom Käfig stammen?

KASIMIR: Die Katze weiß es! Die Erzählung ist reichlich kindisch. Es könnte genauso möglich sein, daß wir vom Felde stammen. Wer kann es wissen? Schließlich ist es nicht so wichtig. Merk dir, Kalophonia: nicht die Abstammung macht es, sondern etwas ganz anderes. Wir alle sind Geschöpfe des Herrn.

KALOPHONIA: Was ist schon Farbe? Farbe und sonst nichts. Hab' ich recht?

KASIMIR: Vollkommen! Ich bin durchaus zufrieden, und ich freue mich sogar, daß es mir gelungen ist, Schneeweiß zu meinem Schwiegersohn zu machen. Zwar war das keine Kleinigkeit, aber jetzt ist alles in Ordnung. Ich bin überzeugt, daß uns der Mensch ob dieser Heirat mit Käse und Körnern segnen wird, damit wir den Nachbarn zurückgeben können, was sie uns für das heutige Fest geborgt haben.

KALOPHONIA: Das hast du wirklich gut gemacht, Kasimir. Trink jetzt dein Schimmelwasser.

KASIMIR *(abwehrend)*: Nicht doch, Kalophonia ... ich kann wirklich nicht ... schmeckt wie ranzige Seife! Übrigens, ich fühle mich schon ganz gesund ... Nein, wirklich nicht!

KALOPHONIA: Schneeweiß hat gesagt, daß du es dreimal am Tag einnehmen mußt.

KASIMIR *nimmt widerwillig das Glas zur Hand.*

KALOPHONIA *(betrachtet den Käse, den Kasimir gebracht hat)*: Von wem ist der Käse?

KASIMIR: Den habe ich gegen hohe Zinsen von Herrn Wollzupfer bekommen. *(Mit Spott)* Seine Frau hat natürlich sofort die Gelegenheit benützt, um mich auszufragen: ob es wahr sei, daß der Bräutigam, zu den »Feldgrauen« gehört. »Frau Wollzupfer«, hab' ich gesagt, »offen gestanden, weiß ich es nicht, und es interessiert mich auch nicht.«

KALOPHONIA: Und was hat sie darauf gesagt?

KASIMIR: »Gut«, hat sie gesagt, »dann ist er ein Grauer!« Darauf hab' ich gesagt: »Und wenn Sie zerspringen, Frau Wollzupfer – seine Mutter ist eine Weiße!« Und bin weggegangen. *(Lacht)* Diese Mäuse sind noch sehr rückständig! Wenn sie wüßten, was wir wissen, was? Wie ich mich freue! *(Trinkt das Schimmelwasser und bekommt einen so starken Hustenanfall, daß er zu ersticken droht)* Wie ich ... mich ... freue ...

KALOPHONIA: Und die Reiskörner sind wohl Knuspis Mitgift?

KASIMIR: Ja. Von der Frau Leinwandbeißer.

KALOPHONIA *(untersucht den Beutel)*: So wenig?

KASIMIR: Fünfzig schöne, ausgesuchte Reiskörner, das ist vollständig genug. Er wird nicht mehr verlangen.

KALOPHONIA: Schneeweiß nicht. Aber der Alte! Die Grauen sind sehr habgierig.

KASIMIR: Nein, Kalophonia, nein.

KALOPHONIA: Sag mir nicht: nein! Jeder Arme ist habgierig. Auch du!

KASIMIR: Ich habe die Frau Leinwandbeißer gebeten, mir mehr zu geben, und weißt du, was diese Idiotin mir gesagt hat? »Herr Käsehoch«, hat sie gesagt, »es ist schade um die schönen Reiskörner. Die beiden werden sowieso auseinandergehen.« *(Lacht, doch plötzlich bricht er mitten im Lachen ab)*

KALOPHONIA *(fragt erschrocken)*: Auseinandergehen?

KASIMIR: So hat s i e gesagt, aber ich habe gelacht. *(Beginnt unsicher zu lachen)* Ha – ha – ha …

KALOPHONIA *(weinerlich)*: Kasimir, deshalb sind wir aus dem Käfig gezogen, damit Knuspi die geschiedene Frau eines Grauen wird?

KASIMIR: Frau Leinwandbeißer …

KALOPHONIA: Meine Knuspi! So zart … so jung … und schon geschieden …

KASIMIR: Aber sie ist ja noch gar nicht verheiratet.

KALOPHONIA: Es wäre viel besser, wenn man sich schon vor der Hochzeit scheiden könnte! Das würde viel Familienunglück verhüten. Kasimir, du mußt etwas tun! …

KASIMIR: Was kann ich tun? *(Aufschreiend)* Der Herr des Hauses ist auch kein Weißer!

KALOPHONIA: Kasimir, er wird sie beißen! Ich bin sicher, daß er sie beißen wird.

KASIMIR: Beißen? Das glaube ich nicht. Schneeweiß gehört schließlich schon zur neuen Generation. In einem gewissen Maße haben sie bereits unsere Gewohnheiten angenommen.

KALOPHONIA: Er wird sie fürchterlich beißen!

KASIMIR: Woher weißt du das?

KALOPHONIA: Ich fühle es. Er wird die Tochter des Kasimir Käsehoch beißen. So ein widerlicher Grauer.

KASIMIR: Bitte, nimm dich zusammen! Bald wird die Feier beginnen.

KALOPHONIA: Er wird sie jeden Tag beißen! Am Morgen und in den Mittagsstunden.

KASIMIR: Kalophonia, werd' nur nicht verrückt!

KALOPHONIA: Er wird sie beißen!

KASIMIR: Er wird sie nicht beißen! *(Läuft hinter ihr um den Tisch herum)*

KALOPHONIA: Er wird sie doch beißen!

KASIMIR: Er wird sie doch nicht beißen!

KALOPHONIA: Erst recht wird er sie beißen!

KASIMIR: Erst recht wird er sie nicht beißen!

KALOPHONIA: Er wird beißen!

KASIMIR *(will sie beißen)*: Scheußliches Weib! Ich sage dir zum allerletzten Male, daß er sie nicht beißen wird! Er wird sie nicht einmal mit den Zähnen berühren.

KALOPHONIA: So? Er wird ihr einen Tritt geben, wenn du es ganz genau wissen willst! So mit dem Fuß!

KASIMIR *(gibt ihr einen Tritt)*: Nein!

KALOPHONIA: Ja! *(Läuft weinend hinaus. Kasimir gibt ihr nachsetzend noch einen zweiten Tritt)*

KASIMIR *(außer Atem zurückkehrend)*: So eine Wahnsinnige! Wenn ich sage, daß er sie nicht beißen wird, dann wird er sie nicht beißen! Obwohl man zuweilen auch das verstehen kann ... *(Zu Kalawas, der ins Zimmer getreten ist)* Was ist, Kalawas? Warum blickst du mich so an?

KALAWAS: Was hat es denn hier gegeben, Papa?

KASIMIR: Oh, nichts Besonderes! Ich habe mit deiner Mutter über das Zusammenleben in der Ehe gesprochen. Das ist alles!

KALAWAS *(spöttisch)*: Die Unterhaltung scheint etwas stürmisch gewesen zu sein.

KASIMIR *(fällt plötzlich über ihn her)*: Warum bist du zu dem Herrn des Hauses gegangen? Wer hat dir geheißen, ihn zu besuchen? Wer hat dich gebeten festzustellen, ob er ein Weißer ist oder nicht?

KALAWAS *(flüchtet jammernd)*: Aber Papa ... du selbst ... du hast gesagt ... man müßte ihn fragen ...

KASIMIR: Zu tausend Katzen! Wer wollte wissen, daß der Mensch kein Weißer ist? *(Kalawas drückt sich in die Ecke. Kasimir streicht sich nervös seinen Schnurrbart mit der Messingbürste und wirft sie dann auf den Tisch)* Einen reizenden Sohn habe ich! *(Wütend ab)*

KALAWAS *(allein, gebrochen vor sich hin murmelnd)*: Papa ist verrückt geworden ... Vollständig verrückt ... *(Stößt mit dem Fuß jeden Gegenstand zur Seite)* Was der heute anstellt! *(Nimmt die Schnurrbartbürste zur Hand und schreit hinter Kasimir her)* Diese Hochzeit wird nicht stattfinden! Dafür werde ich sorgen!! *(Steckt die Bürste in die Tasche und geht in entgegengesetzter Richtung ab)*

DIE SÄNGER *festlich gekleidet, kommen, eine flotte Melodie spielend, in das leere Loch. Hinter ihnen, von Kopf bis Fuß in Weiß gekleidet, folgen im Takt der Melodie Soundso und Schneeweiß. Anschließend Specki, Soundsos jüngere Frau.*

KUKI *(steckt vom anstoßenden Zimmer den Kopf heraus und erschrickt)*: Da sind sie! *(Zieht den Kopf rasch zurück).*

KÄSEHOCH und FAMILIE *kommen den Grauen entgegen. Sie sind schwarz gekleidet. Knuspi in ihrem schönen Kleid. Stille. Beide Familien stehen sich gegenüber. Ihre Blicke sind gespannt aufeinander gerichtet.*

KUKI: Setzt euch!

KALOPHONIA *(zu Kasimir)*: Vas t'en enfin!

KASIMIR *(kommt auf Soundso zu und umarmt ihn)*: Willkommen! Willkommen! *(Schütteln sich die Hände)* Ich heiße Kasimir Käsehoch.

SOUNDSO: Und ich Soundso Springinsfeld. Freut mich sehr! Gestatten Sie, daß ich Ihnen meine Frau Specki vorstelle.

KASIMIR: Sehr angenehm! *(Weist auf seine Frau)* Meine Frau Kalophonia – Herr Soundso S-pringenfell.

KALOPHONIA: Ruhe und Frieden.

SOUNDSO: Frieden und Ruhe.

NUSSI *(in gehobener Stimmung von einem zum andern)*: Ruhe und

Frieden! Ruhe und Frieden! Ruhe und Frieden! *(Da ihr niemand antwortet, geht sie in die Küche zurück).*

KALAWAS *(kommt zögernd auf Schneeweiß zu und reicht ihm mit breiter Geste die Hand)*: Schneeweiß, ich wünsche dir Ruhe und Frieden!

SCHNEEWEISS *(erwidert den Gruß mit offensichtlicher Freude)*: Ruhe und Frieden, Kalawas! *(Zu Kasimir)* Herr Käsehoch, hier ist das Schimmelwasser für heute.

KASIMIR *nimmt mit saurer Miene das Glas und will es in die Ecke schleudern, aber Kalophonia verhindert es im letzten Moment.*

KALOPHONIA: Meine Herrschaften, wollen Sie nicht Platz nehmen?

SOUNDSO *(gekränkt)*: Gewiß wollen wir Platz nehmen, Frau Käsehoch. Sollen wir vielleicht die ganze Zeit stehen?

KALOPHONIA *(verwirrt)*: Gewiß nicht, gewiß nicht! Setzen Sie sich, Herr S-pringenfell, setzen Sie sich!

SOUNDSO *(Zu Specki)*: Setz dich! *(Alle nehmen Platz. Unangenehme Stille)*

KASIMIR: Ziemlich kalt draußen, nicht wahr?

SOUNDSO: Draußen? Oh! *(Geht zum Ausgang und ruft)* Schampo!

SCHAMPO *(die ältere Frau von Soundso kommt zögernd herein)*: Ruhe und Frieden.

SOUNDSO: Meine Frau Schampo.

KALOPHONIA: Sehr angenehm.

KASIMIR *geht zum Eingang schauen, ob dort nicht noch weitere Frauen von Soundso stehen.*

SOUNDSO: Das ist alles. Mehr hab' ich nicht.

KASIMIR: Zwei Frauen hat er!

KALOPHONIA *(boshaft)*: Jawohl, zwei! Eine alte und eine »reizende«!

KASIMIR: Ich verstehe dich nicht.

SCHAMPO *(legt dienstbeflissen ein Kissen auf Soundsos Stuhl)*: Bitte sehr!

SOUNDSO *(zu Specki)*: Komm mein Süßes: Setz dich zu mir!

KALOPHONIA *(sieht entsetzt auf das unterwürfige Getue der Alten und seufzt)*: Oh! *(Dann blickt sie bedauernd zu Knuspi hinüber. Aber –)*

SCHNEEWEISS *(holt von irgendwo rasch ein Kissen und legt es auf Knuspis Stuhl)*: Setz dich, Liebste!

Wieder verwirrende Stille. Man hüstelt, lächelt, aber keiner traut sich, den Mund zum Sprechen zu öffnen. Soundso und seine Frauen entnehmen ihren Taschen das Spielzeug »Jo-Jo« und beginnen damit zu spielen, wobei sie ihr Spiel mit dem Summen einer exotischen Melodie begleiten. Kasimir und seine Angehörigen machen runde Augen und halten sich ängstlich fern.

KNUSPI *(leise zu Schneeweiß, der neben ihr sitzt)*: Was ist das?

SCHNEEWEISS: Ein alter Brauch.

KNUSPI: Beschwörungsformeln gegen die Katze?

SCHNEEWEISS: Nein, gegen Langeweile.

KUKI *(nähert sich interessiert Soundso und guckt ihm zu)*: Laß mich auch spielen!

SOUNDSO *(bereitwillig)*: Bitte sehr! Nimm dir, Kleiner! *(Gibt ihm sein Jo-Jo-Spiel und erklärt ihm sogar, wie man es macht. Wieder Stille)*

KASIMIR: Ziemlich kühl draußen, was?

SPECKI: Im Gegenteil. Es ist sogar recht warm.

SOUNDSO *(blickt sich im Raum um)*: Ihr habt hier ein schönes Loch. So geräumig.

KASIMIR: Auf unserem Stockwerk gibt es sehr schöne Löcher.

SOUNDSO *(gekränkt)*: Entschuldigen Sie, Herr Käsekoch, aber auch im Parterre gibt es sehr schöne Löcher.

KALOPHONIA *(versöhnlich)*: Gewiß! Mein Mann wollte damit nur sagen, daß die Löcher bei uns etwas größer sind.

SCHAMPO: Auch bei uns sind sie größer.

SOUNDSO *(wirft Schampo einen verweisenden Blick zu und in der Feldsprache)*: »Bulbo!« *(Was heißen soll: Schweig!)*

KALOPHONIA *(ärgerlich)*: Quelle langue terrible!

SPECKI *(erregt aufspringend)*: Ich habe sehr gut verstanden, Frau Käsekoch, was Frau Käsekoch gesagt hat! Frau Käsekoch hat zu mir gesagt: »grise«. Nicht schön zu sagen »grise«!

KASIMIR *(zu Kalophonia)*: Kalophonia, pourquoi la nommes-tu grise?

SCHAMPO *(aufspringend)*: Aha! Jetzt sagt er es!

KALOPHONIA: Moi? J'ai dit »grise«?

SOUNDSO *(aufspringend)*: Grise! Jetzt hab' auch ich es gehört! *(Zu seinen Frauen im befehlenden Ton)* Heidi! *(Zu den Käsehochs schreiend)* Ruhe und Frieden! *(Soundso geht zum Ausgang, die beiden Frauen hinter ihm)*

KALOPHONIA *(ihnen nacheilend)*: Herr Springenfell, Herr Springenfell, wir haben überhaupt nicht sagen wollen, was Sie denken …

KNUSPI *(hinter ihnen)*: Herr Springenfell! Niemand hat etwas gesagt, ich schwöre Ihnen, daß niemand gesagt hat …

SOUNDSO: Was hat niemand gesagt, Fräulein?

KNUSPI: Mein Vater und meine Mutter haben gesagt, daß … sie nicht gesagt haben …

SOUNDSO *(zu seinen Frauen)*: Versteht ihr das?

SCHNEEWEISS *(kommt auf ihn zu)*: Vater!

KASIMIR *(ebenfalls hinzutretend)*: Herr S-pringenfell, fühlen Sie sich bei uns wie zu Hause.

KUKI: Setzt euch endlich!

SCHNEEWEISS und KNUSPI *atmen erleichtert auf. Langsam kehren alle auf ihre Plätze zurück.*

SCHAMPO *(nach längerer Pause)*: Ein schönes Loch habt ihr hier. Ein geräumiges Loch.

SOUNDSO *(mit brüllender Stimme)*: R u h e !

Die Käsehochs sacken erschrocken zusammen. Die Frauen von Soundso nehmen diese Zurechtweisung fast gleichgültig hin. Tiefe und anhaltende Stille.

KUKI: Wir haben ein schönes Loch, ein geräumiges Loch.

KASIMIR *(angesteckt von dem Gebrüll seines Gastes brüllt ebenfalls los)*: R u h e !

SOUNDSO *(hält sich die Ohren zu)*: Nicht schreien, Herr Käsekoch! Nur nicht schreien!

KALOPHONIA *(im Bemühen, die Situation zu retten)*: Herr Springenfell … vielleicht wollen Sie auch unsere anderen Zimmer sehen …

SOUNDSO *(sich erhebend)*: Entschuldigen Sie, Frau Käsekoch, warum sagen Sie »vielleicht«?

KALOPHONIA *(schon vollständig verwirrt)*: Ich wollte Ihnen nicht nahetreten, Herr S-pringenfell. Wirklich nicht …

SOUNDSO: Also schön. Ich habe nichts dagegen, mir die anderen Zimmer anzusehen. *(Erhebt sich. Nach hinten zu seinen Frauen)* Heidi!

KALOPHONIA *(stößt einen befreienden Seufzer aus und eilt lächelnd hinter ihm her)*: Herr S-pringenfell, Herr S-pringenfell …

KASIMIR *(sich anschließend)*: Meine Damen! *(Bietet Soundsos Frauen seine beiden Arme galant an, diese aber gehen auf diese Geste nicht ein, so daß Kasimirs abstehende Arme leer bleiben. Schließlich hängen sich Kalawas und Kuki in dieselben ein.)*

SCHNEEWEISS *(der allein mit Knuspi im Zimmer geblieben ist, ahmt Kasimirs Stimme nach)*: Ziemlich kühl draußen, Fräulein Käsehoch, nicht wahr?

KNUSPI *(Soundsos Stimme nachahmend)*: Entschuldigung, Herr Springenfell, warum nur draußen?

SCHNEEWEISS: Ich hatte keine Absicht … ich hatte wirklich keine Absieht …

KNUSPI: Das ist was anderes, Herr Schneeweiß. Dann verzeihe ich Ihnen … *(Brechen in lautes Gelächter aus und umarmen sich)* O Schneeweiß! Ich wünschte mir, daß das alles schon vorüber wäre!

SCHNEEWEISS: Warum? Bis jetzt ist alles verhältnismäßig gut gegangen. Nur vor dem Essen ist mir bange. Hoffentlich hat deine Mutter den Käse nicht mit Zucker bereitet.

KNUSPI: Selbstverständlich mit Zucker.

SCHNEEWEISS: O weh! … o weh! …

KNUSPI: Was ist denn?

SCHNEEWEISS: Gar nichts. Nur daß mein Vater Zucker nicht ausstehen kann … Weißt du, Knuspi, er kann manchmal sehr heftig werden. Aber im großen und ganzen ist er ein anständiger Mäuserich.

KNUSPI: Und mein Vater? Wie findest du ihn jetzt? Gefällt er dir?

SCHNEEWEISS: Was für eine Frage! Hätte ich ihm sonst tagtäglich den Schimmel gebracht?

KNUSPI: Das war sehr nett von dir, Schneeweiß! Die Schimmelkur hat ihm sehr gut getan. Er ist schon fast ganz gesund.

SCHNEEWEISS *(lacht)*: Aber geh, Knuspi! Glaubst du wirklich an die Schimmelkur? Ich habe ihm den Schimmel nur deshalb jeden Tag gebracht, weil ich dich sehen wollte.

KNUSPI: O Schneeweiß! Du bist köstlich! *(Küssen sich)*

KUKI *(schleicht sich ins Zimmer zurück und bemerkt das sich küssende Paar. Er wartet eine Weile, bis er endlich ausruft)*: Wird das noch lange dauern?

SCHNEEWEISS und KNUSPI: Kuki!

KUKI: Alle warten schon auf euch!

KNUSPI: Komm, Schneeweiß! *(Beide ab)*

KUKI *nachdem er allein im Zimmer geblieben ist, fällt über das Essen her und stopft es sich gierig in den Mund. Plötzlich kommen Kalophonia und Kalawas sehr erregt ins Zimmer. Kuki versteckt sich erschreckt hinter dem Tisch.*

KALOPHONIA: Was willst du, Kalawas?

KALAWAS *(weinerlich)*: Mama, i c h habe es getan …

KALOPHONIA: Was?

KALAWAS: Wie er mit Knuspi an mir vorbeiging, habe ich ihm die Messingbürste in die Tasche gesteckt …

KALOPHONIA *(mit steigender Erregung)*: Und er?

KALAWAS: Er hat nichts gemerkt.

KALOPHONIA: Herr des Hauses!

KALAWAS: Nur wegen Knuspi! Mama, nur wegen Knuspi hab' ich es getan!

KALOPHONIA: Das hättest du nicht tun dürfen. Was wird jetzt daraus werden?

KALAWAS: Wir müssen es jetzt gehen lassen, wie es geht …

KALOPHONIA: Komm! Wir dürfen keinen Verdacht erregen! … Nein, Kalawas! Das hättest du mir gar nicht erzählen dürfen … auf keinen Fall … *(Geht hinaus)*.

KALAWAS *(um seine Unruhe zu verbergen – ärgerlich zu den Sängern)*: Worauf wartet ihr eigentlich? Zu allen Katzen! Beginnt doch endlich zu spielen!

DIE SÄNGER: Bitte sehr! *(Sie stimmen kurz ihre Gitarren und be-*

ginnen, eine monoton-exotische Melodie zu spielen. Kalawas ab)

KUKI *kriecht unter dem Tisch hervor und geht aufgeregt auf und ab.*

KASIMIR *(stürzt aus der Richtung der Küche ins Zimmer und blickt entsetzt auf die Sänger)*: Was soll das? Um des Herren willen, aufhören! Was ist das für eine entsetzliche Musik?

DIE SÄNGER: Bitte sehr! *(Wechseln in einen Wiener Walzer hinüber)*

KASIMIR *(lauscht mit Behagen und beginnt mit den Händen den Takt zu dirigieren)*: Das ist natürlich etwas ganz anderes … Bam … pamm … pam …

KUKI: Papa!

KASIMIR: Was suchst du hier, he? Hast schon alles vom Tisch weggefressen?

KUKI: Papa, einen Augenblick nur!

KASIMIR: Was willst du?

KUKI: Papa, ich habe eine Bitte!

KASIMIR: Laß hören!

KUKI: Weißt du, Papa … eigentlich bitte ich nicht für mich … sondern, um die Lage zu retten … bitte ich, was ich bitte …

KASIMIR: Vielleicht wirst du mir endlich verraten, was du eigentlich willst.

KUKI: Papa, mach bitte Schneeweiß ein Geschenk!

KASIMIR: Ein Geschenk? Wozu? Ist das nicht schon ein großes Geschenk, daß ich ihm deine Schwester gebe?

KUKI: Papa, mach ihm ein Geschenk! Er wird dir dankbar sein.

KASIMIR: Seit wann bist du so ein Guter?

KUKI *(mit steigender Erregung)*: Papa, vergiß nicht, daß das ein alter Brauch bei uns ist …

KASIMIR: Was?

KUKI: Dem Bräutigam zur Verlobung ein Geschenk zu machen. Das ist so eine Art symbolisches Opfer zum Andenken an den Auszug aus dem Käfig.

KASIMIR: Dieser Brauch ist mir ganz unbekannt.

KUKI: Papa, gib ihm deine Messingbürste!

KASIMIR: Meine Messingbürste? Das Erbstück von meinen Vorfahren, sie mögen selig ruhen …

KUKI: Ja. Diese Messingbürste! Hast du nicht gesehen, wie sie ihm gefallen hat? Das wird auf alle einen gewaltigen Eindruck machen.

KASIMIR: Nein! Das Andenken meiner Väter ist mir heilig. Außerdem ist die Bürste aus echtem Messing …

KUKI: Papa, bitte gib sie ihm! Du hast keine Ahnung, wie wichtig das im Augenblick ist. Tu es mir zuliebe! Ich bitte dich! Gib ihm die Bürste, Papa!

KASIMIR: Genug, Kuki! Quäl mich nicht! *(Ab)*

KUKI: Papa! *(Stampft ärgerlich mit dem Fuß auf. Die Sänger verstärken daraufhin ihren musikalischen Vortrag)*

Soundso *(stürzt, von seinen beiden Frauen begleitet, ins Zimmer herein)*: Wie kann man nur diese fürchterliche Musik ertragen?

SCHAMPO: Entsetzlich!

SPECKI: Schrecklich!

SOUNDSO *(befehlend zu den Sängern)*: Aufhören! Sind wir auf einem Begräbnis oder was eigentlich? Spielt etwas Lustiges! Etwas vom Feld!

DIE SÄNGER: Bitte sehr! *(Wechseln in eine monoton-exotische Melodie hinüber)*

SOUNDSO *(lauscht mit Behagen und beginnt mit der Hand den Takt zu dirigieren)*: Pam … pam … pam …

KASIMIR *(von draußen)*: Aufhören!! *(Stürzt wütend herein)* Wie oft soll ich euch bitten, mir dieses blöde Lied nicht zu spielen? Ich habe um ein weißes Musikstück gebeten!

DIE SÄNGER: Bitte sehr! *(Wechseln zurück)*

SOUNDSO: Aufhören! Herr Käsekoch, ich verlange nachdrücklichst u n s e r e Musik!

DIE SÄNGER: Bitte sehr! *(Wechseln in die monoton-exotische Melodie hinüber)*

KALOPHONIA *(tritt erregt herein. Schneeweiß, Knuspi und Kuki hinter ihr)*: Aufhören!! Sofort aufhören!

DIE SÄNGER: Bitte sehr! *(Wechseln zur Salonmusik hinüber)*

SOUNDSO *(springt wütend dazwischen)*: Nein!

SCHAMPO und SPECKI: Nein!

DIE SÄNGER: Bitte sehr!

SCHNEEWEISS *(fällt den Sängern in den Arm)*: Um des Herrn willen, aufhören!! Wollt ihr, daß Blut fließen soll? Aufhören, sag' ich!!

DIE SÄNGER: Bitte sehr! *(Hören auf zu spielen. Gespannte Stille)*

KUKI: Setzt euch!

KALOPHONIA *(schreit nach draußen)*: Nussi! Das Essen hereinbringen – aber rasch!

Alle Teilnehmer sind jetzt im Zimmer beisammen. Kasimir und Soundso gehen, ohne miteinander zu sprechen, unaufhörlich auf und ab. Nussi kommt und geht mit den Speisen. Sie blickt mit unverhohlenem Neid auf Schneeweiß und Knuspi. Kuki ißt und beleckt sich ohne Ende.

KALOPHONIA *(gibt Kasimir das Schimmelwasser)*: Kasimir, trink dein Schimmelwasser!

KASIMIR *will sich drücken.*

KALOPHONIA: Kasimir, bitte!

KASIMIR *nimmt widerwillig das Glas.*

SOUNDSO *(geht mit Kasimir zur Seite)*: Hmm! …

KASIMIR: Hmm! …

SOUNDSO: Euer Loch, mein Herr …

KASIMIR: Ist geräumig, was?

SOUNDSO: Ich stell' mir vor, daß das sehr viele Reiskörner gekostet hat …

KASIMIR *(prahlerisch)*: Fragen Sie nicht, Herr S-pringenfell … fragen Sie nicht! …

SOUNDSO: Hauptsache, daß Sie alles bezahlt haben.

KASIMIR: Kasimir Käsehoch ist niemandem etwas schuldig! *(Lacht stolz, und Soundso lacht mit ihm)*

SOUNDSO *(mit plötzlichem Ernst)*: Herr Käsekoch, wollen wir nicht ein bißchen zur Sache reden?

KASIMIR *(leise)*: Wegen der Mitgift?

SOUNDSO *nickt.*

KASIMIR *(trinkt das Schimmelwasser aus. Sein Gesicht läuft blau an, sich verschluckend und hustend fuchtelt er mit den Händen)*: Brennt … ja … nicht, Herr S-pringenfell … brennt ja nicht … Später vielleicht …

SOUNDSO *(höflich, aber bestimmt)*: Nicht später! Nicht später, Herr Käsekoch! Ich bin für klare Sachen!

KÄSEHOCH: Ausgerechnet jetzt! Wo es so gemütlich zu werden beginnt. Es ist doch nicht so dringend, Herr S-pringenfell ...

SOUNDSO: Es ist sehr dringend, Herr Käsekoch!

KASIMIR: Wir werden uns darüber bestimmt nicht streiten, Herr Springenfell. Schließlich wollen wir ja für unsere Kinder das Beste. Richtig oder nicht? Nein! Wir werden darüber nicht streiten!

SOUNDSO: Wieviel?

KASIMIR: Wieviel dachten Sie sich?

SOUNDSO: Wieviel dachten S i e sich?

KASIMIR: Na also ... wieviel?

SOUNDSO: Wieviel also?

KASIMIR: Ich dachte mir ... so ungefähr ... zwan... zwan... sagen wir, zehn Reiskörner ...

SOUNDSO: Entschuldigen Sie, Herr Käsekoch, aber Sie belieben zu scherzen. Was sind schon heute zehn Reiskörner?

KASIMIR: Zehn Reiskörner sind sehr viel, Herr S-pringenfell! Die Quellen im Hause erschöpfen sich allmählich. Der Herr des Hauses hat immer weniger. Ihr Vorschlag ist demnach nicht nur übertrieben, sondern auch ungerecht ...

SOUNDSO: Entschuldigen Sie bitte! Hier geht es nicht um Reiskörner, sondern um die Ehre der Familie! Eine so reizende Tochter und nur zehn Reiskörner? Nein! Das ist – wie soll ich mich ausdrücken kein –Verhältnis!

KASIMIR: Wieviel dachten Sie sich?

SOUNDSO: Hundert!

KASIMIR: Ich höre nicht.

SOUNDSO: Und nicht ein einziges Körnchen weniger!

KASIMIR: Kommt nicht in Frage.

SOUNDSO: Tut mir leid!

KASIMIR: Entschuldigen Sie, einen Augenblick! *(Bahnt sich einen Weg zu seiner Frau)* Kalophonia! Kalophonia! ...

SOUNDSO *(wendet sich inzwischen an seine beiden Frauen)*: Er will, daß ich ihm für s e i n e Tochter weniger als hundert Körner bezahle! Verrückt geworden!

KASIMIR *(bestürzt zu seiner Frau)*: Dieser Kerl schämt sich nicht, von mir hundert Körner zu verlangen!

KALOPHONIA: So ein alter Schacherer! Ich wußte ja gleich, mit wem wir es zu tun haben! Aber wenn er hundert fordert, müssen wir ihm hundert geben.

KASIMIR: Sehr richtig. Die Ehre der Familie erfordert es! Schließlich stammen wir vom Käfig! *(Kehrt mit elastischen Schritten zu Soundso zurück)* Also fünfzig!

SOUNDSO: Entschuldigen Sie, Herr Käsekoch! Ich hoffe, Sie wollen mich nicht beleidigen!?

KASIMIR: Bewahre, bewahre! Aber Sie müssen auch begreifen, Herr S-pringenfell, daß das für mich eine gewaltige Summe ist.

SOUNDSO: Ich verstehe, daß Sie großzügig sein wollen, Herr Käsekoch. Aber auf der anderen Seite müssen Sie auch mich verstehen. Begreifen Sie denn nicht, daß Sie durch dieses Feilschen Ihre eigene Tochter beleidigen?

KASIMIR: Behalten Sie Ihre Belehrungen gefälligst für sich! Fünfzig!

SOUNDSO: So ein Starrkopf! Ich sage Ihnen, daß es keine Hochzeit geben wird!

KASIMIR: Dann wird es eben keine geben!

SOUNDSO *(verzweifelt zu seinen Frauen nach hinten)*: Ich kann doch nicht weniger als hundert geben!!

KASIMIR *(versteht nicht mehr)*: Und wie! Fünfzig ist vollständig genug!

SOUNDSO *(versöhnlich)*: Aber Herr Käsekoch! Verstehen Sie doch endlich! Ein Springinsfeld kann nicht mit einem Fünfzigkörnermädchen in ein neues Loch ziehen! Um mich brauchen Sie sich keine Sorgen zu machen. Ich hab mir einiges erspart. Nehmen Sie fünfundsiebenzig und Schluß! *(Schweigen)*

KASIMIR *(nach einer Pause)*: S i e wollen … fünfundsiebzig? …

SOUNDSO: Ja.

KASIMIR: Geben?

SOUNDSO: Natürlich!

KASIMIR: Mir?

SOUNDSO: Wem denn sonst?

KASIMIR: In Ordnung. Ich habe ja gesagt, daß wir uns nicht streiten werden. *(Streckt ihm die Hand entgegen)* Also sagen wir: hundert!

SOUNDSO *(zu seinen Frauen)*: Es ist schwer, diese Weißen zu verstehen. Wirklich schwer!

KASIMIR *(nähert sich seiner Frau)*: Wir haben uns geeinigt. Im großen und ganzen ist er ein sehr modern denkender Mäuserich. Man kann mit ihm zu Rande kommen. *(Zu Knuspi)* Nun, mein Töchterchen, deine Mitgift, das habe ich erledigt.

KNUSPI *(fällt ihm um den Hals)*: Ich danke dir, Papa!

KASIMIR: Nicht der Rede wert! Man tut, was man kann.

KALOPHONIA *tauscht einen Blick mit Kalawas, und Kalawas gibt ihr ein Zeichen, ihm zu folgen. Beide ab in die Küche.*

KNUSPI *(eilt zu Schneeweiß)*: Schneeweiß, mit der Mitgift ist alles in Ordnung!

SCHNEEWEISS: Dem Herrn sei Dank!

KASIMIR *(in gehobener Stimmung)*: Schneeweiß!

SCHNEEWEISS: Bitte sehr, Herr Käsehoch!

KASIMIR: Komm näher, mein Sohn! *(Schneeweiß kommt heran)* Hör, mein Lieber! Ich habe beschlossen, dir ein Geschenk zu machen ...

SCHNEEWEISS: Oh, Herr Käsehoch!

KUKI *schleicht sich an ihn heran.*

KASIMIR: Soviel ich weiß, hat dir meine Bürste so gut gefallen. Ich will sie dir als ein persönliches Geschenk von mir zur Verlobung geben.

SCHNEEWEISS: Ich danke Ihnen, Herr Käsehoch. Aber das ist ein zu teures Geschenk für mich ...

KASIMIR: Nein, nein, nein! Das ist bei uns ein alter Brauch, zur Erinnerung an unseren Auszug aus dem Käfig. *(Sucht die Bürste auf dem Tisch)* Ich hab' sie doch hierher ... aber ganz bestimmt ...

SCHNEEWEISS: Auf alle Fälle danke ich Ihnen von ganzem Herzen.

KASIMIR: Nicht der Rede wert. *(Sucht nervös weiter)* Na, da kann man aber aus der Haut fahren ...

KUKI: Papa, ich werde sie suchen. Und wenn ich sie finde, gebe ich sie Schneeweiß, gut?

KASIMIR: Tu es, mein Kind. *(Klopft Schneeweiß auf den Rücken)* Also alles Gute, mein Sohn!

KALOPHONIA *(kehrt aus der Küche zurück)*: Meine lieben Gäste, bitte zu Tisch!

Alle setzen sich. Schampo legt Soundso ein Kissen auf den Sitz. Es ist folgende Tischordnung: Kasimir – Kalawas – Schneeweiß – Knuspi – Kalophonia – Soundso – Specki – Schampo – Kuki.

KASIMIR: Aufgepaßt! Eins … zwei …

KALOPHONIA *(stößt ihn an)*: Kasimir! Kasimir!

KASIMIR: Ach ja! *(Erhebt sich. Alle folgen ihm. Die Grauen sind feldwärts, die Weißen entgegengesetzt gerichtet)*

ALLE: Gelobt seist du, Herr des Hauses, der uns den Käse gibt am Abend und am Morgen. Amen! Eins … zwei … drei! … *(Fallen über das Essen her)*

KALOPHONIA: Bitte sich zu bedienen!

SCHNEEWEISS: O weh! Jetzt kommt der Zucker!

SOUNDSO *(erhebt sich, um eine Rede zu halten)*: Verehrte Lochinhaber! Geehrtes Brautpaar! In erster Linie möchte ich …

KALOPHONIA *klopft ihrem Mann auf die Schulter.*

KASIMIR *(springt empor)*: Verehrte Gäste! Hiermit begrüße ich Sie auf das herzlichste und …

SOUNDSO *(beleidigt)*: Bitte sehr, Herr Käsekoch! …

KASIMIR: Nach Ihnen, Herr S-pringenfell!

SOUNDSO: Entschuldigen Sie, Herr Käsekoch, ich wollte es Ihnen schon die ganze Zeit sagen. Ich heiße nicht S-pringenfell, sondern Springinsfeld!

KASIMIR: Natürlich, Herr Schpringenfell! Wer sagt denn da überhaupt S-pringenfell?

KUKI: Das kann aber wirklich keiner wissen!

KASIMIR: Gerade Sie aber, Herr S-pringenfell, sagen immer Käsekoch statt Käsehoch!

SOUNDSO *(zu seinen Frauen)*: Ich sage Käsekoch statt Käsehoch?

KALOPHONIA: Jawohl, Herr S-pringenfell!

SCHAMPO und SPECKI: Schpringinsfeld!

SCHNEEWEISS *(erhebt sich)*: Was ist denn wieder los? Wird hier eine Maus auf ihre Aussprache geprüft?

KALAWAS: Worauf soll man sie denn sonst prüfen?

SCHNEEWEISS: Auf den Charakter!

KALAWAS: Wunderbar! *(Erhebt sich und umarmt Schneeweiß)* Das hast du gut gesagt, Schneeweiß! Nur der Charakter ist entscheidend ... Oh! *(Als hätte ihn etwas Spitzes in der Tasche von Schneeweiß gestochen. Mit gezwungenem Lachen)* Was hast du da in der Tasche?

KALOPHONIA *(einer Ohnmacht nahe)*: Oh ...

SCHNEEWEISS: In meiner Tasche? Nichts Besonderes ... das heißt ... *(kramt in der Tasche und zieht die Bürste heraus. Stille)* Ich verstehe nicht ...

KALAWAS *(sich distanzierend, mit lauter Stimme)*: Papas Messingbürste in der Tasche von Herrn Springinsfeld! *(Gespannte Stille. Alle blicken auf Kasimir)*

KASIMIR *(fährt fort, mit Appetit zu essen)*: Also habt ihr sie endlich gefunden? Kann man noch etwas Nüsse haben?

KALAWAS: Papa, hast du sonst nichts zu sagen?

KASIMIR: Also gut! *(Erhebt sich und kommt ohne Erregung auf Schneeweiß zu)* Ich hab' es ihm zwar schon einmal gesagt, aber wenn ihr wollt, bitte sehr ... *(Umarmt ihn)* Alles Gute, mein Sohn! Du sollst viel Freude an ihr haben! *(Küßt ihn schmatzend auf beide Backen)*

KALOPHONIA und KALAWAS *blicken sich verständnislos an.*

SCHNEEWEISS *(küßt Kasimir)*: Ich danke dir, Vater! *(Zu Kuki)* Kuki, du warst es, der mir die Bürste heimlich in die Tasche gesteckt hat?

KUKI: Ich war's nicht. Kalawas hat es gemacht.

KALAWAS *will verschwinden, aber das allgemeine Gelächter hindert ihn daran, und er bleibt.*

SCHNEEWEISS: Es ist euch gelungen. Bravo! Eine wunderbare Überraschung! *(Streckt Kalawas die Hand entgegen)* Schönen Dank, Kalawas. Ich habe überhaupt nichts gemerkt ...

KALAWAS *(lacht gezwungen und drückt Schneeweiß die Hand)*: Na ja ... na ja ... *(Nachdem Schneeweiß sich entfernt hat, wendet er sich drohend an Kuki)* Kukurutz! *(Kommt mit erhobener Hand auf ihn zu)*

KUKI *läuft ängstlich hinaus, Kalawas hinter ihm.*

SCHNEEWEISS *(zu Knuspi)*: Hat mein Vater den Käse schon gekostet?

KNUSPI: Noch nicht.

SOUNDSO *(nimmt den Käse zur Hand)*: Na, und wo wird das junge Paar wohnen? *(Will ihn in den Mund schieben, aber die Gespräche hindern ihn daran)*

KALOPHONIA: Natürlich im ersten Stockwerk.

SOUNDSO: Entschuldigen Sie, aber sie werden im Parterre wohnen!

KALOPHONIA: Aber Herr S-pringenfell …

SOUNDSO: Darüber ist nicht zu diskutieren, Frau Käsekoch!

KALOPHONIA: Ich verstehe nicht, warum die Kinder gerade im Parterre wohnen müssen?

SOUNDSO: Frau Käsekoch, die Sache ist doch die: Sie und Ihre werte Familie in Ehren, aber ich möchte nicht, daß mein Sohn zwischen Mäusen lebt, die in ihm nur den Grauen sehen.

KASIMIR: Grau? Dieses Problem existiert bei mir nicht. Ist denn Schneeweiß überhaupt grau? Nein … wirklich, Kalophonia … hörst du? …

KALOPHONIA: Dieser Gedanke ist mir noch niemals gekommen.

KASIMIR: Bei uns gibt es so was nicht.

SCHNEEWEISS: Herr Käsehoch, man kann nicht Probleme dadurch lösen, daß man tut, als gäbe es sie nicht.

SOUNDSO: Richtig, mein Sohn! Vollständig richtig! Man braucht Geduld und wieder Geduld … *(Spuckt den Käse aus)* Was ist denn das?

KNUSPI: O weh! Es beginnt!

SOUNDSO: Entschuldigt! Ist das Käse oder ist das ein Stück Zucker?

KASIMIR *(freundschaftlich)*: Zucker zum Käse, das ist gerade gut!

SOUNDSO: Wißt ihr denn nicht, daß man Käse mit Zwiebeln bereitet? *(Spuckt ohne aufzuhören)*

KALOPHONIA: Eine Verlobungsfeier mit Zwiebeln! Herr S-pringenfell!

SCHAMPO: Warum denn nicht?

SPECKI: Zucker hat einen schlechten Geruch.

KALAWAS *jagt hinter Kuki durch alle Zimmer, sie erscheinen von*

Zeit zu Zeit im Raum, wo die Gäste versammelt sind, um dann wieder zu verschwinden.

KASIMIR *(zu seiner Frau)*: Avons-nous des oignons dans la cuisine?

SPECKI: Er hat wieder gesagt: grise!

KASIMIR: Ich habe gesagt: Zwiebeln!

KNUSPI: Papa hat gefragt, ob Zwiebeln in der Küche sind.

KASIMIR: Nein! Es sind keine.

KNUSPI: Mama, etwas ist noch da!

KALOPHONIA: Nein, habe ich gesagt!

SOUNDSO *(erhebt sich)*: Sehr unhöflich, Frau Käsekoch, Gäste ohne Zwiebeln zu empfangen!

KNUSPI *(zu Soundso)*: Die Zwiebeln sind doch im Augenblick nicht so wichtig!

SOUNDSO *(zu Knuspi)*: Sie sind sogar sehr wichtig, mein Kind! Die Bräuche der Gäste soll man achten!

KALOPHONIA *(zu Knuspi)*: Siehst du, Knuspi, was für ein Leben dich bei den Zwiebelessern erwartet?

SOUNDSO: Entschuldigen Sie, Frau Käsekoch, aber wo steht geschrieben, daß Zucker duftet und Zwiebel stinkt?

KASIMIR: Zucker duftet? Zwiebeln duften!

KNUSPI: Hör doch auf, Papa!

KASIMIR: Laßt sehen. Das wird man sogleich feststellen!

KALOPHONIA: Grise!

SOUNDSO: Heidi! Gehen wir!

Die beiden Frauen erheben sich. Nussi, angelockt durch den lauten Wortwechsel, kommt ins Zimmer und geht langsam auf die Seite der Familie Springinsfeld über.

SCHNEEWEISS: Vater! Was ist wieder los?

KNUSPI *bricht in Tränen aus.*

KALOPHONIA *(erschrocken, sucht zu vermitteln. Zu Soundso)*: Herr S-pringenfell, ich habe gekocht so wie ich es verstehe …

SCHAMPO: Sie haben gekocht? Man kann ja nicht essen, was Sie kochen!

KASIMIR: Dann essen Sie nicht!

KNUSPI: Papa!

KASIMIR: Hören Sie, Herr S-pringenfell!

SOUNDSO: Ich heiße nicht S-pringenfell!

SCHNEEWEISS: Vater!

SOUNDSO: Vielleicht schämst du dich deines Vaters? Geh nur! Geh zu ihnen!

KNUSPI *(versucht zu vermitteln)*: Hört doch auf! Denkt doch auch an uns! Schneeweiß! *(Faßt ihn an der Hand)* So hilf mir doch!

KALOPHONIA: Ich war bereit gewesen, meine Tochter einem Grauen zu geben …

SCHAMPO: Aha!

SOUNDSO: Wir sind also doch Graue?

SPECKI: Mäuse vornehmer Abstammung!

KASIMIR: Unverschämt!

SCHNEEWEISS: Wenn ihr nicht sofort aufhört, gehen wir wieder weg, und ihr seht uns nicht mehr!

KALOPHONIA *(hält Knuspi an der Hand fest)*: Nur keine Drohungen! Meine Tochter werden Sie diesmal nicht rauben! Sie gehört zu uns, und sie wird bei uns bleiben!

KNUSPI: Mama, ich möchte dich sehr bitten …

SOUNDSO *(zieht Schneeweiß an der Hand. Soundso selbst wird von seinen beiden Frauen und von Nussi gezogen. Schneeweiß zieht Knuspi an der Hand. Ihre zweite Hand wird von den Eltern in entgegengesetzte Richtung gezogen)*: Komm, mein Sohn! Laß sie laufen …

NUSSI: Schneeweiß, du bist bei ihnen ein Grauer! Nur ein Grauer!

KASIMIR: Ich werde nicht Wilden meine Tochter geben!

SOUNDSO: Sie … Sie scheckiger Alter!

KNUSPI: Wie können Sie so etwas über meinen Vater sagen?

KASIMIR: Ratten! Ekelhafte Ratten!

NUSSI: Nicht schön, so zu sprechen!

KALOPHONIA: Nussi!

NUSSI: Vieille sorcière!

KALOPHONIA *verstummt.*

NUSSI: Herr Käsehoch, Sie müssen verstehen …

KASIMIR: Ich verstehe alles. Sie brauchen mir keine Erklärungen zu geben! Von mir aus können Sie ein Ingenieur sein …

SCHNEEWEISS: Ich bin kein Ingenieur!

KASIMIR: Was? Noch nicht einmal ein Ingenieur?

SCHNEEWEISS: Nein. Und meine Mutter war auch keine Weiße.

KALOPHONIA: Was war sie dann?

SCHNEEWEISS: Eine Graue.

KASIMIR: Das ist denn aber doch die Höhe!

SCHNEEWEISS: Aber das ist noch nicht alles, Herr Käsehoch! Mir wird übel vom Zucker, und ich esse Zwiebeln für mein Leben gern, und trotzdem liebe ich Knuspi!

SOUNDSO: Wie? Was? Ich habe nicht verstanden!

KASIMIR: Sie haben sehr gut verstanden, Alter! Ihr teurer Sohn ist ein – Lügner!

KNUSPI: Papa, du weißt sehr gut, daß Schneeweiß eine anständige Maus ist.

KALOPHONIA: O ja! Aber die Bürste hat er an sich genommen!

SCHNEEWEISS *(wirft sie ihnen zu Füßen)*: Da! Nehmt sie euch zurück!

SOUNDSO: Schneeweiß! Du bist mein Sohn! Endlich sind dir die Augen aufgegangen! Gelobt sei der Herr! Wir sind Mäuse von ganz anderer Art.

KASIMIR: Das ist wahr! Ich muß es offen gestehen: Es ist wahr! Wir haben nichts Gemeinsames. Eure Sprache ist eine andere, euer Magen ist ein anderer, eure Farbe ist eine andere!

SPECKI: Pfui!

KASIMIR: Alles ist anders bei euch! Die Kleidung! Der Geruch! Die Musik! Jawohl, die Musik!

DIE SÄNGER. Musik? Bitte sehr! *(Beginnen zu spielen)*

KALAWAS und KUKI *stürmen herein. Kalawas noch immer hinter Kuki herjagend, verschnaufen auf eine Weile. Dann geht Kalawas auf die Seite seiner Familie, Kuki hingegen schleicht in die Ecke und betrachtet von dort aus die Entwicklung der Dinge.*

SOUNDSO: Auch nach hundert Jahren werden wir uns nicht verstehen!

KALAWAS: Was quatscht da dieser graue Kerl?

SOUNDSO: Im Laboratorium wirst du enden! Als Versuchsmaus! Das garantier' ich dir!

KALOPHONIA: Hinaus! Alle!

KASIMIR: Alle hinaus! Hinunter in euer Parterre!!

NUSSI: Schneeweiß, komm!

SCHNEEWEISS: Ja! Gehen wir! *(Beim Hinausgehen entsteht ein Streit, der sich vor dem Ausgang fortsetzt)*

KUKI: Schneeweiß!

SOUNDSO *(abgehackt und bös)*: Ruhe und Frieden!

KASIMIR *(ebenso)*: Frieden und Ruhe!

KALAWAS: Morgen werden wir den Boden nach euch gründlich scheuern!

SCHNEEWEISS: Das ist denn aber doch zu viel! *(Will sich auf Kalawas stürzen, aber Kasimir verhindert es)*

KASIMIR *(drohend zu Schneeweiß)*: Sieh dich vor! *(Geht gegen ihn los)*

SOUNDSO *(seinem Sohn zu Hilfe kommend, versetzt Kasimir einen Hieb)*: Da hast du!

Es entsteht eine allgemeine Schlägerei, an der sich auch die Sänge beteiligen. Man schlägt, pufft, schreit und drängt. Es ist ein wirres Durcheinander, in dem einer den anderen nicht mehr versteht.

KASIMIR *(mit Soundso ringend)*: Statt mir dankbar zu sein, wird er noch frech! Da hast du! …

SOUNDSO *(schlägt wie ein Besessener um sich)*: Aufgeblasener Alter Da! … Da! … Das wird dir nicht schaden! …

SCHNEEWEISS *(prügelt Kalawas)*: Dir wollte ich schon lange heimzahlen! … Schon lange! …

KALAWAS *(der reichliche Schläge bezieht)*: Grauer Kerl! … Grauer Kerl! …

SCHAMPO und SPECKI *(auf Kalophonia losgehend)*: Eine Dame! … Eine vornehme Dame! … Sieh einer an! …

NUSSI *(die auch auf Kalophonia losschlägt)*: Vieille sorcière! … Vieille sorcière! … *(Gleichzeitig gibt sie Kalawas einen Fußtritt)*

KALOPHONIA: Schämt euch! … Wilde! … Schämt euch! …

1. SÄNGER *(schlägt den zweiten)*: Musikalisch willst du sein? Eine verrückte Feldmaus bist du! …

2. SÄNGER: Du hast noch was zu reden, du Dilettant! Wer kann denn deine Stimme vertragen? …

DIE KATZE *(lauter als sonst)*: »M I A U !«

ALLE *erstarren vor Schreck. Zitternd am ganzen Körper, beginnen sie ins Innere des Loches zu drängen. Durch die gemeinsame Gefahr plötzlich verbunden, suchen sie Schutz und Deckung gegen die Katze. Schneeweiß umarmt Knuspi. Alle stehen regungslos, Bildsäulen gleich.*

KUKI: Jetzt fange ich an, zu begreifen, warum der Mensch die Katze geschaffen hat. Setzt euch!

ALLE *beginnen sich aus der Erstarrung zu lösen und gehen auf ihre Plätze zurück.*

DIE KATZE: »M I A U !!!«

Vorhang

Der Schutzengel

Eine Komödie in zwei Akten

PERSONEN

DR. ITZHAK MONROE, *der Chef (50)*
DOV STEINER, *sein Assistent (35)*
LEISER, *ein Teeverkäufer (65)*
ZVI PRAGER, *der Held (30)*
JAAKOV PRAGER, *Zvis Onkel (55)*
HANNA PRAGER, *Zvis Tante (50)*
SCHAFFLER, *deren Untermieter (60)*
SHULAMIT, *die Sekretärin (25)*

DIE DEKORATION

Die Grunddekoration zeigt drei Büros im Ministerium. Wenn es auch nicht unerläßlich ist, so wäre es doch wünschenswert, wenn sich die drei Büroräume auf verschiedenen Ebenen befänden, auch wenn der Unterschied noch so minimal sein sollte, weil auf diese Weise schon rein äußerlich die überbetonte bürokratische Hierarchie angedeutet würde. Das oberste Büro gehört natürlich dem Chef. Schräg unten führt eine Türe in die bescheidene Kanzlei des Assistenten und eine weitere Türe weiter unten in das Sekretariat. An der Seite steht eine Bank.

ERSTER AKT

Erste Szene

Wenn der Vorhang aufgeht, sitzt Dr. Monroe im obersten Büro. Er tut sich an der Zeitung und an einem Imbiß gütlich. Steiner lümmelt untätig im mittleren Büro herum. Leiser erscheint mit einem beladenen Tablett in Monroes Büro.

LEISER: Tee ... Der Tee ... *(Dr. Monroe tut die Störung stirnrunzelnd ab. Leiser steigt zu Steiners Büro hinunter)* Tee ... Der Tee ... *(Da ihm Steiner keinerlei Beachtung schenkt, geht Leiser zum Sekretariat hinunter, durchquert den leeren Raum und begibt sich zur Bank an der Seite. Das Ministerium versinkt im Dunkel, das Licht konzentriert sich auf Leiser. Er wendet sich zum Publikum)* So! Die wollen also nichts von mir haben? Dabei ist mein Tee hervorragend und meine Sandwiches sind wundervoll, das sagen alle. Aber die haben jetzt eine Wut auf mich, die hochoffiziellen Herren da oben, eine Stinkwut! 25 Jahre lang hat's in jedem gottverfluchten Büro geheißen: »Komm schon, Leiser, eine Tasse Tee, Leiser, ein Käsesandwich, Leiser!« Damit ist's jetzt aus, die Herren belieben eine Wut zu haben. Bitte sehr, sollen sie. Ich habe keine Angst vor denen. Die haben Angst vor mir. Und wie! Nämlich, ich weiß zuviel. Ich sehe alles, was im Ministerium vorgeht, in jedem Loch, in jedem Winkel. Ich bin der einzige, der überall eintritt, ohne anzuklopfen. Das heißt: ich und der Minister. Allerdings, wenn der Minister eintritt, dann sollten Sie mal sehen, wie die schuften. Wenn ich eintrete, lassen sie sich Zeit, schlürfen ihren Tee und plaudern und schnattern. Für die bin ich Luft. Da gibt's also den Unterschied. Der Minister wird nie erfahren, was das für Menschen sind. Nur ich. Das heißt: bis neulich. Und seither hat sich die Szenerie aber gründlich verändert. Seither bin ich für die »Persona non grata«. Ich erinnere sie zu sehr an etwas, das vor ein paar Tagen geschah. Nichts besonders Wohlriechendes, eher etwas Anrüchiges, sozusagen ein handfester Skandal. Jawohl, ich erinnere sie an unseren letzten Direktor. War ein feiner, aufrechter Mann. Und was war das Ende vom Lied, was? Wissen Sie nicht? Können Sie ja auch nicht wissen! Wie sollten Sie, wo die doch alles vertuschen möchten. Die halten auf einmal alle dicht wie eine Auster. Aber ich nicht! Nicht ich! Mich bringen die nicht zum Schweigen. Ich rede! *(Leiser geht nach oben)* Und wenn die in den nächsten 25 Jahren keine halbe Tasse Tee mehr von mir nehmen, ich rede trotzdem! Sogar wenn die da unten freihändig die Wände hochgehen, rede ich, jetzt und auf der Stelle! ... Also vor ein paar Tagen, kommt da ein wirklich netter junger Mann, ein richtiger Idealist. Kein Hundertprozentiger, bitte sehr, schon ein bißchen angeschlagen und vom Leben ganz schön gebeutelt. Er hatte die ganzen Kriegszeiten mitgemacht, tatsächlich die ganzen, war ausgebombt worden und geplündert und verfolgt und verjagt. Dann wanderte er aus, in sein Land. Er glaubte, kann man ihm ja auch nicht übelnehmen, daß man ihn mit ausgebreiteten Armen empfangen würde. War ein rechtschaffener, aufrichtiger Junge. Ein Idealist? Gewiß. Alles in allem, war er's wohl ... Auf dieser Bank hier hat alles angefangen. Ich traf ihn hier als erster, bevor die ganze Sache ins Rollen kam. Ich sitze also auf dieser Bank, habe eben meine Zeitung gelesen, da kommt – ich sehe es glasklar vor mir – dieser junge Mann, Zvi Prager. *Leiser vertieft sich in die Zeitung. Zvi Prager erscheint mit einem kleinen Koffer. Er wirkt müde, aber keineswegs niedergeschlagen. Zvi wendet sich an Leiser.*

ZVI: Stört es Sie, wenn ich mich einen Moment setze?

LEISER *(liebenswürdig, aber ohne sich in seiner Lektüre beirren zu lassen)*: Nicht im geringsten.

ZVI: Können Sie mir liebenswürdigerweise sagen, wo das ist? *(Er zeigt seinen Zettel. Leiser nimmt keine Notiz davon)* Entschuldigen Sie, bitte. Ich wollte Sie wirklich nicht ... *(Schickt sich an, aufzustehen)*

LEISER: Bleiben Sie sitzen! Oder brennt's wo? Wenn Sie müde sind, können Sie sich ruhig ein bißchen ausruhen. Auch ein Neu-Einwanderer ist ein Mensch.

ZVI: Ich bin erst heute früh angekommen. Aber woher wissen Sie das? Würden Sie mir das freundlicherweise erklären?

LEISER: Ich hab' Augen im Kopf. Und Ohren! »Entschuldigen Sie, bitte, liebenswürdigerweise, freundlicherweise ...« Junger Mann, so höflich reden die Leute hier heutzutage nicht mehr. Gewöhnen Sie sich das gefälligst ab. Es wird hier nicht geschätzt. Im Gegenteil.

ZVI: Vielen Dank, das ist sehr liebenswürdig von Ihnen.

LEISER *(bietet ihm ein Sandwich an)*: Da!

ZVI: Tut mir schrecklich leid, ich habe nur noch ein paar Groschen für die Trambahn.

LEISER: Geht auf meine Rechnung. *(Leiser reicht Zvi eine Tasse Tee)*

ZVI: Herzlichen Dank! *(Zvi trinkt und streckt dann Leiser den Zettel wieder hin)* Entschuldigung, vielleicht kennen Sie die Adresse?

LEISER: Salamanderstraße 8. Jaakov Prager.

ZVI: Mein Onkel.

LEISER: Da haben Sie also einen Onkel hier. Schön. Kann nie schaden. Persönlich sind mir die Freunde, die ich mir aussuche, lieber als die Verwandten, die ich erbe. Aber das ist mein Bier. Hat Ihnen Ihr Onkel geschrieben, daß Sie bei ihm wohnen können?

ZVI: Nicht ausdrücklich. Aber wenn er keinen Platz für mich hat, finde ich vielleicht ein Zimmer in der Nähe.

LEISER: Ich sag' ja, ein Idealist.

ZVI: Wie meinen Sie?

LEISER: Nichts. Da haben Sie gewiß was Wertvolles mitgebracht, in dem Koffer da. Gold?

ZVI: Unterwäsche.

LEISER: Ohne Geld werden Sie noch auf einer Bank im Park landen. Wieso kommen Sie denn überhaupt hierher?

ZVI: Ich habe in dem alten Land alles verloren. Deshalb komme ich in die Heimat.

LEISER: Hören Sie auf mit »Heimat«. Der nächste Schritt ist »Vaterland«. So was geht mir auf die Nerven.

ZVI: Ich bin Ihnen wirklich sehr verbunden, aber ...

LEISER: So bleiben Sie doch sitzen! Ich wollte Sie ja nicht kränken. Schließlich war ich auch einmal neu hier. Bin's eigentlich irgendwie noch immer, hab's zu nichts gebracht. Hatte eben keine Unterstützung hier, und das ist das einzige, was hier zählt, das allereinzige, hier und anderswo. Verbindungen, Vitamin B, junger Mann, hochgestellte Freunde, ganz oben an der Spitze, wo die Fäden gezogen werden. Jede Wette, daß Sie Verbindungen haben. Sie sprachen da von einem Onkel. Was ist er? Hat er eine Menge Einfluß?

ZVI: Er hat ein Koch-Diplom.

LEISER: Und sonst haben Sie niemanden?

ZVI: Ich fürchte, nein …

LEISER: Dann ist es hoffnungslos. Was sind Sie denn von Beruf?

ZVI: Ich war Arbeiter in einer Sodawasser-Fabrik.

LEISER: Das ist kein Beruf, das ist ein Fehler. In diesem Land ist jeder ein Sodawasser-Experte. Hier trinkt jeder Soda. Es ist ein richtiges Sodawasser-Land, weil es so unerträglich heiß ist.

ZVI: Spricht aus Ihnen nicht einfach die Verzweiflung, mein Herr?

LEISER: Mag sein, daß es die Verzweiflung ist, aber leider ist's auch die Wahrheit. Die lautere Wahrheit, klar wie Sodawasser. Wenn ich nicht im Amt bin, denke ich häufig. Ich bin so was wie ein Philosoph. *(Er steht auf)* Geben Sie mir die Adresse. Wir suchen sie gemeinsam. Es kann nicht weit von hier sein.

ZVI: Meinen herzlichen Dank, aber machen Sie sich bitte keine Mühe. Ich komme schon zurecht. Sie haben bestimmt Besseres zu tun.

LEISER *(nimmt sein Tablett)*: Gibt's was Besseres, als einem Neu-Einwanderer behilflich zu sein? Kommen Sie, suchen wir Ihren Onkel. Onkel ist gut. Onkel ist sehr gut.

ZVI: Ich bin Ihnen sehr verbunden. Das ist sehr nett von Ihnen …

Zweite Szene

Jaakov Pragers bescheidenes Wohnzimmer in einem kleinbürgerlichen Haus. Rückwärts befindet sich eine Türe, die zum Badezimmer und zu den anderen Räumlichkeiten führt. Am äußersten Ende die Haustüre. Jaakov sitzt am Tisch und schneidet mit einer Schere Annoncen aus der Zeitung. Seine Frau Hanna, überlebensgroß –

und deshalb auch größer als Jaakov – knallt einen irdenen Topf auf den Tisch. Jaakov fährt zusammen und blickt unterwürfig auf.

JAAKOV: Sagtest du was?

HANNA: Nicht direkt. Was soll denn der Märtyrerblick, Jaakov? Schließlich ist er dein Verwandter, nicht meiner. Ich kenne ihn nur von der Fotografie her.

JAAKOV: Trotzdem predigst du mir seit Tagen: »Sei nicht zu nett zu ihm, sonst nistet er sich für immer bei uns ein.«

HANNA: Ich kenne ihn nur von der Fotografie.

JAAKOV: Mein Gott, Hanna, ich erinnere mich ja selber nicht mehr richtig an ihn. Ich weiß nur, daß er ein besonders gutmütiger Junge ist. Außerdem hat er auch noch in Australien Verwandte, aber er ist zu uns gekommen, weil es ihn in die Heimat zog.

HANNA: Er ist zu uns gekommen, weil deine Hosentasche ihm näher war.

JAAKOV: In meiner Hosentasche findet er nichts. Darum geht's doch gar nicht. Er ist jung, er steht allein auf der Welt, und außerdem habe ich eine Stelle für ihn gefunden. *(Er liest eine der Annoncen vor)* »Gesucht: Diplomingenieur, Bewässerungsfachmann mit großer praktischer Erfahrung. Perfekte Kenntnis des Französischen. Bewerbungen an Dr. Itzhak Monroe, stellvertretender Direktor, Landwirtschaftsministerium, Abteilung Wasserwirtschaft.«

HANNA: Erfüllt denn Zvi die Anforderungen?

JAAKOV: Er hat schließlich in einer Sodawasser-Fabrik gearbeitet, oder?

HANNA: Der versagt doch überall. Ich sag's dir, wie's ist, den werden wir nie wieder los.

JAAKOV: Hör schon auf damit. Haben wir nicht schon einen Untermieter, den Dr. Rudi Schultz? Und habe ich Zvi nicht selber gesagt: »Zvi, du bist verwandt mit uns, und wir möchten gerne, daß du bei uns wohnen bleibst. Leider ist das Haus so klein …«

ZVI *(Stimme aus dem Badezimmer)*: Tante Hanna!

HANNA: Was sag' ich? Da bettelt er schon wieder … *(Sie geht zur Türe)* Was willst du denn, Liebling?

ZVI: Dürfte ich bitte ein Handtuch haben?

HANNA: Er hat noch nicht einmal ein Handtuch. *(Sie geht zur Badezimmertüre, mit einem Handtuch, klopft)* Hier, mein Junge!

ZVI *(streckt den Arm aus dem Badezimmer, nimmt das Tuch)*: Wie lieb von dir, Tante Hanna!

HANNA *(zu Jaakov)*: Ich habe doch gewußt, daß er alles mögliche von dir verlangt. Geld? Nein, so weit geht er nicht. Aber bei der Bank heißt's dann: »So, Jaakov Prager bürgt für Sie, also dann bis zu einer halben Million!« Und der liebe Jaakov Prager leistet die Bürgschaft und deckt die Schecks und kommt auch noch für den Rest auf und wird zum Sklaven der Bank bis zu seinem unseligen Ende.

JAAKOV: Aber Hanna, bis jetzt hat uns Zvi doch noch überhaupt um nichts gebeten. *(Hanna signalisiert ihm, daß Zvi kommt)* Hanna, ich beginne zu bemerken, daß du ein äußerst selbstsüchtiges Wesen bist.

HANNA: Und du ein alter Heuchler! *(Sie grüßt Zvi besonders zuckersüß)* Da bist du ja, Zvi, wie geht's dir denn?

ZVI: Grandios! Wie neu geboren. Herzlichen Dank.

HANNA: Bedien dich.

ZVI *(sich über den Kaffee und den Kuchen hermachend)*: Wundervoll. Wie reizend alles ist. Ich fühle mich bei euch schon ganz wie zu Hause. *(Hanna räuspert sich, ihr Blick spricht Bände)* Mir gefällt hier alles, das Land, die Blumen, der Himmel. Und ihr seid alle so zauberhaft.

JAAKOV: Hör zu, mein Junge. Entschuldige, wenn ich da den Finger drauflege, aber sei nicht zu zufrieden mit allem!

HANNA: Es ist vorsorglich gesagt.

ZVI: Entschuldigung.

Schaffler, scheu und schäbig, von Kopf bis Fuß schwarz angezogen, klopft an die Türe, bevor er eintritt. Seine Taschen stecken voller Zeitungen, unter dem Arm trägt er Bücher, in der Hand einen Korb.

SCHAFFLER: Entschuldigen Sie, Frau Prager, aber ich sollte heute das Bier holen gehen.

HANNA: Nein, gestern.

SCHAFFLER: Ja, gestern. Ich vergaß …

JAAKOV: Es ist Viertel nach sieben. Die Geschäfte machen gleich zu.

SCHAFFLER: Bitte tausendmal um Verzeihung. Auch das beste Pferd strauchelt mal.

HANNA: Ja, dann steht's aber sofort wieder auf, Herr Schaffler. Außerdem hat ein Pferd vielleicht noch sonst was zu tun. Sie haben aber nur dreimal die Woche Bier zu holen, und noch nicht mal das tun Sie pünktlich. Nur Ihre Butter legen Sie pünktlich in unseren Kühlschrank.

SCHAFFLER: Anfang nächsten Monats bringe ich alles in Ordnung. Ich habe eine Stelle in Aussicht, und diesmal klappt es ganz bestimmt.

HANNA: Schon fast halb. Es lohnt sich gar nicht mehr.

SCHAFFLER: Ich bin schon weg … Nur … Ich hab' kein Kleingeld bei mir … *(Hanna gibt ihm einen Geldschein)* Bin schon weg. *(Er geht ab)*

HANNA: Ein sauberer Untermieter. Hat noch nicht mal Geld für eine Runde Bier.

ZVI: Wer ist der Herr? Er hat so ein sensibles Gesicht.

JAAKOV: Er nennt sich Schriftsteller. Vor Jahren hat er einmal ein Buch geschrieben. *(Er nimmt ein Buch, das unter dem Fuß eines Möbels liegt, liest den Titel)* »Überreste eines römischen Bades in unserer Stadtmauer«. Er überarbeitet es immer wieder und treibt neue Nachforschungen. Er ist ein bekannter Mann, wenigstens bei ein paar wenigen. Manchmal bringt er ein Gedicht in der Sonntagsbeilage unter, über den Frühling oder den Herbst. Er schreibt unter dem Namen Magnus Schaffler, aber eigentlich heißt er Rudi Schultz. Wenn er Leute, die ihn kennen, um eine Stelle angeht, klopfen sie ihm auf die Schulter und sagen: »Schaffler, alter Junge, wir haben im Augenblick nichts für einen Mann von Ihrem Format.« Sagt er: »Dann geben Sie mir was Bescheideneres, bitte.« Und dann sagen sie: »Kommt doch nicht in Frage, das wäre ja eine Beleidigung für so einen hervorragenden Autor!«

HANNA: Er sieht immer aus wie auf dem Weg zu seinem eigenen Begräbnis. Das einzige, was er anzuziehen hat, ist der schwarze

Anzug, den er auf dem Leib trägt. *(Zu Zvi)* Und du? Was meinst du, was du hier für eine Beschäftigung findest?

ZVI: Beschäftigung? Also, obwohl ich bis jetzt noch nichts gefunden habe, sehe ich da keinen Grund zu Befürchtungen. Ich finde bald was Passendes und falle niemandem zur Last.

JAAKOV: Siehst du, Hanna! Schau mal, Zvi. *(Er gibt Zvi den Ausschnitt)* Hier ist was für dich. Da stehst du sofort auf deinen eigenen Beinen.

ZVI: Was ist das?

JAAKOV: Eine Annonce aus der Morgenzeitung. Das Land schreit nach arbeitswilligen Menschen. Ich habe sofort an dich gedacht. Es ist genau das Richtige.

ZVI: »Diplomingenieur … Bewässerungsfachmann …« Ich habe nicht die blasseste Ahnung. Davon verstehe ich ungefähr soviel wie du von – nun sagen wir, von Buchhaltung.

JAAKOV: Dann ist es ja gut. Was meinst du, was ich seit zwei Jahren bin? Buchhalter.

ZVI: Ich denke, du hast ein Koch-Diplom?

JAAKOV: Habe ich auch. Aber hier ist es wie in Amerika. Hauptsache, man bekommt die Stelle. Der Rest läßt sich arrangieren.

ZVI: Aber ich kann auch nicht Französisch.

HANNA: Sei kein Frosch. Ein oder zwei Sätze.

ZVI: »Perfekte Kenntnis des Französischen.«

HANNA: Vielleicht klappt's mit Jiddisch. Der einzige Haken dabei ist: wir kennen keine großen Tiere. Wer könnte bezeugen, daß er ein Bewässerungsfachmann ist?

JAAKOV: Das hat was. Wenn hier eine Stelle so wichtig ist, daß sie in der Zeitung ausgeschrieben wird, dann kriegt man sie nur, wenn man Verbindungen hat. *(Zvi blickt ihn verwirrt an)* Aber keine Sorge, man weiß nie, wann man den Richtigen trifft. Am einen Tag hast du nicht die geringste Hoffnung, am andern gerätst du schon in eine Schlange, die auf den Bus wartet, oder so, und du fängst ein Gespräch mit dem Mann vor dir an, und der Mann ist kein anderer als der Schwiegersohn von dem Herrn, der die Schlüsselposition innehat. Und am nächsten Tag sitzt du fest in deinem eigenen kleinen Büro. Alles Weitere findet sich von selbst.

ZVI: Dann muß ich also auf eine Busschlange warten?

JAAKOV: Ach was, in einem wohlorganisierten Land brauchst du noch nicht einmal den Bus zu nehmen. Alles, was du brauchst, ist ein freundliches Briefchen von einem hohen Tier an das andere. Weißt du, mein Junge, je mehr ich mir's überlege, desto deutlicher erkenne ich in dieser Anzeige die Hand der Vorsehung. Muß ein junger Einwanderer unbedingt ein halbes Jahr herumwandern, bis er eine Stelle gefunden hat? Mal überlegen, wer könnte so einen Empfehlungsbrief für Zvi schreiben? Wer?

SCHAFFLER *(kehrt mit dem Bier zurück)*: Das ging aber Spitz auf Knopf, Frau Prager. Die hatten schon beinahe zugemacht. *(Er entfernt sich murmelnd)*

JAAKOV: Und dann tut das Faultier noch so, als ob es uns einen Gefallen getan hätte.

HANNA: Ich hab's! Jaakov, ich hab's! Ich weiß, wer die Empfehlung schreiben wird. Er!

JAAKOV: Der? Der findet ja selber keine Stelle.

HANNA: Wie soll er? Kann doch keiner für sich selber bürgen.

ZVI: Ja, wird denn dieser Herr – ich weiß nicht, wie er heißt – damit einverstanden sein, mir die erforderlichen Fähigkeiten zu bescheinigen? Der kennt mich ja gar nicht, der weiß überhaupt nichts von mir.

HANNA: Na und? Schließlich bewahrt er seine Butter in unserem Kühlschrank auf. Außerdem ist er uns die Miete schuldig.

JAAKOV: Der Vorschlag scheint mir etwas irregulär, vorsichtig ausgedrückt.

ZVI: Mir auch. Ich danke dir von Herzen, Tante Hanna, aber so möchte ich nicht zu einer Stelle kommen.

HANNA: Moment! Moment! Der Pudding schmeckt erst, wenn man ihn probiert. *(Sie klopft an Schafflers Türe und flötet)* Herr Schaffler, würden Sie bitte mal zu uns kommen?

SCHAFFLER *(hinter der Türe)*. Das Bier ist im Kühlschrank. Das andere bringe ich Ende des Monats in Ordnung.

HANNA: Darum geht's doch gar nicht, Herr Schaffler. Wir möchten über was anderes mit Ihnen sprechen. Kommen Sie und machen Sie sich's bequem.

SCHAFFLER *(erscheint argwöhnisch)*: Guten Abend allerseits.

JAAKOV: Darf ich vorstellen: Herr Ernst Schaffler, unser lieber langjähriger Mieter – mein Neffe, Zvi Prager, er hat die ganzen Kriegszeiten mitgemacht, aber jetzt ist er, Gott sei Dank, seit ein oder zwei Tagen für ein oder zwei Tage bei uns.

SCHAFFLER: Erst so kurz hier, ja gibt's denn das? *(Mit aufrichtiger Herzlichkeit)* Willkommen zu Hause! *(Händeschütteln)* Ich bin ehrlich erfreut.

ZVI: Meinen herzlichsten Dank.

SCHAFFLER: Ich kann Ihnen nur von Herzen Glück wünschen. Andere kommen ins Land und haben nichts, weder ein Dach überm Kopf noch eine Stelle. Mutterseelenallein wandern sie durch die Städte, kein Hahn kräht nach ihnen, niemand kümmert sich um sie. Aber Sie haben einen Onkel, einen großen Mann. Sie brauchen sich nicht zu fragen, wo Sie Ihr müdes Haupt hinlegen können …

HANNA: Eine Tasse Tee, Herr Schaffler? Wir haben Sie doch noch nie um einen Gefallen gebeten, oder?

SCHAFFLER: Nein.

HANNA: Wir haben doch noch nie die enge nachbarliche Bindung, die jahrelange freundschaftliche Verbundenheit in irgendeiner Weise ausgenützt, oder?

SCHAFFLER: Nein. Abgesehen vom Bierholen. Aber das ist ja ein Vergnügen.

HANNA: Gut, dann lesen Sie mal diese Annonce. *(Er liest sie)* So, und jetzt sagen Sie mir, wen der liebe Gott für diese Stelle vorgesehen hat?

SCHAFFLER *(mit einem Hoffnungsschimmer)*: Mich?

HANNA: Nein!

SCHAFFLER *(auf Jaakov deutend)*: Ihn?

HANNA: Nein!

SCHAFFLER *(zu Hanna)*: Sie?

HANNA: Mich? Ach was.

SCHAFFLER: Dann weiß ich's wirklich nicht.

HANNA *(auf Zvi deutend)*: Hier sitzt der Auserwählte!

SCHAFFLER *(schüttelt Zvi die Hand)*: Großartig! Da sind Sie also ein Hydrologe?

ZVI: Ein was?

HANNA: Noch ein Täßchen, Herr Schaffler? Ich bitte Sie.

JAAKOV: Und jetzt zu unserem Anliegen, Herr Schaffler. In Anbetracht Ihrer glänzenden Verbindungen und des Rufes, den Ihr Name in der breiten Öffentlichkeit hat, wäre es für Sie doch zweifellos ein Kinderspiel, den richtigen Weg zu den richtigen Leuten im Ministerium zu finden.

SCHAFFLER: Zuviel der Ehre für einen kleinen Schreiberling.

JAAKOV: Nicht doch, bitte keine falsche Bescheidenheit. Der Direktor heißt Dr. Itzhak Monroe.

SCHAFFLER *(murmelt)*: Monroe? Monroe? …

HANNA: Wußt' ich's doch, daß er ihn kennt.

JAAKOV: Großartig! Wäre es zuviel verlangt, wenn ich Sie also um ein paar Zeilen zugunsten meines Neffen bitten würde?

SCHAFFLER: Aber überhaupt nicht. Wenn ich zögere, ist es eigentlich nur …

JAAKOV: Zögern? Nein, Herr Schaffler, also das akzeptiere ich wirklich nicht. Das allererste Mal, daß wir Sie um einen kleinen Gefallen bitten, zugegeben, abgesehen vom Bierholen …

SCHAFFLER: Sie bringen mich da wirklich in Verlegenheit.

HANNA *(scharf)*: Tut mir leid, wenn ich deutlich werden muß, Herr Schaffler, aber dieses Hin und Her ist widerlich!

ZVI: Aber wenn dem Herrn nicht danach zumute ist …

HANNA: Herr Schaffler, da fällt mir was ein: Wo bewahren Sie eigentlich Ihre Butter auf?

SCHAFFLER: Frau Prager …

JAAKOV: Genug! Schultz, stellst du jetzt meinem Neffen ein Zeugnis aus, ja oder nein?

SCHAFFLER: Ja … gewiß … gerne … liebend gern … Nur …

HANNA: Hier ist das Blatt. Noch ein Täßchen, Professor?

SCHAFFLER: Nein, danke. *(Pause)* Aber was, was soll ich schreiben? Vielleicht sind Sie mir dabei behilflich, Herr Prager?

JAAKOV: Wo denken Sie hin. Das ist doch wirklich Ihre Privatangelegenheit.

SCHAFFLER: Natürlich, klar …

Er schreibt. Jaakov blickt ihm dabei über die Schulter und liest laut mit.

JAAKOV: »Hochverehrter Freund, erlauben Sie mir, Ihnen den Überbringer dieses Schreibens zu empfehlen, der ein ungewöhnlich talentierter junger Mann ist …«

HANNA: Dünn! Dünn wie Wasser. Das haut überhaupt nicht hin.

SCHAFFLER: Tut mir leid. *(Er liest laut mit, was er schreibt)* »Ich schätze ihn überaus hoch. Während Jahren war er von höchster Vertrauenswürdigkeit.«

JAAKOV: Schon ein bißchen besser.

SCHAFFLER: »Der Name meines hochgeschätzten Freundes ist …« *(Zu Zvi)* Entschuldigen Sie, wie war doch gleich Ihr Name?

ZVI: Zvi Prager.

SCHAFFLER: »Zvi Prager. Er verdient Ihre äußerste Unterstützung, und ich wäre Ihnen sehr verbunden, wenn Sie Ihren ganzen Einfluß für ihn geltend machen könnten. Bitte, erweisen Sie mir diesen persönlichen Gefallen, für den ich Ihnen im voraus danke. Ihr …«

JAAKOV: Unterschreiben Sie extra groß, sonst heißt es dann: »Ich kann die Unterschrift nicht entziffern!« Das ist schon tausendmal vorgekommen.

SCHAFFLER: »Ernst Magnus Schaffler.« Kann ich jetzt gehen?

HANNA und JAAKOV: Klar.

ZVI *(begleitet Schaffler zur Türe)*: Das ist wirklich reizend von Ihnen.

SCHAFFLER: Aber was. Aber wo. Aber ich bitte Sie … *(Er geht murmelnd und achselzuckend ab)*

HANNA: Die Sache läuft. Morgen früh bringen wir ihn auf das Ministerium. Wir müssen die ersten sein, bevor die anderen antanzen mit ihren falschen Zeugnissen. Kopf hoch, Zvi, reiß dich am Riemen.

JAAKOV: Und heute nacht hast du ja immer noch Zeit, Französisch zu lernen. *(Er holt ein Buch und gibt es Zvi)* Hier, fang mit Lektion eins an, das macht dir Mut!

HANNA: Ein bißchen Selbstvertrauen, Junge!
JAAKOV: Kopf hoch!
HANNA: Sei kein Frosch, reiß dich am Riemen.
ZVI: Sehr verbunden …
JAAKOV: Was ist denn nur los mit dir?
ZVI: Oh, nichts … *(Er schlägt das Buch auf)* »La plume de ma tante …«

Dritte Szene

Die gleiche Dekoration wie in der ersten Szene: drei Büros auf verschiedenen Ebenen. Auf der Seite die Wartebank irgendeines Vorzimmers. Dr. Monroe steht von seinem Schreibtisch auf und geht zur Türe. Er sieht Dov, der ein Nickerchen macht.

MONROE: Dov! *(Keine Antwort)* Dov! *(Da er wiederum keine Antwort bekommt, geht er an seinen Schreibtisch zurück und telefoniert seiner Sekretärin Shulamit. Sie liest ein Buch und nimmt nicht ab. Monroe geht zu ihr ins Büro hinunter)* Shulamit, nimm bitte das Telefon ab! *(Er geht in sein Büro zurück, wählt wieder)* Shulamit? Verbinden Sie mich bitte mit Herrn Steiner und kommen Sie dann zu mir hoch. *(Shulamit stellt die Verbindung her und durchquert dann das Büro von Steiner, der nun mit Monroe telefoniert)* Ich hätte gerne was mit Ihnen besprochen, Steiner. Ich komme später darauf zurück. *(Dov setzt sich wieder und schlummert weiter. Monroe wendet sich jetzt an Shulamit)* Diktat, bitte! *(Shulamit setzt sich)* »An den Bezirksstadtrat von Cfar Ayalon. Sehr geehrte Herren, in Beantwortung Ihres Schreibens vom 28. Februar letzten Jahres erlaube ich mir, Sie darauf hinzuweisen, daß Ihr Gesuch um Anschluß Ihres Bezirkes an das allgemeine Wasserleitungssystem des für Sie zuständigen Kreises gegenwärtig geprüft und in der Reihenfolge seines Eintreffens behandelt werden wird. Wir möchten nachdrücklich darauf hinweisen, daß unsere unablässigen Anstrengungen in keiner Weise durch zusätzliche dringliche Eingaben gefährdet werden sollten. Ich verbleibe mit vorzüglicher Hochachtung, und so weiter, und so fort …

SHULAMIT: … Dr. Itzhak Monroe, stellvertretender Direktor, Landwirtschaftsministerium, Abteilung Wasserwirtschaft.

MONROE: Diese Dorftrottel sind regelrechte Rebellen. Die glauben doch tatsächlich, daß sie mit ihren blödsinnigen Drohungen und ihren Sitzstreiks alles nach Fahrplan erzwingen. Danke, das war's für heute. Ich muß jetzt ein wichtiges Dokument vorbereiten. Ich bin für niemanden da.

SHULAMIT: Für niemanden, vom Direktor abwärts.

Sie geht in ihr Büro hinunter, während Dr. Monroe sich über einen äußerst substantiellen Imbiß hermacht. Jaakov, Hanna und Zvi erscheinen im Korridor und fallen, abgehetzt und atemlos, auf die Wartebank.

HANNA: Irgendwo hier muß Dr. Monroes Büro doch sein!

JAAKOV: Zimmer 34, sagt der Portier. Zuerst waren wir im dritten Stock, dann wieder im Parterre, dann im zweiten, und dann wieder beim Portier. Was hat er gesagt?

ZVI: Er hat gesagt, er vertritt seinen kranken Onkel und kennt sich hier so wenig aus wie wir.

JAAKOV: Stimmt. Deshalb sind wir wieder in den dritten Stock gegangen, dann in den zweiten, dann haben wir uns im Korridor verirrt und sind fünf Stockwerke hoch und vier herunter. Auf welchem Stockwerk sind wir eigentlich jetzt?

ZVI: Keine Ahnung. Wir müssen wen fragen. *(Dov Steiner erscheint)* Entschuldigen Sie, bitte, mein Herr, würden Sie mir liebenswürdigerweise sagen, welcher Stock das ist?

STEINER *(zischt indigniert und verschwindet)*: Dassssss …

ZVI: Was hat er gesagt?

HANNA: Er hat gesagt: »Wegen fehlenden Vorliegens einer amtlichen Ermächtigung kann er uns aus prinzipiellen Erwägungen die gewünschte Auskunft nicht erteilen!« Suchen wir eben weiter nach Zimmer 34.

JAAKOV: Augenblick! Wir müssen zuerst herausfinden, welcher Partei Dr. Monroe angehört.

ZVI: Wieso denn, Onkel Jaakov. Seit ich hier angekommen bin, höre ich nichts als Partei, Partei und nochmals Partei. Spielt es denn wirklich eine solche Rolle, ob Dr. Monroe links oder rechts wählt?

JAAKOV: Oh, unschuldsvoller Neffe aus Dingsda!
ZVI: Bei welcher Partei bist denn du, Onkel?
JAAKOV: Ich? Was brauch' ich eine Partei? Ich hab' doch schon eine Stelle.

Die drei gehen ab. Shulamit hängt ein Täfelchen an die Türe: »Sitzung. Kein Zutritt«. Steiner kommt in Shulamits Büro.

STEINER: Shuly?
SHULAMIT: Hast du nichts zu tun?
STEINER: Doch. Warum bist du gestern abend nicht zum Café gekommen?
SHULAMIT: Weil ich noch ein Dokument für Dr. Monroe überprüfen mußte. Es heißt, daß ein neuer Experte im Anzug ist, irgendein großer Sachverständiger. Der Doktor hat sich selber um seine Ernennung bemüht, so ein bißchen an den Fäden gezogen.
STEINER: Du scheinst dem Doktor recht gerne behilflich zu sein.
SHULAMIT: Du, ich habe dir schon mal gesagt, wenn ich etwas nicht ausstehen kann, ist es amtliche Eifersucht. Und ihr habt überhaupt kein Recht, weder du noch der Doktor …
STEINER: Es heißt, er soll Direktor werden …
SHULAMIT: Du bist ein Komiker, Dov! *(Dov nähert sich ihr)* Rühr mich nicht an. Heute bin ich radioaktiv.

Zvi erscheint mit Hanna und Jaakov. Hanna sinkt auf die Bank. Zvi drängt sich in das Sekretariat.

ZVI: Ist das Zimmer 34?
SHULAMIT: Analphabet, was? Können Sie nicht lesen? *(Zu Steiner)* Hör mal, Dov, diese Büroliebschaften fallen mir allmählich auf den Wecker. Klar?
STEINER: Klar.
ZVI: Entschuldigung, aber ich sehe hier nirgendwo eine Nummer.
SHULAMIT: Dr. Monroe ist in einer Besprechung. Er darf nicht gestört werden. *(Zu Steiner)* Und was ich auch nicht verputzen kann, ist ein Mann, der nur seine Karriere im Kopf hat. Klar?
STEINER: Klar. *(Er schleicht in sein Büro)*
ZVI: Entschuldigen Sie, wann kann ich Dr. Monroe sprechen?
SHULAMIT: Haben Sie auch was mit den Ohren? Ich habe Ihnen doch bereits gesagt, daß Dr. Monroe nicht zu sprechen ist!

ZVI: Ich habe ja auch nur gefragt, wann?
SHULAMIT: Jetzt jedenfalls nicht.
ZVI: Vielleicht morgen?
SHULAMIT *(sich in ihre Arbeit vergrabend)*: Erkundigen Sie sich doch bei der Wettervorhersage.
HANNA *(schleicht herein. Sie flüstert Zvi zu)*: Geh direkt zu ihm rein. Schnell!
ZVI: Aber das ist doch verboten.
HANNA: Spinner. Rein mit dir!

Hinter Shulamits Rücken, unbemerkt an Steiner vorbei, steigt Zvi zu Monroes Büro hoch. Eröffnet die Türe und ist verblüfft, als er Monroe bei seinem Imbiß sieht.

ZVI: Entschuldigung, Herr Direktor.
MONROE *(überrascht und unbehaglich)*: Wer sind Sie? Ich habe doch Anweisung gegeben … Ich habe verboten …
ZVI: Mein Name ist Zvi Prager. Ich habe Ihre Annonce in der Zeitung gelesen: »Diplomingenieur gesucht. Bewässerungsfachmann«. Hier bin ich.
MONROE: Bewerbungen sind schriftlich einzureichen. Bitte verlassen Sie auf der Stelle mein Büro.
ZVI: Vielen Dank. *(Ergeht zur Tür, dann dreht er sich um)* Vielleicht hätten Sie die Güte, meine Bewerbung entgegenzunehmen. *(Er überreicht ihm den Brief)*
MONROE: Was ist das?
ZVI: Ein Brief, Herr Direktor.
MONROE: Momentan nur stellvertretender Direktor. »Persönlich«? Von wem kann denn das sein?
ZVI: Von Ernst Magnus Schaffler. Da sehen Sie die Unterschrift, groß und deutlich.
MONROE *(liest den Brief)*: Nun ja. Zunächst muß ich Ihnen einmal sagen, daß es nicht in meiner Macht liegt, diese Stelle zu vergeben. Ich bin lediglich Mitglied der Ernennungskommission, die erst nächste Woche zusammentritt. Sie sind also ein Fachmann? Hydrologe?
ZVI: Wenn ich mich nicht täusche, geht das alles aus Herrn Schafflers Schreiben hervor.

MONROE: Gewiß, aber ich muß offen zugeben, daß ich in meinem ganzen Leben den Namen Schaffler noch nie gehört habe.

ZVI: Wie bitte? Sie meinen doch nicht im Ernst, daß Sie den Namen Schaffler nicht kennen?

MONROE: Doch.

ZVI: Na also!

MONROE: Ich meine: nein.

ZVI: Sie wollen noch nie was von ihm gehört haben?

MONROE: Genau so ist's!

ZVI *(mit wachsendem Erstaunen)*: Herr stellvertretender Direktor, Sie bleiben also dabei? Bitte sehr, geben Sie doch zu, daß Sie sich schon für einen anderen Bewerber entschieden haben. Das könnte ich begreifen. Aber daß Sie den Namen Schaffler nicht kennen, das nehme ich Ihnen nicht ab. Das hielte ich, entschuldigen Sie, für höchst bezeichnend.

MONROE: Bezeichnend? Wie sagten Sie, war doch der Name?

ZVI: Ernst Magnus Schaffler! E wie Emil, R wie Richard, N wie …

MONROE: Ach so, Schaffler. Ja … Würden Sie mich einen Moment entschuldigen und vielleicht solange im andern Zimmer warten?

ZVI: Bitte. Das ist sehr nett von Ihnen.

Er geht hinaus. Monroe studiert den Brief. Shulamit, überrascht, daß Zvi ins Sekretariat kommt, stürzt auf ihn zu.

SHULAMIT: Also, das ist doch wohl die Höhe! Ich weiß ja nicht, in welchem Stall Sie zur Welt gekommen sind, ich kann's nur vermuten, aber lassen Sie sich das gesagt sein, hier platzt nicht jeder so einfach Knall auf Fall herein, ohne ein Wort oder was, da werden Sie sich aber noch gewaltig wundern, wenn ich etwas auf der Latte habe, dann ist es eine Unverschämtheit.

ZVI: Außer »Unverschämtheit« habe ich kein Wort verstanden. Sie müssen langsamer mit mir sprechen, meine Liebe. Ich bin neu im Land.

SHULAMIT: Ach, lassen Sie mich doch in Ruhe, Sie.

ZVI *(setzt sich neben Hanna auf die Bank)*: Ein charmantes Geschöpf!

HANNA und JAAKOV: Was hat er gesagt?

ZVI: Daß ich warten soll. Wie dieser Direktor die Unterschrift immer wieder angestarrt und dann gesagt hat, »Herr Schaffler, nie gehört!«, also da habe ich beinahe die Geduld verloren. Wie du vermutet hast. Onkel. Er konnte »die Unterschrift nicht entziffern«. Oder er wollte nicht.

JAAKOV: Der Geist der Zeit. Sie kennen nur die Leute, die sie brauchen können. Die Leute, die s i e brauchen könnten, kennen sie nicht. Ist doch nicht zu fassen.

MONROE *(von oben)*: Dov! Dov!

STEINER *(kommt)*: Was gibt's, Doktor?

MONROE: Lesen Sie mal den Brief da.

STEINER: »Hochverehrter Freund … höchste Vertrauenswürdigkeit … Ernst Magnus Schaffler« …

MONROE: Was halten Sie davon?

STEINER: Jedenfalls ein überaus freundlicher Brief. Kann man nicht einfach so abtun. Schaffler, nicht wahr, sagten Sie?

MONROE: Ja, Schaffler. Vor ein paar Minuten war ein junger Mann hier und hat den Brief gebracht. Sie hätten sehen müssen, wie indigniert er war, als ich Schaffler nicht gekannt habe. Als wenn er der Minister persönlich wäre! Also, ich möchte diesem Herrn Schaffler wirklich nicht auf die Zehen treten. Der ist vielleicht ein ganz großes Tier. Man kann ja nicht alle Bonzen kennen, besonders bei diesem ständigen Regierungswechsel …

STEINER: Ja, man kann heutzutage gar nicht vorsichtig genug sein.

MONROE: Ernst Magnus Schaffler – klingt wirklich irgendwie bedeutend … *(Rückt den Telefontisch heran)* Hallo, Pinkas? Morgen, alter Junge. Hast du zufällig schon mal was von einem hohen Tier namens Schaffler gehört? Ernst Magnus Schaffler? Ja, genau so. Welche Partei? *(Er schaut im Brief nach)* Keine Ahnung. *(Plötzlich schreiend)* Was? Was sagst du da? Die graue Eminenz? Meinst du wirklich? Sein Schwager?! Gut, sehr gut … Danke, tausend Dank. Ich bin ja so froh, daß ich dich gefragt habe, liebster Pinkas … O nein, nein, nichts Spezielles. Der Name ist nur mal so in unserer Korrespondenz aufgetaucht. Hoffentlich sehen wir uns bald. Schöne Grüße. *(Er wischt sich den Schweiß von der Stirne)* Großer Gott! Jede Minute zählt. Ich muß sofort zum Personalchef.

STEINER: Wer ist denn nun dieser Schaffler?

MONROE *(flüstert Steiner ins Ohr. Der nickt, tief beeindruckt)*: Jetzt begreife ich langsam, warum der Mann so verstimmt war …

Sie gehen ab. Schaffler erscheint im Korridor, völlig außer Atem.

SCHAFFLER *(zu Shulamit)*: Entschuldigen Sie, können Sie mir sagen, wo ich hier zufällig die Pragers finde?

SHULAMIT: Wen?

SCHAFFLER: Die Pragers.

SHULAMIT: Registratur, zweiter Stock.

SCHAFFLER: Danke sehr.

JAAKOV *(bemerkt ihn, ärgerlich)*: Schaffler! Wie zum Teufel kommen Sie hierher?

SCHAFFLER: Der Brief, der Brief. Ich war völlig verzweifelt. Darf ich mich setzen? Ich hoffe ja so sehr, daß Sie den Brief noch nicht übergeben haben …

HANNA: Haben wir aber. Vor ein paar Minuten. Wir warten nur noch auf die Antwort.

SCHAFFLER: Furchtbar, furchtbar!

ZVI: Ich muß sagen, Ihr Freund Monroe hat nicht besonders freudig reagiert. Wissen Sie, was er gesagt hat?

SCHAFFLER: Ich kann es mir denken: daß er in seinem ganzen Leben meinen Namen noch nie gehört hat.

ZVI: Genau das hat er gesagt! Sie scheinen ihn ungewöhnlich gut zu kennen.

SCHAFFLER: Wir kennen uns nur insofern, als daß er mich … nicht kennt … und ich ihn nicht …

HANNA und JAAKOV: Was?

SCHAFFLER: Sie sind gestern abend so in mich gedrungen, daß ich nicht mehr wußte, was ich tat. Ich bin ein schwacher Mensch. Ich möchte mich bei allen beliebt machen. Die ganze Nacht über habe ich kein Auge zugetan, so hat mich das Gewissen geplagt. Erst gegen Morgen bin ich eingeschlafen. Aber dann bin ich euch sofort nachgerast … Zu spät …

HANNA: Wie immer, Herr Schaffler. Und jetzt sind wir die Blamierten! …

SHULAMIT *(öffnet die Türe)*: Hört auf mit dem Lärm da draußen!

HANNA *(wütend)*: Hören Sie mal, junge Frau, wenn ich schreien will, dann schreie ich! Und wenn's Ihnen nicht paßt, dann lassen Sie's halt bleiben. *(Zu den Pragers)* Wir verschwenden hier nur unsere Zeit. Worauf warten wir denn noch?

SHULAMIT *(zu Dov, der durch den Korridor kommt)*: Dov, schaff mir doch die Bande da draußen vom Hals. Die haben nicht die leiseste Ahnung, wie man sich auf einem öffentlichen Amt benimmt.

STEINER: Immer das gleiche Gesindel. *(Da er Schaffler bemerkt, wird er freundlich. Er spricht wie zu einem Kind)* Schau, schau, der gute alte Rudi Schultz. Was führt Sie denn zu uns?

SCHAFFLER *(eingeschüchtert)*: Nichts, Herr Steiner, gar nichts, ein Zufall.

ZVI: Gehen wir …

STEINER: Ja, bitte, meine Herrschaften. Wir können hier kein Durcheinander brauchen.

SCHAFFLER: Wir gehen ja schon. *(Vertraulich zu Dov)* Und wegen der Sache, die Sie mir da versprochen haben, Herr Steiner …

STEINER: Momentan ist überhaupt keine Stelle frei. Ein bißchen Geduld, Schultz, ein bißchen Geduld.

SCHAFFLER: Ich weiß ja. Ich dachte nur …

Monroe stürzt aus seinem Büro, rast durch Steiners Büro und das Sekretariat, öffnet die Türe zum Korridor.

MONROE: Ist er noch da?!

Jaakov und Hanna fliehen sofort. Schaffler sinkt erschöpft auf die Bank, wo er bis zum Ende der Szene bleibt. Zvi ist verwirrt.

MONROE *(zu Zvi)*: Wenn Sie so freundlich sein wollten …

Dov versucht gleichzeitig in Monroes Büro zu gelangen, aber Monroe flüstert ihm etwas ins Ohr.

STEINER: Aha!

Er verschwindet. Monroe läßt Zvi den Vortritt. Der erstaunte Zvi wird noch ängstlicher, als Monroe die Tür hinter ihm schließt und Zvi in einen Sessel bittet. Erst dann setzt sich auch Monroe.

MONROE: Jetzt können wir also in aller Gemütlichkeit zum Geschäftlichen kommen. Zigarre?

ZVI: Nein, danke, Herr Direktor. Würden Sie mir jetzt bitte erlauben zu erklären …

MONROE: Ach, lassen wir das doch, mein lieber Herr Prager. Ich gebe ja zu, daß ich an Ihrer Stelle ebenso reagiert hätte. Der Name Schaffler hat mir zunächst einfach zu wenig gesagt.

ZVI: Genau über diesen Punkt wollte ich mit Ihnen sprechen.

MONROE: Aber wozu denn? Erübrigt sich doch, mein lieber Prager. Sie hatten kaum mein Büro verlassen, da fiel mir's wieder ein. Schlagartig. Und weil wir alle nur zu gut wissen, was wir unserem Ernst Magnus Schaffler zu verdanken haben, da habe ich mir erlaubt, sozusagen tätige Buße zu tun. Ich habe mich mit einem Kollegen von der Ernennungskommission besprochen und ihm zu verstehen gegeben, was für ein Glück wir haben, daß wir auf Anhieb auf einen erstklassigen Fachmann gestoßen sind. Ich erachte es deshalb für einzig richtig, dem Ständigen Unterstaatssekretär im Ministerium ein paar Zeilen zu schreiben. Sie sollen Schafflers Empfehlungsbrief begleiten. Halten Sie das für richtig?

ZVI: O ja, absolut richtig.

MONROE: Nebenbei bemerkt, es wäre mir ein Vergnügen, wenn Sie vielleicht gelegentlich einmal meinem Freund Schaffler gegenüber erwähnen könnten, daß ich alles in meiner Macht Stehende für Sie unternommen habe, wie er's ja in seinem Schreiben wünschte.

ZVI: Das ist sehr nett von Ihnen.

MONROE: Gut. Dann schreiben wir jetzt also den Brief. Sie sind doch Mitglied unserer Partei?

ZVI *(vorwurfsvoll)*: Dr. Monroe!

MONROE: Wie konnte ich nur. Na ja, die Macht der Gewohnheit, Schießen wir los. *(Er beginnt zu schreiben)* »Mein lieber Benjamin«. Übrigens, sind Sie ausschließlich auf Bewässerung spezialisiert oder auf das ganze Gebiet der Hydrologie? Auch nur eine reine Formalität …

ZVI: Spezialisiert auf das ganze Gebiet.

MONROE: Gut. Und auf die Sprachenfrage brauchen wir gar nicht erst zu sprechen zu kommen?

ZVI: Brauchen wir wirklich nicht.

MONROE: Ausgezeichnet, Alles klar. *(Während des Schreibens)* Es stört Sie doch nicht, wenn ich das Schreiben so abfasse, als wären wir alte Bekannte?

ZVI: Wie Sie's für richtig halten, bitte.

MONROE: Gut. Dann hören Sie sich das mal an: »Mein lieber Benjamin! Der beiliegende Brief von Ernst Magnus Schaffler spricht für sich selbst.« *(Sich an Zvi wendend)* Ach ja, empfehlen Sie mich doch auch ganz besonders seiner lieben Gattin …

ZVI: Sie wird entzückt sein.

MONROE *(liest weiter)*: »Ich kenne und schätze den Überbringer dieses Schreibens seit Jahren als eine Koryphäe auf dem gesamten Gebiet der Hydrologie. Er ist ein zuverlässiger Parteigenosse mit einer erstaunlichen Beherrschung von Sprachen. Meiner wohlerwogenen Meinung nach ist er der einzige in Frage kommende Bewerber für den in Frage kommenden Posten. Ich empfehle deshalb Herrn …« *(Er blickt Zvi fragend an)*

ZVI: Zvi Prager.

MONROE: »Herrn Zvi Prager auf das angelegentlichste.« *(Er unterschreibt den Brief und reicht ihn Zvi)* So, das müßte klappen. Apropos, stimmt es eigentlich, daß Ernst Magnus Schaffler schon wieder mit einer streng geheimen Mission betraut worden ist?

ZVI: Stimmt.

MONROE: Gegenspionage?

ZVI: Nicht direkt. Bier.

Vierte Szene

Die gleiche Dekoration. Im obersten Büro sitzt Zvi – hinter dem Schreibtisch.

Dr. Monroe ist nach unten befördert worden. Er teilt jetzt das Büro mit Steiner.

Zvi telefoniert. Shulamit, jetzt seine Sekretärin, erscheint.

SHULAMIT: Es hat jemand für Sie angerufen, Herr Direktor.

ZVI: Wie oft muß ich Sie noch bitten, mich nicht Direktor zu nennen. Ich bin hier nur auf Probezeit.

SHULAMIT: Sie werden auch ohne Probezeit Direktor.

ZVI: Wie kommen Sie darauf?

SHULAMIT: Durch einen Traum. Die Korrespondenz, bitte. Brief Nummer eins vom Bezirksstadtrat von Cfar Ayalon.

ZVI: Lesen Sie, bitte.

SHULAMIT *(mit atemberaubender Geschwindigkeit)*: »Wir, die 193 Einwohner von Cfar Ayalon, wenden uns hiermit zum letzten Mal an Ihre Abteilung mit der Eingabe …«

ZVI: Bitte nicht so schnell.

SHULAMIT: Wie Sie meinen. *(Sie wiederholt den Satz übertrieben langsam, jedes Wort mit einer Geste unterstreichend)* »Wir« *(Sie zeigt auf Zvi, dann auf sich)* »die 139« *(Sie streckt zuerst einen, dann drei, dann neun Finger hoch, usw.)* »Einwohner von Cfar Ayalon, wenden uns hiermit zum letzten Mal an Ihre Abteilung mit unserer Eingabe« …

ZVI: Wie lesen Sie denn?

SHULAMIT: Wie im Kindergarten.

ZVI: Weiter, bitte.

SHULAMIT: »Bis zum heutigen Tage verhallten unsere höflichen Anfragen wie Stimmen in der Wüste. Falls wir allerdings nicht in den allernächsten Tagen endlich Wasser bekommen, marschiert unsere ganze Gemeinde geschlossen auf und nimmt einmal euern Misthaufen unter die Lupe. Mit vorzüglicher Hochachtung, und so weiter, und so fort …« Haben Sie alles klar mitbekommen?

ZVI: Könnte gar nicht klarer sein. Sie haben eine besonders schöne Stimme. Warum melden Sie sich nicht als Radiosprecherin?

SHULAMIT: Ich habe niemanden, der mich empfiehlt.

ZVI: Ach so. Geben Sie mir bitte die Akte Cfar Ayalon.

SHULAMIT: Wieso denn, die ist doch in Ordnung. Dr. Monroe hat sich persönlich darum gekümmert.

ZVI: Gut … Das heißt, nein. Ich möchte sie mir selber ansehen. Also bitte …

JAAKOV *(streckt seinen Kopf durch die Türe. Hanna drängt nach)*: Hipp-hipp Hurra!

ZVI: Hallo, kommt rein.

SHULAMIT: In Ordnung. Sie bekommen die Akte und Dr. Monroe dazu, warten Sie nur. *(Geht)*

HANNA *(stürmt mit einem riesigen Blumenstrauß herein. Jaakov folgt ihr tiefbewegt)*: Zvi, mein Liebling! Wir konnten es zuerst gar nicht fassen. So eine Stelle! Ein eigenes Telefon, einen eigenen Aktenschrank, eine eigene Sekretärin, kolossal! Aber warum läßt du dich plötzlich nicht mehr blicken? Du warst ja nur drei Tage bei uns.

ZVI: Du hast doch gesagt, das Notbett wäre nur für drei Tage gemietet.

HANNA: Das war doch nicht so wörtlich gemeint.

JAAKOV: Hast du den Vorschuß von der Bank bekommen? Ich habe die Garantieerklärung unterschrieben.

ZVI: Die Bank hat deine Bürgschaft nicht anerkannt.

JAAKOV: Nein? Kann ich sonst was für dich unterschreiben?

ZVI: Im Augenblick nicht, danke.

HANNA: Schieß los, wir sterben vor Neugier. Wie ist es denn dazu gekommen?

ZVI: Ganz einfach. Reibungslos. Ich bin mit Dr. Monroes Empfehlungsschreiben zum Zweiten Vorsitzenden gegangen. Er hat den Brief ein paarmal gelesen. Dann war er sehr nett. »Sie kommen mir wie ein richtiger Fachmann vor«, hat er gesagt, »ein Experte reinsten Wassers, hm?« Und dann hat er gelacht und gelacht. Ich habe nicht kapiert, warum er so gelacht hat, und da hat er noch mehr gelacht. »Ein Fachmann reinsten Wassers«, hat er gebrüllt, »das ist gut, den muß ich mir merken!« Und dann hat er unverzüglich einen Brief an den Ersten Vorsitzenden geschrieben. Zwischendurch hat er mich gebeten, ihn seinem guten alten Freund Schaffler zu empfehlen. Das war denn also der dritte Brief. Wollt ihr ihn hören? *(Er zieht den Brief unter anderen Briefen hervor)* »Lieber Kollege, Zvi Prager, ein erfahrener Diplomingenieur, von Ernst Magnus Schaffler und Dr. Itzhak Monroe gleicherweise herzlich empfohlen, genügt in höchstem Grade und in überwältigendem Ausmaß den Anforderungen des in Frage kommenden Postens.« Komischer Stil, was? Na ja, der Brief ging dann an das Ministerialamt und von dort an das Ministerium …

HANNA: Fantastisch!

ZVI: Und immer kam noch eine Empfehlung dazu. Die letzte von so hoch, daß ich gar nicht sagen kann, wie hoch. Es wäre reinste Blasphemie. Sie war ganz kurz: »Lieber Chaim, ich bestehe darauf, daß Professor Zvi Prager unverzüglich zum Abteilungsleiter im Rang eines Direktors ernannt wird. Sie wollen sich doch nicht mit dem Zentralkomitee anlegen? Und das praktisch am Vorabend von Neuwahlen? Seid ihr denn alle vom Affen gebissen?« Am nächsten Morgen haben sie mich gepackt und in diesen Stuhl gezerrt, und zwar nicht nur als Bewässerungsfachmann, sondern gleich als Leiter der Abteilung.

JAAKOV: Glückskind!

ZVI: Mach dich nicht lustig, Onkel Jaakov. In meinem ganzen Leben war ich noch nie so unglücklich. Ich habe von nichts, was hier vorgeht, auch nur den leisesten Schimmer. Ich sitze hinter diesem Schreibtisch wie ein Trottel.

JAAKOV: Unsinn! Keiner, der hinter einem Schreibtisch sitzt, ist ein Trottel. Die Trottel s t e h e n davor.

ZVI: Am liebsten würde ich davonlaufen.

JAAKOV: Um Gottes willen, das hat doch noch Zeit. Und wenn du Hilfe brauchst, kannst du dich immer noch an mich wenden.

HANNA: Wir halten ihn auf, Jaakov …

ZVI: Was heißt: Ihr haltet mich auf? Ich habe überhaupt nichts zu tun. Hier wissen doch alle, daß ich die Stelle nur wegen meiner guten Verbindungen bekommen habe.

JAAKOV: Gut, daß du mich an die guten Verbindungen erinnerst. Ich muß dir da eine Bitte vortragen von einem Menschen, der sich in einer absolut verzweifelten Situation befindet.

ZVI: Von wem?

JAAKOV: Von Herrn Ernst Magnus Schaffler.

ZVI: Was will er von mir?

JAAKOV: Nur ein paar Zeiten. Eine Empfehlung für einen kleinen bescheidenen Posten. Keine Angst, er ahnt nicht, was du ihm verdankst.

HANNA: Er ist arm wie eine Kirchenmaus. Er kann noch nicht einmal seine Miete bezahlen.

ZVI: Er soll vorbeikommen. Ich schreibe was für ihn. Aber er soll sich beeilen, sonst sitzt ein anderer Direktor in diesem Sessel.

JAAKOV: Ich schicke ihn sofort vorbei. Nur für den Fall. Ja, und noch was. Wir haben da vorhin von einer Unterschrift gesprochen …

ZVI: Ich sagte doch, daß ich im Moment keine brauche.

JAAKOV: Aber ich. Ich habe die Bank um ein kleines Darlehen gebeten und dich als möglichen Bürgen erwähnt: Abteilungsleiter in einem Ministerium, du stellst dir nicht vor, wie das gewirkt hat. *Es klopft, Monroe und Dov kommen herein.*

MONROE: Herr Prager …

JAAKOV: Auf Wiedersehen, Zvi. Und vergiß nicht, wir sind immer für dich da.

ZVI: Das ist lieb von euch, sehr lieb.

HANNA: Gott segne dich, mein Junge! *(Sie küßt ihn und geht mit Jaakov weg)*

MONROE: Sie haben nach uns verlangt?

ZVI *(etwas ängstlich)*: Hab' ich?

MONROE: Wegen der Akte Cfar Ayalon, Herr Prager.

ZVI: Ach ja. Natürlich. Setzen Sie sich, meine Herren. Ich nehme an, Sie wissen, daß die Bewohner von Cfar Ayalon auf dem Kriegspfad und im Anmarsch auf das Ministerium sind?

MONROE *(legt die Akte höflich auf den Tisch)*: Hier ist die Akte, Herr Prager. Der Fall ist in Bearbeitung. Die Siedler machen ein Riesengeschrei wie immer. Sonst ist ihnen nicht wohl.

STEINER: Wenn sie Wirbel machen, holen wir einfach die Polizei.

ZVI: Um Himmels willen, nur das nicht! *(Er studiert die Papiere, die er offensichtlich nicht versteht)* Also, offen heraus, warum hat das Dorf bis jetzt noch kein Wasser bekommen?

MONROE: Also das, Herr Prager, ist eine verzwickte Geschichte. Sehen Sie, Cfar Ayalon liegt zufällig ziemlich genau auf der Grenze zwischen der nördlichen und der südlichen Bewässerungszone. Vor etwa sechs Monaten ist entschieden worden, daß Cfar Ayalon zur südlichen Zone gehört. Bis heute haben wir allerdings von den zuständigen Stellen noch keine Bestätigung für diesen Entscheid bekommen.

ZVI: Ich verstehe. Nun, angenommen, die zuständige Stelle würde das Dorf der Nordzone zuschlagen, welches Amt wäre dann zum Schluß für die Wasserversorgung des Dorfes zuständig?

MONROE: Meinen Sie das ernst, Herr Prager? Wir natürlich.

ZVI: Und wo bleibt da der Unterschied?

MONROE *(tauscht mit Dov ein überlegenes Lächeln aus)*: Sie verzeihen, Herr Prager, wenn ich mich erdreiste, Ihre Frage etwas naiv zu finden. Ohne Ordnung gibt es kein System, ohne System keinen konstruktiven Fortschritt.

ZVI: Gewiß, Doktor, gewiß. Und wer sorgt dafür, daß die Arbeiten auch ausgeführt werden?

MONROE *(plötzlich ernsthaft)*: Wir beauftragen nur die vertrauenswürdigsten Firmen, nur die erfahrensten. Die Arbeiten in Cfar Ayalon wurden der Firma »Wolkenbruch« übertragen, einem erstklassigen Wasserversorgungsunternehmen. Aber diese hervorragende Firma ist so mit Aufträgen überschwemmt, buchstäblich überschwemmt, daß Cfar Ayalon eben erst in einem Jahr an der Reihe ist.

ZVI: Erst in einem Jahr. In einem Jahr? Ein Jahr ist eine lange Zeit.

MONROE: Nur für Kleingläubige, Herr Prager. Für kreative Menschen ist es nichts. Was zählt schon ein Jahr im Angesicht der Ewigkeit?

ZVI: Ja, gewiß …

MONROE: Sehen Sie, so – und nur so – sehe ich die Sache an. Das ist meine Weltsicht, Herr Prager.

ZVI: Sehr interessant.

Dov, der merkt, daß sich die Gefahr verzogen hat, geht hinaus. Monroe wird vertraulich.

MONROE: Übrigens, halten Sie's für möglich, daß gestern abend Herr Schaffler im Fernsehen für eine Sekunde gekommen ist, in der Reihe »Köpfe der Woche«?

ZVI: Mag sein.

MONROE: Täusche ich mich, oder ist er ein bißchen eingegangen?

ZVI: Doch, das ist auch mein Eindruck. Er ist bestimmt ein wenig eingegangen.

MONROE: Er sollte ein bißchen mehr auf sich aufpassen. Sie haben ihm doch gesagt, daß ich mich nach ihm erkundigt habe?

ZVI: Aber ja, Dr. Monroe

Monroe geht weg, in das mittlere Büro, das er nun mit Dov teilt.

MONROE: Da hat man nun drei Jahre lang geschuftet wie ein Galeerensklave, und dann setzen sie einem diesen bescheuerten Nichtswisser vor die Nase. Bewässerungsexperte, daß ich nicht lache! Der versteht von Wasser soviel wie … wie …

STEINER: Wie Sie … Ha, ha, ha … Eine regelrechte Schande. Und wer hat ihn nach oben gehievt, wer? Sie, Doktor, Sie selbst.

MONROE: Ja, aber doch nur als Bewässerungsfachmann und nicht als Leiter der gesamten Abteilung. Der Teufel weiß, wie das zugegangen ist. Dieser Schaffler hat überall seine Pfoten drin.

STEINER: Wenn wir nur herausfänden, wer dieser Schaffler ist. Ich hab' mir mein Gedächtnis zermartert, aber umsonst. Heute habe ich den Prager auf den Kopf zu gefragt: »Wo ist denn Schaffler zur Zeit?« Und er hat nur gesagt: »Staatsgeheimnis«. Shulamit, weißt du was über ihn? Wer ist dieser Schaffler?

SHULAMIT: Bis jetzt hat er mich noch nicht zum Nachtmahl eingeladen.

MONROE: Die graue Eminenz! Sicher ist nur, daß uns sein Schützling höchst unangenehm werden kann.

STEINER: Und wie! Heute hat er mich bereits gefragt, welche Firmen wir beschäftigen.

MONROE *(alarmiert)*: Hat er? Hat er tatsächlich …

ZVI *(kommt aus seinem Büro)*: Vielleicht sollten wir trotzdem etwas unternehmen. Ein Jahr ist eine lange Zeit. Mir gehen diese armen Leute nicht aus dem Kopf.

MONROE: Das ist die Hitze.

ZVI: Ja, aber trotzdem …

STEINER: Unerträglich schwül und so drückend.

ZVI: Ja, doch. Vielleicht braut sich ein Gewitter zusammen.

Er geht in sein Büro zurück, setzt sich an den Schreibtisch und starrt unentschlossen zur Decke. In diesem Moment erscheint Leiser. Ohne daß er bemerkt, wer im Sessel sitzt, verfällt er in seinen üblichen Ruf.

LEISER: Tee … Der Tee …

ZVI *(ebenfalls ohne Notiz von ihm zu nehmen)*: Das ist sehr nett von Ihnen.

LEISER: Das ist sehr nett? Das habe ich doch schon wo gehört. *(Er erkennt Zvi)* Meine Güte, der junge Mann, der die Salamanderstraße gesucht hat.

ZVI *(erfreut)*: Und Sie sind der freundliche Herr Leiser. Wie kommen Sie denn hierher?

LEISER: Das wollte ich eben Sie fragen.

ZVI: Man hat mich zum Direktor gemacht.

LEISER: Ich hörte so was. Stimmt's also doch. So was!

ZVI: Wollen Sie wissen, wie's passiert ist? Nehmen Sie Platz.

LEISER: Ich soll Platz nehmen? So was, der arme kleine Leiser in einem Sessel, dem Direktor gegenüber, der dazu noch ein Schützling von Ernst Magnus Schaffler ist.

ZVI: Das wissen Sie auch schon?

LEISER: Gibt's hier etwas, das ich nicht weiß? Ich bin ein solcher Niemand, daß keiner Geheimnisse vor mir hat. Dann ist also dieser Schaffler Ihr Schutzengel?

ZVI: Ja.

LEISER: Was der für einen Einfluß haben muß!

ZVI: Einen grenzenlosen.

LEISER: Sagen Sie mal, Herr Zvi, gibt's den überhaupt?

ZVI: Wie kommen Sie zu dieser Frage?

LEISER *(lachend)*: Weil Dr. Monroe eben gesagt hat: »Es scheint, es gibt keinen einflußreicheren Menschen im ganzen Land als Ernst Magnus Schaffler.« Aber auf jeden einflußreichen Menschen in unserem Land kommt immer ein noch einflußreicherer. Einen einflußreichsten gibt's gar nicht. Das ist mir nach 40 Jahren in diesen Büros klargeworden.

ZVI: Sie werden lachen, Herrn Schaffler gibt's wirklich.

LEISER: Und wer ist's?

ZVI: Der Untermieter von meinem Onkel Jaakov. Er ist arbeitslos. Hier und da verfaßt er Knüttelverse für die Sonntagsbeilage. So, und jetzt gehen Sie hin und posaunen Sie's aus und reißen mir sozusagen die Maske vom Gesicht.

LEISER: Dem einzigen Mann, der mir in diesem Gebäude danke

schön sagt? Wie komm' ich dazu? Sie sind ein bißchen vorschnell, was? Überlegen Sie doch, hier kann ein Mann aus Ihnen werden. Sie könnten hier etwas Rechtschaffenes tun.

ZVI *(erleichtert)*: Ach, Leiser, das tut ja so gut, hier ein Wort wie »rechtschaffen« zu hören. Ich will offen mit Ihnen sein. Ich fühle mich miserabel, ganz fehl am Platze. Wie auf einem Pulverfaß. Die Leute hier und ich, wir verstehen einander nicht. Wir sprechen nicht die gleiche Sprache. Ich versuche mein Bestes. Ich möchte so furchtbar gern etwas Nützliches tun, aber mich erschreckt alles hier. *(Das Telefon klingelt)* Sehen Sie, wenn nur schon das Telefon läutet, bin ich steif vor Angst. Was soll ich sagen? Ich rufe meine Sekretärin, sie ist meine letzte Zuflucht …

LEISER: Moment. Das ist doch ganz einfach. Nehmen Sie den Hörer ab, ich übernehme die Verantwortung. Bereit?

ZVI *(nimmt den Hörer ab)*: Hallo? *(Er hört zu und wendet sich hilflos an Leiser)* Da haben wir's. Es ist so kompliziert.

LEISER: Bleiben Sie ganz ruhig. Sagen Sie: »Die Angelegenheit wird noch in Erwägung gezogen.« *(Zvi zögert)* Los: »Die Angelegenheit wird noch in Erwägung gezogen!«

ZVI *(ins Telefon)*: Die Angelegenheit wird noch in Erwägung gezogen.

LEISER: Und jetzt: »Kommt überhaupt nicht in Betracht.«

ZVI *(in den Apparat)*: Kommt überhaupt nicht in Betracht.

LEISER: »Entschuldigung, aber ich stecke bis über beide Ohren in der Arbeit.«

ZVI *(wie zuvor)*: Entschuldigung, aber ich stecke bis über beide Ohren in der Arbeit.

LEISER *(mit seiner üblichen Stimme)*: Ende der Durchsage.

ZVI *(in den Apparat, laut)*: Ende der Durchsage! *(Er legt den Hörer auf)*

LEISER: Ein bißchen übertrieben, aber das macht nichts. Sie haben die Situation gemeistert. In der besten Amtstradition.

ZVI: Ich hätte einen Vorschlag: tauschen wir. Sie machen meine Arbeit und ich Ihre.

LEISER: Wär gar nicht so übel für mich. Aber, halten zu Gnaden, ich weiß nicht, wie Sie mit dem Tee und den Sandwiches zurechtkommen. So was will gelernt sein.

ZVI: Und die Leitung einer Abteilung?

LEISER: Läuft von selber … Ich hab' noch zu tun. Wenn Sie mich brauchen, Herr Direktor, rufen Sie einfach: »Tee«!

Leiser geht ab. Zvi ist allein. Plötzlicher Lärm von der Straße her, Geräusche zerbrechender Fensterscheiben. Monroe stürzt in Zvis Büro, weiß wie ein Leintuch.

MONROE: Die Demonstranten sind da. Die Rebellen aus Cfar Ayalon. Verdammt und zugenäht. Wie wilde Tiere, die Amok laufen! … *(Er geht zum Telefon und wählt mit bebenden Händen)* Wir müssen die Polizei holen! *(In den Apparat)* Polizei?

ZVI *(unterbricht die Verbindung)*: Unsinn. Wozu denn die Polizei?

MONROE *(zitternd)*: Jetzt nur keine Hysterie, Herr Direktor. Sie kennen diese Bestien nicht. Die sind außer sich vor Wut. Lassen Sie mich telefonieren! …

Der Lärm schwillt an, einzelne Worte und Sätze werden verständlich:

STIMMEN: Wasser! Wir wollen Wasser! Wir wollen eine Wasserleitung! Brecht die Türe auf! Wo ist der Direktor? Lumpenpack!

MONROE: Verdammt noch mal, geben Sie mir das Telefon. Wenn diese Hitzköpfe hereinkommen, schlagen sie das ganze Amt in Stücke. Begreifen Sie denn nicht? Diese Leute haben über anderthalb Jahre auf Wasser gewartet! *(Er blickt durch das Fenster, gibt auf und sinkt in den Lehnstuhl)* Herr Direktor, jetzt liegt die ganze Verantwortung bei Ihnen.

ZVI: Ich möchte die Angelegenheit friedlich regeln. Man muß nur die richtigen Worte finden.

MONROE: Dafür ist es jetzt zu spät.

Der Lärm schwillt wieder an.

STIMMEN: Schlagt die Tür ein. Vorwärts, los!

SHULAMIT und STEINER *(stürzen herein)*: Doktor, sie haben die Telegrafenstange ausgerissen und rammen damit die Türe. Tun Sie was, bevor es zu spät ist!

MONROE: Ich? Wer bin ich hier schon? Wozu haben wir einen Direktor, der so was »friedlich regelt«? *(In einem Wutanfall)* Zeigen

Sie jetzt, wozu Sie imstande sind!
Der Lärm wird betäubend.
STEINER: Hört ihr das? Legen Sie los, Herr Direktor! Reden Sie mit den Rebellen. Los!
SHULAMIT *(starr vor Schrecken)*: Zwecklos. Ganz zwecklos!
Erneut Rufe.
STIMMEN: Direktor!
Wo bleibt der Direktor?
Wir wollen zum Direktor!
MONROE: Gute Idee! Er soll mit den Rebellen reden. Wenn er vernünftig argumentiert, beruhigt sich die Menge bestimmt. Dann geht sie nach Hause, ruhig und friedlich.
ZVI: Und warum gerade ich?
MONROE und STEINER: Sind Sie vielleicht nicht der Direktor?
SHULAMIT: Sie bringen ihn in Lebensgefahr …
MONROE: Herr Prager, Ihre Aufgabe ist klar. Der Ruf unserer Abteilung steht auf dem Spiel. Und Sie brauchen überhaupt nichts zu befürchten. Die Leute da draußen sind Menschen wie Sie und ich … *(Ein Stein fliegt durch's Fenster. Monroe geht plötzlich auf allen vieren in Deckung)* Das rechte Wort zur rechten Zeit, und sie folgen Ihnen wie die Lämmer.
Draußen wilder Lärm.
STEINER: Ganz richtig. Reißen Sie sich zusammen, dann kann überhaupt nichts schiefgehen.
MONROE *(drückt Zvis Hand)*: Bravo! Sie sind ein Held! Viel Glück!
STEINER: Nicht vergessen: die eiserne Faust im Samthandschuh!
SHULAMIT: Die bringen ihn um …
Zvi reißt sich zusammen, wirft Shulamit einen triumphierenden Blick zu und geht in den Korridor. Nach zwei Schritten verläßt ihn sein Mut. Die Erregung der Demonstranten hat ihren Höhepunkt erreicht. Monroe und Steiner vernehmen es in einer Mischung aus Angst und Befriedigung. Zvi schreit plötzlich:
ZVI: Tee! Tee! …
LEISER *(eilt in den Korridor)*: Bin schon da. Was gibt's?
ZVI: Wo ist der Hinterausgang?
LEISER: Was ist denn los?

ZVI: Ich soll auf diese Wahnsinnigen einreden. *(Von draußen wieder Rufe)*

STIMMEN: Nieder mit dem Direktor!

ZVI: Es nützt nichts, Leiser. Ich hab' genug von diesem Amt, bis hierher. Treffen wir uns auf Ihrer Bank im Park …

LEISER: Aber, Herr Prager, jetzt dürfen Sie doch nicht davonlaufen! *(Überstürzt und erregt)* Die Leute da draußen sind im Recht! Man hat ihnen seit Jahren Wasser versprochen. Dann hat man die Sache einsortiert und zurückgestellt und dann vergessen. Wenn sie kein Wasser bekommen, und keine Kanäle und keine Bewässerungsanlagen, dann müssen sie ihre Siedlung aufgeben. Außerdem gibt's hier keinen Hinterausgang. Wie Sie zu Ihrem Posten gekommen sind, ist eine andere Sache. Jetzt haben Sie ihn, und im Augenblick sind Sie der Direktor!

ZVI: Aber was soll ich denn tun?

LEISER: Sie gehen jetzt auf die Straße und sprechen mit ihnen von Mensch zu Mensch. Das müßte Ihnen eigentlich liegen, da Sie einer von ihnen sind. Der einzige Unterschied ist, daß die da draußen kein Empfehlungsschreiben von Ernst Magnus Schaffler haben.

STIMMEN: Nieder mit dem Direktor!
Nieder mit allen!
Ersäuft ihn im Schwimmbad des Ministeriums!

LEISER: Sagen Sie ihnen, daß sie ihr Wasser bald bekommen werden. Sagen Sie ihnen, daß Sie die Angelegenheit selber in die Hand nehmen. Und bevor Sie jetzt gehen, noch eine Tasse Tee, extra stark.

Zvi stürzt den Tee hinunter, dann geht er in den Korridor. Sein Schritt ist etwas zögernd. Leiser folgt ihm.

LEISER: Warten Sie, ich komme mit!

Sie gehen ab. Dr. Monroe, Dov und Shulamit schauen durchs Fenster. Ein Stein schlägt ein. Monroe sucht Deckung. Dov nähert sich vorsichtig dem Fenster. Shulamit geht auf Zehenspitzen auf und ab.

STEINER: Er ist draußen! *(Anschwellender Lärm)* Was ist denn das? Leiser ist auch dabei.

MONROE: Dann machen sie eben aus beiden Hackfleisch.

SHULAMIT: Wo bleibt denn bloß die Polizei?

MONROE: Die weiß von nichts. Ausdrückliche Anordnung des Direktors. *(Er imitiert Zvi)* »Das muß man friedlich beilegen!«

SHULAMIT: Darauf lassen die sich nicht ein. Und Sie wissen das auch ganz genau, Doktor! *(Sie geht zum Telefon und wählt)*

MONROE *(nicht ohne Befriedigung)*: Viel zu spät!

STEINER: Viel!

SHULAMIT: Hallo! Polizei? Hier ist das Amt für Wasserwirtschaft. Wir werden belagert. Eine rasende Menge. Sie will das Amt stürmen. Ja, ja. Sofort. Unverzüglich. Auf der Stelle. Der Direktor geht allein auf sie los …

MONROE: Selber schuld. Die reißen ihn in Stücke.

STEINER: Jetzt sehe ich ihn nicht mehr. *(Anschwellender Lärm)* Doch, da ist er wieder. Und der alte Leiser rotiert um ihn herum wie eine Windmühle.

SHULAMIT *(am Telefon)*: Rasch. Beeilt euch. Es kann zum Schlimmsten kommen. Bitte, macht schnell … *(Sie legt den Hörer auf)*

STEINER: Entsetzlich! *(Er bedeckt die Augen mit der Hand)* Grausig …

MONROE: Zerfleischen sie ihn?

STEINER: Nein, ich sehe ihn noch … Jetzt haben sie ihn bei der Gurgel … Jetzt schlagen sie ihn jeden Moment zusammen … *(Das Telefon klingelt, Shulamit nimmt ab)*

SHULAMIT: Was? Nein. Er ist im Augenblick nicht da. Wie? Was war los? *(Nachdem sie eine Weile sprachlos zugehört hat, hängt sie ein)* Der Erste Sekretär des Ministers. Vor ein paar Minuten hat der Minister persönlich angerufen, um irgendwas Dringendes mit Prager zu besprechen. Und wißt ihr, was Prager geantwortet hat? »Kommt überhaupt nicht in Betracht.« Wörtlich! Und dann noch: »Entschuldigung, ich stecke über beide Ohren in der Arbeit. Ende der Durchsage.« Ein Teufelskerl!

MONROE: Dieser Prager, Gott soll ihn schützen, glaubt wirklich, er kann sich alles herausnehmen. So ist's halt, wenn man das Schoßhündchen von Ernst Magnus Schaffler ist. *(Der Lärm wird schwächer. Monroe zu Dov)* Alles vorbei da draußen?

STEINER *(verwirrt)*: Sieht nicht so aus. Sieht ganz anders aus. Komisch.

SHULAMIT *(eilt zum Fenster)*: Leiser schenkt den Demonstranten Tee aus. Eine Prachtidee. Der gute alte Leisi.

STEINER: So ein Rindvieh!

MONROE *(am Fenster)*: Was soll denn das? Ist das ein Rummelplatz? Ist das ein Volksfest? Diese Feiglinge! Geben diesen Narren nach …

STEINER: Sie zerstreuen sich … Alles ist ruhig …

MONROE *(ruft durch das Fenster)*: He da, wo wollt ihr denn hin?

STEINER: Jede Wette, die gehen heim.

SHULAMIT: Gott sei Dank!

MONROE: Mich laust der Affe. Gibt's ja gar nicht. Aber wie sag' ich immer: Kinder, Besoffene und Vollidioten haben ein besonderes Glück …

Zvi kommt durch den Korridor, tritt ein und setzt sich auf die Bank. Er ist blaß vor Erregung. Seine Krawatte ist verrutscht. Leiser desgleichen. Auf seinem Tablett häufen sich zerbrochene Tassen und Gläser. Beide sind außer Atem.

ZVI: Das verdanke ich Ihnen, Leiser, daß die mir nicht alle Knochen im Leib zerbrochen haben. Hatten wir ein Glück …

LEISER *(setzt sich zu Zvi)*: Glück, ach was. Das hat doch mit Glück nichts zu tun. Sie haben es mit Ihrer Redlichkeit geschafft, Herr Prager. Mit Ihrer Ehrlichkeit, Ihrem guten Willen. Ich verstehe immer noch nicht ganz, wie und was da passiert ist, aber da stand plötzlich ein … eh … einer da … ein absolut ehrlicher Mensch. *(Zögernd)* Wenigstens schien es mir so …

ZVI: Es ist so, Leiser! Ich habe den guten Leuten versprochen, daß sie binnen einem Monat zu ihrem Wasser kommen. Es kam einfach so über mich, Leiser. In diesem Moment fühlte ich mich wirklich als Direktor.

LEISER: Und warum eigentlich nicht? Sie ganz allein bringen das fertig, wenn's überhaupt jemand fertigbringt.

ZVI: Ja, schon, Leiser, aber vergessen Sie nicht, diese Firma »Wolkenbruch« oder so, die schafft es doch frühestens in einem Jahr.

LEISER: Entschuldigen Sie eine unschuldige Frage: Hat die Firma »Wolkenbruch« eigentlich das Monopol?

ZVI: Ich verstehe nicht recht. Worauf wollen Sie hinaus? *(Leiser schweigt)* Warum sind Sie so still, Leiser?

LEISER: Ich bin nicht still, ich halte nur den Mund. *(Unvermittelt)* Zvi, möchten Sie diese Siedler glücklich machen, richtig glücklich?

ZVI: Ich? Wie denn?

LEISER: Übertragen Sie die Arbeiten einer anderen Firma. Warten Sie nicht, bis »Wolkenbruch« Zeit hat. Ich habe eine Menge über diese Dinge nachgedacht. Es sollte einen offenen Wettbewerb geben! Das eine oder andere Ministerium ist schon dazu übergegangen, Aufträge nicht mehr zu erteilen, sondern öffentlich auszuschreiben.

ZVI: Aber die ganze Abteilung wird dagegen sein. Die mögen hier keine Neuerungen.

LEISER: Jetzt machen Sie sich doch keine Sorgen. Hat doch ein Mensch nicht nötig, hinter dem der große Ernst Magnus Schaffler steht.

ZVI *(erregt)*: Klar, mein guter alter Freund Schaffler! … Großer Gott, Leiser, um ein Haar wäre ich auch dem Bürokratenwahn verfallen …

MONROE *(ruft aus Zvis Büro)*: Herr Prager!

LEISER: Diesmal zeigen Sie es ihnen aber! Keinen Schritt zurück! *(Er geht ab)*

ZVI: Danke, Leiser. *(Er geht in sein Büro zurück)* Verzeihung, daß ich Sie warten ließ, meine Herren.

SHULAMIT: Entschuldigen Sie! *(Sie rückt Zvis Krawatte zurecht)* Ich bin stolz auf Sie. Großartig gemacht. Glückwunsch. *(Sie strahlt ihn an und geht ab)*

MONROE und STEINER *(klatschend)*: Bravo! Bravo!

ZVI *(bescheiden)*: Man tut, was man kann …

MONROE: Vom ersten Augenblick an habe ich gesagt: »Der Mann hat den Glauben, mit dem man Berge versetzt!« Sie haben das Vertrauen des einfachen Volkes gewonnen. Einfach großartig.

STEINER: Wie haben Sie ihnen denn beigebracht, daß es ganz sinnlos war, hierherzukommen?

ZVI: Das war ganz einfach. Ich habe ihnen versprochen, daß sie binnen einem Monat Wasser bekommen, und sie haben es geglaubt, das war alles.

MONROE *(tauscht vielsagende Blicke mit Dov aus)*: Da haben Sie sie aber ganz hübsch aufs Kreuz gelegt, Herr Prager. Wir haben Ihnen doch schwarz auf weiß bewiesen, daß das undenkbar ist. In diesem Fall, in dieser Angelegenheit ist vor einem Jahr nichts, aber auch gar nichts zu machen.

ZVI: Sie meinen doch, daß da nichts zu machen ist, weil es um das öffentliche Wohl geht. Wenn es um ein Privatwohl ginge, beispielsweise um Ihres, Dr. Monroe, und um Ihre Wasserversorgung, dann wäre der Fall doch wohl in 24 Stunden erledigt. Meine Herren, ich bin der Ansicht, daß der Firma »Wolkenbruch« ihre schwere Bürde etwas erleichtert werden muß. *(Schnell)* Wir schreiben die Arbeiten für Cfar Ayalon öffentlich aus. Und zwar sofort.

Monroe und Dov springen auf.

MONROE: Entschuldigen Sie, Herr Prager ...

STEINER: Ohne Ihnen irgendwie nahetreten zu wollen ...

MONROE: In der Theorie klingt das alles recht hübsch. Aber in der Praxis setzt die Installation eines Wassernetzes sorgfältigste Vorbereitung und höchstes Verantwortungsgefühl voraus.

ZVI: Ja, aber nicht im Schneckentempo.

MONROE *(zu Dov, der vor Entsetzen aufgejapst hat)*: Bleiben Sie ruhig, Dov. Herr Prager hat bei den Demonstranten einen großen Erfolg gehabt, aber er gibt nicht damit an. Nicht wahr, Herr Direktor? Er kann sich die ganze Sache noch einmal überlegen. Er wird sich überzeugen lassen.

ZVI: Wird er. Aber nicht so, wie Sie meinen, Ich darf nicht daran denken, was die armen Siedler mitmachen, sonst werde ich krank. Nervlich.

STEINER: Wie wär's mit einem Psychiater?

ZVI: Ja, vielleicht, zu gegebener Zeit.

MONROE *(bedeutungsvoll)*: Sind Sie ganz sicher, Herr Direktor, daß

Ernst Magnus Schaffler dieses doch sehr ungewöhnliche Vorgehen billigen könnte?

LEISER *(erscheint)*: Bitte um Entschuldigung. Ich habe mein Tablett vergessen.

MONROE: Schon wieder Sie? Raus, aber mit Lichtgeschwindigkeit!

LEISER: Raus, rauser, am rausesten!

Während er sein Tablett aufnimmt, bedeutet er Zvi, nicht nachzugeben. Gespannte Stille. Im unteren Korridor erscheint Schaffler. Furchtsam geht er auf Shulamit zu.

SCHAFFLER: Bitte sehr, gnädige Frau, dürfte ich vielleicht Herrn Direktor Prager sprechen?

SHULAMIT: Nein. Er ist in einer Sitzung,

SCHAFFLER: Wann ist er zu sprechen? Mein Name ist Ernst …

SHULAMIT: Er ist immer in einer Sitzung. Versuchen Sie's telefonisch. *(Sie geht ab)*

SCHAFFLER: Sehr verbunden. Dann rufe ich eben an.

Er geht ab. Leiser verläßt das Direktionsbüro bewußt umständlich.

MONROE: Herr Direktor, in öffentlichen Ämtern gibt es gewisse Traditionen, an die man besser nicht rührt.

ZVI: Das ist mir neu.

MONROE: Wie so manche minimalste Grundvoraussetzung, Herr Prager. Und wissen Sie, vielleicht genügt es mitunter noch nicht einmal, wenn man selbst die engsten Verbindungen zu gewissen einflußreichen Kräften hat.

STEINER: Immer vorausgesetzt, daß es diese äußerst einflußreichen Kräfte überhaupt gibt.

ZVI: Was soll das jetzt heißen, Dov?

STEINER: Das soll heißen, daß es an der Zeit für ein offenes Wort ist. Um ganz deutlich zu werden: Hat jemand von uns je diesen Herrn Schaffler gesehen oder gar gesprochen?

MONROE: Hört, hört! *(Ironisch)* Eine hervorragende Idee, finden Sie nicht auch, Herr Prager? *(Zvi erbebt)* Versuchen wir's doch mal über unseren allwissenden Pinkas! *(Während er zum Telefon will, beginnt es zu klingeln)* Verdammt noch mal! *(Er nimmt den Hörer ab)* Hallo. Was? Nein, er ist beschäftigt. Wer will welchen Direktor sprechen? Was? … Oh, sofort, Moment bitte. Herr Direktor! … *(Seine Hand zittert, als er Zvi den Hörer reicht)*

STEINER: Was ist denn los? Wer ist's denn?

MONROE *(flüsternd)*: Ernst Magnus …

STEINER *(mit hervorquellenden Augen):* … Schaffler.

ZVI *(mit schwacher und monotoner Stimme)*: Oh, wie geht es Ihnen? Leider ist es im Moment unmöglich. Gerne, ein andermal gerne …

MONROE *(tief beeindruckt)*: Ist das wahr? Will er uns tatsächlich aufsuchen?

ZVI *(plötzlich realisierend, daß das vielleicht ein Fingerzeig der Vorsehung ist, mit immer festerer Stimme, siegessicher, aber mit vorgetäuschter Gleichgültigkeit)*: Also wirklich, Magnus, wo stecken Sie denn bloß? Seit einer Ewigkeit haben wir uns nicht mehr gesehen. Na, natürlich. Prima. Noch besser. Und was hat Ihnen seine Exzellenz, ich meine, der Kanzler, was hat er Ihnen anvertraut? *(Die beiden sind ganz Ohr)* Gratuliere! … Wie? Hier im Büro? Nichts Besonderes. Die alte Leier. *(In plötzlich verändertem Ton)* Übrigens, gut daß Sie anläuten, Magnus. Ich hätte nämlich gerne Ihre Meinung gehört. Unsere Abteilung erwägt, ob es nicht wünschenswert wäre, öffentliche Arbeiten auch öffentlich auszuschreiben.

MONROE: Das ist eine rein interne Angelegenheit, die nur unsere Abteilung betrifft!

ZVI *(wiederholt mechanisch, wie er es zuvor bei Leiser getan hat)*: Das ist eine rein interne Angelegenheit, die nur unsere Abteilung betrifft … Wie? Äußerst interessant. Man hat sich das ganz oben auch schon durch den Kopf gehen lassen? Das rückt natürlich alles in ein ganz anderes Licht. Was Sie nicht sagen, sämtliche Behörden sollen jetzt diese nicht mehr ganz ungewöhnliche Methode übernehmen? Nein, tatsächlich? Das ist ein Parteibeschluß? *(Die beiden werden immer aufgeregter)* Nein, nein, ich persönlich bin ganz und gar dafür. Ich halte es für absolut logisch. Einige meiner Kollegen sind dagegen, beispielsweise Dr. …

MONROE: Pssst. Erübrigt sich doch … Ein Internum, reines Internum … Ich bitte Sie, Herr Direktor …

ZVI: Nein, keine ernsthaften Einwände. Gut denn. Mein guter alter Magnus. Richtig, bis morgen abend also. Empfehlen Sie mich den Leuten zu Hause. Bis dann. *(Er legt den Hörer auf. Es ist totenstill)* Nun, meine Herren, es sieht so aus, als erübrigten sich alle weiteren Diskussionen. Ernst Magnus Schaffler hat mir eben mitgeteilt, daß die Parteiführung in einer Geheimsitzung beschlossen hat, öffentliche Arbeiten in Zukunft öffentlich auszuschreiben. Das wär's, meine Herren, nichts daran zu ändern.

Man hört Polizeisirenen.

SHULAMIT: Die Polizei!

MONROE *(mit forciertem Lachen)*: Typisch. Kommt natürlich wieder erst, nachdem wir selber alles in Ordnung gebracht haben …

Vorhang

ZWEITER AKT

Erste Szene

Die Bühne ist dunkel. Licht fällt einzig auf Leiser, der unten steht. Er wendet sich direkt an das Publikum.

LEISER: Also, wenn das kein Wunder ist! Sieg in der ersten Runde, die voll an unseren Direktor geht. Sie würden das Büro kaum wiedererkennen. Die arbeiten plötzlich, alle, und wie! Der neue Direktor hat nämlich eine fixe Idee: Er verlangt, daß alles erledigt wird, und zwar gut, und erst noch sofort. Von dem, was man hier »das korrekte administrative Procedere« zu nennen beliebt, hat er nicht den blassesten Dunst. Deshalb wird auch alles so speditiv erledigt. Weil er alles von Kopf bis Fuß reformiert haben will, schimpft ihn die alte Büromafia einen Dilettanten. Aber ihr Arbeitsstil hat sich so verändert, die kommen sich alle vor wie am Fließband … Nur ich habe weniger zu tun. Sie haben jetzt eben nicht mehr soviel Zeit zum Teetrinken. Trotzdem liege ich aber nicht auf der faulen Haut. Ich bin quasi befördert worden: Geheimberater des neuen Direktors. Und, unter uns gesagt, er hat schon eine ganze Menge von mir gelernt. Anfänglich hat er mich wegen jeder Kleinigkeit gefragt, jetzt konsultiert er mich nur noch in wichtigen Dingen. Mich und Herrn Schaffler. Ohne uns wäre er verloren, und das wäre ein echter Jammer.
Scheinwerfer aus, Licht auf das oberste Büro. Zvi sitzt an seinem Schreibtisch. Er hat jegliche Schüchternheit abgelegt. Dr. Monroe steht vor ihm.

ZVI *(ins Telefon)*: Hier ist alles bereit, Verehrtester … Tut mir leid, da hilft jetzt nichts mehr. Montag habe ich Ihren Bericht in der Morgenpost. Und in dem Bericht steht, daß Cfar Ayalon sein Wasser hat. Jawohl, angeschlossen an das Zentralverteilersystem des Distrikts. So habe ich es angeordnet und dabei bleibt's. Eine Frist ist eine Frist und kein Schaukelpferd. Haben Sie noch nie gehört? Gut, dann hören Sie's jetzt. Viel Glück. Adieu. *(Er legt den Hörer auf)*

MONROE: Darf ich Sie, rein kollegial, noch einmal vor einem leichtsinnigen Abenteuer eindringlich warnen? Dieser offene Wettbewerb kann außerordentlich gefährlich werden …

ZVI: Nur für Kleingläubige, Doktor. Für kreative Menschen ist es nichts!

MONROE: Ja!

Monroe geht wütend in sein Büro, wo ihn Dov begierig erwartet.

STEINER: Was gibt's, Doktor? Noch mehr Wirbel?

MONROE: Der Friede ist aus diesem Büro geschwunden. In knapp zwei Monaten hat er es in einen Wildwestfilm verwandelt. Hopp-hopp-hopp!

STEINER: Wir müssen ihn aufhalten, bevor es zu spät ist. *(Shulamit huscht an ihnen vorbei in das Direktionsbüro)* Was ist denn los? Wo brennt's denn? Er macht die ganze Abteilung verrückt.

SHULAMIT *(geht auf Zvi zu)*: Sie wünschen, Herr Direktor?

ZVI *(ruft)*: Herr Steiner, bitte den revidierten Text der Bekanntmachung!

STEINER: Sofort, Herr Direktor. Entschuldigung, Doktor. *(Er rast in Zvis Büro)*

ZVI: Aber rasch!

Steiner legt das Dokument auf Zvis Schreibtisch und verläßt das Büro.

ZVI *(liebenswürdig zu Shulamit):* Ein Diktat, bitte, Shulamit. *(Das Telefon klingelt, er nimmt ab)* Prager. Hallo. Ja, ich höre. Ja … Ja … Ja … die Siedlung hat absolute Priorität. Wir tun wirklich, was wir können … *(Er nimmt den Hörer des zweiten Telefons ab)* Hallo, wer ist dort? »Wolkenbruch«? Nein, nein, Sie hinken hinterher. Sie haben auf die Ausschreibung zu antworten und Ihre Offerte einzureichen, genau wie jede andere Firma … Wie bitte? »Verletzung von Vereinbarungen«? Die Vereinbarungen sind ungültig. Ich weiß von keinen. *(Er wechselt wieder an das andere Telefon)* Ja … gewiß, keinesfalls … Nein … nein … nein … *(Bis er beide Hörer ablegt)* Sie lächeln? Sie denken wohl an die ersten Tage. Ja, da hat mich nur schon der Anblick eines Telefons in Panik versetzt.

SHULAMIT: Dafür habe ich Sie von Anfang an gemocht. Ich habe es nur nicht gezeigt.

ZVI: »Nicht gezeigt« ist gut! Sie haben mich Trottel genannt.

SHULAMIT: Nur Analphabet.

ZVI: Stimmt. Sie sind wirklich reizend. *(Er untersucht eine Akte)* Nun zu dem Dokument da. Vom Bezirksstadtrat von Cfar Ayalon. Äußerst interessant. Klar wie Bergkristall. Aber warum habe ich Sie eigentlich kommen lassen, Shulamit? Was wollte ich Ihnen sagen?

SHULAMIT: Daß ich reizend bin.

ZVI: Nein, nein, bestimmt was anderes ... *(Er starrt sie leicht verwirrt an)* Diktat, bitte. Bereit? Adresse: Bezirksstadtrat Cfar Ayalon. *(Shulamit stenografiert in der Folge mit)* »In Beantwortung Ihres geschätzten Vorliegenden, Komma, erlaube ich mir zwecks umgehender Erledigung und alsbaldiger Anstrebung gewünschter Lösung, Komma, sowie im Sinn und Geist des beigeschlossenen Projektes, Komma, den Vorschlag der Herbeiführung eines persönlichen Zusammentreffens. Punkt. Eine erste Zusammenkunft der betroffenen Parteien – ja, schreiben Sie's so – der betroffenen Parteien, Komma, *(mit sanfter Stimme)* ist für morgen abend ins Auge zu fassen, Komma, 21.00 Uhr beim Glockenturm neben dem Café um die Ecke. Punkt.

SHULAMIT *(todernst)*: Datum und Unterschrift etcetera?

ZVI: Darum kümmere ich mich selbst.

SHULAMIT: Herr Direktor, würden Sie dem Bezirksstadtrat von Cfar Ayalon erlauben, daß ich Ihnen die Antwort mündlich gebe?

ZVI: Ich sehe keinen zwingenden Einwand gegen die Gewährung eines solchen Gesuches.

SHULAMIT: Die Antwort besteht in diesbezüglicher Zustimmung. Morgen abend, Komma, um neun beim Glockenturm, Punkt. Aber nur unter einer Bedingung. Der obenerwähnte Direktor verpflichtet sich feierlich zur Beantwortung einer Frage der Gegenpartei. Einverstanden?

ZVI: Was für eine Frage?

SHULAMIT: Herr Direktor, wer ist Ernst Magnus Schaffler?

Das Telefon klingelt.

ZVI: Morgen abend erzähle ich Ihnen die ganze Geschichte, Wort für Wort. *(Ins Telefon)* Zvi Prager …

SHULAMIT: Au revoir, Herr Direktor.

Sie verläßt das Büro, das dunkel wird. Licht auf das Büro von Dov, der Shulamit den Weg verstellt.

STEINER: Jetzt hast du mich schon wieder eine geschlagene Stunde lang warten lassen. Allmählich fällt's einem Blinden auf, wie du und dieser Prager euch anschaut …

SHULAMIT: Wem's nicht paßt, der kann ja wegschauen. Und jetzt habe ich endgültig genug von dir, ja.

STEINER: Wenn du das nur nicht mal bereust. Unser Herr Direktor hat auch seine weniger liebenswerten Züge.

SHULAMIT: Meine Güte, jetzt erzähl mir bloß nicht, daß er nachts schnarcht.

STEINER: Vielleicht weiß ich nur zu gut, was er nachts treibt. Ja, hast du denn wirklich keine Ahnung, warum ihm Ernst Magnus Schaffler so überaus grün ist, hm?

SHULAMIT: Was soll das heißen? Jeder hat seinen Protektor.

STEINER: Gewiß, gewiß. Und wie freundlich so ein Freund erst wird, wenn ihm seine Gattin hier und da was ins Öhrchen flüstert …

SHULAMIT: Ich will wissen, was das heißen soll!

STEINER: Arme Shuly. Alle wissen es außer dir. Die Spatzen pfeifen den Skandal von den Dächern, und du hast nicht einen Piep davon gehört. Frau Schaffler und unser junger Freund verkehren auf sehr freundschaftlichem Fuß, freundschaftlicher kann man gar nicht verkehren …

SHULAMIT: Was du nicht alles weißt.

STEINER: Kann man es ihm verdenken? Frau Schaffler ist eine Dame der High-Society und dazu noch eine Schönheit. Wer würde sich da mit Händen und Füßen wehren?

SHULAMIT: Dummes Zeug.

MONROE *(betritt das Büro. Ruhig)*: Dov.

SHULAMIT: Doktor, ist es wahr, daß Prager etwas mit der Frau Schaffler hat?

MONROE: Von mir aus. Es tut sich Schlimmeres, weit Schlimmeres. Der meint's tatsächlich ernst mit den Aufträgen an neue Firmen.

Die Sache ist bereits vor dem Ausschuß. Er hat den Kontrakt mit der Firma »Wolkenbruch« durchgeschaut und »ein paar Unregelmäßigkeiten entdeckt«. Was sagt ihr dazu? Der Mann läuft Amok.

STEINER: Siehst du, Shuly. Ein Amokläufer.

SHULAMIT: Unsinn.

MONROE: Die Idee mit der öffentlichen Ausschreibung i s t verdächtig, da könnt ihr sagen, was ihr wollt. Vermutlich steht er bereits im Sold einer ganz bestimmten Firma. Eines ist sicher: Der Mann ist weder uninteressiert noch objektiv.

STEINER: Objektiv ist doch nur, wer sich von jedem schmieren läßt.

MONROE: Sehr richtig. Dov, wir bringen besser unsere Schäfchen ins Trockene, bevor Prager mit seiner Herde aufkreuzt.

STEINER: Es ist Ernst. Der gute Ruf unserer Abteilung steht auf dem Spiel. Es muß etwas geschehen.

MONROE: Ich hab's, Dov. Drehen wir den Spieß einfach um. Führen wir gegen unseren jungen Freund eine Untersuchung.

STEINER: Alles andere wäre Pflichtverletzung.

MONROE: Ganz klar, was zu tun ist. Unterbreiten wir der interessierten Partei eine fiktive »Offerte«. Und bieten wir darin dem Leiter der Abteilung diskret einen Anteil an.

STEINER: So blöd ist der doch nicht, daß er irgendein Angebot von einem Unbekannten annimmt.

MONROE: Desto vorsichtiger müssen wir beginnen. Der erste Schritt ist immer der schwierigste. Es muß ein ganz einfacher Brief sein. Nur vielleicht nicht ganz so einfach, wie er aussieht. Eine Bitte um ein Gespräch unter vier Augen. Von irgendeiner Firma oder so.

SHULAMIT: Das ist Anstiftung!

MONROE: Nein, Fräulein, nichts mit Anstiftung. *(Während des Schreibens eines Briefes)* Nennen wir's lieber ein Experiment, einen Test. Wenn man schon mit neuen Leuten zusammenarbeiten muß, kann man sie gar nicht gut genug unter die Lupe nehmen.

SHULAMIT: Der schmeißt Ihnen den Brief ins Gesicht.

MONROE: Wenn Sie da so sicher sind, dann kann man's ja ruhig mal ausprobieren.

SHULAMIT: Bitte! Und ich bin seiner so sicher, daß ich ihm den Brief sogar selber überreiche.

STEINER: Sie? Shuly?

SHULAMIT: Jawohl. Ich will zusehen, wie er den dreckigen Fetzen in tausend Stücke zerreißt.

MONROE: Nichts würde mich glücklicher machen, als wenn Sie recht hätten.

STEINER: Die Frage ist nur, ob sie den Mund halten wird.

SHULAMIT: Keine Angst, meine Herren. Wenn er diese Offerte nicht zurückweist, will ich nichts mehr mit ihm zu tun haben, nichts!

MONROE: Brav.

Dr. Monroe gibt Shulamit den Brief herüber. Es wird dunkel. Dann Licht auf das Büro von Zvi, der an seinem Schreibtisch arbeitet. Es klopft, Shulamit tritt ein.

SHULAMIT: Hier sind die ersten Offerten, Herr Direktor.

ZVI *(korrigiert sie)*: Zvi. *(Er gibt ihr einen raschen Kuß)* Schau mal, wie viele Firmen sich bewerben. Unsere Anzeige hat Erfolg.

SHULAMIT: Und den Auftrag bekommt in jedem Fall die Firma mit dem billigsten Angebot?

ZVI: Natürlich.

SHULAMIT: Wieso?

ZVI *(zieht sie an sich)*: Ich will dir ein Staatsgeheimnis verraten, Shuly. Weil das billigste Angebot am wenigsten Geld kostet. Aber das bleibt unter uns.

SHULAMIT *(lacht und lehnt sich an ihn)*: Dann ist ja alles gut, Herr Direktor, alles gut, Zvi ... Ich habe einen Brief für dich.

ZVI *(öffnet Monroes Brief, liest ihn flüchtig durch, offensichtlich durch Shulamit abgelenkt)*: Gut. In Ordnung.

SHULAMIT: Ist das alles, was Sie dazu zu sagen haben?

ZVI *(möchte sie küssen)*: Absolut in Ordnung. *(Euphorisch)* Die ganze Welt ist in Ordnung!

SHULAMIT *(ungestüm)*: Dann ist meine Hochachtung für Sie ... Herr Direktor ...

ZVI: Zvi.

SHULAMIT: Direktor!

Sie schmettert die Türe hinter sich zu und schießt atemlos in ihr Büro.

STEINER: Nun?

SHULAMIT: Er hat den Brief gelesen und gesagt: »In Ordnung«. Und dann hat er wieder gesagt: »Absolut in Ordnung«. Wie konnte er …

STEINER: Ich habe den Kerl doch sofort durchschaut.

SHULAMIT: Zum Teufel mit dir! *(Läuft weg)*

MONROE: Es ist für mich keine echte Überraschung. *(Vertraulich)* Aber es fällt mir etwas ein, Dov. Wenn Prager plötzlich bereit ist, Angebote von dieser delikaten Art anzunehmen, warum braucht man eigentlich Untersuchungen zu führen, nicht wahr?

STEINER: Ich beginne zu kapieren, Doktor. Es scheint, daß wir mit unserem vernünftigen Direktor hervorragend auskommen werden.

MONROE: Richtig. Man muß es auch mit unseren Leuten durchsprechen.

STEINER: Klar.

Licht wieder auf Zvis Büro, in das eben Onkel Jaakov tritt.

ZVI: Guten Tag, Onkel Jaakov, wie geht's?

JAAKOV: Gut. Dieser gottvergessene Stümper Ernst Magnus Schaffler schickt mich.

ZVI: So, wie geht's ihm?

JAAKOV: Beschissen, wie immer. Niemand schert sich einen Pfifferling um seine römischen Bäder in der Stadtmauer, und über seine Verse in der Sonntagsbeilage grinst man.

ZVI: Warum kommt er dann nicht selber zu mir?

JAAKOV: Das ist es ja. Ich kann's ja kaum fassen, was er verzapft. Er soll dich am Telefon gefragt haben, wann du im Büro bist. Und du sollst ihm gesagt haben, die einzige Möglichkeit, dich zu erreichen, wäre die Teilnahme an einer öffentlichen Ausschreibung. Und daß das eine Entscheidung der Parteiführung wäre oder so. Das hat ihm den Wind ganz aus den Segeln genommen. Seither hat er sein Zimmer nicht mehr verlassen.

ZVI: Auch nicht zum Bierholen? *(lachend)* So klappt das nie. Ich kann mir vorstellen, was passiert ist. Schick den armen Teufel sofort zu mir. Ich schreibe ihm ein gigantisches Empfehlungsschreiben. *(Er nimmt den Brief, den Shulamit gebracht hat)* Da ist eben ein Brief gekommen. Schau ihn dir doch bitte einmal genau an. Irgendwas daran verstehe ich nicht. Vielleicht fällt dir was dazu ein …

JAAKOV *(nimmt den Brief und liest ihn laut)*: »Mit Bezug auf Ihr Inserat bezüglich der Vergabe öffentlicher Arbeiten bitten wir Sie mit gebührendem Respekt, keinerlei diesbezügliche Bedingungen einzugehen, bevor Sie nicht entsprechenden persönlichen Kontakt mit einem Vertreter unseres Unternehmens aufgenommen haben. Er hat sowohl gewisse Vorbehalte anzubringen als auch andererseits gewisse Angebote zu unterbreiten. Er wird sich erlauben, Sie morgen abend kurz nach Büroschluß anzurufen. Mit bestem Dank im voraus für Ihre wohlwollende Prüfung. Gezeichnet« unlesbar …

ZVI: Ich glaube, mir geht langsam ein Licht auf. Was hältst du davon?

JAAKOV: Tja …

ZVI: Da gibt's doch nur ein Wort dafür: Bestechung. Ein Skandal!

JAAKOV: Stimmt absolut. Ich finde diese modernen Methoden unschicklich. So was schreibt man doch nicht in einem Brief.

ZVI: Du sprichst lediglich von der Methode. Ich meine die Sache selber. Glauben die tatsächlich, sie könnten mich bestechen? Ich kann mir genau vorstellen, was die unter »gewisse Angebote« verstehen. Hast du denn nichts dazu zu sagen? *(Jaakov gibt sich alle Mühe, Mißbilligung zu mimen, aber es gelingt ihm nicht recht)* Unmöglich. Auch du! Du auch!

JAAKOV: Du mußt begreifen, lieber Neffe, wir sind alle nur Menschen. Die Zeiten sind schwer …

ZVI: Du begreifst ja gar nicht, was ich meine!

JAAKOV: O doch, lieber Junge. Wenn ich mich nicht täusche, bist du bestrebt, absolut ehrlich zu sein. Ich kann nicht ganz ausschließen, daß dir das gelingt. Und du kannst vielleicht sogar als ehrlicher Mensch Karriere und ein Vermögen machen, um so mehr, als da keine große Konkurrenz sein wird. Nur: die nette kleine Villa, die du gern haben möchtest, wäre dir viel sicherer, wenn du dem Weg folgen würdest, den dir dieser Brief vorzeichnet. Und was ist schließlich gegen ein bißchen Sicherheit einzuwenden? Und wo bleibt der Unterschied? Wenn's ein Empfehlungsschreiben mit der Unterschrift von Ernst Magnus Schaffler ist, bist du dafür. Wenn es ein paar Banknoten mit der Unterschrift des Präsidenten der Nationalbank sind, machst du so ein Geschrei.

ZVI *(nachdenkend)*: Eine kleine nette Villa ... *Leiser erscheint plötzlich.*

JAAKOV: Ich bereue schon, daß ich mich in deine Angelegenheiten eingelassen habe.

LEISER: Tee ... Der Tee ...

ZVI: Danke, nicht jetzt.

LEISER: *(Zu Jaakov)* Vielleicht möchte der Herr.

JAAKOV: Keineswegs. Wer hat Sie denn gerufen?

LEISER: Ich bin nicht gerufen worden. Ich kam von allein.

ZVI *(zu Jaakov)*: Sag Schaffler, er soll bald kommen, so bald wie möglich. Wiedersehen, Onkel Jaakov. Alles Gute.

LEISER: Onkel Jaakov? Freut mich! *(Sie schütteln sich die Hände)* Ich bin Leiser. Das ist also Ihr Onkel. Der ehrliche, aufrechte Onkel Jaakov.

JAAKOV: Sehr erfreut. Adieu. *(Er drängt Zvi in eine Ecke)* Könntest du mir vielleicht ein paar ...

ZVI: Gerne. *Er gibt ihm Geld. Leiser liest mittlerweile Monroes Brief, der offen auf dem Schreibtisch liegt.*

JAAKOV: Sehr lieb von dir. Und sei vernünftig, Zvi. *(Er geht ab)*

ZVI: Vernünftig! Und wenn man bedenkt, daß Shulamit mir diesen Brief gebracht hat ...

Zvi läßt sich deprimiert in den Sessel fallen. Leiser geht langsam hinaus, kommt aber plötzlich zurückgelaufen.

LEISER: Bin schon da. Bin schon da!

ZVI: Was ist los, Leiser. Ich habe dich nicht gerufen.

LEISER: Nein? Wirklich nicht? Ich habe doch laut und deutlich gehört: »Leiser, Tee, den Tee!«

ZVI: Eine akustische Täuschung.

LEISER: Sie haben mich nicht gerufen?

ZVI: Nein.
LEISER: Bestimmt nicht?
ZVI: Ganz bestimmt nicht.
LEISER *(seufzt)*: Schade. *(Er nimmt ein Glas Tee)* Kommen Sie, ein Spezialglas.
ZVI *(geistesabwesend)*: Alles in bester Ordnung. Absolut in Ordnung.
LEISER: Trinken Sie ihn, solange er heiß ist.
ZVI: Oh, entschuldigen Sie, Leiser. Ich habe mich heute fürchterlich aufgeregt.
LEISER: Machen Sie sich keine Sorgen. Es wird alles wieder gut. *(Geht)*
ZVI: Hören Sie, Leiser, hat man Sie jemals bestochen?
LEISER: *(bleibt stehen)*: Wie war das?
ZVI: Ich meine, haben Sie jemals Schmiergelder angenommen?
LEISER: Tja, ich denke wohl. Ja doch. Einmal wollte eine kleine rothaarige Sekretärin im Finanzministerium einen ganz besonderen, bitteren Tee für ihren Chef haben und bot mir ein paar Pfund.
ZVI: Und?
LEISER: Ich bin schwach geworden. Zehn Pfund waren damals eine Menge Geld. Außerdem konnte ich den Chef nicht ausstehen. Der Tee, den ich ihm gebraut habe, hat ihn so krank gemacht, daß er einen ganzen Tag lang keine Hand mehr rühren konnte. Ich übrigens auch nicht, als ich sah, wie kotzübel ihm wurde. Zur Strafe habe ich mir selber einen gebraut. Grausam war das Gebräu. Gräßlich. Nie wieder würde ich so was tun. Außer vielleicht zum Spaß. Für Geld nie.
ZVI *(schüttelt ihm die Hand)*: Danke, Leiser, danke. Meinen herzlichsten Dank.
Licht aus.

Zweite Szene

Zvi sitzt am Schreibtisch, im Schein einer Lampe. Die anderen Büros sind dunkel. Vor Zvis Büro stehen Dr. Monroe, Steiner und Shulamit. Sie wispern:

MONROE: Wie spät?
STEINER: Fünf vor sechs.
MONROE: Gut. Alles klar?
STEINER: Klar.
SHULAMIT *(bitter)*: Ist das wirklich die beste Möglichkeit, den guten Ruf der Abteilung zu retten?
STEINER: Du vertraust Prager noch immer, was Shuly?
SHULAMIT: Ich verstehe es immer noch nicht. Er nimmt den Brief und murmelt: »Absolut in Ordnung«.
MONROE. Klar, nachdem er so lange auf so einen Brief gewartet hatte. Hoffentlich hat nicht auch Schaffler seine Hände drin. *(Monroe geht in sein Büro zurück)* Zeit, Dov. Ich warte hier, wie's ausgeht ...
SHULAMIT *(eindringlich flüsternd)*: Dov.
STEINER: Was?
SHULAMIT: Tu's nicht. Er ist noch so unerfahren, der Junge. Man sollte eher Mitleid mit ihm haben. *Dov lächelt höhnisch. Shulamit geht verzweifelt. Dov betritt Zvis Büro.*
STEINER: Guten Abend, Herr Direktor.
ZVI: Gehen Sie jetzt weg?
STEINER: Nein, ich komme jetzt.
ZVI: Dann entschuldigen Sie, Herr Steiner, aber ich erwarte Besuch.
STEINER: Der Besuch bin ich.
ZVI: Nein. Der Brief, den ich gestern bekommen habe ...
STEINER: Hat schon seine Richtigkeit. Die Besitzer sind Freunde von mir. Ich bin in ihrem Auftrag da.
ZVI: Das ist was anderes, mein Lieber. Bitte nehmen Sie Platz.
STEINER *(setzt sich)*: Herr Direktor, wäre es nicht endlich an der Zeit, daß wir unsere Differenzen beilegen. Schließlich arbeiten wir in

der gleichen Abteilung und sollten uns gegenseitig ein bißchen Verständnis entgegenbringen.

ZVI: Auch meine Absicht. Aber ich habe den Eindruck, Sie sind auf was anderes aus?

STEINER *(gelassen)*: Darauf kommen wir gleich. Zuvor möchte ich lediglich an das fieberhafte Tempo unseres heutigen Lebens erinnern. Es verlangt dem Menschen so vieles ab. Zum Beispiel eine gewisse Flexibilität.

ZVI: Welche Firma vertreten Sie?

STEINER: »Wolkenbruch«.

ZVI: Ach, ja, natürlich. Die Arbeit der Firma »Wolkenbruch« ist erbärmlich. Sie hält keine Frist ein und außerdem erstickt sie in Aufträgen.

STEINER: Da liegt wohl ein kleines Mißverständnis Ihrerseits vor, wenn ich mir erlauben darf. Vor einiger Zeit hatten wir zugegebenermaßen gewisse Schwierigkeiten. Inzwischen haben wir reorganisiert und massive Umstellungen vorgenommen. Abgesehen von einer durchgreifenden Modernisierung, haben wir bei dieser Gelegenheit auch einen wohldotierten Fond errichtet. Er soll Mitarbeitern zugute kommen und anderen Persönlichkeiten, deren Position es ihnen erlaubt, die gleichen patriotischen Ziele zu verfolgen wie die Firma selbst. Für solche Mitarbeiter – oder sagen wir vielleicht lieber Gönner – stehen substantielle finanzielle Mittel zur Verfügung.

ZVI: Mit anderen Worten: ein Bestechungsfond.

STEINER: Eine gewiß witzige, aber wohl doch etwas harte Umschreibung für eine so edelmütige Sache.

ZVI: Ich habe bislang leider noch nicht von Ihren Vorschlägen gehört.

STEINER: Sie müssen einsehen, Zvi, daß Ihre anfängliche Ablehnung …

ZVI: Sprechen wir später über die anfängliche Ablehnung. Zuerst will ich eine Villa haben, eine nette kleine Villa.

STEINER: Eine nette Villa, so im Wert von 500 000 …

ZVI: 800 000.

STEINER: Das übersteigt meine Vollmachten.

ZVI: Ich feilsche nicht. Nehmen Sie an oder lehnen Sie ab. Ich habe bessere Angebote.

STEINER: Aber kaum ein so sicheres.

ZVI: Ich hab's gern, wenn man offen verhandelt. Ein bißchen mehr Flexibilität, alter Junge.

STEINER *(mit geheucheltem Lachen)*: Mit Ihnen verhandelt sich's mühsam, Zvi. Was macht man mit so einem sturen Partner? Also, wie verbleiben wir?

ZVI: Dov, wir sind beide keine Anfänger in diesem Spielchen. Die Firma reicht ihre Offerte ein wie alle andern auch, aber dann wird die Sache so arrangiert, daß »Wolkenbruch« auf jeden Fall den Zuschlag bekommt. Wie gehabt.

STEINER: Geht in Ordnung. Und ich arrangiere die Geschichte so, daß Sie bestimmt nicht zu kurz kommen.

Leiser schleicht auf den Zehenspitzen herein, stellt sich hinter Dov's Stuhl und bedeutet Zvi durch Zeichen, Ruhe zu bewahren.

ZVI: Eine nette, gemütliche Villa.

STEINER: Ein Juwel! Wissen Sie, Zvi, ich bin ganz sicher, daß diese kleine Unterhaltung die Atmosphäre gereinigt hat. Sie hat sozusagen frisches Blut in unsere Abteilung gebracht. Und ich bin überzeugt davon, daß wir heute die Grundlage zu einer langen und fruchtbaren Zusammenarbeit gelegt haben.

ZVI: In aller Vorsicht, mein Lieber, denn die Abmachung bleibt natürlich streng geheim.

STEINER: Völlig geheim. Keine Menschenseele erfährt ...

Leiser legt seine Hand auf Dovs Schultern. Dov fährt auf wie von der Tarantel gestochen, Leiser bietet ihm eine Tasse Tee an.

LEISER: Tee ... Der Tee ...

STEINER: Verschwinden Sie. Kein Mensch hat Tee verlangt.

ZVI *(scharf)*: Die einen haben Tee anzubieten, andere niederträchtige Vorschläge. Leiser war die ganze Zeit über hier. Er ist mein Zeuge vor Gericht. Er hat jedes Wort mitbekommen.

STEINER: Was für ein dreckiger Trick!

ZVI: Flexibilität!

STEINER: Sie brauchen gar nicht zu grinsen, Herr Prager. *(Zu Leiser)* Und Sie auch nicht, Sie alter Gauner. Das Ganze war nur ein Test.

Wir wollten Sie auf die Probe stellen, Herr Direktor. Das war alles peinlich minutiös eingefädelt.

LEISER: Versteht sich. So was wird immer »peinlich minutiös« eingefädelt.

ZVI: Und jetzt, Herr Steiner, wär's wohl an der Zeit, daß Sie sich meine Türe von draußen betrachten.

LEISER *(nimmt Dov beim Arm)*: Wollen wir …

STEINER: Rühren Sie mich nicht an! *(Zu Zvi)* Und was Sie betrifft, Sie werden noch von mir hören!

LEISER: Sie und Ihre nette kleine Villa! Ein Juwel! …

STEINER: Ich leugne alles.

ZVI: Piepste die Ratte, als sie in der Falle saß …

Zvi und Leiser schütteln sich freudestrahlend die Hände. Leiser führt Dov hinaus. Shulamit sieht die beiden, läuft hinein.

SHULAMIT: Was war?

ZVI: Er wollte mich bestechen, da habe ich ihm gezeigt, wo der Zimmermann das Loch gelassen hat.

SHULAMIT: Wußte ich's doch!

ZVI: Trotzdem warst du ihm bei dem »Test« behilflich.

SHULAMIT: Nein, nein. Ich habe ihnen von Anfang an gesagt, du würdest den Brief nicht akzeptieren. Aber es ist jetzt alles so gekommen, wie ich's mir gedacht habe. Du warst für mich der Engel mit dem Flammenschwert. *(Mit plötzlicher Fröhlichkeit)* Sehe ich endlich, wie Dov von der Polizei abgeführt wird! Ein Genuß! *(Zärtlich zu Zvi)* Zvi, ich war ganz sicher, daß du nichts Unredliches tun würdest. Aber da haben mir die beiden die Geschichte zwischen dir und Frau Schaffler erzählt … daß du etwas mit ihr …

ZVI: Was? Wer?

SHULAMIT: Sie haben es behauptet. Die ganze Abteilung weiß, daß dich Schaffler nur protegiert, weil seine Frau darauf besteht. Was lachst du? Stimmt's oder stimmt's nicht?

ZVI: Stimmt.

SHULAMIT: Du bist also wirklich ihr Liebhaber. Warum hast du mir das nicht früher gesagt?

ZVI: Weil du mich nie gefragt hast.

SHULAMIT: Und was ist dieser Schaffler für ein Mann, daß er alles tut für … den Dingsda … seiner Frau …

ZVI: Er hat nicht den geringsten Verdacht.

SHULAMIT: Und warum nicht?

ZVI: Weil er nicht verheiratet ist.

SHULAMIT: Aber … Ich … Was erzählst du da … Wieso ist er nicht verheiratet?

ZVI: Weil meine Tante Hanna keinen verheirateten Mieter aufnimmt.

SHULAMIT: Nimmst du mich auf den Arm?

ZVI *(nimmt sie in seine Arme)* Schon gut, Shula. Bald kann ich dir die ganze Geschichte erzählen. Sie ist unglaublich …

MONROE *(stürzt herein)*: Alles in Ordnung?

ZVI: In makelloser Ordnung, Doktor. *(Macht volles Licht auf)*

MONROE: Was ist los? Wo ist Dov?

SHULAMIT: Auf der Polizei.

ZVI: Bestechungsversuch.

MONROE: Gibt's doch gar nicht. Sie wollen mir erzählen, daß … Shulamit?

SHULAMIT: Scheint so.

ZVI: Muß eine gewaltige Überraschung für Sie sein, Doktor.

MONROE: In der Tat. So ein Schuft! So eine Frechheit! Wenn der mich zuvor gefragt hätte, also ich hätte ihm sofort gesagt: »Dov, das ist lächerlich!« Nein, ich bin richtig wütend. Ich möchte Sie lediglich ersuchen, Herr Direktor, daß die Angelegenheit absolut unter uns bleibt. Sonst kann es auch für Sie schädlich sein. Keinesfalls darf Ihr Freund, Herr Schaffler, in die Angelegenheit verwickelt werden.

ZVI: Glauben Sie wirklich, daß ich Schaffler so etwas verbergen kann? Ich fürchte, daß er bereits alles weiß, bis ins letzte Detail.

MONROE: Das wäre zumindest erstaunlich …

Im Gang erscheint Schaffler, Furchtsam geht er zur unteren Türe.

ZVI: Bedauere, Doktor, aber ich erlaube nicht, daß so ein gravierender Vorfall vertuscht wird. Und ich werde auch jeden mutmaßlichen Komplizen zur Verantwortung ziehen.

Mit einem erbärmlichen Blick steht Schaffler in seinem alten schwarzen Anzug auf der Schwelle.

MONROE: Aber, Herr Direktor, Sie werden doch nicht aus einer Maus einen Elefanten machen wollen. Wir sind doch keine Kinder mehr. Dov war ein Narr. Von Komplizen keine Spur. Wer würde schon bei so was mitmischen?

ZVI: Ja, wer wohl? Der Brief, den ich gestern bekommen habe, trägt nicht seine Handschrift.

MONROE *(sehr erregt)*: Das ist ein reiner Zufall. Was ist schon ein Brief mehr oder weniger. Ich schlage allen Ernstes vor, daß wir ihn zerreißen und, nun ja, zur Tagesordnung übergehen.

ZVI: Tut mir leid, Doktor. Der Brief spielt eine Schlüsselrolle in der ganzen Affäre. Er wird die erntesten Konsequenzen haben. *(In diesem Moment bemerkt er Schaffler, der inzwischen eingetreten ist und unter der Türe steht. Zvi japst auf)* Oh! …

SCHAFFLER: Guten Abend, meine Herren. Ich hätte gerne Herrn Prager gesprochen. Bitte, Herr Prager, nur eine Sekunde.

ZVI: Aber … aber …

SHULAMIT *(zu Schaffler)*: Sehen Sie nicht, daß er in einer Sitzung ist?

SCHAFFLER: Das heißt es immer, wenn ich komme. Ich kann doch nicht Tag für Tag kommen. Herr Prager erwartet mich. *(Zu Zvi)* Nicht wahr?

ZVI *(erschauernd)*: Ja. Gewiß. Offensichtlich.

SHULAMIT: Wie heißen Sie denn?

SCHAFFLER: Ernst Magnus Schaffler.

SHULAMIT: Oh!

MONROE *(entsetzt)*: Er ist schon da?

ZVI *(umarmt Schaffler)*: Na also, Magnus, endlich sind Sie da!

MONROE *(rückt einen Lehnstuhl zurecht)*: Bitte, Herr Schaffler, bitte. Was für eine angenehme Überraschung.

SCHAFFLER: Danke. Aber ich … ich verstehe wirklich nicht … Ich wollte zu Herrn Prager …

ZVI: O nein, nein. Es ist eine außerordentliche Ehre.

SHULAMIT *(bietet ihm Zigaretten an)*: Bitte, bedienen Sie sich. *(Ihre*

Hand zittert, als sie Schaffler die Zigaretten anbietet, diejenige Schafflers ebenfalls)

SCHAFFLER: Ich bin so frei … *(Er sucht nach Streichhölzern)*

MONROE: Erlauben Sie! *(Er will Schaffler mit seinem Feuerzeug Feuer geben, aber das Feuerzeug versagt. Zu dem Feuerzeug)* Was ist los mit dir?

SCHAFFLER: Ich weiß nicht. Ich wollte nur zu Herrn Prager … *(Zvi zündet Schafflers Zigarette mit einem Streichholz an)* Danke. Bitte lassen Sie sich von mir nicht stören.

MONROE: Jetzt kommt mir Ihr Gesicht bekannt vor, Exzellenz. Wir müssen uns schon irgendwo getroffen haben.

SCHAFFLER: Möglich. Vielleicht im Restaurant »Salamander«. Ich gehe dort dreimal die Woche Bier holen.

Alle brechen in herzliches Gelächter aus.

MONROE: Gut, glänzend, hervorragend. Der berühmte Schaffler-Humor. Kolossal!

SHULAMIT: Erlesen! Köstlich.

ZVI: Der gute alte Magnus. Immer noch der gleiche!

SCHAFFLER: Ich möchte nicht, daß hier ein Mißverständnis aufkommt, Herr Prager. Ich bin der Mann, den Ihr Onkel …

ZVI: Besprechen wir das nicht besser unter vier Augen, Magnus?

MONROE: Selbstverständlich, Herr Direktor, aber natürlich. Gönnen Sie uns nur noch einen Augenblick. Man hat nicht jeden Tag das Glück, einen Herrn Schaffler zu treffen.

SHULAMIT: Ja, bitte, nur einen Augenblick. Überlassen Sie uns den berühmten Herrn Schaffler …

SCHAFFLER *(möchte aufstehen, um diesem Irrenhaus zu entrinnen)*: Vielleicht komme ich lieber ein andermal …

MONROE *(drängt ihn in den Lehnstuhl zurück)*: Herr Schaffler, erlauben Sie mir anläßlich dieser günstigen Gelegenheit nur eine einzige Frage: Was ist, Ihrer wohlerwogenen Meinung nach, der wirkliche Grund für die heutige Wirtschaftskrise?

Schweigen. Schaffler gibt sich vergebliche Mühe, ernst nachzudenken.

SCHAFFLER: Da sind Sie an der falschen Adresse. Ich lese schon längst keine Zeitungen mehr.

MONROE *(lacht)*: Glänzend! Eine äußerst diplomatische Antwort.

SCHAFFLER *(möchte wieder aufstehen)*: Dann also ein andermal. Ich muß jetzt …

MONROE: Nur noch eine einzige Frage, bitte.

SCHAFFLER *(ärgerlich)*: Ich bin nicht zu einem Kreuzverhör gekommen, sondern zu Herrn Prager!

MONROE: Entschuldigen Sie tausendmal. *(Abgehend)* Es handelt sich gewiß um etwas Privates. Da will ich nicht länger stören.

SCHAFFLER *(noch ärgerlicher)*: Ich will einen gewissen Brief von ihm haben.

MONROE *(mit zitternder Stimme)*: Den Brief? … Den Brief! … Exzellenz …

SCHAFFLER: Ja, sicher. In zwei Minuten haben wir's, dann ist die Sache so gut wie gelaufen.

MONROE: Nicht nötig, Exzellenz. Der Brief … diesen Brief, den habe ich selber geschrieben …

SCHAFFLER: Drücken Sie sich gefälligst deutlicher aus. Was haben Sie geschrieben?

MONROE *(den Tränen nahe)*: Ich gestehe alles. Ich bitte flehentlich um Vergebung. Verzeihen Sie mir!

SCHAFFLER: Ich Ihnen? *(Erhebt sich erschrocken)* Ein andermal …

MONROE *(beinahe auf die Knie fallend)*: Nein, bitte – jetzt! Und keine Untersuchung, bitte! *(Zu Zvi)*: Ich bitte demütigst um Verzeihung, Herr Direktor. Ich habe vorhin gelogen. Ich habe mitgemacht.

ZVI: Das war mir von Anfang an klar.

MONROE: Ich war doch zunächst dagegen. Ich habe Protest eingelegt. Ich habe gesagt: »Meine Herren, ein Freund von Ernst Magnus Schaffler steigt doch nicht auf ein so unsauberes Geschäft ein!« Genau das habe ich Dov gesagt. Habe ich ihm das gesagt, Shulamit?

SHULAMIT: Nein.

MONROE *(zu Schaffler)*: Haben Sie gehört, Exzellenz! Ich schwöre, daß ich den Brief nur geschrieben habe, ausschließlich nur – weil ich gerade eine Feder zur Hand hatte. Exzellenz, ich habe Familie. Ich bin mittellos, ich habe nichts anderes in Aussicht. Exzellenz, können Sie nicht verzeihen, wo ein armer Sünder mit allen Fasern seines Wesens Reue empfindet?

SCHAFFLER *(blickt entsetzt auf seine Uhr)*: Erlauben Sie, meine Herren, ich habe noch zu tun. Es ist schon zu spät.

MONROE *(laut)*: Oh, zu spät! Ich wußte ja, daß es zu spät ist.

SCHAFFLER *(versucht, ihn wie einen gefährlichen Irren zu beruhigen)*: Bald ist alles gut, mein Herr, bald ist alles in bester Ordnung. *(Zu Zvi)* Der braucht einen Psychiater. *(Zu Monroe)* Beruhigen Sie sich, bald ist alles gut.

MONROE *(zu Schaffler)*: Sie vergessen doch nicht, wie bereitwillig ich auf Ihre Wünsche eingegangen bin, betreffs Herrn Prager.

SCHAFFLER: Ja, ja, bald ist alles wieder … *(Ihm geht plötzlich ein Licht auf)* Was? Ach so. Dann sind Sie also Dr. Monroe?

MONROE: Ja, ja.

SCHAFFLER: Der Brief war ein Fehler. Tut mir leid.

MONROE: Oh, wieder der Brief! Exzellenz, ich flehe Sie an, geben Sie mir noch eine letzte Chance.

SCHAFFLER: Wenn Sie unbedingt wollen, warum nicht. Ich gebe Ihnen gerne eine letzte Chance. Aber ein andermal. Jetzt muß ich wirklich weg …

MONROE: Dann gibt's auch keine offizielle Untersuchung?

SCHAFFLER: Was fragen Sie mich. Ich wollte den Brief von Herrn Prager.

MONROE: Noch immer der Brief! Wie grausam Sie sind, Exzellenz. Mein Herz … *(Er greift sich an die Brust und sinkt zusammen. Zvi bettet ihn in den Lehnstuhl)*

SCHAFFLER: Hab' ich ihm was getan? Was ist denn hier heute los? Das reinste Irrenhaus …

ZVI *(schnell)*: Um Gottes willen, kein Wort!

SHULAMIT: Der Doktor ist in Ohnmacht gefallen. Ich hole Wasser … *(Sie geht ab)*

ZVI: Nein, Tee! *(Er ruft ihr nach)* Tee! *(Geht auf Schaffler zu. Aufgeregt)* Herr Schaffler, Sie sind der einzige, der alles in der Hand hat. Tun Sie mir diesen Gefallen. Die glauben hier alle … Die halten Sie für meinen Schutzengel … *Er flüstert ihm weitere*

Erläuterungen zu. Dov kommt in den Korridor und trifft Shulamit.

SHULAMIT: Wo ist Leiser?

STEINER *(ärgerlich)*: Was weiß ich. Zum Teufel mit dem verfluchten Hund.

SHULAMIT: Der Doktor liegt oben ohnmächtig im Büro. Und vor allem ist Ernst Magnus Schaffler da!

STEINER: Ernst Magnus Schaffler? Großer Gott! Weiß er schon was?

SHULAMIT: Alles! Dir bleibt nichts mehr anderes übrig, Dov. Du mußt ein Geständnis ablegen. Du mußt die Kinderei zugeben, in die Knie sinken und um Gnade bitten, sonst zertritt er dich wie einen Käfer. *Shulamit geht ab. Nach einigem Zögern geht Steiner in Zvis Büro. Er ist so intensiv damit beschäftigt, den ohnmächtigen Monroe zu betrachten, daß er Schaffler, der von Zvi noch immer Instruktionen bekommt, zunächst übersieht. Zvi schreit Steiner an.*

ZVI: Sie wagen es! Verschwinden Sie gefälligst sofort aus diesem Büro!

STEINER: Sofort, Herr Direktor.

Er schaut Schaffler an, der erleichtert ist, daß er ein vertrautes Gesicht erblickt, und Steiner die Hand hinstreckt.

SCHAFFLER: Gott sei Lob und Dank, Herr Steiner.

STEINER *(schüttelt Schaffler die Hand)* Na so was, der Rudi Schultz. Was machen Sie denn hier, alter Kumpel?

MONROE *(ein bißchen zu sich gekommen)*: Dov, bist du denn ganz verrückt, mitten in eine Untersuchung zu platzen? Raus! *(Zu Schaffler)* Tut mir leid, Herr Schaffler, seine unselige Tat hat ihn aus dem Gleichgewicht gebracht.

STEINER *(geht auf Schaffler zu)*: Wer nennt Sie denn Schaffler? Aber doch nicht der alte Rudi Schultz, gibt's ja gar nicht. Sie sind das? *(Er brüllt vor Lachen)* Gott im Himmel! Sie heißen Ernst Magnus Schaffler!

SCHAFFLER: Mein Pseudonym in der Sonntagsbeilage.

STEINER: Drum kam es mir so bekannt vor! Also jetzt, Herr Schaffler, welche Ehre, Sie hier begrüßen zu dürfen. Schaffler in Person! Wie rührend.

Zvi duckt sich hinter seinem Schreibtisch zusammen.

MONROE: Raus hier, Dov! *(Zu Schaffler)* Der Ärmste kommt eben von der Polizei. Er hat sein Elend ertränken wollen.

STEINER: Sekunde, Doktor. *(Er legt den Arm um Schafflers Schulter)* So, so, alter Kumpel, guter alter Kumpel, wie geht's, wie steht's? Ein paar Kröten oder eine kleine Stelle in Aussicht?

SCHAFFLER: Drum bin ich ja hier. *(Er blickt Zvi bittend an)* Eine kleine Stelle für einen alten Mann? Oder bin ich vielleicht im falschen Moment gekommen?

MONROE: Aber keineswegs, Exzellenz …

STEINER: Doktor, hören Sie auf mit der Kinderei. Es gibt keinen ärmeren Teufel als diesen Rudi Schultz-Schaffler da. Nicht wahr, »Herr Direktor«? *(Zvi nickt langsam)*

MONROE: Ich verstehe nicht. Der Kerl hat sich selber als Ernst Magnus Schaffler ausgegeben und ist es gar nicht?

STEINER: Schlimmer: er ist's. Er ist Rudi Schultz und Ernst Magnus Schaffler in einer Person.

MONROE *(zu Schaffler)*: Aber wie kommen Sie dann dazu, sich so aufzuführen und so mit mir zu reden als …

SCHAFFLER: Ich bin Archäologe.

STEINER: Sie sind eine Null, ein vergilbter Bücherwurm, ein nichtsnutziger Vagabund!

ZVI: Gehen wir, Herr Schaffler. Das Kapitel ist abgeschlossen.

SCHAFFLER *(mit einem Seufzer der Erleichterung)*: Gott sei Lob und Dank.

MONROE *(springt in alter Energie auf. Zu Schaffler)*: Was für eine Intrige haben Sie in diesem Ministerium gesponnen? Wie kommen Sie dazu, sich hier wie Gott der Allmächtige aufzuführen, oder sonst wie ein hoher Beamter? Sie dort meine ich, den großmächtigen Schaffler-Paffler, oder wie immer sie heißen …

SCHAFFLER: Entschuldigung, aber ich bin lediglich hier hereingekommen, und da sind Sie auf mich losgebrochen wie ein Gewittersturm, dann haben Sie mich angefleht, irgendeine mysteriöse Untersuchung einzustellen und dann sind Sie in Ohnmacht gefallen. Was kann ich dafür?

MONROE: Das sehen wir dann vor Gericht, Exzellenz! *(Schreiend)* Und warum, zum Teufel, nenne ich Sie eigentlich »Exzellenz«?

SCHAFFLER: Ich weiß nicht. Vielleicht macht's Ihnen Spaß.

MONROE: So was von Unverschämtheit! Und was Sie betrifft, Herr Prager, Sie haben unsere ahnungslose Gutmütigkeit für Ihre eigenen verwerflichen Manipulationen mißbraucht. Sie haben Herrn Schaffler im Fernsehen gesehen?

ZVI: Sie, nicht ich.

STEINER: Betrüger! Jetzt weiß ich, woher die glänzende Idee des Bewässerungsfachmanns stammt!

MONROE: Der kommt vor das Strafgericht! *(Sich zur vollen Größe erhebend)* Und jetzt, raus hier! Beide! ...

ZVI: Ich wußte ja, daß es so kommen würde. *(Er nimmt seine Empfehlungsschreiben vom Schreibtisch. Mit einem bedauernden Blick in die Runde)* Schade.

SHULAMIT *(erscheint mit Leiser)*: Geht's dem Doktor besser?

MONROE: Wesentlich besser. Und darf ich vielleicht noch vorstellen: Zvi Prager, professioneller Scharlatan, und sein sauberer Schutzengel, Ernst Magnus Schaffler, alias Rudi Schultz.

SHULAMIT: Aber erklären Sie mir doch ...

SCHAFFLER *(schon beider Türe)*: Ein andermal. Für heute reicht's mir.

ZVI: Vergib mir, Shulamit, es hatte sich alles so gut angelassen. Zu gut, um wahr zu sein, wie es so schön heißt.

SHULAMIT: Aber was ist denn plötzlich passiert?

MONROE: Seine Exzellenz, Ernst Magnus Schaffler, ist geplatzt wie eine Seifenblase.

LEISER: Entschuldigung, aber wann hat er Ihnen gesagt, daß er Minister sei?

MONROE: Halte dich da gefälligst raus, Leiser. Wenn mir jemand ein Empfehlungsschreiben schickt, muß ich doch annehmen, daß er wer ist.

LEISER: Er ist wer. Und bestimmt ein angenehmerer Zeitgenosse als gewisse Mitglieder dieser Gesellschaft.

STEINER: Paß auf, Leiser, in Kürze haben wir auch mit dir noch ein Wörtchen zu reden!

ZVI: Gehen wir, Herr Schaffler. Und reg dich nicht auf, Leiser, es lohnt sich nicht. Mir ist jetzt nicht mehr zu helfen. *(Zu Shulamit)* Alles Gute, Shula.

Zvi und Schaffler gehen schweigend den Korridor hinunter.

SHULAMIT: Zvi, warte, ich komm' doch mit! *(Läuft ihnen nach)*

LEISER *(zu Monroe)*: Doktor, wollen Sie ihm nicht noch einmal nachschauen? So was sehen Sie lange nicht mehr. Da geht ein ehrlicher Mensch.

MONROE: Jetzt reicht's mir aber. Von wegen »ehrlicher Mensch«. Das ist ein Betrüger!

LEISER: Der? Er hat Ihnen einen Brief mit Schafflers Unterschrift gezeigt. War die Unterschrift echt oder nicht? Konnte er was dazu, daß Sie aus Schaffler ein hohes Tier gemacht haben? Und mehr noch: Er hat sich Mühe gegeben und er war unbestechlich. Das können Sie weder leugnen noch von sich selber behaupten.

STEINER: Ein »Fachmann«!

LEISER: Sie sind auch nicht in Wasserröhren geboren, Herr Steiner. Und fragen Sie doch mal die Leute von Cfar Ayalon. Die werden noch an Zvi denken, wenn die Firma »Wolkenbruch« schon längst vergessen ist.

MONROE: Was willst du damit andeuten? Steck deine Nase gefälligst in deinen stinkigen Tee und halt die Schnauze.

STEINER: Du bist ein Teeverkäufer, kein Prophet!

MONROE: Raus!

LEISER: Wie Sie meinen. Es fällt mir auch gar kein bißchen schwer … *(Er wendet sich zum Gehen und ruft dabei mit gepreßtem Ton seinen üblichen Ruf)* Tee … Der Tee … *(Er geht ab, man hört ihn noch hinter der Bühne)* Tee … Der Tee …

STEINER: Tee! Was für ein Jammerton. Der denkt wohl, er bläst die Posaune zum Jüngsten Gericht.

MONROE *(setzt sich in Zvis Stuhl)*: Meine Herren, die Akte ist geschlossen!

Dunkel. Leiser im Scheinwerfer, er wendet sich an das Publikum.

LEISER: Da sind Sie ja noch. Tja, das ist die Geschichte, die ich Ihnen erzählen wollte. Der Schluß paßt mir selber nicht recht. Ich hätte einen besseren gewußt. Aber was nicht ist, kann ja noch

werden. Abwarten, Tee trinken. Jedenfalls halte ich durch, bis sich in unserer Abteilung was ändert. Früher oder später passiert was, da bin ich ganz sicher. Es muß. *(Kleine Pause, dann fährt er sehr ruhig fort)* Bis dann hatte ich den Posten – allein.
Licht aus.

Vorhang

Die furiose Parabel eines unvergleichlichen Humoristen

In Ephraim Kishons neuem Roman werden die menschlichen Schwächen in allen ihren Variationen zur Zielscheibe seiner satirischen Meisterschaft. Ein Buch, das den Nerv der Zeit trifft, politisch brisant und von jener Menschlichkeit, die Kishon berühmt und zum Lieblingsautor von Generationen gemacht hat.

LANGEN MÜLLER